U0728873

三苏文化

三苏诗词选

曾枣庄 曾涛 选注

巴蜀书社

图书在版编目（CIP）数据

三苏诗词选 / 曾枣庄，曾涛选注. —成都：巴蜀书社，2023.4（2024.6重印）

ISBN 978-7-5531-1952-6

Ⅰ. ①三… Ⅱ. ①曾… ②曾… Ⅲ. ①宋诗－诗集②宋词－选集 Ⅳ. ①I222.7②I222.844

中国国家版本馆 CIP 数据核字（2023）第 054503 号

三 苏 诗 词 选

SAN SU SHI CI XUAN

曾枣庄
曾　涛　选注

责任编辑	康丽华	
责任印制	谷雨婷　田东洋	
封面设计	冀帅吉	
出　　版	巴蜀书社	
	四川省成都市锦江区三色路 238 号新华之星 A 座 36 层	
	邮编：610023	
	总编室电话：(028)86361843	
网　　址	www. bsbook. com	
发　　行	巴蜀书社	
	发行科电话：(028)86361852	
经　　销	新华书店	
照　　排	四川胜翔数码印务设计有限公司	
印　　刷	成都蜀通印务有限责任公司　　(028)64715762	
版　　次	2023 年 4 月第 1 版	
印　　次	2024 年 6 月第 2 次印刷	
成品尺寸	240mm×170mm	
印　　张	22.25	
字　　数	380 千	
书　　号	ISBN 978-7-5531-1952-6	
定　　价	70.00 元	

前　言

　　无名氏《史阙》载："轼、辙登科，明允（苏洵）曰：'莫道登科易，老夫如登天。莫道登科难，小儿如拾芥。'"不论《史阙》的记载是否属实，三苏父子的经历确实如此。

　　苏洵（1009—1066），字玥允，眉州眉山（今属四川）人。他少不喜学，年二十五始知读书，年二十七始大发愤。但二十九岁举进士不中，三十七岁举茂才异等亦不中。他在《上韩丞相书》中说："及长，知取士之难，遂绝意于功名而自托于学术。"他焚毁了数百篇旧稿，闭户读书，绝笔不为文辞。七八年后又开始著书，并一发不可收拾，写出了《几策》《衡论》《权书》等堪称"王佐才"的名著。后经知益州张方平推荐，他送二子入京应试，成了文坛领袖欧阳修的座上客。先后任秘书省试校书郎、霸州文安县主簿、编纂太常寺礼书，直至去世。苏洵是大器晚成，即使他以文章名动京师后，仍未被重用，"书虽成于百篇，爵不过于九品"（《老苏先生会葬致语》）。

　　与苏洵相反，苏轼兄弟却是大器早成。苏轼（1036—1101），字子瞻，号东坡居士。苏辙（1039—1112），字子由，号颖滨遗老。他们在父亲的精心培养下，于嘉祐二年（1057）一举进士及弟。对他们兄弟来说，取得功名确如"拾芥"一般容易，"不足以骋其逸力"（张方平《文安先生墓表》）。

　　但他们一生仍然仕途多艰。在神宗朝，因与王安石政见不合，均先后离朝，苏轼出任杭州通判，密州、徐州、湖州知州；苏辙出任陈州教授、齐州掌书记、南京签书判官。元丰二年（1079）苏轼以谤讪新政的罪名被捕，后被贬为黄州团练副使；苏辙亦坐贬监筠州盐酒税。在神宗朝，苏轼虽不得志，但还曾"三典名郡"；苏辙却一直担任幕僚，直至元丰七年（1084）才担任了半年的绩溪县令："行年五十治丘民，初学催科愧庙神。"（《梓桐庙》）次年神宗去世后才以校书郎被召还朝："奔走半生头欲白，今年始得校书郎。"（《初

闻得校书郎，示同官三绝》）

元祐年间，苏辙的官职比功轼升得还快。哲宗继位时才十岁，由反对新法的高太后听政，苏轼兄弟均被召还朝。但因党争激烈，苏轼不安于朝，不断请求外任，先后出知杭州、颖州、扬州、定州；而朝廷又需要他，不断召他还朝，结果"筋力疲于往来，日月逝于道路"（《定州谢到任表》）。苏辙却一直在朝廷任职，短短五六年中由一位小小县令跃居尚书右丞、大中大夫守门下侍郎。当年宋仁宗读了苏轼兄弟的制策后，曾高兴地说："朕今日为子孙得两宰相矣！"（《宋史·苏轼传》）但苏轼一生都未取得相位，苏辙却做了三年副相。

元祐八年（1093）高太后去世，哲宗亲政，启用新党，苏轼兄弟再次贬官。苏轼贬谪惠州，再谪海南；苏辙再贬筠州，继贬雷州，后迁循州。直至哲宗崩，徽宗立，他们兄弟才遇赦北归。

苏轼回到常州就病逝了，享年六十五岁。苏辙回居许昌，杜门谢客，"教敕诸子弟，编排旧文章"（《次韵子瞻感旧》），过了整整十二年闲适而又孤独的生活。政和二年（1112）卒，享年七十四岁。《宋史·苏辙传》说："辙与兄轼进退出处，无不相同，患难之中，友爱弥笃，无少怨尤，近古罕见。独其齿、爵，皆优于兄。"

苏洵的成就主要在散文方面，尤其是策论，文思博辩宏伟，语言质朴简劲。曾巩在《苏明允哀辞》中说："（洵文）少或百字，多或千言。其指事析理，引物托喻，侈能使之约，远能使之近，大能使之微，小能使之著，烦能不乱，肆能不流。其雄壮俊伟，若决江河而下也；其辉光明白，若引星辰而上也。"苏轼存世的散文比苏洵多得多，文体也丰富得多，政论、史论、杂说、游记、书启、随笔，几乎应有尽有。其文多为信笔抒意，千变万化，姿态横生：或气势磅礴，思路开阔，大有一泻千里之势；或状景模物，细腻缜密，似能牢笼万物之态。他在《自评文》中说："吾文如万斛泉源，不择地而出，在平地滔滔汩汩，虽一日千里无难。及其与山石曲折，随物赋形，而不可知也。所可知者，常行于所当行，常止于不可不止，如是而已矣。"要论苏轼散文的特色，没有比他自己这一总结更准确的了。苏辙的散文也很多，苏轼在《答张文潜书》中说:"子由之文实胜仆,而世俗不知,乃以为不如。其为人深不愿人知之,其文如其为人。故汪洋淡泊,有一唱三叹之声,而其秀杰之气终不可没。"汪洋淡泊掩不住秀杰之气,这就是苏辙散文的特色。苏辙说:"子瞻之文奇,吾文但稳耳。"(《栾城遗言》)"奇""稳"二字也颇能代表二人散文的不同风格。

三苏的诗风类其文风。苏洵存诗不多,通行本《嘉祐集》仅存诗二十余首,宋残本《类编增广老苏先生大全集》还保留着他的南行途中诗,加上其他一些佚诗,总计不过五十首。叶梦得《石林诗话》(卷下)云:"明允诗不多见,然精深有味,语不徒发,正类其文。……婉而不迫,哀而不伤,所作自不必多也。"本书所选的《九日和韩公》等诗,就具有这种"婉而不迫,哀而不伤""精深有味"的特色。苏轼存诗两千七百多首,其诗"本似李杜,晚喜陶渊明,追和之者几遍"(苏辙《东坡先生墓志铭》)。苏轼诗以贬官黄州为界,早年像杜甫一样,多刺世之作,并具有李白那种豪放不羁、纵横驰骋的特征。后期刺世之作渐少,但并未绝迹,如本书所选的《荔枝叹》,点名道姓地痛斥本朝大臣,讥刺当今皇上,就作于晚年。苏轼同李白一样,并非一味豪放,也具有"清水出芙蓉""天工与清新"的一面。而苏轼晚年更有意追求"发纤秾于简古,寄至味于淡泊"(《书黄子思诗集后》)的艺术境界,克服了早年诗过露过直的毛病。陆游说:"近世诗人老而亦严,盖未有如东坡者也。学者或以易(轻视、简慢)心读之,何哉!"(《跋东坡诗草》)苏辙存诗一千八百余首。苏轼说:"子由诗过吾远甚。"(《记子由诗》)这并不是客气话,而是真心话。因为苏轼诗虽以豪放为特征,但他所追求的,特别是晚年所追求的却是"质而实绮,癯而实腴"(苏辙《子瞻和陶渊明诗集引》)的境界,而苏辙诗正具有这一特色。周必大说:"吾友陆务观(游),当今诗人之冠冕,劝予哦苏黄门诗。退取《栾城集》观,殊未识其旨趣。甲申闰月辛未,郊居无事,天寒,踞炉如饿鸥。刘友子澄忽自城中寄此卷相示,快读数过,温雅高妙,如佳人独立,姿态易见,然后知务观于此道为先觉也。"(《跋苏子由和刘贡父省上示座客诗》)明快的好诗,一读就会喜欢;淡泊的好诗,连周必大这样的"掌制手",初读都"未识其旨趣",而是在"无事"之时,反复"数过"，才体会到它的"温雅高妙"，其他人也就可想而知了。因此，读苏辙诗需要有耐心，慢慢品味。

苏洵无词传世。苏辙的词，《全宋词》也仅录四首。但从本书所选的《水调歌头·徐州中秋》看，他并非不能词，只是不喜作词罢了。苏轼存词三百多首，其中如《念奴娇·赤壁怀古》那样的豪放词虽不多，但他在词学史上的主要贡献就在于创立了豪放词。他更多的词是以清旷为特征的，"使人登高望远，举首高歌，而逸怀浩气，超乎尘垢之外"（胡寅《题酒边词》）。苏轼也写有不少以婉约为特征的言情词、咏物词，并大大提高了婉约词的格调。他扩大了词的题材，把词变得像诗一样"无意不可入，无事不可言"（刘熙载《艺概·词曲概》）。

苏轼在文学领域比父亲、弟弟发展得更全面，成就也更高，而在艺术领域更是如此。苏辙说："予先君宫师平生好画，家居甚贫而购画常若不及。予兄子瞻少而知画，不学而得用笔之理。辙少闻其余，虽不能深造之，亦庶几焉。"（《汝州龙兴寺吴画殿记》）苏洵、苏辙虽好画，但不足以名家。而苏轼在绘画上与文同齐名，共同形成了湖州画派。在书法方面也名列北宋四大书法家之首。宋代出通才，三苏父子都是通才，而苏轼更是全才。

苏洵出生时（1009），宋王朝才建立五十年；而从苏辙去世（1112）到北宋灭亡（1127），仅仅十五年。北宋一百六十七年中，三苏父子生活的时间有一百零三年。三苏父子登上文坛并开始产生影响，是在嘉祐元年（1056），到苏辙去世的这五十多年中，正是北宋文坛群星璀璨的时候。北宋文坛的繁荣主要在"两祐"时期。一为嘉祐年间，这时欧阳修是文坛领袖，而三苏父子则成了欧阳修为推动北宋诗文革新而树立的标兵。曾巩在《苏明允哀辞》中说："嘉祐初始与二子轼、辙复去蜀，游京师。今参知政事欧阳修为翰林学士，得其文而异之，以献于上。既而欧阳公为礼部，又得其二子之文，擢之高等。于是三人之文章盛传于世，得而读之者为之惊，叹不可及，或慕而效之。"二为元祐年间，苏轼已成为文坛领袖，在他周围聚集了一大群文人，形成了严羽所谓的"元祐体"，正如陈仲醇所说：

　　长公（苏轼）起自西蜀，中更摈斥，流落于蜃坞獠洞之间，出入掉弄于悍相、狱吏、刀笔之手，几不能以身免。而所遭在人文极盛之时，且以文安先生为之父，文定为之弟。先辈则韩（琦）、范（仲淹）、欧（阳修）、富（弼）、蜀公（范镇）、温公（司马光），后辈则秦（观）、黄（庭坚）、张（耒）、晁（补之）四学士。以朝云、琴操为达生友，以元章（米芾）、伯时（李公麟）、与可（文同）为弓画友，以赵德麟、王晋卿为赏鉴友，以参寥、辩才为禅友，以葆光、寒道士为长生友。即有怼（怨怼）而与之角者，非理学之正叔（程颐），则经术之介甫（王安石）。而天地之人文，至此极矣！人文凑合如五星相聚，而长公以奎璧之精临之。诸君子而当长公，不得不五色相宣；长公而当诸君子，亦不得不八面受敌。三鼓而气不衰，百战而兵益劲，此天授，亦人力也。〔《三苏文范》卷首〕

　　这段话相当深刻地阐明了出现三苏特别是苏轼的历史环境。苏轼是"人文极盛"时代的产物，是特殊的家庭环境的产物，是一大批旗鼓相当的友人相切磋的产物，是强劲对手挑战的产物，也是他个人自强不息的产物。"此天授（人文极盛的环境），亦人力也（个人的努力）。"

　　最后对本书的体例还需略作一说明：（一）题注带有题解性质，总括介绍该篇的写作背景、思想内容和艺术特色。（二）为使注文适合中等文化程度的读者阅读，对过难的句子略作串讲。（三）重复出现的词条，熟知者不注或只在第一次出现时作注；生僻而注文较短者重注，以减少读者翻检之劳；注文较长者则用见前注的办法，以省篇幅。（四）历代有关该篇的背景资料、评论文字，一般在注文中引用。但注文不能尽采，否则太累赘冗长，而又有一定参考价值者，则作为该篇附录。（五）全书以诗选、词选、文选为序，各选内部以苏洵、苏轼、苏辙为序。各作者的作品则以写作时间先后为序。写作时间未详者，则分别附后。（六）本书所选苏洵诗文，录自上海古籍出版社出版的《嘉祐集笺注》（曾枣庄和金成礼笺注）。苏轼作品，诗录自中华书局出版的《苏轼诗集》、词录自龙榆生的《东坡乐府笺》、文录自中华书局出版的《苏轼文集》，标点和分断未尽遵从。苏辙诗文则录自上海古籍出版社出版的

《栾城集》。

本书为我和曾涛合注，并由曾涛核对全部原文与引文。不当之处，敬希读者批评指正。

曾枣庄
1990 年 10 月 20 日

目　录

苏 轼

·目录·

苏　辙

诗选

上田待制[一]

苏　洵

日落长安道，大野渺荒荒[二]。

吁嗟秦皇帝，安得不富强[三]。

山大地脉厚，小民十尺长。

耕田破万顷，一稔粟柱梁[四]。

少年事游侠，皆可荷弩枪。

勇力不自骄，颇能啖干粮[五]。

天意此有谓，故使连西羌[六]。

古人遭边患，累累斗两刚[七]。

方今正似此，猛士强如狼。

跨马负弓矢，走不择涧冈。

脱甲枲不顾，袒裼搏战场[八]。

嗟彼谁治此，踧踧不敢当[九]。

当之负重责，无成不朝王。

田侯本儒生，武略今洸洸[一〇]。

右手渥麈尾，指麾据胡床[一一]。

郡国远浩浩[一二]，边鄙有积仓。

秦境古何在？秦人多战伤[一三]。

此事久不报，此时将何偿[一四]？

得此报天子，为侯歌之章[一五]。

（《嘉祐集笺注》卷十六，以下只注卷次）

注 ——————————————————————————————————

〔一〕待制：宋代在正式官职之外加与文臣的衔号。田待制，未详其人。《宋史·田京传》："赵元昊反，侍读学士李仲容荐京知兵法，召试中书，擢通判镇戎军。夏守赟为陕西经略使，奏兼管勾随军粮料。入对，陈方略，赐五品服。寻为经略安抚判官。"又云："京喜论议，然语繁而迂，颇通兵战、历算、杂家之术。……著《天人流术》《通儒子》十数书，又有《奏议》十卷。"诗云："田侯本儒生，武略今洸洸。"田侯或即田亦。诗又云："古人遭边患，累累斗两刚。方今正似北，猛士强如狼。"苏洵庆历六年（1047）因举制策入京，见石昌言于长安；嘉祐元年（1056）送二子入京应试，也途经长安；但这两次，宋王朝同西夏的战争已停。宝元元年（1038），三十岁的苏洵，"举进士再不中"，经长安、越秦岭返蜀，正值西夏元昊之叛，此诗当作于此时。

〔二〕荒荒：暗淡无边貌。杜甫《漫城》："野日荒荒白，春流泯泯清。"

〔三〕"吁嗟秦皇帝"二句：杜佑《通典》卷一百七十四："雍州之地，厥田上上，鄠杜之饶，号称陆海，四塞为固，被山带河，秦氏资之，遂平海风。"

〔四〕一稔：一年。谷熟为稔，谷一年一熟，故称一年为一稔。

〔五〕"少年事游侠"四句：杜佑《通典》卷一百七十四："接近胡戎，多尚武节，自东汉魏晋，羌氏屡扰；旋则苻、姚迭据，五凉更乱，三百余祀，战争方息。"杜甫《兵车行》也有"秦兵耐苦战"语。

〔六〕西羌：古族名，主要分布在今甘肃、青海、四川一带，因住地偏西，故称西羌。此指西夏。

〔七〕累累斗两刚：往往看谁刚强。累累，犹屡屡，一次又一次。两刚，《易·讼》孔颖达疏有"居争讼之时，处两刚之间"语。

〔八〕"脱甲森不顾"二句：脱下的铠甲密密麻麻，看都不看，赤膊上阵。甲，古时战士的护身衣。森，本指树木丛生茂密，引申为密。袒裼，脱衣露体。

〔九〕趀趀：惊异貌。

〔一〇〕洸洸：威武貌。《诗·大雅·江汉》："武夫洸洸。"

〔一一〕"右手握麈尾"二句：白居易《斋居偶作》："老翁持麈尾，坐拂半张床。"麈尾，拂尘。胡床，可折叠的轻便坐具。《世说新语·自新》："（戴）渊在岸上，据胡床指麾左右。皆得其宜。"

〔一二〕浩浩：旷远貌。

〔一三〕"秦境古何在"二句：谓秦境为西夏所占，秦人在同西夏的战争中伤亡很大。

〔一四〕"此事久不报"二句：谓秦地久未收复，现在将何以收复失地。报，报复。《左传》宣公三年："宋师围曹，报武氏之乱也。"偿，实现。

〔一五〕"得此报天子"二句：谓收复失地以报答朝廷，当为田侯歌之于诗章。

忆山送人〔一〕

苏 洵

少年喜奇迹，落拓鞍马间〔二〕。

纵目视天下，爱此宇宙宽。

山川看不厌，浩然遂忘还〔三〕。

岷峨最先见〔四〕，晴光厌西川。

远望未及上，但爱青若鬟。

大雪冬没胫，夏秋多蛇蚖〔五〕。

乘春乃敢去，葡匐攀屏颠〔六〕。

有路不容足，左右号鹿猿。

阴崖雪如石，迫暖成高澜〔七〕。

经日到绝顶，目眩手足颠。

自恐不得下，抚膺忽长叹。

坐定聊四顾，风色非人寰。

仰面嗫云霞，垂手抚百山〔八〕。

临风弄襟袖，飘若风中仙。

竭来游荆渚〔九〕，谈笑登峡船〔一〇〕？

峡山无平冈，峡水多悍湍。

长风送轻帆，瞥过难详观。

其间最可爱，巫庙十数巅〔一一〕。

竿竿青玉干，折首不见端〔一二〕。

其余亦诡怪，土老崖石顽。

长江浑浑流[一三]，触啮不可栏[一四]。

苟非峡山壮，浩浩无隅边。

恐是造物意[一五]，特使险且坚。

江山两相值，后世无水患[一六]。

水行月余日，泊舟事征鞍[一七]。

烂熳走尘土[一八]，耳嚻目眵昏[一九]。

中路逢汉水[二〇]，乱流爱清渊。

道逢尘土客，洗濯无瑕痕。

振鞍入京师，累岁不得官[二一]。

悠悠故乡念，中夜成惨然。

《五噫》不复留[二二]，驰车走辗辕[二三]。

自是识嵩岳[二四]，荡荡容貌尊[二五]。

不入众山列，体如镇中原[二六]。

几日至华下[二七]，秀色碧照天。

上下数十里，映睫青巑岏[二八]。

迤逦见终南[二九]，魁岸蟠长安[三〇]。

一月看山岳，怀抱斗以骞[三一]。

渐渐大道尽，倚山栈夤缘[三二]。

下瞰不测溪，石齿交戈铤[三三]。

虚阁怖马足[三四]，险崖磨吾肩。

左山右绝涧，中如一绳悭。

傲睨驻鞍辔[三五]，不忍驱以鞭。

累累斩绝峰[三六]，兀不相属联[三七]。

背出或逾峻，远鹜如争先[三八]。

或时度冈岭，下马步险艰。

怪事看愈好，勤劬变清欢[三九]。

行行上剑阁[四〇]，勉强踵不前。

矫首望故国，漫漫但青烟[四一]。

及下麂头坂，始见平沙田〔四二〕。

归来顾妻子，壮抱难留连。

遂使一余载，此路常周旋〔四三〕。

又闻吴越中，山明永澄鲜。

百金买骏马，往意不自存。

投身入庐岳，首把瀑布源。

飞下二千尺，强烈不可干。

余润散为雨，遍作山中寒。

次入二林寺，遂获高僧言。

问以绝胜境，导我同跻攀。

逾月不倦厌，岩谷行欲殚〔四四〕。

下山复南迈，不知已南虔〔四五〕。

五岭望可见，欲往若不难。

便拟去登玩，因得窥群蛮〔四六〕。

此意竟不偿，归抱愁煎煎〔四七〕。

到家不再出，一顿俄十年〔四八〕。

昨闻庐山郡，太守雷君贤。

往求与识面，复见山郁蟠〔四九〕。

绝壁凑三方，有类大破镮。

包裹五六州，倚之为长垣〔五〇〕，

大抵蜀山峭，巉刻气不温。

不类嵩华背，气象多浓繁〔五一〕。

吴君颍川秀，六载为蜀官。

簿书苦为累，天鹤囚笼樊。

岷山青城县，峨眉亦南犍。

黎雅又可到，不见宜悒然。

有如烹脂中，过眼不得餐。

始谓泛峡去，此约今又愆。

只有东北山，依然送归轩。

他山已不见，此可著意看〔五二〕。

（卷十六）

注

〔一〕忆山：忆历次登临山水。此诗前六句总写他爱好游览祖国河山；从"岷峨最先见"至"飘若风中仙"，忆岷峨之游，此为少年时事；从"谒来游荆渚"至"此路常周旋"，忆景祐四年（1037）二十九岁时，因应进士试东出三峡，北上入京，不第，然后经长安，越秦岭返蜀；自"又闻吴越中"至"一顿俄十年"，忆庆历七年（1047）苏洵在京应制科试落第后，南游江西庐山、虔州，因父丧返蜀；"昨闻庐（芦）山郡"至"气象多浓繁"，写至和二年（1055）苏洵去雅州访雷简夫；"吴君颍川秀"至"此约今又愆"写自己本欲再次东出三峡而未能如愿以偿，再次抒发了喜爱游山的心情。苏洵于嘉祐元年（1056）三月即北行入京，此诗当作于至和二年（1055）访雷简夫于雅州后不久。

〔二〕落拓：放浪不羁。《北史·杨素传》："少落拓有大志，不拘小节。"

〔三〕浩然：广大貌。《孟子·公孙丑上》："我善养吾浩然之气。"

〔四〕岷：指属岷山山系之青城山。峨：峨眉山。皆四川名山。王文诰《苏诗总案》卷一系苏洵岷峨之游于庆历五年（1045），时苏洵已三十七岁。岷峨距其家很近，"少年喜奇迹"的苏洵绝不会此时才游岷峨，也不止游一次，故将岷峨之游确指在庆历五年，证据不足。

〔五〕虺：亦称虺，即蝮蛇。

〔六〕匍匐：伏地而行。屭颜：同"巉岩"，高峻貌。李华《含元殿赋》："峥嵘屭颜，下视南山。"

〔七〕"阴崖雪如石"二句：背阴一面白雪皑皑，终年积雪，冻得坚硬如石；当阳一面，积雪融化，树木葱茏，有如大海波澜。

〔八〕"仰面嗫云霞"二句：状山之高。嗫云霞，可与云霞私语。嗫，窃窃私语。

〔九〕谒：语助词。荆：荆州，今湖北江陵。渚：渚宫，在江陵城内。荆渚连用，统指江陵。

〔一〇〕峡：此指三峡。下文"峡山"指峡中之山，如巫山等；"峡水"指长江。

〔一一〕巫庙：指巫山神女庙。十数巅：指巫山十二峰——神女峰、翠屏峰、朝云峰、松峦峰、集仙峰、聚鹤峰、净坛峰、上升峰、起云峰、飞凤峰、登龙峰、圣泉峰。

〔一二〕"耸耸青玉干"二句：谓船上只能看见高耸的有如青玉一般的石壁，而看不见山顶。

〔一三〕浑浑：水流盛大貌。

〔一四〕触啮：冲击啃蚀。

〔一五〕造物：古人以为万物乃天造，故称天为造物。

〔一六〕"江山两相值"二句：苏轼《滟滪堆赋》："世以瞿塘峡口滟滪堆为天下之至险，凡覆舟者，皆归咎于此石。以余观之，盖有功于斯人者。夫蜀江会百水而至于夔，弥漫浩汗，横放于大野；而峡之小大，曾不及其十一。苟先无以龃龉于其间，则江之远来，奔腾迅快，尽锐于瞿塘之口，则其险悍可畏，当不啻于今耳。"苏轼此赋的观点正是对苏洵观点的发挥，亦可作此二句的注脚。

〔一七〕泊舟事征鞍：指由江陵陆行北上。

〔一八〕烂熳：又作"烂漫"，放浪意。韦庄《庭前桃》："曾向桃园烂漫游。"

〔一九〕嚣：喧哗。眵（chī）：眼屎。眵昏：眼昏花。韩愈《短灯檠歌》："两目眵昏头雪白。"

〔二〇〕汉水：长江支流，源出陕西宁强，流经陕西南部、湖北西部和中部，至武汉入长江。

〔二一〕累岁不得官：指京师应进士试落第，"不得官"而归。

〔二二〕《五噫》：指东汉梁鸿《五噫歌》："陟彼北芒兮，噫！顾览帝京兮，噫！宫室崔巍兮，噫！人之劬劳兮，噫！辽辽未央兮，噫！"苏洵提及此诗，表现了他对朝廷的失望。

〔二三〕辕辕：山名，在今河南偃师县东南。

〔二四〕嵩岳：即嵩山。

〔二五〕荡荡：广大貌。《尚书·尧典》："荡荡怀山襄陵。"

〔二六〕中原：地区名。狭义指今河南一带，广义指黄河中下游地区。

〔二七〕华下：华山之下。华山位于陕西东部，北临渭水平原，属秦岭东段。

〔二八〕巉巉：山高峻貌。

〔二九〕迤逦：连绵曲折貌。终南：山名，在今陕西西安市南。

〔三〇〕魁岸：高大貌。长安：今陕西西安。

〔三一〕怀抱斗以骞：心胸为之高广。斗，通"陡"，高耸貌。骞，飞举。

〔三二〕"渐渐大道尽"二句：此写由渭水平原进入秦岭，沿着栈道攀附上山。夤缘：攀附而上。苏轼《石鼻城》："北客初来试新险，蜀人从此送残山。"亦写平原、高山交界处。

〔三三〕石齿交戈铤：岩石像齿牙、戈铤一般交织。戈、铤，皆古代兵器。

〔三四〕虚阁：悬空而建的栈阁。《后汉书·隗嚣传》"栈阁绝败"李贤注："栈阁者，山路悬险，栈木为阁道。"

〔三五〕傲睨：傲视。睨，斜视。

〔三六〕累累斩绝峰：重重叠叠的陡峭山峰。

〔三七〕兀：突兀，高耸特出貌。

〔三八〕"背出或逾峻"二句：有的山峰更加高峻，有的山峰如在飞奔。背出犹言背驰，反向奔驰，与"远骛"对举。骛：交驰。

〔三九〕勤劬：辛勤劬劳。

〔四〇〕剑阁：指剑门关，在四川北部剑阁县东北，自古有"剑门天下险"之称。

〔四一〕漫漫：一望无际貌。

〔四二〕"及下鹿头坂"二句：鹿头坂，即四川德阳鹿头山。《全蜀总志》："鹿头山在德阳治北三十余里。"杜甫《鹿头山》："鹿头何亭亭，是日慰饥渴。连山西南断，俯见千里豁。游子出京华，剑门不可越。及兹险阻尽，始喜原野阔。"

〔四三〕"遂使十余载"二句："十余载"指自景祐五年（1039）返蜀至至和二年（1055）作者写此诗时，共十六年。"此路常周旋"表明苏洵还曾多次出蜀，以下吴越之游乃其中的一次，其他各次皆不可考。

〔四四〕"投身入庐岳"至"岩谷行欲殚"：庐岳，即江西庐山。二林寺，即庐山东林寺、西林寺。高僧指庐山圆通寺讷禅师和顺公。殚，尽。苏辙《赠景福顺长老》："辙幼侍先君，闻尝游庐山，过圆通，见讷禅师，留连久之。元丰五年以遣居高安，景福顺公不远百里惠然来访，自言昔从讷于圆通，逮与先君游。岁月迁谢，今三十六年矣。"从元丰五年（1082）逆数三十六年为庆历七年（1047）。

〔四五〕"下山复南迈"二句：虔，虔州，今江西赣州。苏洵下庐山，南游虔州，曾与钟子翼兄弟交游，并观白居易墨迹。苏轼《钟子翼哀辞》："轼年始十二，先君宫师归自江南，曰：'吾南游至虔，有隐君子钟君与其弟概从吾游，同登马岩，入天竺寺观乐天墨迹。'"又苏轼《天竺寺诗并引》："予年十二，先君自虔州归，为予言：'近城山中天竺寺，有乐天亲书诗。'"苏轼生于景祐三年（1036），十二岁时即庆历七年（1047）。

〔四六〕"五岭望可见"四句：五岭，山名，说法不一，一指大庾岭、骑田岭、都庞岭、萌渚岭、越城岭。从此四句可知，苏洵本拟继续游览，了解南方少数民族情况。

〔四七〕"此意竟不偿"二句：指因父苏序病逝，未能南游五岭。苏洵《极乐院造六菩

萨记》："丁亥之岁，先君去世。"丁亥即庆历七年（1047）。苏轼《与曾子固书》："祖父之
殁，轼年十二矣。"

〔四八〕"到家不再出"二句：俄，不久，很快。苏洵自庆历七年（1047）因父丧返蜀
至嘉祐元年（1056）送二子入京应试，其间十年未再出蜀。王文诰《苏诗总案》卷一："庆
历五年……宫师宦于四方，自夔下荆渚，将游京师。"下引《忆山送人》"岷峨最先见"至
"中夜成惨然"为证，即系下荆渚，游京师于庆历五年。又云："庆历七年丁亥，宫师与史
经臣同举制策"，"下第"，"遂自嵩洛之庐山，游东西二林，过圆通，访讷长老"。下以"宫
师《忆山送人》诗有归后十年不出之语"为证。王文诰显然把苏洵早年的岷峨之游和景祐
四年（1038）因应进士试东出三峡入京，西越秦岭返蜀以及庆历七年（1047）应制科试落
第"自嵩洛之庐山"三次游历，混为一谈。

〔四九〕"昨闻庐山郡"四句：庐山郡乃卢山郡之误，卢山郡即雅州（今四川雅安）。太
守雷君即雅州知州雷简夫。王文诰《苏诗总案》卷一："庆历七年……与雷简夫订交九江。"
又云："至和二年……至雅州谒雷简夫。""庆历丁亥，宫师游庐山谒简夫，越九年重见雅
州。"并引《忆山送人》"昨闻庐山郡"四句为证。考《东都事略》和《宋史》的《雷简夫
传》，雷根本没有担任过九江太守。至和末、嘉祐初雷简夫知雅州时向张方平、欧阳修、韩
琦推荐苏洵的信皆存（见邵博《邵氏闻见后录》卷十五），从中完全看不出他们九年前曾订
交九江。苏洵《忆山送人》诗完全按时间先后记游，记庆历七年庐山之游时无只字提及谒
雷简夫，而记"昨闻庐山郡，太守雷君贤"是在自江西庐山返蜀"十年""不再出"之后，
可知"庐山郡"绝非江西庐山。九江在宋代叫江州，《宋史·地理志四》："江州，上，浔阳
郡。"可见九江叫浔阳郡。又《宋史·地理志五》："雅州，上，卢山郡……县五：严道、卢
山、名山、荥经、百丈。"可见庐山郡乃卢山郡之误，卢山郡即雅州。王文诰因未细审《忆
山送人》的行文，不知"庐山郡"乃"卢山郡"之误，卢山郡即雅州，遂误卢山郡为江西
九江，把苏洵访雷简夫于卢山郡同访雷于雅州分为二事（实为一事），结果把苏雷订交误断
在九江，时间提前了十年。

〔五〇〕"绝壁横三方"四句：写雅州山势。《蜀中名胜记》卷十四《雅州》："州治后雅
安山又名月心山，山形如月，象心字。州治左点，所治右点，文庙居中，皆倚山也。"

〔五一〕"大抵蜀山峭"四句：比较蜀山同嵩山、华山的不同特征。

〔五二〕"吴君颍川秀"至结尾：吴君，未详其人。末段叹其六载为蜀官，却为簿书所
累，青城、峨眉、南犍（今四川犍为）、黎州（今四川汉源）、雅州都未游历过，泛峡之约
又未实现，只有回到任所，遥望东北诸山而已。据诗意，当为送吴回归任所之作。悒然，
郁闷貌。愆，失误，此指未能如愿。

途次长安上都漕傅谏议[一]

苏　洵

丈夫正多念[二]，老大不自安。

居家不能乐，忽忽思中原。

慨然弃乡庐[三]，劫劫道路间[四]。

穷山多虎狼，行路非不难。

昔者倦奔走，闭门事耕田。

蚕谷聊自给，如此已十年。

缅怀当今人[五]，草草无复闲[六]。

坚卧固不起，芒刺实在肩[七]。

布衣与食肉，幸可交口言[八]。

默默不以告，未可遽罪愆[九]。

驱车入京洛[一〇]，藩镇皆达官[一一]。

长安逢傅侯，愿得说肺肝。

贫贱吾老矣，不复苦自叹。

富贵不足爱，浮云过长天[一二]。

中怀邈有念，惝恍难自论[一三]。

世俗不见信，排斥仅得存[一四]。

昨者东入秦，大麦黄满田。

秦民可无饥，为君喜不眠。

禁军几千万[一五]，仰此填其咽。

西蕃久不反，老贼非常然[一六]。

士饱可以战，吾宁为之先[一七]？

傅侯君在西，天子忧东藩[一八]。

烽火尚未灭，何策安西边？

傅侯君谓何？明日将东辕[一九]。

（卷十六）

注

〔一〕途次：途中停留。都漕：宋代都转运使的简称。傅谏议：未详其人。《宋史·傅求传》："傅求，字命之，考城人。……陇石蕃酋兰毡献古渭州地，秦州范祥纳之……后帅张升以祥贪利生事，请弃之。诏求往视，求以为城已讫役，且已得而弃，非所以强国威。乃诏谕羌众，反其田，报夏人以渭非其有，不应索，正其封疆而还，兵遂解。进天章阁待制，陕西都转运使，加龙图阁直学士、知庆州。"据吴廷燮《北宋经抚年表》卷三，张升帅秦州在皇祐五年（1053）十一月至至和元年（1054）八月；傅求知庆州在嘉祐二年、三年（1057—1058）；则傅求进天章阁待制、陕西都转运使即在至和元年至嘉祐二年之间，故疑"都漕傅谏议"即傅求。诗云："昔者倦奔走，闭门事耕田。蚕谷聊自给，如此已十年。"此即《忆人送人》"到家不再出，一顿俄十年"，皆指庆历七年（1047）因父丧返蜀至嘉祐元年（1056）再次出蜀。故此诗为嘉祐元年苏洵送二子入京应试，途经长安时作。此诗前八句感慨自己年近半百尚"不安"于家；次八句写"不安"于家的原因，从中可知苏洵不甘隐居而仍有志于当世；"长安逢傅侯"十句，倾诉长期仕途失意的苦闷；"昨者东入秦"以后十六句，是对傅侯的希望，集中表现了他对安边的关心。

〔二〕丈夫：古时对成年男子的称呼，此为苏洵自指。

〔三〕慨然：慷慨貌。

〔四〕劫劫：奔竞貌。韩愈《贞曜先生墓志铭》："人皆劫劫，我独有余。"

〔五〕缅怀：遥念。缅，遥远貌。

〔六〕草草：匆忙貌。杜甫《送长孙九侍御赴武威判官》："取别何草草。"

〔七〕芒刺实在肩：比喻极度不安。《汉书·霍光传》："若有芒刺在背。"

〔八〕"衣布与食肉"二句：苏洵自谓他与平民和大官皆可交谈。梁武帝《置谤木肺石函诏》："若肉食莫言，山阿欲有横议，投谤木函。"山阿指山野之民，即布衣。肉食指达官贵人。当时苏洵虽为布衣，但与知益州田况、张方平，知雅州雷简夫等皆有交往，故有此语。

〔九〕未可遽罪愆：不可就怪罪我。罪、愆，皆有归罪、归咎意。意谓他是有言要告知傅侯的，故以下转入"说肺肝"。

〔一〇〕京：指东京（今河南开封）。洛：指西京洛阳。

〔一一〕藩镇：唐代在各重要州府皆设都督府，称藩镇，此即重镇之意。

〔一二〕"富贵不足爱"二句：《论语·述而》："不义而富且贵，于我如浮云。"

〔一三〕中怀：内心，陶潜《游斜川》："念之动中怀，及辰为兹游。"邈：远，《楚辞·九章·怀沙》："汤禹久远兮，邈而不可慕。"惝恍：失意貌。

〔一四〕"世俗不见信"二句：苏洵《上皇帝书》："臣本凡才，无路自进。当少年时，亦尝欲侥幸于陛下之科举。有司以为不肖，辄以摈落。"

〔一五〕禁军：原指皇帝亲兵，北宋正规军皆称禁军。"几千万"，各本皆然，疑为"几十万"之误。

〔一六〕"西蕃久不反"二句：西蕃，指西夏。自庆历四年（1044）西夏与宋议和后，西边烽火暂停。老贼指西夏国君，时李元昊已死，其子李谅祚在位。《三国志·荀彧传》注引《献帝春秋》："老贼不死，祸乱未已。"非常然，不会经常如此。西夏经常攻宋，故苏洵认为"不反"是暂时的，难以持久。

〔一七〕宁：岂，难道。

〔一八〕天子忧东藩：指广南侬智高之乱。时侬智高之乱已平，但侬之余部尚存。张方平镇蜀，即因讹言侬智高将寇蜀。

〔一九〕东辕：继续东行。辕，驾车用的横木或曲木，此作动词用。

又答陈公美三首〔一〕

苏 洵

仲尼鲁司寇，官职亦已优。

从祭肉不及，戴冕奔诸侯〔二〕。

当时不之知，为肉诚可羞。

君子意有在，众人但怨尤。

置之待后世，皎皎无足忧〔三〕。

仲尼为群婢，一走十四年〔四〕。

荀卿老不出，五十干诸田〔五〕。

顾彼二夫子，岂其陷狂颠？

出处固无定，不失称圣贤。

彼亦诚自信，谁能恤多言！

公孙皆放逐，牧羊沧海滨。

勉强听乡里，垂老西游秦。

自固未为壮，徒为久辛勤〔六〕。

君子岂必隐？孔孟皆旅人〔七〕。

（卷十六）

注

〔一〕陈公美：据苏洵《答陈公美》诗，当为眉山人，与苏洵友谊甚深（念昔居乡里，游处了不猜）；后外出为吏，在苏洵"到家不再出，一顿俄十年"期间，从未见面（君后独舍去，为吏天一涯。我又厌奔走，远引不复来）；在嘉祐元年（1056）苏洵赴京途中偶然相遇（翻然感其说，东走陵颠崖。不意君在此，得奉笑与诙）；陈先赠诗称美苏洵，洵作《答陈公美》诗（新句辱先赠，古寺许见推。……作诗报嘉贶，亦聊以相催）。《又答陈公美诗三首》就作于其后不久。《答陈公美》重点在叙述他们间的交情和自己别后的情况。《又答》则历举孔子、孟子、荀子和公孙弘皆年老出仕，为自己年近半百仍东游京师求官辩解。

〔二〕"仲尼鲁司寇"四句：仲尼即孔子。《史记·孔子世家》："孔子年五十六，由大司寇行摄相事……齐人闻而惧……陈女乐文马于鲁城南高门外。季桓子微服往观再三，将受，乃语鲁君，为周道游，往观终日，怠于政事。子路曰：'夫子可以行矣。'孔子曰：'鲁今且郊，如致膰（祭肉）乎大夫，则吾犹可以止。'桓子卒受齐女乐，三日不听政，郊又不致膰俎于大夫，孔子遂行。"戴冕指郊祭之日，《礼记·郊特牲》："戴冕，璪十有二旒，则天数也。"

〔三〕"当时不之知"至"皎皎无足忧"：大意是说当时没有人了解孔子，为不致祭肉而离开鲁国确实是可羞的事。但孔子有其用意，而众人只知怪罪于他，根本不理解孔子的用意。孔子也无所谓，今世不了解就留待后世吧，因为他的行为光明正大，不值得忧虑。皎皎：纯洁明亮貌。

〔四〕"仲尼为群婢"二句：《史记·孔子世家》：孔子因"桓子卒受齐女乐"而离鲁后，"宿乎屯，而师己送，曰：'夫子则非罪。'孔子曰：'吾歌可夫？'歌曰：'彼妇之口，可以出走；彼妇之谒，可以死败。盖优哉游哉，维以卒岁。'师己反，桓子曰：'孔子亦何言？'师己以实告，桓子喟然叹曰：'夫子罪我，以群婢故也夫！'"又："孔子之去鲁，凡十四岁而反乎鲁。"

〔五〕"荀卿老不出"二句：荀卿（约前313—前238），名况，战国时赵国人。田，指齐襄王田法章，前283—前264年在位。《史记·荀卿列传》："荀卿，赵人，年五十，始游学于齐……齐襄王时而荀卿最为老师，齐尚修列大夫之缺，而荀卿三为祭酒焉。"干，干谒，求取。

〔六〕"公孙昔放逐"至"徒为久辛勤"：《史记·公孙弘传》："丞相公孙弘者，齐菑川国薛县人也，字季。少时为薛狱吏，有罪免。家贫，牧豕海上。年四十余，乃学《春秋》、杂说。养后母孝谨。建元元年，天子初即位，招贤良文学之士。是时，弘年六十，征以贤良为博士，使匈奴，还报，不合上意，上怒，以为不能，弘乃病免归。元光五年，有诏征文学，菑川国复推上公孙弘。弘让谢国人曰：'臣已尝西应命，以不能罢归，愿更推选。'国人固推弘。弘至太常。太常令所征儒士各对策，百余人，弘第居下。策奏，天子擢弘对为第一。召入，见状貌甚丽，拜为博士。"后位至丞相，封平津侯。

〔七〕旅人：奔走在外的人。戴叙伦《早行寄朱放》："山晓旅人去，天高秋气悲。"

丙申岁余在京师，乡人陈景回自南来，弃其官，得太子中允。景回旧有地在蔡，今将治园圃于其间以自老。余尝有意于嵩山之下，洛水之上买地筑室，以为休息之馆，而未果。今景回欲余诗，遂道此意。景回志余言，异日可以知余之非戏云耳[一]

苏 洵

岷山之阳土如腴[二]，江水清滑多鲤鱼[三]。
古人居之富者众[四]，我独厌倦思移居。

平川如手山水蹙〔五〕，恐我后世鄙且愚。

经行天下爱嵩岳〔六〕，遂欲买地居妻孥〔七〕。

晴原漫漫望不尽，山色照野光如濡〔八〕。

民兰舒缓如天扎〔九〕，衣冠堂堂伟丈夫〔一〇〕。

吾今隐居未有所，更后十载不可无。

闻君厌蜀乐上蔡〔一一〕，占地百顷无边隅。

草深野阔足狐兔，水种陆取身不劬〔一二〕。

谁知李斯顾秦宠，不获牵犬追黄狐〔一三〕。

今君南去已足老，行看嵩少当吾庐。

（卷十六）

注

〔一〕丙申岁：即嘉祐元年（1056）。陈景回：《宋史》无传。从诗题可知为蜀人，很可能就是眉州人。在南方某地做官，后以太子中允（太子属官之一，以他官兼，无职掌）致仕，移居蔡州（今河南汝南）。诗的前六句写他想离蜀的原因；次八句写他看中了嵩洛，这里平原辽阔，嵩山秀丽，人才济济，后将居此；再六句盛赞陈景回弃官移居蔡州，并以李斯家在上蔡而不归作对比；末二句双结，前句结陈，末句结己。范梈云："七言古诗……须是波澜开合，如江海之波，一波未平，一波复起。"（仇兆鳌《杜诗详注》卷一）这首七古正具有这种曲折多变的特点。方说西蜀民殷物阜，又说"厌倦思移居"；方说嵩山之可爱，又说陈景回"厌蜀"；方说陈"乐上蔡"，又说李斯之后悔。全诗若断若续，活泼跳荡，情致委曲。

〔二〕岷山之阳：山南为阳，眉山在岷山之南，故云。腴：肥肉，此指土地肥沃。

〔三〕江水清滑多鲤鱼：苏轼《寄蔡子华》："想见清衣江畔路，白鱼紫笋不论钱。"

〔四〕古人居之富者众：《华阳国志》卷三《蜀志·蜀中郡》："家有盐铜之利，户专山川之材，居节人足，以富相尚。……若卓王孙家僮千数，程郑亦八百人，而郇公从禽，巷无行人。箫鼓歌吹，击钟肆悬。富侔公室，豪过田文。"

〔五〕平川如手：谓成都平原只有手掌大，四周都是高山。蹙：促迫，此形容蜀中青山攒拥，绿水纵横。

〔六〕嵩岳：即嵩山。

〔七〕孥：儿女。《诗·小雅·常棣》："宜尔妻孥。"

〔八〕如濡：《诗·郑风·羔裘》："羔裘如濡。"郑玄笺："如濡，润泽之。"

〔九〕夭札：《左传·昭公四年》："民不夭札。"杜预注："短折为夭，大（年长）死为札。"

〔一○〕堂堂：仪表壮伟的样子。

〔一一〕上蔡：治所在今河南上蔡西南，后移治今河南汝南。

〔一二〕劬：劬劳。

〔一三〕"谁知李斯顾秦宠"二句：李斯（？—前208），战国末人，从荀卿学，后入秦，助秦统一六国，官至丞相。始皇死，赵高诬斯谋反，被诛。《史记·李斯传》："李斯者，楚上蔡人也。……二世二年七月，具斯五刑，论腰斩咸阳市。斯出狱，与其中子俱执，顾谓其中子曰：'吾欲与若复牵黄犬俱出上蔡东门逐狡兔，岂可得乎？'遂父子相哭，而夷三族。"顾，顾恋。顾秦宠指留恋秦宠而不及时退身。

附录

葛立方：苏东坡兄弟以仕宦久，不得归蜀，怀归之心，屡见于篇咏。……嘉祐丙申岁，老苏在京师，乃有厌蜀之意。尝有意嵩山之下，洛水之上，买地筑室而居。故为诗云："岷山之阳土如腴，江水清清（今本作'清滑'）多鲤鱼。古人居之富者众，我独厌倦思移居。"是时乡人陈景回自蜀居蔡，故以是诗告之。则是二苏欲归蜀，而老苏欲出蜀也。厥后老苏葬于蜀，而治命指其墓旁庚壬地为二子之藏，而二子终不得归焉，信知人事不可期也。（《韵语阳秋》卷十三）

欧阳永叔白兔〔一〕

苏 洵

飞鹰搏平原〔二〕，禽兽乱衰草〔三〕。

苍茫就擒执〔四〕，颠倒莫能保〔五〕。

白兔不忍杀，叹息爱其老。

独生遂长拘，野性始惊矫〔六〕。

贵人织筠笼〔七〕，驯扰渐可抱〔八〕。

谁知山林宽，穴处颇自好。

高飙动槁叶[九]，群窜迹如扫。

异质不自藏，照野明皓皓[一〇]。

猎夫指之笑，自匿苦不早[一一]。

何当骑蟾蜍，灵杵手自捣[一二]。

（卷十六）

注

〔一〕欧阳永叔：即欧阳修（1007—1072），字永叔，号六一居士，庐陵吉水（今江西吉安）人，官至枢密副使、参知政事，著有《欧阳文忠集》《新五代史》《新唐书》（与宋祁合著）。据欧阳修《白兔》和梅圣俞《永叔白兔》，此兔是"滁州野叟""驰献旧守"、今之"翰林"欧阳修的。据《庐陵欧阳文忠公年谱》，欧阳修于庆历五年（1045）十月至八年（1048）正月知滁州，于至和元年（1055）九月迁翰林学士。苏洵于嘉祐元年（1056）至京，成为欧阳修的座上客，此诗当作于这年秋冬。朱东润《梅尧臣集编年校注》也说《永叔白兔》作于嘉祐元年。苏洵诗前八句写白兔被擒和笼养经过，中八句写笼养违背白兔本性，末四句借猎人之口笑白兔不自匿而被长拘。"异质不自藏""自匿苦不早"，就是此诗主旨。全诗结构谨严，形象生动，意味隽永，可算佳作。

〔二〕搏平原：谓飞鹰在平旷的原野上搏击禽兽。

〔三〕乱衰草：谓飞禽走兽拼命奔逃于衰草之中。乱，形容禽兽奔逃之状。

〔四〕苍茫就擒执：在旷远无际的原野上被擒获。苍茫，旷远无际貌。

〔五〕颠倒：破灭倾覆。

〔六〕矫：矫正，指改变白兔野性。

〔七〕筠笼：竹笼。筠，竹子的青皮，又作竹的别称。

〔八〕驯扰：驯养。《后汉书·蔡邕传》："有兔驯扰其室傍。"扰，安和、驯服。《书·皋陶谟》，"掌养猛兽而教扰之"。

〔九〕高飙：高风。飙，疾风。

〔一〇〕皓皓：皓白貌。

〔一一〕匿：隐藏，躲避。《淮南子·说林训》云："见物之形，弗能匿也。"

〔一二〕"何当骑蟾蜍"二句：传说月中有兔和蟾蜍，刘孝标《林下映月诗》："明明三五月，垂影当高树。攒柯半玉蟾，映叶彰金兔。"末二句嘲笑白兔因不自匿而被长拘，不如月中之兔骑蟾捣药自由。

附录

欧阳修《白兔》：天冥冥，云濛濛，白兔捣药姮娥宫。玉关金镮夜不闭，窜入滁山千万重。滁泉清甘泻大壑，滁草软翠摇轻风。渴饮泉，困栖草，滁人遇之丰山道。网罗百计偶得之，千里持为翰林宝。翰林酬酢委金璧，珠箔花笼玉为食。朝随孔翠伴，暮缀鸾皇翼。主人邀客醉笔下，京洛风埃不沾席。群诗名貌极豪纵，尔兔有意果谁识？天资洁白已为累，物性拘囚尽无益。上林荣落几时休，回首峰峦断消息。（《欧阳文忠全集》卷五十四）

梅圣俞《永叔白兔》：可笑嫦娥不了事，走却玉兔来人间。分寸不落猎犬口，滁州野叟获以还。霜毛丰茸目睛殷，红条金练相戏擐。驰献旧守作异玩，况乃已在蓬莱山。月中辛勤莫捣药，桂旁杵臼今应闲。我欲拔毛为白笔，研朱写诗破公颜。（《梅尧臣集编年校注》卷二十六）

老翁井〔一〕
苏洵

井中老翁误年华〔二〕，白沙翠石公之家。

公来无踪去无迹，井面团团水生花。

公今与世两何预，无事纷纷惊牧竖。

改颜易服与世同〔三〕，毋使世人知有翁。

（佚诗·二十二首）

注 ——————————————————————

〔一〕老翁井：苏洵《老翁井铭》："丁酉岁，余卜葬亡妻，得武阳安镇之山。山之所从来甚高大壮伟，其末分而为两股，回转环抱，有泉坌然，出于两山之间而北附，右股之下畜为大井，可以日饮百余家。……他日乃问泉旁之民，皆曰是为老翁井。"丁酉岁即嘉祐二年（1057），诗与铭当作于同时。当时苏洵虽名动京师，但求官未遂，因其妻程氏卒，匆匆返蜀，郁郁不得志，故有改颜易服，和光同尘，不求有闻于世，而愿老于泉旁之念。后苏洵谢绝征召入京，梅圣俞有《题老人泉寄苏明允》诗（见附录），即针对苏洵的退隐思想而发。此诗《嘉祐集》失载，而作为苏轼诗收入《东坡续集》。朱熹《晦庵诗话》："《老翁井》诗在老苏《送蜀僧去尘》之前，必非他人之作。然不见于《嘉祐集》，亦不省其何说也。"从内容看，此诗确为苏洵所作，诗旨与《老翁井铭》同。

〔二〕井中老翁误年华：苏洵《老翁井铭》："问其所以为（老翁井）名之由，曰：往岁十年，山空月明，天地于霁，则常有老人苍颜白发，偃息于泉上。就之则隐而入于泉，莫可见，盖其相传以为如此者久矣。……余又闵其老于荒榛岩石之间，千岁则莫知也。"

〔三〕改颜易服与世同：谓改变自己的本色，以求与世人和光同尘。

附录

梅圣俞《题老人泉寄苏明允》：泉上有老人，隐见不可常。苏子居其间，饮水乐未央。渊中必有鱼，与子自徜徉。渊中苟无鱼，子特玩沧浪。日月不知老，家有雏凤凰（按：指苏轼兄弟）。百鸟戢羽翼，不敢言文章。去为仲尼叹，出为盛时祥。方今天子圣，无滞彼泉傍。（《梅尧臣集编年校注》卷二十八）

苏轼《送贾讷倅眉二首》之二：老翁山下玉渊回，手植青松三万栽。父老得书知我在，小轩临水为君开。试看一一龙蛇活，更听萧萧风雨哀。便与甘棠同不剪，苍髯白甲待归来。（自注：先君葬于蟆颐山之东二十余里，地名老翁泉。君许为一往，感叹之深，故及之）（《苏轼诗集》卷二十七）

朱熹《跋东坡书李杜诸公诗》：《老翁井》诗，在老苏《送蜀僧去尘》之前，必非他人所作，然不见于《嘉祐集》，亦不省其何说也。彼欲井中老翁"改颜易服"，不使人知，而后篇遽有"嫌瘦""废弹"之叹，何耶？然其言怨而不怒，独百世以俟后贤而不惑，则其用意亦远矣哉！

答二任〔一〕

苏　洵

鲁人贱夫子，呼丘指东家〔二〕。

当时虽未遇，弟子已如麻。

奈何乡闾人，曾不为叹嗟。

区区吴越间，问骨不惮遐〔三〕。

习见反不怪，海人等龙虾〔四〕。

嗟我何足道，穷居出无车〔五〕。

昨者入京洛，文章彼人夸〔六〕。

故旧未肯信，闻之笑呀呀〔七〕。

独有两任子，知我有足嘉〔八〕。

远游苦相念，长篇寄芬葩〔九〕。

我道亦未尔〔一〇〕，子得无增加！

贫穷已衰老，短发垂鬌鬌〔一一〕。

重禄无意取，思治山中畬〔一二〕。

往岁栽苦竹〔一三〕，细密如蒹葭〔一四〕。

庭前三小山，本为水中楂〔一五〕。

当前凿方池，寒泉照谽谺〔一六〕。

玩此可竟日，胡为踏朝衙〔一七〕？

何当子来会，酒食相邀遮〔一八〕？

愿为久相敬，终始无疵瑕。

闲居各无事，数来饮流霞〔一九〕。

（卷十六）

注 ————————————————————————————————

〔一〕二任：任孜、任伋。《宋史·任伯雨传》：“任伯雨，字德翁，眉州眉山人。父孜，字遵圣，以学问气节推重乡里，名与苏洵埒，仕至光禄寺丞。其弟伋，字师中，亦知名，尝通判黄州，后知泸州，当时称大任、小任。”诗中有“昨者入京洛，文章彼人夸”句，此指嘉祐元年（1056）苏洵名震京师事，从“昨者”及“贫穷已衰老”以下数语，可知作于嘉祐二年（1057）返蜀后。此诗首以“鲁人贱夫子”为喻，写自己虽名动京师，却“故旧未肯信”；“独有两任子”六句，谢二任寄诗称美自己；“贫穷已衰老”至“胡为踏朝衙”，抒发在京求官未遂的抑郁之情，表示决心老于故居而不再入京；最后六句盼二任归来，共同闲居。

〔二〕“鲁人贱夫子”二句：夫子，孔夫子；丘，孔丘。据传孔子的西邻不知孔子之贤，径呼为“东家丘”。后借以喻不识人才。《三国志·魏志·邴原传》裴松之注引《原别传》，言邴原求学于孙崧，崧曰：“君乡里郑君（玄）……诚学者之师模也。君乃舍之，蹑屣千里，所谓以郑为东家丘者也。”

〔三〕“区区吴越间”二句：以吴越同鲁人、乡间之人作对比，谓远方之人对孔子的敬重大大超过了他的邻人。区区：小。《左传·襄公十七年》：“宋国区区。”问骨：《史记·孔子世家》：“吴伐越，堕会稽，得骨节专车。吴使使问仲尼：‘骨何者最大？’仲尼曰：‘禹致群神于会稽山，防风氏后至，禹杀而戮之，其节专车，此为大矣。’”

〔四〕海人：海边之人。龙贵虾贱，等龙虾谓其不分贤愚。

〔五〕出无车：《史记·孟尝君列传》载，冯驩闻孟尝君好客，往见。孟尝君置之传舍，冯驩弹剑而歌曰：“长铗归来乎，食无鱼！”孟尝君迁之幸舍，有鱼，冯驩又弹剑而歌曰：“长铗归来乎，出无舆！”

〔六〕“昨者入京洛”二句：张方平《文安先生墓表》：“至京师，（欧阳）永叔一见大称叹，以为未始见夫人也，目为孙卿子（荀子）。献其书于朝。自是名动天下。”

〔七〕呀呀：笑声。韩愈《读东方朔杂事》：“王母闻以笑，卫官助呀呀。”

〔八〕有足嘉：有值得赞美、称许之处。

〔九〕芬葩：芬芳的花，此指二任寄给苏洵的诗和信。

〔一〇〕我道亦未尔：我的文章之道还不是你所嘉美的那样好。这是自谦之词。

〔一一〕髟髟：发下垂貌。

〔一二〕畲（shē）：畲田，刀耕火种之田，此泛指田。

〔一三〕苦竹：一种矮小的竹，其笋苦，不堪食。白居易《琵琶行》："黄芦苦竹绕宅生。"

〔一四〕蒹：荻。葭：芦苇。《诗·秦风·蒹葭》："蒹葭苍苍。"

〔一五〕"庭前三小山"二句：指眉山老家的木假山三峰。苏洵《木假山记》："予家有三峰。"楂，水中木筏，此泛指水中浮木。"水中楂"通行本作"山中楂"，此从宋残本《类编增广老苏先生大全集》。苏洵《木假山记》称其木山"风拔水漂而不破折，不腐"，"出于湍沙之间"，可见当以"水中楂"为是。

〔一六〕谽谺：山深貌。《汉书·司马相如传》："通谷谺兮谽谺。"

〔一七〕胡为踏朝衙：为什么要做官呢？胡为，为何，为什么。朝衙，早衙。白居易《城上》："城上鼕鼕鼓，朝衙复晚衙。"

〔一八〕邀遮：拦路邀请。

〔一九〕流霞：神话传说中的仙酒。《抱朴子·祛惑》：项曼都语："仙人但以流霞一杯与我饮之，辄不饥饿。"

游嘉州龙岩〔一〕

苏　洵

系舟长堤下，日夕事南征〔二〕。

往意纷何速，空岩幽自明〔三〕。

使君怜远客，高会有余情〔四〕。

酌酒何能饮，去乡怀独惊。

山川随望阔，气候带霜清〔五〕。

佳境日已去，何时休远行〔六〕！

（佚诗·二十二首）

注 ————

〔一〕嘉州：治今四川乐山。宋属成都府路，见《宋史·地理志五》。龙岩：《嘉定府志》卷四《山川》："九龙山，城东北四里，三龟山之右，一名龙岩，一名灵岩，又名龙泓。山上石壁刻石龙九，相传书朝明皇时所镌，强半磨泐，其存者矫然有势。山最幽邃，号小桃园。"嘉祐四年（1059）六月，朝廷再次召苏洵试策论于舍人院，苏洵《上欧阳内翰第四书》说："王命且再下，洵若固辞，必将以为沽名而有所希望。今岁之秋，轼、辙已服阕（服母丧期满），亦不可不与之俱东。恐内翰怪其久而不来，是以略陈其意。"十月，苏洵父子沿岷江、长江舟行南下赴京，此诗即作于途经嘉州时。诗的前四句点题，因忙于南行而不能久游龙岩；中四句写嘉州知州盛情款待他们父子，苏洵因去乡伤怀而不能畅饮；末四句进一步申说"去乡怀独惊"。全诗不以写景胜，而以抒情胜，感情沉郁，格调苍凉，集中抒发了他勉强入京的抑郁之情。

〔二〕征：远行。南征：指沿岷江、长江"南行适楚"（苏轼《南行前集叙》）。

〔三〕空岩：指"刻石龙九""强半磨泐"的嘉州龙岩。幽自明：幽静明丽而无人欣赏。

〔四〕"使君怜远客"二句：汉代称刺史为使君，汉以后作为对州郡长官的尊称。此指嘉州知州，姓名不详。高会，盛会。余情，富有感情。《说文》："余，饶也。"这两句表明苏洵当时虽为布衣，但社会地位已有了显著变化。苏轼《钟子翼哀词》："方是时（指庆历七年，即1047年苏洵应制科试不中时），先君未为时所知，旅游万里，舍者常争席。"而这次南行是在苏洵父子名动京师以后，沿途皆有地方官吏、亲朋好友迎送。过泸州，有老友任遵圣相候，苏轼兄弟皆有《泊南井口期任遵圣》诗；经渝州，有渝州知州张子立"谒我江上"（见苏洵《答张子立见寄》）；至丰都，有"知县李长官"迎候（见苏洵《题仙都山鹿并叙》）；苏轼《入峡》诗说："野戍荒州县，邦君古子男。放衙鸣晚鼓，留客荐霜柑"；至江陵，父子三人更成了王荆州的座上客。由此可见，"高会有余情"并不止嘉州一地。

〔五〕"山川随望阔"二句：前句切地，嘉州是岷江、大渡河、青衣江三江汇合之地，冲积成辽阔的平原："旷荡造平川"（苏轼《初发嘉州》）；后句切时，十月启行，正是深秋初冬，"霜清"二字点明了时令。

〔六〕"佳境日已去"二句：佳境，指故乡山水，苏轼《初发嘉州》"故乡飘已远，往意浩无边。锦水细不见，蛮江（青衣江）清可怜"，可作此句注脚。苏洵《游陵（今作"凌"）云寺》："今余劫劫（奔竞忙碌貌）独何往，愧尔前人空自咍（自嘲）。"《和杨节推见赠》："予懒本不出，苦为人事动。相将犯苦寒，大雪满马鬣。"可与后句互证。

题白帝庙〔一〕

苏 洵

谁开三峡才容练〔二〕，长使英雄苦力争。

熊氏凋零余旧族〔三〕，成家寂寞闭空城〔四〕。

永安就死悲玄德〔五〕，八阵劳神叹孔明〔六〕。

白帝有灵应自笑，诸公皆败岂由兵？

（卷十六）

注

〔一〕白帝庙：在白帝城（今重庆奉节东瞿塘峡口）。白帝城，原名鱼腹，东汉公孙述至此始改名白帝。《太平寰宇记》卷一百四十八引《郡国志》："公孙述至鱼腹，有白龙出井中，因号鱼腹为白帝城。"白帝庙所祀即公孙述，陆游《入瞿唐登白帝庙》："参差层颠屋，邦人祀公孙。力战死社稷，宜享庙貌尊。"王文诰《苏诗总案》卷一：嘉祐四年（1059）冬，"抵夔州，吊白帝祠、永安宫，作诗"。苏轼《白帝庙》："朔风催入峡，惨惨去何之。共指苍山路，来朝白帝祠。"苏洵诗作于同时，此诗前六句言白帝城乃兵家"力争"之地；末二句置一反诘，诗旨立现，韵味无穷。

〔二〕谁开三峡：《太平广记》卷五十六《云华夫人》引《集仙录》："大禹理水，驻（巫）山下。大风卒至，崖振谷陨不可制。因与（云华）夫人相值，拜而求助。即敕侍女，授禹策召鬼神之书，因命其神狂章、虞余、黄魔、大翳、庚辰、童律等，助禹斫石疏波，决塞导阨，以循其流。……遂能导波决川，以成其功。"

〔三〕熊氏：楚国祖先，见《史记·楚世家》："周文王之时，季连之苗裔曰鬻熊。……其子曰熊丽，熊丽生熊狂，熊狂生熊绎。"白帝城，古属楚地，故咏及楚之祖先熊氏。

〔四〕成家：指公孙述（？—36），字子阳，东汉扶风茂陵（今陕西兴平东北）人。王莽时为导江卒正，后自立为蜀王。《后汉书·公孙述传》："建武元年四月遂自立为天子，号成家，色尚白，建元曰龙兴元年。"李贤等注："以起成都，故号成家。"

〔五〕永安：即白帝城。玄德：刘备字。蜀汉章武元年（221）六月，刘备在猇亭（今湖北宜都北长江北岸）为吴将陆逊所败，由步道还白帝。章武二年（222）四月，刘备崩于永安。事见《三国志·蜀书·先主传》。

〔六〕八阵：指八阵图。《三国志·蜀志·诸葛亮传》："推演兵法，作八阵图。"诸葛亮据八阵图练兵遗址有多处，其一在重庆奉节县。此次南行，苏轼兄弟皆有《八阵碛》诗，苏轼诗云："世称诸葛公，用众有法度。区区落褒斜，军旋无阔步。中原竟不到，置阵狭无所。茫茫平沙中，积石排队伍。独使后世人，知我非莽卤。"所叹与其父同。

襄阳怀古〔一〕

苏 洵

我行襄阳野，山色向人明。

何以洗怀抱，悠哉汉水清〔二〕。

辽辽岘山道〔三〕，千载几人行？

踏尽山上土，山腰为之平。

道逢堕泪碣〔四〕，不觉涕亦零。

借问羊叔子〔五〕，何异葛孔明〔六〕？

今人固已远，谁识前辈情？

竭来万山下〔七〕，潭水转相萦。

水深不见底，中有杜预铭。

潭水竟未涸，后世自知名。

成功本无敌，好誉真儒生〔八〕。

自从三子亡〔九〕，草中无豪英。

聊登岘山首，泪与汉流倾。

（卷十六）

注 ————————————————————————————————

〔一〕襄阳：今属湖北。王文诰《苏诗总案》卷二：嘉祐五年（1060）正月，"至襄阳，作《野鹰来》《上渚吟》《襄阳乐》三乐府。"苏洵此诗作于同时。前四句总写，借登山临水以洗怀抱；"辽辽"十句写游岘山，访堕泪碣，观羊祜遗迹；"碣来"八句写游万山，访杜预遗迹；末四句点题，怀古伤今，感叹现世再没有这样的英雄，借以抒发自己功业无成的苦闷。

〔二〕悠哉：远长。杜甫《龙门》："川水日悠哉！"汉水：又名汉江，源于陕西西南宁强县，流经陕西南部，湖北西北部和中部，于武汉入长江。

〔三〕辽辽：遥远貌。岘山：《元和郡县志》卷二十一《山南道二》："在（襄阳）县南九里，山东临汉水，古今大道。"

〔四〕堕泪碣：即堕泪碑，在岘山。《晋书·羊祜传》："襄阳百姓于岘山（羊）祜平生游憩之所，建碑立庙，岁时飨祭焉。望其碑者，莫不流涕，杜预因名为堕泪碑。"《元和郡县志》卷二十一："羊祜镇襄阳，与邹润甫共登此山（岘山），后人立碑，谓之堕泪碑，其铭文即蜀人李安所制。"

〔五〕羊叔子：羊祜（221—278），字叔子，南城（今山东费县西南）人。魏末任相国从事中郎，与荀勖共掌机密。晋代魏后，封钜平侯，除督荆州军州事，出镇襄阳，开屯田，储军备，筹划灭吴。临终，举杜预自代。事见《晋书·羊祜传》。

〔六〕葛孔明：即诸葛孔明。《三国志·诸葛亮传》裴松之注引《汉晋春秋》："亮家于南阳之邓县，在襄阳城西二十里，号曰隆中。"

〔七〕碣：语助词。万山：《元和郡县志》卷二十一："万山，一名汉皋山，在（襄阳）县西十一里。"

〔八〕"水深不见底"至"好誉真儒生"：杜预（222—284），字元凯，京兆杜陵（今陕西西安东南）人。继羊祜都督荆州诸军事，镇南大将军，镇襄阳。太康元年（280）统兵灭吴，以功封当阳县侯。著有《春秋左氏传集解》。《晋书·杜预传》：杜"好为后世名。尝言'高岸为谷，深谷为陵'，刻石为二碑，纪其勋绩，一沉万山之下，一立岘山之上，曰：'焉知此后不为陆谷乎！'"

〔九〕三子：指羊祜、诸葛亮、杜预三人。

昆 阳 城[一]

苏 洵

昆阳城外土非土，战骨多年化墙墉[二]。

当时寻邑驱市人[三]，未必三军皆反虏。

江河填满道流血，始信《武成》真不误[四]。

杀人应更多长平[五]，薄赋宽征已无补[六]。

英雄争斗岂得已，盗贼纵横亦何数？

御之失道谁使然？长使哀魂啼夜雨。

（卷十六）

注

〔一〕嘉祐五年（1060）春，三苏父子自江陵赴京，途经叶县时作。昆阳：今河南叶县。此诗写新（王莽）汉（刘秀）昆阳之战。《资治通鉴》卷三十九：更始元年（23）"三月，王凤与太常偏将军刘秀等徇昆阳、定陵、郾，皆下之。王莽闻严尤、陈茂败，乃遣司空王邑驰传，与司徒王寻发兵平定山东，征诸明兵法六十三家以备军吏，以长人巨毋霸为垒尉，又驱诸猛兽虎、豹、犀、象之属以助威武。邑至洛阳，州郡各选精兵，牧守自将，定会者四十三万人，号百万"。"秀乃与敢死者三千人从城西水上冲其中坚。……城中亦鼓噪而出，中外合势，震呼动天地。莽兵大溃，走者相腾践，伏尸百余里。会大雷、风，屋瓦皆飞，雨下如注，滍川盛溢，虎豹皆股战，士卒赴水溺死者以万数，水为不流。"

〔二〕墙墉：墙外空地，此指泥土，谓昆阳城外的泥土乃战骨变成。

〔三〕寻邑：寻，王寻，王莽的司徒，死于昆阳之战。邑，王邑，王莽的司空，在昆阳之战中逃归洛阳，后长安破，战死。驱市人：指"诸将见寻、邑兵盛，皆反走，入昆阳"，寻、邑欲"先屠此城，蹀血而进"。（《资治通鉴》卷三十九）

〔四〕《武成》：《尚书》篇名，言武王伐纣获胜，偃武修文，归马于华山之阳，放牛于桃林之野，示天下不复乘用。文中叙牧野之战说："会于牧野，罔有敌于我师，前徒倒戈，攻于后，以北，血流漂杵。"苏洵认为从昆阳之战看来，《武成》所载"血流漂杵"是可信的。

〔五〕长平：今山西高平西北。秦昭王四十五年（前262）秦将白起在此大败赵将赵括，并坑杀赵降卒四十余万，见《史记·秦本纪》。

〔六〕薄赋宽征：指东汉初年采取的一些缓和矛盾的措施，如建武六年十二月诏曰："顷者师旅未解，用度不足，故行什一之税。今军士屯田，粮储差积，其令郡国收见田租三十税一，如旧制。"七年三月诏曰："今郡国有众军，并多精勇，宜且罢轻车、骑士、材官、楼船士及军假吏，今还复民伍。"（《后汉书·光武帝纪》）

与可许惠所画舒景，以诗督之〔一〕

苏 洵

枯松怪石霜竹枝，中有可爱知者谁？
我能知之不能说〔二〕，欲说常恐天真非〔三〕。
羡君笔端有新意，倏忽万状成一挥〔四〕。
使我忘言惟独笑，意所欲说辄见之。
问胡为然笑不答〔五〕，无乃君亦难为辞？
昼行书空夜画被〔六〕，方其得意犹若痴。
纷纭落纸不自惜，坐客争夺相漫欺。
贵家满前谢不与，独许见赠怜我衰。
我当枕簟卧其下，暮续膏火朝忘炊。
门前剥啄不须应〔七〕，老病人谁称我为？

（卷十六）

注

〔一〕 文同（1018—1079），字与可，自号笑笑先生，世称石室先生，梓州永泰（今四川盐亭东)人,与苏轼为世交,北宋著名画家。此诗写作时间不详。从"怜我衰"可知,当作于晚年。家诚之《石室先生年衰》载,文同于嘉祐四年(1059)"召试馆职,判尚书职方兼编校史馆书籍",嘉祐五年在朝,并在这年俾邛州。苏洵也在这年二月到京,故此诗很可能作于嘉祐五年文同俾邛州前。这是苏洵向文同索画的诗。诗中称美了文同擅长的枯木竹石,赞其"有新意",而有无"新意"是三苏父子论文论艺的重要标准。诗中还揭示了文同绘画取得重要成就的原因,这就是"昼行书空夜画被"的刻苦练习。

〔二〕我能知之不能说:《庄子·外物》:"言者所以在意,得意而忘言。"陶潜《饮酒》:"此中有真意,欲辨已忘言。"下文"忘言"亦本此。

〔三〕天真:《庄子·渔父》:"圣人法天贵真,不拘于俗。"此指"法天贵真"的人。

〔四〕倏忽:转瞬之间。

〔五〕胡:何。

〔六〕书空:《晋书·殷浩传》:"浩被黜夜,口无怨言……但终日书空,作'咄咄怪事'而已。"画被:羊欣《笔阵图》:"钟繇精思学书,卧画被穿过表。入厕终日忘归。"

〔七〕剥啄:象声词,指敲门户。

九日和韩魏公〔一〕

苏 洵

晚岁登门最不才,萧萧华发映惊罍〔二〕。

不堪丞相延东阁〔三〕,闲伴诸儒老曲台〔四〕。

佳节久从愁里过,壮心偶傍醉中来〔五〕。

暮归冲雨寒无睡,自把新诗百遍开〔六〕。

(卷十六)

注

〔一〕九日:重阳节。韩魏公:指韩琦(1008—1075),字稚圭,相州安阳(今属河南)人,历仕仁宗、英宗、神宗三朝,位至宰相,封魏国公,著有《安阳集》。王文诰《苏诗总案》卷一系此诗于嘉祐元年（1056），并云："此条（叶）梦得误以嘉祐为至和，已删去。"叶系"至和间"误，王系嘉祐元年亦误。韩琦《安阳集》有《乙巳重阳》诗，从用韵及苏韩两诗皆言及"雨"，可断言苏洵所和即《乙巳重阳》。乙巳为英宗治平二年（1066），洵诗即作于这年重阳节夜。且诗中有"不堪丞相延东阁"句，韩琦嘉祐元年为枢密使，还未做丞相；又有"闲伴诸儒老曲台"句，曲台指太常寺，苏洵编太常礼书乃嘉祐六年事，系嘉祐元年显然与诗意不合，方回已有辨证（见附录），王文诰偶有疏忽。此诗首联写自己晚年才成为韩琦座上客，参与韩的家宴；颔联感谢韩对自己的礼遇，但从"闲""老"二字也可看出对韩未更加重用略有怨言；颈联进一步抒发一生不得志之情，但仍有壮心未已之意；尾联写宴后归家情景，暮色沉沉，寒雨潇潇，辗转反侧，夜不能寐，给人以凄凉之感，集中表现了他壮志不酬的苦闷。这首诗在苏洵诗作中堪称压卷之作。

〔二〕罍：青铜酒器，比酒樽大，后泛指盛酒器。《诗·周南·卷耳》："我姑酌彼金罍。"

〔三〕不堪：不配，不敢当。东阁：《汉书·公孙弘传》："弘自见为举首，起徒步，数年至宰相，封侯。于是起客馆，开东阁，以延贤人。"颜师古注："阁者，小门也，东向开之，避当庭门而引宾客，以别于掾吏官属也。"此以公孙弘事喻韩琦。韩琦于嘉祐元年（1056）八月任枢密使，嘉祐三年（1058）六月加同平章事，至英宗治平四年（1068）罢相。

〔四〕曲台：唐王彦威为太常，撰《曲台新记》，故称太常为曲台。据《续资治通鉴长编》，苏洵于嘉祐六年（1061）七月霸州为文安县主簿，同修纂礼书。

〔五〕"佳节久从愁里过"二句：叶梦得《石林诗话》引此诗，"久从"作"屡从"，"偶傍"作"时傍"；方回《瀛奎律髓》录此诗，"久从"作"已从"。方回以为"五六要是佳句"。《杨升庵诗话》卷四："白乐天诗有'百年愁里过，万感醉中来'之句，老苏未必祖袭，盖偶同耳。"

〔六〕"暮归冲雨寒无睡"二句：方回说："是日有雨，所和诗非席上所赋，其曰'暮归冲雨寒无睡'，乃是饮归而和此诗也。"（《瀛奎律髓汇评》卷十六）

附录

《朱子语类》卷十三："老苏之出，当时甚敬崇之，惟荆公不以为然，故其父子皆切齿之。然老苏诗云：'老态尽从愁里过，壮心偏傍醉中来。'如此无所守，岂不为他荆公所笑！"

韩琦《乙巳重阳》：苦厌繁机少适怀，欣逢九启宾罍。招贤敢并翘材馆，乐事

难追戏马台。藓布乱钱乘雨出·雁排阵拂云来。何时得遇樽前菊，此日花随月令开？（方回《瀛奎律髓》卷十二）

叶梦得：苏明允至和间来京师，既为欧阳文忠公所知，其名翕然。韩忠献诸公皆待以上客。尝遇重阳，忠献置酒私第，惟文忠与一二执政，而明允乃以布衣参其间，都人以为异礼。席间赋诗，明允有"佳节屡从愁里过，壮心时傍醉中来"之句，其意气尤不少衰。（《石林诗话》卷下）

方回：诗话谓韩魏公九日饮执政，老泉以布衣与坐。今味"闲傍诸儒老曲台"之句，即是修太常礼之时，非布衣也。盖英宗治平二年乙巳，韩公首倡，见《安阳集》。……五六要是佳句，《朱文公语录》颇不以为然，怨门人传录，未必的也。（《瀛奎律髓》卷十六）

纪昀：文公以伊川之故，极不喜苏氏父子，往往有意排斥。此明知其论之矢平，而委其过于纪录者，其实不然。老泉不以诗名，此诗极老健。（《瀛奎律髓汇评》卷十六）

送蜀僧去尘[一]

苏 洵

十年读《易》费膏火[二]，尽日吟诗愁肺肝[三]。
不解丹青追世好[四]，欲将芹芷荐君盘[五]。
谁为善相宁嫌瘦[六]，后有知音可废弹[七]？
挂杖挂经须倍道[八]，故乡春蕨已阑干[九]。

（卷十六）

注 ——————————————————————————————

〔一〕蜀僧：未详何人。去尘：本指前辈遗风，白居易《不致仕》："寂寞东门路，无人继去尘。"此指离开尘土飞扬的闹市，即指蜀僧离京归乡。此诗又作为苏轼诗收在《东坡续集》。叶梦得《石林诗话》卷下："明允诗不多见，然精深有味，语不徒发，正类其文。如《读易诗》云：'谁为善相应嫌瘦，后有知音可废弹？'婉而不迫，哀而不伤，所作自不必多也。"朱熹《晦庵诗话》云："彼欲井中老翁改颜易服，毋使人知（苏洵《老翁井》：'改颜易服与世同，无使世人知有翁'），后篇遽有嫌瘦、废弹之叹，何耶？然其言怨而不怒，用意亦远矣。"叶、朱皆宋人，其言应有据，此诗当为苏洵诗。苏洵嘉祐六年（1061）《上韩丞相书》云："自去岁以来始复读《易》，作《易传》百余篇。此书若成，则自有《易》以来，未始有也。"张方平《文安先生墓表》谓其作"《易传》十卷"。苏辙《东坡先生墓志铭》："先君晚岁读《易》，玩其爻象，得其刚柔、远近、喜怒、逆顺之情，以观其词，皆迎刃而解，作《易传》未完。"由此可知苏洵"复读《易》，作《易传》"在晚年，此诗亦作于晚年，具体写作时间不详。诗的前六句写读《易》，"芹芷"即喻其著述，"瘦"指因著书而瘦，"可（岂可）废弹"亦指不可停止著书；后两句因送蜀僧而动思乡之情；全诗表现了苏洵虽壮志不酬，仍自强不息的精神。他曾教育二子说："士生于世，治气养心，无恶于身。推是以施之人，不为苟生；不幸不用，犹当以其所知著之翰墨，使人有闻焉。"（苏辙《历代论》）此诗正体现了这种思想。

〔二〕膏火：照明的油、火。《庄子·人间世》："膏火自煎也。"

〔三〕尽日吟诗愁肺肝：李白《戏赠杜甫》："借问别来太瘦生，总为从前作诗苦。"

〔四〕丹青：丹砂、青䨼，可做颜料，绘画所用。《汉书·苏武传》："竹帛所载，丹青所画。"苏轼《题王逸少帖》："颠张（张旭）醉素（怀素）两秃翁，追逐世好称书工。"

〔五〕芹芷：比喻微薄之物，偏重于献芹意。芹，菜名；芷，香草名。荐：献。高适《自淇涉黄河途中作诗》："尚有献芹心，无因见明主。"

〔六〕善相：善于相面、看相的人。《史记·邓通传》："上（汉文帝）使善相者相通，曰：'当贫饿死。'文帝曰：'能富通者在我也，何谓贫乎？'于是赐邓通蜀严道铜山，得自铸钱。"后文帝崩，景帝立，没邓通家产，通果贫饿死。

〔七〕后有知音可废弹：春秋时楚人钟子期精于音律，伯牙鼓琴，子期听而知之。"子期死，伯牙破琴绝弦，终身不复鼓，以为世无足为音者。"（《吕氏春秋·本味》）苏洵反用其意。

〔八〕挂杖挂经须倍道：谓挂经书于杖上，倍道兼行。倍道，赶路，一日行两日的路程。《孙子·军争》："卷甲日趋，日夜不处，倍道兼行。"

〔九〕蕨：菜名。《诗·召南·草虫》："陟彼南山，言采其蕨。"阑干：纵横，此言春蕨已长满。

颜 书[一]

苏 洵

任君北方来，手出《邠州碑》。

为是鲁公写，遗我我不辞[二]。

鲁公实豪杰[三]，慷慨忠义姿。

忆在天宝末，变起渔阳师[四]。

猛士不敢当，儒生横义旗。

感激数十郡，连衡斗羌夷[五]。

新造势尚弱，胡马力未衰。

用兵竟不胜，叹息真数奇[六]。

杲兄死常山，烈士泪满颐[七]。

鲁公不死敌，天下皆熙熙[八]。

奈何不爱死，再使踏鲸鲵[九]。

公固不畏死，吾实悲当时。

缅邈念高谊[一〇]，惜哉生我迟。

近日见异说，不知作者谁。

云公本不死，此事亦已奇。

大抵天下心，人人属公思。

加以不死状，慰此苦叹悲[一一]。

我欲哭公墓，莽莽不可知[一二]。

爱其平生迹，往往或子遗[一三]。

此字出公手，一见减叹咨。

使公不善书，笔墨纷讹痴。

思其平生事，岂忍弃路岐？

况此字颇怪，堂堂伟形仪。

骏极有深稳，骨老成支离〔一四〕。

点画乃应和，关联不相违。

有如一人身，鼻口耳目眉。

彼此异状貌，各自相结维。

离离天上星，纷如不自持。

左右自缀会，或作斗与箕〔一五〕。

骨严体端重，安置无欹危〔一六〕。

篆鼎兀大腹〔一七〕，高屋天弱楣。

古器合尺度，法物应矩规〔一八〕。

想其始下笔，庄重不自卑。

虞柳岂不好〔一九〕，结束烦絷羁〔二〇〕。

笔法未离俗，庸手尚敢窥。

自我见此字，得纸无所施。

一车会百木，斤斧所易为。

团团破明月，欲画形终非。

谁知忠义心，余力尚及斯。

因此数幅纸，使我重叹嘻。

（卷十六）

注 ————————————————————————————————————

〔一〕颜书：颜真卿的书法。颜真卿（708—784），字清臣，京兆万年（今陕西西安）人。唐代著名书法家，事迹见新旧《唐书》本传。此诗写作时间不详，前半部分歌颂颜真卿的"慷慨忠义姿"，后半部分歌颂他的书法艺术。

〔二〕"任君北方来"四句：写颜书《邠州碑》得自任君。任君当即任孜、任君（见《答二任》注〔一〕）之一，但不知究系何人。邠州，今陕西邠县。

〔三〕鲁公：即颜真卿，封鲁郡公。

〔四〕"忆在天宝末"二句：指安史之乱。天宝末指天宝十五载（756）。渔阳，唐郡名，

036

治所在今北京市密云西南。

〔五〕"猛士不敢当"四句：《唐书·颜真卿传》："禄山果反，河朔尽陷。……真卿乃募勇士，旬日得万人……十七郡同日归顺，共推真卿为师，得兵二十余万，横绝燕赵。"连衡：本指战国时张仪游说六国共同事秦，此指颜真卿联合各地义兵共同捍卫王室。《史记·秦始皇本纪》："外连衡而斗诸夷。"羌夷，西羌东夷，此泛指北方各少数民族。《唐书·安禄山传》："安禄山，营州柳城杂种胡人也。"

〔六〕"新造势尚弱"四句：《唐书·颜真卿传》："禄山乘虚遣史思明、尹子奇急攻河北诸郡，饶阳、河间、景城、乐安相次陷没，独平原、博平、清河三郡城守。然人心危荡，不可复振。至德元年十月，（颜）弃郡渡河，历江、淮、荆、襄，二年四月朝于凤翔。"数奇：命运不好，遇事不顺利。

〔七〕"杲兄死常山"二句：杲，指颜杲卿（692—756），字昕，京兆万年（今陕西西安）人。安史之乱时，摄常山太守，应颜真卿之约，联合起兵断安禄山后路。《唐书·颜杲卿传》："（天宝）十五年正月，思明攻常山郡，城中兵少，众寡不敌，御备皆竭。其月八日，城陷，杲卿、履谦为贼所执，送于东都。……缚于中桥南头从西第二柱，节解之。比至气绝，大骂不息。"

〔八〕熙熙：高兴貌。《老子》："众人熙熙，如享大牢，如登春台。"

〔九〕"奈何不爱死"二句：指遣颜真卿谕李希烈事。《唐书·颜真卿传》："会李希烈陷汝州，（卢）杞乃奏曰：'颜真卿西方所信，使谕之，可不劳师旅。'上从之，朝廷失色。李勉闻之，以为失一元老，贻朝廷羞，乃密表请留，又遣逆于路，不及。"后果被李希烈缢死。

〔一〇〕缅邈：遥远貌，有瞻仰勿及之意。

〔一一〕"近日见异说"至"慰此苦叹悲"：作者自注："或云公尸解，虽见希而实不死。"据杜光庭《仙传拾遗》、范资《玉堂闲话》载，贼平，真卿家迁其丧，启殡视之，棺朽败而尸形俨然，肌肉如生，手足柔软。行至中路，旅榇渐轻，后达葬所，空棺而已。其后十余年，家仆偶到同德寺，见鲁公衣长白衫，在佛殿上坐。时人皆称鲁公尸解得道。尸解：道家称修道者死后，留下形体，魂魄成仙为尸解。

〔一二〕莽莽：无边无际貌。

〔一三〕孑遗：遗留，剩余。《诗·大雅·云汉》："靡有孑遗。"

〔一四〕"骏极有深稳"二句：形容颜书奔放而又稳妥，刚健而又开张。支离，分散，这里形容颜书气势开张。

〔一五〕斗与箕：皆星名，均属二十八宿。

〔一六〕欹：倾斜。危：高耸。

〔一七〕篆鼎兀大腹：有篆文的饮器突兀着大腹。鼎，古代饮器。兀，高耸突出。

〔一八〕法物：帝王仪仗所用的器物。

〔一九〕虞：虞世南（558—638），字伯施，越州余姚人，唐初书法家。柳：柳公权（778—865），字诚悬，京兆华原人，唐代书法家。

〔二〇〕结束烦絷羁：收笔尚烦控驭。

郭 纶〔一〕

苏 轼

纶本河西弓箭手〔二〕，屡战有功，不赏。
自黎州都监官满〔三〕，贫不能归，今权嘉州监税〔四〕。

河西猛士无人识，日暮津亭阅过船〔五〕。
路人但觉骢马瘦〔六〕，不知铁槊大如椽〔七〕。
因言西方久不战〔八〕，截发愿作万骑先〔九〕。
我当凭轼与寓目〔一〇〕，看君飞矢集蛮毡〔一一〕。

（《苏轼诗集》卷一，以下只注卷次）

注

〔一〕郭纶：河西人。出身少数民族（苏辙《郭纶》诗"郭纶本蕃种"），将家子。在同西夏定川寨之战及平定岭南侬智高之乱中，屡立战功。因统帅异议而有功不赏，流落蜀中。其生平事迹，详见本书苏辙同题诗。王文诰《苏诗总案》卷一：嘉祐四年（1059）"十月，公还朝，与子由侍宫师行。至嘉州，遇河西猛士郭纶，赠诗"，所赠诗即此首。

〔二〕河西：唐景云初置河西节度使，治所在凉州（今甘肃武威）。宋为西凉府，陷于西夏。弓箭手：宋代军队分禁军、厢军、乡兵三种，见《宋史·兵志一》。弓箭手属乡兵，《宋史·兵志四》："乡兵者，选自户籍，或士民应募，在所团结训练，以为防守之兵。周广顺中，点秦州税户充保毅军，宋因之……河北、河东有神锐、忠勇、强壮，河北有忠顺、强人，陕西有保毅，砦户、强人、强人弓手，河东、陕西有弓箭手。"

〔三〕黎州：宋属成都府路，见《宋史·地理志五》，今四川汉源。都监：官名，《宋史·职官志七》："州府以下都监，皆掌其本城屯驻，兵甲、训练、差使之事，资浅者为监押。"

〔四〕权：代理，摄事。嘉州：见苏洵《游嘉州龙岩》注〔一〕。监税：即监当官，官名，《宋史·职官志七》："掌茶、盐、酒税，场务征输及冶铸之事。诸州军随事置官，其征榷场务岁有定额，岁终课其额之登耗以为举刺。凡课利所入，日具数以申于州。"

〔五〕"河西猛士无人识"二句：纪昀《评点苏文忠公诗》（下简称"纪评"）："首二句写出英雄失路之概。"猛士，刘邦《大风歌》："安得猛士兮守四方！"津亭渡口之亭，项斯《杭州江亭留题登眺》："树间津亭密，城中坞寺遥。"

〔六〕但：只，仅仅。骢（cōng）马：青白色的马，亦泛指马。杜牧《闻庆州赵纵使君与党项战，中箭身死，辄书长句》："将军独乘铁骢马。"

〔七〕铁槊：铁制长矛，苏辙同诗亦称郭纶"手挑丈八矛，所往如投空"。椽：梁上支瓦的木条。《晋书·王珣传》："珣梦人以大笔如椽与之，既觉，语人云：'此当有大手笔事。'俄而帝崩，哀册谥议，皆珣所草。"此状笔大，轼诗借以状槊之长大。

〔八〕因言西方久不战：庆历四年（1044）夏主赵元昊乞和，其词说："两失和好，遂历七年。立誓自今，愿藏盟府。"宋王朝许和，西部烽火暂停，见《续资治通鉴》卷四十七。纪昀："颇作意态而不免浅弱，病在五句接落少力。而五句之少力则病在'因言'二字之板滞也。"（《纪评苏诗》卷一）

〔九〕截发：断发以示决心。《晋书·陶侃传》："王贡复挑战……侃知其可动，复令谕之，截发为信。"骑：一人一马合称为骑，司马相如《子虚赋》："选徒万骑。"

〔一○〕凭轼与寓目：凭倚车上横木以观战。《左传·僖公二十八年》：晋侯次于城濮，"子玉使斗勃请战，曰：'请与君之士戏，君凭轼而观之，得臣（子玉）与寓目焉。'"

〔一一〕飞矢集蛮毡：王文诰《苏诗编注集成》："谓矢集毡庐之上也。"矢，箭，《易·系辞下》："弦木为弧，剡木为矢。"潘岳《马汧督诔》："飞矢雨集。"

附录

翁方纲：《郭纶》……此在渔洋先生以为"羚羊挂角"之妙，而东坡少年时特以无意偶然得之。（《七言诗三昧举隅》）

王文诰：编南行诗以《郭纶》为首，用子由（苏辙）诗之次序也。其诗（子由诗）详序纶事，故论者以为佳。予独不然。子由诗是序事体，虽佳易办，彼中无路数也。公诗寥寥数语，欲于其潦倒中见长，故难。此是大家作法，却不是大家诗，以气体未成故也。然其所以成之之故，即基于此。学者当由是以求其诗之进步，则思过半矣。（《苏诗编注集成·苏海识余一》）

初发嘉州[一]

苏 轼

朝发鼓阗阗[二]，西风猎画旃[三]。

故乡飘已远，往意浩无边。

锦水细不见[四]，蛮江清可怜[五]。

奔腾过佛脚[六]，旷荡造平川。

野市有禅客[七]，钓台寻暮烟[八]。

相期定先到，久立水潺潺[九]。

自注：是日，期乡僧宗一，会别钓鱼台下。

（卷一）

注

〔一〕嘉州：见苏洵《游嘉州龙岩》注〔一〕。此诗作于嘉祐四年（1059）十月随父南行赴京，途经嘉州时。起四句点题，写早晨从眉山向嘉州出发；中四句写舟过乐山大佛脚下所见景色；末四句写与乡僧宗一会别钓鱼台下。今人多解《初发嘉州》为"由嘉州出发向荆州"。但诗有"朝发鼓阗阗""钓台寻暮烟"句，钓台在嘉州，从"朝"到"暮"，舟行一天，怎么会原地未动呢？故《初发嘉州》当解为初向嘉州出发。

〔二〕阗阗：象声词，击鼓发船声。《诗·小雅·采芑》："伐鼓渊渊，振旅阗阗。"郑玄笺："振旅伐鼓，阗阗然。"杜甫《十二月一日三首》："负盐出井此溪女，打鼓发船何郡郎。"可知唐、宋发船皆击鼓做信号。

〔三〕西风猎画旃：秋风吹拂着彩旗。西风，秋风。猎，卷动，吹拂。旃（zhān），曲柄旗，亦泛指旗。画旃即彩旗。

〔四〕锦水：即锦江，岷江分支之一，自四川郫县西岷江分出，至成都南与岷江会合。乐史《太平寰宇记》卷七十二《华阳县》："浊锦江即蜀江，水至此濯锦，锦彩鲜润于他水，故曰濯锦江。"查慎行《补注东坡先生诗》卷一："嘉州距成都三百余里，故云：'锦水细不见。'"

〔五〕蛮江：即青衣江，源出四川宝兴县北，流经洪雅、夹江，在乐山与岷江会合。查注："《太平寰宇记》：'青衣水濯衣即青'，故名。至龙游县与汶水合，以其来自徼外，故曰蛮江。""可怜"即可爱，有的本子作"清更鲜"。

〔六〕佛：指乐山凌云山石刻大佛。王象之《舆地纪胜》卷一百四十六《嘉定府》："大像阁在凌云寺，唐开元中，僧海通于渽江、沫水、濛水三江之合，悍流怒浪之滨，凿石为弥勒大像，高逾三百六十尺，建七层阁以覆之。"

〔七〕禅客：僧人，此指"乡僧宗一"，不详其人。

〔八〕钓台：《嘉定府志》卷五《古迹》："钓鱼台，凌云山后石堂溪畔……苏轼初发嘉州，期乡僧宗一于钓鱼台下。"此句写乡僧宗一于傍晚会在钓鱼台等候。

〔九〕潺潺：流水声，曹丕《丹霞蔽日行》："谷水潺潺。"

附录

纪昀：气韵洒脱，格律谨严，此少年未纵笔时。（"锦水细不见"二句）出句五仄，则对句第三字必平，唐人定格。（"野市有禅客"四句）接得挺拔，仿佛孟公"问我今何适，天台访石桥"二句笔意。（《纪评苏诗》卷一）

戎　州〔一〕
苏　轼

乱山围古郡〔二〕，市易带群蛮〔三〕。

瘦岭春耕少，孤城夜漏闲〔四〕。

往时边有警，征马去无还〔五〕。

自顷方从化〔六〕，年来亦款关〔七〕。

颇能贪汉布〔八〕，但未脱金环〔九〕。

何足争强弱，吾民尽玉颜〔一〇〕。

（卷一）

注

〔一〕戎州：宋属潼川府路，政和四年（1114）改为叙州（见《宋史·地理志五》），治所在今四川宜宾附近。此诗作于嘉祐四年冬南行赴京，途经戎州时。前四句写戎州乱山环抱，夷汉杂居，土地贫瘠，人烟稀少；中四句写汉族同少数民族间时战时和；末四句写少数民族习俗，表现了渴望国家统一的思想。此诗对了解北宋西南地区的民族关系颇有意义，诗也写得"挥洒自如"。（《纪评兼诗》卷一）

〔二〕古郡：《太平寰宇记》卷七十九《戎州》："梁大同六年于此置六同郡，以六合所同为郡之名。寻之置戎州，以镇抚戎夷也。隋初郡废而州存。""天宝元年改为南溪郡……乾元年复为戎州。"

〔三〕市易：买卖交易。欧阳修《新五代史·冯晖传》："诸部族争以羊马为市易。"带群蛮：《太平寰宇记》卷七十九《戎州》："其土有四族：黎、蒯、虞、牟。夷夏杂居，风俗各异。其蛮獠之类，不识文字，不知礼数，言语不通，嗜欲不同。椎髻跣脚，凿齿穿耳，衣绯布、羊皮、莎草。"

〔四〕漏：古代计时器。《说文》："以铜受水，刻节，昼夜百刻。"

〔五〕"往时边有警"二句：警，烽警。《宋史·蛮夷传四》："大中祥符元年泸州言江安县夷人杀伤内属户，害巡检任赛。既不自安，遂为乱。"其后一段时间，战争几未间断。

〔六〕自顷方从化：指皇祐元年（1049）知益州田况平定渲井监夷人之乱后，烽火暂停。《宋史·蛮夷传四》："皇祐元年二月，夷众万余人复围渲井监……诏知益州田况发旁郡士卒，命梓夔路兵马钤辖宋定往援之。于是两路合官军泊白芳子弟几二万人与战，兵死者甚众，饥死又千余人，数月然后平。"

〔七〕年来亦款关：款关，叩关请和。《史记·商君书》："叩关请见。"裴骃《集解》引韦昭曰："款，叩也。"《宋史·蛮夷传四》："嘉祐二年，三里村夷斗还等百五十人复谋内寇。有黄土坎夷斗盖，长宁州人也，先以其事来告。渲井监引兵趋之，辅斩七千余级。钤辖司上闻，诏赐斗盖钱三十万、锦袍、银带。明年又补斗盖长宁州刺史。泸州部旧领姚州，废已久，有乌蛮王子得盖者来居其地，部族最盛，数遣人诣官，自言愿得州名以长夷落。事闻，因赐号姚州，铸印予之。得盖又乞敕书一通以遗子孙，诏从其请。"款关事即指此，其事距三苏父子南行经此不足两年，故云"年来"。

〔八〕汉布：冯景《施注苏诗续补遗》卷下："《汉（书）·食货志》：'大布、次布、弟布、壮布、中布、差布、厚布、幼布、幺布、小布，是为布货十品。铸作钱布，皆用铜，毂以连锡，文质周郭，放（仿）汉五铢钱'云。师古注：'布亦铁耳，谓之布者，言其分布流行耳。'"冯应榴《苏诗合注》、王文诰《苏诗编注集成》皆从其说。此处"汉布"与下句"金环"对举，当指汉人布帛。上句言"群蛮"酷喜汉人布帛，下句言仍戴其特有耳饰。苏辙同题诗亦可证："汉虏更成市，罗纨靳不还。……兀兀头垂顶，团团耳带环。"苏轼所谓"汉布"即苏辙所说的"罗纨"。

〔九〕金环：耳饰。《南史·夷貊传》上："狼牙修国在南海中。……其王及贵臣加云霞布覆胛，以金绳为络带，金环贯耳。"

〔一〇〕玉颜：纪昀《评点苏文忠公诗》卷一"对獠人之狞陋言之，故曰玉颜"。冯应榴《苏诗合注》："玉颜似指文秀之义，言昔之为边境者今亦向化，可见强弱不必争，小民无不可华，俗尚文也。"二说皆通，冯说为胜，因戎州"群蛮"亦"吾民"。

舟中听大人弹琴〔一〕
苏　轼

弹琴江浦夜漏永〔二〕，敛衽窃听独激昂〔三〕。
《风松》《瀑布》已清绝，更爱《玉佩》声琅珰〔四〕。
自从郑、卫乱雅乐〔五〕，古器残缺世已忘〔六〕。
千家寥落独琴在，有如老仙不死阅兴亡。
世人不容独返古，强以新曲求铿锵。
微音淡弄忽变转，数声浮脆如笙簧〔七〕。
无情枯木今尚尔〔八〕，何况古意堕渺茫。
江空月出人响绝〔九〕，夜阑更请弹《文王》〔一〇〕。

（卷一）

注 ―――――――――――――――――――――――――――――――

〔一〕大人：对父母的敬称，此指苏洵。三苏父子俱能弹琴，《历代琴人传》引张右衮

《琴经·大雅嗣音》："古人多以琴世其家，最著者……眉山三苏。"苏轼兄弟除南行途中皆有诗咏其父弹琴外，其后苏辙侍父京师时还有《大人久废弹琴，比借人雷琴以记旧曲，十得三、四，率而拜呈》诗，苏轼有《次韵子由以诗见报编礼公（苏洵）借雷琴记旧曲》诗。此诗作于嘉祐四年（1059）冬南行过京，途经戎州（今四川宜宾）时。前四句点题，深夜舟中听大人弹琴。中十句由听琴而生议论，其中"自从"四句叹古器残缺独琴在；"世人"六句叹独在之琴亦变得声音浮脆，古意渺茫。最后两句照应开头，以求父更弹古琴曲《文王操》作结。这是苏轼最早的一篇有关音乐的诗歌，议论风生，词意高妙。

〔二〕江浦：江边。浦，水滨。江淹《别赋》："送君南浦。"漏：见苏轼《戎州》注〔四〕。永：原指水流长，引申为长，此指夜已深。

〔三〕敛衽窃听独激昂：私自整衣而听，琴声使人振奋昂扬。敛衽，整理衣袖，以示肃敬。《战国策·楚策一》："见君莫不敛衽而拜。"独激昂，纪昀《评点苏文忠公诗》卷一："三家不似听琴，且与下文不贯。"三文诰《苏诗编注集成》卷一："此不懂琴者之言也。古之秦声，酒后耳热歌呼呜呜者，此即激昂也。今之秦腔北调，皆其遗意。"二说皆以"激昂"状琴声。若状琴声，则与下文《风松》之清绝，《玉佩》之琅珰不合，似当解为琴声所引起的情绪激昂。

〔四〕"《风松》《瀑布》已清绝"二句：《风松》，即《风入松》；《玉佩》，即《清风摇玉佩》，皆琴曲名，见《琴曲谱录》。《瀑布》亦当为琴曲名，待考。琅珰，玉声，此形容琴声。

〔五〕郑、卫乱雅乐：郑、卫，指郑、卫之音，春秋时郑、卫两国的音乐，被儒家视为淫靡之乐的代表。雅乐，指帝王祭祀、朝贺、宴享等大典所奏的舞乐，儒家认为它"中正和平"，"典雅纯正"，故称雅乐。《礼记·乐记》：魏文侯问于子夏曰："吾端冕而听古乐，则惟恐卧；听郑、卫之音则不知倦。敢问古乐之如彼，何也？新乐之如此，何也？"子夏对曰："修身及家，平均天下，此古乐之发也。"而郑、卫之音"皆淫于色而害于德，是以祭祀弗用也"。

〔六〕古器：古代乐器。欧阳修《崇文总目叙释·乐类》："三代礼乐，自周之下，其失已多。……而乐又有声器，尤易为亡失。"

〔七〕"微音淡弄忽变转"二句：先是轻轻抚弄，琴声微弱；突然变得频繁急促，如笙簧发出的浮脆之声。二句谓今人以琴弹"新曲"，失去了琴的深醇之音。笙，管乐器；簧，笙中振动发声的簧片。古人认为琴声比笙音醇厚，如嵇康《琴赋》："料殊功而比操，岂笙籥之能伦？"

〔八〕枯木：指琴，沈括《梦溪笔谈》卷五："琴虽用桐，然须多年，木性都尽，声始发越。予尝见唐初路氏琴，木皆枯朽，殆不胜指，而其声愈清。"

〔九〕人响绝：因为已是深夜，没有人声了。

〔一〇〕夜阑：夜将尽。杜甫《羌村》："夜阑更秉烛。"《文王》：指《文王操》，古琴曲名，见《史记·孔子世家》。

附录

纪昀：通篇不脱旧人习经，句法亦多浅弱，渔洋《古诗选》取之，是所未喻。（《纪评苏诗》卷一）

翁方纲：《舟中听大人弹琴》一篇，对世人爱新曲说，必当时坐间或有所指，因感触而云然。故一篇俱是"激昂"意，直到末句，始转出正意。此篇阮亭亦第以格韵之高选之，其实在苏诗，只是平正之作耳。（《石洲诗话》卷三）

方东树：《舟中听大人弹琴》，高韵，意境可比陶公。词意韵格，超诣入妙，而笔势又奇纵恣肆。六一（欧阳修）尚不脱退之（韩愈）窠臼，此独如飞天仙人，下视尘埃俱凡骨矣。（《昭昧詹言》卷十二）

黄 牛 庙 [一]

苏 轼

江边石壁高无路，上有黄牛不服箱 [二]。
庙前行客拜且舞，击鼓吹箫屠白羊。
山下耕牛苦硗确 [三]，两角磨崖四蹄湿。
青刍半束长苦饥 [四]，仰看黄牛安可及！

（卷一）

注 ─────────────────────────────

〔一〕嘉祐四年冬南行途中作。黄牛庙在湖北宜昌市夷陵区的黄牛峡。《水经注》卷三十四《江水二》:"江水又东径黄牛山,下有滩,名曰黄牛滩。南岸重岭叠起,最外高崖间有石,如人负刀牵牛,人黑牛黄,成就分明。既人迹所绝,莫得究焉。此岩既高,加江湍迂回,虽途经信宿,犹望见此物。故行者谣曰:'朝发黄牛,暮宿黄牛。三朝三暮,黄牛如故。'"范成大《吴船录》:"黄牛峡,上有沼川庙,黄牛之神也,亦云助禹疏川者。"此诗前后各四句,以黄牛之神同山下耕牛作对比,对不劳而获者作无情讽刺。

〔二〕服箱:驾车。《诗·小雅·大东》:"睆彼牵牛,不以服箱。"

〔三〕硗确:土地瘠薄。《韩诗外传》卷三:"丰膏不独乐,硗确不独苦。"

〔四〕刍:喂牲畜之草。杜甫《入奏行赠西山检察使窦侍御》:"与奴白饭马青刍。"

江上值雪,效欧阳体,限不以盐玉鹤鹭絮蝶飞舞之类为比,仍不使皓白素等字,次子由韵〔一〕

苏 轼

缩颈夜眠如冻龟,雪来惟有客先知。

江边晓起浩无际,树杪风多寒更吹。

青山有似少年子,一夕变尽沧浪鬒〔二〕。

方知阳气在流水,沙上盈尺江无澌〔三〕。

随风颠倒纷不择,下满坑谷高陵危。

江空野阔落不见,入户但觉轻丝丝。

沾裳细看巧刻镂,岂有一一天工为?

霍然一挥遍九野,吁此权柄谁执持〔四〕?

世间苦乐知有几,今我幸免沾肤肌。

山夫只见压樵担,岂知带酒飘歌儿?

天王临轩喜有麦,宰相献寿嘉及时〔五〕。

冻吟书生笔欲折,夜织贫女寒无帏。

高人著屐踏冷冽〔六〕,飘忽巾帽真仙姿〔七〕。

野僧斫路出门去,寒液满鼻清淋漓,

洒袍入袖湿靴底,亦有执板趋墀墀〔八〕。

舟中行客何所爱〔九〕，愿得猎骑当风披。

草中咻咻有寒兔〔一〇〕，孤隼下击千夫驰〔一一〕。

敲冰煮鹿最可乐，我虽不饮强倒卮〔一二〕。

楚人自古好弋猎〔一三〕，谁能往者我欲随。

纷纷旋转从满面〔一四〕，马上操笔为赋之。

（卷一）

注 ———————————————————————————

　　〔一〕嘉祐四年冬南行途中作。值：遇。欧阳指欧阳修，见苏洵《上欧阳内翰第一书》注〔一〕。欧阳体指欧阳修《雪》诗，其题下自注说："时在颍州作。玉、月、梨、梅、练、絮、白、舞、鹅、鹤、银等事，皆请勿用。"（《欧阳文忠公集》卷五十四）可见欧阳体即禁以咏物常用词入诗。"次子由韵"，苏辙原唱已佚，明成化本无此四字。苏诗旧有编年注本多系此诗于忠州诗前，似不妥。苏辙《次韵子瞻病中大雪》忆及此次唱和："空忆乘峡船，行意被摧剉。溟濛覆洲渚，冷冽先翻坐。我唱君实酬，驰骋不遑卧。……诗词禁推类，令肃安敢破？""我唱君实酬"，即苏辙原唱，苏轼次韵。"诗词禁推类"，即轼诗题中所谓禁以咏雪常用字入诗。"空忆乘峡船"，可见这次唱和在入峡以后，而忠州尚未入峡。"行意被摧剉"三句，指行程为风雪所阻，而三苏父子南行途经忠州以前诗皆未言及风雪。为风雪所阻，三日不得行，在秭归以下四十里的新滩，有苏轼《新滩阻风》诗可证。苏轼《出峡》云："入峡喜巉岩，出峡喜平旷。"《江上值雪》亦云："江空野阔落不见。"显然是出峡以后气象。此诗很可能作于新滩至夷陵（今湖北宜昌）途中。诗的前十六句写"雪来"，"世间苦乐知有几"十四句写雪中人世苦乐之不均，"舟中行客何所爱"十句写自己喜在雪中打猎。全诗正如汪师韩所评："岩壑高卑，人物错杂，大处浩渺，细处纤微，无所不尽，可敌一幅王维《江干初雪图》。"（《苏诗选评笺释》卷一）

　　〔二〕"青山有似少年子"二句：皮日休《元鲁山》："青山生白髭。"朱翌《猗觉寮杂记》以为轼诗用其意。

　　〔三〕"方知阳气在流水"二句：意谓阳气在流水，故雪虽盈尺而江中却无流动的冰。渐，流动之冰。屈原《九歌·河伯》："流渐纷兮将来下。"

048

〔四〕"沾裳细看巧刻镂"四句：意谓雪花雕刻得如此精巧，突然间铺盖九州之地，这难道都是老天爷所为？是谁在背后操持权柄？天工，此指造物者，造化。《尚书·皋陶谟》："天工，人其代之。"霍然，突然。司马相如《大人赋》："霍然云消。"九野，指九州之地，《吕氏春秋》："天有九野，地有九州。"

〔五〕"天王临轩喜有麦"二句：谓雪兆丰年。《宋书·符瑞志下》："谢庄下殿，雪集衣，还白。上以为瑞。"天王即天子，《春秋》昭公二十六年："天王入于成周。"轩，殿前檐下平台。献寿，庆寿，献物以表敬。嘉，赞美。

〔六〕高人：志行高尚之士，指隐士。屐：鞋之一种，多为木底，有齿。《宋书·谢灵运传》："灵运常著木屐，上山则去前齿，下山则去后齿。"冷冽：寒冷，此指雪。

〔七〕真仙姿：《晋书·王恭传》："尝被鹤氅裘，涉雪而行，孟昶窥见之，叹曰：'此真神仙中人也！'"

〔八〕板：笏板，大臣上朝用以记事的手板。《三国志·吴书·朱治传》："每进见，孙权常亲迎，执板交拜。"墀墀：即台阶。张衡《西京赋》："青琐丹墀。"吕向注："丹墀，阶也。"墀同阶。

〔九〕舟中行客：苏轼自指。

〔一〇〕咻咻：呼吸声。高适《宋中送族侄式颜》："旅雁悲咻咻。"

〔一一〕隼：猛禽。《汉书·孙宝传》："今日鹰隼始击。"

〔一二〕卮：盛酒器。《史记·项羽本纪》："赐之卮酒。"

〔一三〕弋猎：射猎。弋，以绳系箭射。《汉书·贾山传》："驰骋弋猎之娱，天下弗能供能。"

〔一四〕从：听任。杜甫《屏迹》："失学从儿懒，长贫任妇愁。"从、任对举，意思相近。

附录

陈衍：（欧、苏）二雪诗，结束皆能避熟。（《宋诗精华录》卷二）

王文诰：自"世间"至此（'孤隼下击千夫驰'）一段，妙在拉杂而前后过脉。（《苏诗编注集成》卷一）

辛丑十一月十九日，即与子由别于郑州西门之外，马上赋诗一篇寄之〔一〕

苏 轼

不饮胡为醉兀兀〔二〕，此心已逐归鞍发。

归人犹自念庭闱〔三〕，今我何以慰寂寞？

登高回首坡垅隔，但见乌帽出复没〔四〕。

若寒念尔衣裳薄，独骑瘦马踏残月。

路人行歌居人乐，僮仆怪我苦凄恻。

亦知人生要有别，但恐岁月去飘忽〔五〕。

寒灯相对记畴昔，夜雨何时听萧瑟？

君知此意不可忘，慎勿苦爱高官职〔六〕。

（卷三）

注 ————————————————————————————————————

〔一〕辛丑即嘉祐六年（1061）。时苏轼赴大理寺评事签书凤翔府节度判官任，苏辙送至郑州，轼作此诗。"郑州西门"一作"郑门"。查慎行《苏诗补注》取"郑州西门"：《元和郡县图志》："春秋郑国，晋置荥阳郡，开皇三年改郑州。"沈饮韩《苏诗查注补正》取"郑门"，并以查注为非："孟元老《东京梦华录》：'东都外城方圆四十余里，西城一边，其门有四。从南曰新郑门，郑门本俗呼，正名曰顺天门。'……查竟以郑州荥阳郡解之，非是。"然细审诗意，当以查说为是。诗有"登高回首坡垅隔"语，苏辙若从东京郑门返家，开封城内何来"坡垅"？又有"独骑瘦马踏残月"语，苏辙若从东京郑门返家，恐亦不至行至深夜。苏轼《九月二十日微雪怀子由弟》有"郑西分马涕垂膺"句，苏辙《怀渑池寄子瞻兄》有"相携话别郑原上"句，也证明应为郑州西门。汪师韩评此诗说："起句突兀有意味。前叙既别之深情，后忆昔年之旧约。'亦知人生要有别'，转进一层，曲折遒宕。轼是

时年甫二十六，而诗格老成如是。"（《苏诗选评笺释》卷一）

〔二〕胡为：何为。《礼记·檀弓下》："胡为其不然也？"兀兀：昏沉貌。白居易《对酒》："所以刘阮辈，终年醉兀兀。"

〔三〕归人：指苏辙。庭闱：《文选》束晳《补亡诗·南陔》："眷恋庭闱。"李善注："庭闱，亲之所居。"后用以指父母，时程夫人已死，故指苏洵。苏辙《颍滨遗老传》："辙年二十三，举直言。……是时先君被命修《礼书》，而兄子瞻出签书凤翔判官，旁无侍子，辙乃奏乞养亲三年。"（《栾城后集》卷十二）

〔四〕"登高回首坡垅隔"二句：许顗《彦周诗话》："'燕燕于飞，差池其羽。之子于归，远送于野。瞻望弗及，泣涕如雨。'（按：见《诗·邶风·燕燕》）此真可泣鬼神也。……东坡《送子由》诗（下引此二句，今略），远绍其意。"吴师道称此二句"模写甚工"（《吴礼部诗话》），纪昀赞其善"写难状之景"（《纪评苏诗》卷三）。

〔五〕飘忽：迅急貌。陆机《叹逝赋》："时飘忽而不载。"

〔六〕"寒灯相对记畴昔"四句：苏轼自注："尝有夜雨对床之言，故云尔。"苏辙《逍遥堂会宿并引》说："辙幼从子瞻读书，未尝一日相舍。既壮，将游宦四方，读韦苏州诗，至'宁知风雨夜，复此对床眠'（按：见韦应物《示全真元常》），恻然感之。乃相约早退，为闲居之乐。故子瞻始为凤翔幕府，留诗为别曰：'夜雨何时听萧瑟。'"苏轼《感旧》诗叙云："嘉祐中，予与子由同举制策，寓居怀远驿，时年二十六，而子由二十三耳。一日秋风起，雨作，中夜翛然，始有感慨离合之意。自尔宦游四方，不相见者十尝七八。每夏秋之交，风雨作，木落草衰，辄悽然有此感，盖三十年矣。"陈衍说："自韦苏州有'对床听雨'之言，东坡与子由诗复屡及之，'听雨'遂为诗人一特别意境。"（《石遗堂诗续集》卷十三）

附录

王文诰：自"不饮胡为醉兀兀"起，至"独骑瘦马踏残月"止，虽寓意高妙，只是"马上兀残梦"一句景象耳。其下突云"路人行歌居人乐"，忽然拓开，不可思议。又接云"僮仆怪我苦凄恻"，意谓路人当歌，居人当乐，故僮仆以为怪耳。上句纵放甚远，下句自为注解，却将上句注入僮仆意中，故能立地收转也。以下"亦知人生"四句，皆承明所以"苦凄恻"之故，有非僮仆所知而惟子由知之。此意透，则寄诗之意不必更道，故结二句反以试勉子由，于通透之中，即又透过一层也。（《苏诗编注集成·苏海识余一》）

纪昀：（"不饮"句）起得飘忽。（"归人"句）加一倍法。（"登高"句）写难状之景。（"亦知"句）作一顿挫，便不直泻；直泻是七古第一病。（"君知"句）收处又绕一波，高手总不使一直笔。（《纪评苏诗》卷三）

和子由渑池怀旧〔一〕

苏　轼

人生到处知何似？应似飞鸿踏雪泥。

泥上偶然留指爪，鸿飞那复计东西〔二〕。

老僧已死成新塔，坏壁无由见旧题〔三〕。

往日崎岖还记否，路长人困蹇驴嘶〔四〕。

（卷三）

注 ————————————————————————————

〔一〕渑池：今属河南。嘉祐六年（1061）十一月苏轼兄弟于郑州话别后，苏辙作《怀渑池寄子瞻兄》，此为苏轼和诗。前四句凌空抒慨，五、六句实以感慨之由，末以途中孤苦作结，具有强烈的抒情色彩。

〔二〕"人生到处知何似"四句：查注："《传灯录》（当为《五灯会元》）：天衣义怀禅师云：'雁过长空，影沉寒水。雁无遗踪之意，水无留影之心。若能如是，方解向异类中行。'先生此诗前四句暗用此语。"王文诰注："查注引《传灯录》义怀语，谓此四句本诸义怀，诬罔已极。凡此类诗皆性灵所发，实以禅语，则诗为糟粕。句非语录，况公是时并未闻语录乎？"王说甚是，此乃有感于重过渑池，面目全非而发，"实以禅语"，兴味索然。刘壎《隐居通义》卷十《鸿泥》云："'鸿泥'之喻真是造理，前人所未到也。且悠然感慨，令人动情，世不可率尔读之，要须具眼。"此言其富有哲理，韩驹又赞"子瞻作诗，长于譬喻"，下首举此四句为例。（见魏庆之《诗人玉屑》卷十七引《陵阳室中语》）

〔三〕"老僧已死成新塔"二句：嘉祐元年（1056）苏轼兄弟赴京"应举，过宿（渑池）县中寺舍，题其老僧奉闲之壁"（苏轼《怀渑池寄子瞻兄》），故苏辙原诗自"旧宿僧房壁共题"句。此为答辙而发，谓重过渑池，僧死壁坏，旧迹已荡然无存。

〔四〕"往日崎岖还记否"二句：苏轼自注："往岁马死于二陵，骑驴至渑池。"这是借昔日途中苦况以告知今日途中苦况，是答苏辙"遥想独游佳味少，无言骓马但鸣嘶。"蹇驴，跛足之驴。

附录

纪昀：前四句单行入律，唐人旧格；而意境恣逸，则东坡本色。浑灏不及崔司勋（颢）《黄鹤楼》诗，而撒手游行之妙，则不减义山（李商隐）《杜司勋》一首。（《纪评苏诗》卷三）

方东树：此诗人所共赏，然余不甚喜，以其流易。（《昭昧詹言》卷二十）

王维吴道子画〔一〕

苏 轼

何处访吴画，普门与开元〔二〕。

开元有东塔，摩诘留手痕〔三〕。

吾观画品中，莫如二子尊。

道子实雄放，浩如海波翻。

当其下手风雨快，笔所未到气已吞。

亭亭双林间〔四〕，彩晕扶桑暾〔五〕。

中有至人谈寂灭，悟者悲涕迷者手自扪。

蛮君鬼伯千万万，相排竟进头如鼋〔六〕。

摩诘本诗老，佩芷袭芳荪〔七〕。

今观此壁画，亦若其诗清且敦。

祇园弟子尽鹤骨〔八〕，心如死灰不复温〔九〕。

门前两丛竹，雪节贯霜根。

交柯乱叶动无数〔一○〕，一一皆可寻其源。

吴生虽妙绝，犹以画工论。

摩诘得之于象外，有如仙翮谢笼樊〔一一〕。

吾观二子皆神俊，又于维也敛衽无间言〔一二〕。

（卷三）

注

〔一〕《凤翔八观》之一，嘉祐八年（1063）签判凤翔时作。王维（701—761），字摩诘，原籍祁（今山西祁县），后徙蒲州（今山西永济），唐代著名诗人兼画家。诗以田园山水诗著称，画以山水松石见长。吴道子，又名道玄，唐代阳翟（今河南禹州）人，著名画家，擅画佛道人物，画笔洗练，雄劲生动，富有立体感。此诗前六句写凤翔王、吴画迹，并予以总评，"道子实雄放"十句和"摩诘本诗老"十句分别描述吴画雄放、王画清敦的不同特征；最后六句比较吴、王之画。苏轼以王、吴为代表，区别了文人画和画工画。画工画重在"不差毫末"，文人画重写意，所谓"得之于象外"。从最后六句可看出，苏轼对文人写意画的推重远在画工画之上。汪师韩评此诗说："以史迁（司马迁）合传论赞之体作诗，开合离奇，音节疏古。道子下笔入神，篇中摩写亦不遗余力。将言吴不如王，乃先于道子极意形容，正是尊题法也。后称王维，只云画如其诗，而所以誉其画笔者甚淡。顾其妙在笔墨之外者，自能使人于言下领悟，更不必如《画断》凿凿指为神品、妙品矣。"（《苏诗选评笺释》卷一）

〔二〕普门与开元：二寺名，吴道子均画有佛像，详见注〔六〕。

〔三〕"开元有东塔"二句：《名胜志》："王右丞（维）画竹两丛，交柯乱叶，飞动若舞，在开元寺东塔。"下文"门前两丛竹"四句即指此。

〔四〕亭亭：耸立貌。双林：《传灯录》："释迦牟尼佛入涅槃，往娑罗双树下泊然宴寂。"

〔五〕彩晕：指所画佛光。扶桑：传说中日出之地。曈：初升的太阳。此句谓佛光有如朝阳。

〔六〕"中有至人谈寂灭"四句：邵博《邵氏闻见后录》卷二十八："凤翔府开元寺大殿九间，后壁吴道玄画，自佛始生、修行、说法至灭度（死亡），山林、宫室、人物、禽兽数千万种，极古今天下之妙。如佛灭度，比丘众蹴踊哭泣，皆若不自胜者。虽飞鸟走兽之属，亦作号顿之状。独菩萨淡然在旁如平时，略无哀戚之容。岂以其能尽死生之致者欤？曰'画圣'宜矣。"至人指释迦牟尼佛。寂灭，《维摩经》："若知意生，于法不贪、不恚、不痴，是谓寂灭。"蛮君鬼伯，据《释迦谱》卷四载，释迦牟尼涅槃时，"贪色鬼魅""天诸彩女""地诸鬼王"等皆来。鼋，即绿团鱼。

〔七〕佩芷袭芳荪：屈原《离骚》："扈江离与辟芷兮，纫秋兰以为佩。"芷、荪皆芳草，佩袭芷、荪，喻其高洁。

〔八〕祇园：印度佛教圣地之一。全称为祇树给孤独园或祇园精舍，相传释迦牟尼在此说法。

〔九〕心如死灰：《庄子·齐物论》："形固可使如槁木，而心固可使如死灰乎！"

〔一〇〕交柯：交错的枝干。

〔一一〕仙翮谢笼樊：形容王维画有飘飘欲仙之态。《列仙传》："王次仲变篆为隶，始皇召之，不至，将杀之。次仲化为大鸟，振翼而起，以三大翮堕，与使者。始皇因名为落翮仙。"翮，鸟羽的茎，此指鸟。谢，辞去。笼樊，笼子、樊篱。谢笼樊即摆脱束缚。

〔一二〕敛衽无间言：整衣下拜而无异议。

附录

许顗：老杜作《曹将军丹青引》云："一洗万古凡马空。"东坡《观吴道子画壁》诗云："笔所未到气已吞。"吾不得见其画矣，此两句，二公之诗，各可以当之。（《彦周诗话》）

纪昀：（起处）奇气纵横，而句句浑深稳。（"亦若其诗清且敦"）"敦"字义非不通，而终有嵌押之痕。凡诗有义可通，而语不佳者，落笔时不得自恕。"交柯"二句，妙契微茫，凡古人文字，皆如是观。（"吴生虽妙绝"以下）双收侧注，寓整齐于变化之中。摩诘、道子画品，未易低昂。作诗若不如此，则节节板对，不见变化之妙耳。（《纪评苏诗》卷四）

翁方纲：必合读其全篇，而后"笔所未到气已吞"一句之妙乃见也。若但举此一句，似尚非知言者。（《七言诗三昧举隅》）

方东树：神品妙品，笔势夸纵；神变气变，浑脱浏亮。一气奔赴中，又顿挫沉郁。所谓"海波翻""气已吞""一一可寻源""仙翮谢樊笼"等语，皆可状此诗。（《昭昧詹言》卷十二）

王文诰：道玄虽画圣，与文人气息不通，摩诘非画圣，与文人气息通。此中极有区别。自宋、元以来，为士大夫画者，瓣香摩诘则有之，而传道玄衣钵者则绝无其人也。公画竹所实始于摩诘，今读此诗，知其不但咏之、论之，并已摩之、绘之矣……此诗乃画家一本清账，使以文人之擅长绘事者，如米芾、吴镇、黄公望、董其昌、王时敏之流读之，即无不瞭然胸中矣。（《苏诗编注集成》卷三）

陈衍：大凡名大家古诗，每篇必有一二惊人名句，全篇方镇压得住；其鳞爪之间，亦不处处用全力也。（《宋诗精华录》卷二）

次韵子由岐下诗〔一〕

（原二十一首，此选四首）

苏 轼

北 亭〔二〕

谁人筑短墙，横绝拥吾堂。
不作新亭槛，幽花为谁香？

荷 叶〔三〕

田田抗朝阳〔四〕，节节卧春水〔五〕。
平铺乱萍叶，屡动报鱼子。

鱼〔六〕

湖上移鱼子，初生不畏人。
自从识钩饵，欲见更无因。

柳〔七〕

今年手自栽，问我何年去。
他年我复来，摇落伤人意〔八〕。

（卷三）

注

〔一〕岐：岐山，在凤翔东，此指凤翔。苏辙原唱已佚，苏轼次韵诗《引》云："予既至岐下逾月，于其廨宇之北隙地为亭，亭前为横池，长三丈。池上为短桥，属之堂。分堂之北厦为轩窗、曲槛，俯瞰池上。出堂而南为过廊，以属之厅。廊之两傍，各为一小池。三池皆引湃水，种莲养鱼于其中。池边有桃、李、杏、梨、枣、樱桃、石榴、樗、槐、松、桧、柳三十余株。又以斗酒易牡丹一丛于亭之北。子由以诗见寄，次韵和答，凡二十一首。"其中前六首杂写亭内建筑，此选其一；其余十五首写亭中之物，此选其三。纪昀评这一组诗说："五绝分章，模山范水，如画家之有尺幅小景，其格倡自辋川（王维）。尔后辗转相摹，渐成窠臼。流连光景，作似尽不尽之词，似解不解之语，千人可共一诗，一诗可题千处，桃花作饭，转归尘劫。此非创始者之过，而依草附木者过也。此二十一首，虽非佳作要是我用我法。固知豪杰之士，必不依托门户以炫俗也。"（《纪评苏诗》卷三）

〔二〕北亭：即喜雨亭。苏轼《喜雨亭记》："余至扶风之明年，始治官舍，为亭于堂之北，而凿池其南，引流种木，以为休息之所。"以其在"堂之北""廨宇之北"，故又名北亭。苏轼于此诗末自注说："旧堂北有墙，予始去之为亭。"此首写去墙为亭，目的是为赏花。

〔三〕荷叶：一、三句写水面荷叶、浮萍，二、四句写水中藕、鱼。

〔四〕田田：荷叶相连貌。古乐府《江南曲》："江南可采莲，莲叶何田田。"

〔五〕节节：指藕。李石《续博物志》："藕生应月，闰月益一节。"

〔六〕鱼：王文诰评此诗说："此种极细微处，他人不留意，公必搜索出之，着落到地，自成妙文。"（《苏诗编注集成》卷三）

〔七〕柳：纪昀说此诗"用桓大司马意"（《纪评苏诗》卷三）。桓大司马指桓温，刘义庆《世说新语·言语》："桓温北征，经金城，见前为琅琊时种柳，皆已十围。慨然叹曰：'物犹如此，人何以堪！'攀枝执条，泫然流泪。"

〔八〕摇落：凋残、零落。曹丕《燕歌行》："草木摇落露为霜。"

爱玉女洞中水，既致两瓶，恐后复取而为使者见给，因破竹为契，使寺僧藏其一，以为往来之信，戏谓之调水符[一]

苏　轼

欺谩久成俗，关市有契繻[二]。

谁知南山下[三]，取水亦置符。

古人辨淄渑[四]，皎若鹤与凫[五]。

吾今既谢此[六]，但视符有无。

常恐汲水人，智出符之余[七]。

多防竟无及，弃置为长吁！

（卷五）

注

〔一〕治平元年（1064）签判凤翔时作。玉女洞：苏轼有诗题为《留题仙游潭中兴寺，寺东有玉女洞……》，查注："《太平寰宇记》：'宝鸡县有玉女祠，秦穆公女弄玉凤台之地也。玉女洞当以此名。'"又有《减降诸县囚徒事毕登览》诗，自注云：仙游潭有三寺，其一为中兴寺，"寺中有玉女洞，洞中有飞泉，甚甘。明日以泉二瓶归至郡，又明日乃至府"。见给：被欺骗。契：契约。信：凭信。此诗前四句感慨欺谩成俗，中四句写为防欺谩而置调水符，最后四句感慨调水符也未必能防欺谩。纪昀认为此诗"运意颇深，而措语若浅"（《纪评苏诗》卷五）。其实，以浅语达深意，正是好诗。

〔二〕关市：设在交通要道的市集。繻：出入关市的帛制凭证。《汉书·终军传》："关吏予（终）军繻。"颜师古注："张晏曰：'繻音须。繻，符也。书帛裂而分之，若券契矣。'苏林曰：'繻，帛边也。旧关出入皆以传。传还，因裂繻头合以为符信也。'师古曰：'苏说是也。'"

〔三〕南山：终南山，在陕西西安市南。

〔四〕淄渑：二水名，皆在今山东境内。《列子·说符》："孔子曰：'淄渑之合，易牙尝而知之。'"

〔五〕皎若鹤与凫：《庄子·骈拇》："凫胫虽短，续之则忧；鹤胫虽长，断之则悲。"以上二句谓易牙辨淄渑二水水味之不同有如凫胫短、鹤胫长一样清楚明白。

〔六〕谢此：谓没有这种本事，不能辨别水味。

〔七〕"常恐汲水人"二句：意谓调水符亦不能防止汲水人的欺谩。查慎行评后四句说："此举（置调水符）原近逆诈，故须补正。意以救其病，非进一层语，亦非宽一层语也。"（《查初白诗评》中）

出都来陈，所乘船上有题小诗八首，不知何人有感于余心者，聊为和之 (选四)〔一〕

苏 轼

鸟乐忘置罘，鱼乐忘钩饵〔二〕。
何必择所安，滔滔天下是〔三〕。

烟火动村落〔四〕，晨光尚熹微〔五〕。
田园处处好，渊明胡不归〔六〕！

万窍号池籁〔七〕，冲风散天池〔八〕。
喧豗瞬息间〔九〕，还挂斗与箕〔一〇〕。

我诗虽云拙，心平声韵和〔一一〕。
年来烦恼尽，古井无曲波〔一二〕。

（卷六）

注 ——————————————————————————————

〔一〕熙宁四年（1071），苏轼因与王安石政见分歧，乞补外，被命通判杭州。赴杭途中，苏轼先到陈州（今河南淮阳）看望苏辙。这八首组诗即"出都来陈"途中所作。从这篇组诗既可看出苏轼当时的抑郁心情，又可看出苏轼诗风的另一面，淡而有味，酷似陶潜。苏轼晚年尽和陶诗，此已露其端倪。

〔二〕"鸟乐忘罝罦"二句：罝罦（jū fú），又作"罝罬"，捕兽之网。二句即"螳螂捕蝉，焉知黄雀在后"意（见《说苑》），以鸟鱼之有罝罦钩饵，喻人世充满陷阱。

〔三〕滔滔天下是：《论语·微子》："滔滔者天下皆是也，而谁以易之！"后二句谓自己离开朝廷，未必就能求得"所安"。其后的乌台诗案，证明了苏轼的预感。

〔四〕烟火动村落：陶潜《归田园居》："暖暖远人村，依依墟里烟。"此用其意写途中所见景色。

〔五〕晨光尚熹微：陶潜《归去来兮辞》："问征夫以前路，恨晨光之熹微。"熹微，晨光朦胧貌。

〔六〕渊明胡不归：陶潜，字渊明。胡，通"何"。《晋书·陶潜传》："郡遣督邮至县，吏白应束带见之。潜叹曰：'吾不能为五斗米折腰，拳拳事乡里小人邪！'义熙二年解印去县，乃赋《归去来》。"此乃苏轼借渊明自喻，谓"田园处处好"，为什么一定要外出做官，不归故园！

〔七〕万窍号地籁：籁，萧。地籁，风吹而能发出声响的洞穴。《庄子·齐物论》："子綦曰：夫大块噫气，其名为风。是惟无作，作则万窍怒号。"又："子游曰：地籁则众窍是也。"

〔八〕冲风：暴风。屈原《九歌·少司命》："冲风至兮水扬波。"天池：《庄子·逍遥游》："南溟者，天池也。"

〔九〕喧豗（huī）：轰响声。李白《蜀道难》："飞湍瀑流争喧豗。"

〔一〇〕斗与箕：指斗宿和箕宿。末句写夜空晴朗。全诗即《老子》"飘风不终朝，骤雨不终日"意，暗指变法派的"喧豗"只是暂时的。

〔一一〕心平声韵和：《左传·昭公二十年》："晏子曰：声亦如味也，君子听之以平其声，心平德和。"《唐宋诗醇·总论》："'我诗虽云拙，心平声韵和'，此轼自评其诗者也。"

〔一二〕古井无曲波：白居易《寄赠元九》："无波古井水，有节秋竹竿。"这首诗当理解为苏轼的自戒之词。实际上这一年多来他因与王安石的政见分歧，烦恼很多，心情也不平静，所作诗亦多讥时之作，如《送钱藻出守婺州得英字》《送刘邠倅海陵》《送曾子固倅越得燕字》《送安惇秀才失解西归》等。

次韵张安道读杜诗[一]

苏 轼

大雅初微缺，流风困暴豪[二]。

张为词客赋，变作楚臣骚[三]。

展转更崩坏，纷纶阅俊髦[四]。

地偏蓄怪产，源失乱狂涛[五]。

粉黛迷真色，鱼虾易荃牢[六]。

谁知杜陵杰，名与谪仙高[七]。

扫地收千轨，争标看两艘[八]。

诗人例穷苦，天意遣奔逃[九]。

尘暗人亡鹿，溟翻帝斩鳌[一〇]。

艰危思李牧，述作谢王褒[一一]。

失意各千里，哀鸣闻九皋[一二]。

骑鲸遁沧海，捋虎得绨袍[一三]。

巨笔屠龙手，微官似马曹[一四]。

迂疏无事业，醉饱死游遨[一五]。

简牍仪型在，儿童篆刻劳[一六]。

今谁主文字？公合抱旌旄[一七]。

开卷遥相忆，知音两不遭[一八]。

般斤思郢质[一九]，鲲化陋儵濠[二〇]。

恨我无佳句，时蒙致白醪[二一]。

殷勤理黄菊，未遣没蓬蒿[二二]。

（卷六）

注

〔一〕熙宁四年（1071）苏轼出任杭州通判，途经陈州（今河南淮阳）访张方平时作。张方平，见苏洵《上张侍郎第二书》注〔一〕。此诗前十句感叹《诗经》的优良传统越来越被破坏；"谁知杜陵杰"十八句，歌颂李、杜扭转诗坛颓风，并对其不幸遭遇寄予深切同情；"简牍仪型在"以下十二句，批评了当时诗坛的雕虫篆刻之风，希望张方平高举诗坛旗帜，表示自己也将努力。这是苏轼一首较早的以诗论诗的篇章，概述了中国诗风的演变，可算一篇简明的中国诗史。作为一首和韵排律，正如纪昀、王文诰所评："字字深稳，句句飞动，如此作和韵诗，固不嫌于和韵。"（《纪评苏诗》卷六）"驱遣难韵，若无其事焉者，不知何以辏泊至是，而杜排无此难作诗也。"（《苏诗编注集成》卷六）

〔二〕"大雅初微缺"二句：谓由于群雄争霸，暴秦统治，《诗经》的优良传统逐渐被破坏了。大雅，《诗经》的组成部分之一，此代《诗经》。

〔三〕"张为词客赋"二句：谓《诗经》逐渐演变为楚辞、汉赋。张，扩大，发展。词客赋，指汉司马相如、扬雄、班固等人的赋体文字。楚臣骚，指战国时楚国屈原、宋玉等人以《离骚》为代表的骚体诗。

〔四〕"展转更崩坏"二句：谓到处都是追逐词藻华丽的诗人。纷纶，众多貌。阅，汇集。俊髦，英俊杰出之士，这里语含讽刺。

〔五〕"地偏蓄怪产"二句：诗歌的领域越来越偏狭，产生了一些奇奇怪怪的作品；《诗经》的传统一失，诗界就乱涛汹涌。

〔六〕"粉黛迷真色"二句：华丽的辞藻掩盖了本色美，低劣的作品代替了高雅的作品。粉黛，妇女化妆品。豢牢，祭祀用的牛羊。

〔七〕杜陵：指杜甫（712—770），字子美，巩县（今河南巩义）人，因曾居长安东南的杜陵，自称杜陵野老。谪仙：指李白（701—762），《旧唐书·李白传》："贺知章见白，赏之曰：'此天上谪仙人也！'"

〔八〕"扫地收千轨"二句：杜甫清理了整个诗坛，吸收了各种诗法，而与李白就像两船竞渡，并驾齐驱。争标，争夺锦标。

〔九〕"诗人例穷苦"二句：指杜甫于安史之乱后，奔赴灵武，拜右拾遗；后因疏救房琯，贬华州司功参军；关中大乱，就食于秦州、同谷，后又流落蜀中、湖、湘等地。

〔一〇〕"尘暗人亡鹿"二句：征尘暗天，唐玄宗丧失了政权；海涛翻滚，唐肃宗平定了安史之乱。亡鹿，《汉书·蒯通传》："秦失其鹿，天下共逐之。"斩鳌，《列子·汤问》：

"昔者女娲氏炼五色石以补其（天）缺，斩鳌之足以立四极。"

〔一一〕"艰危思李牧"二句：言时局艰危，重武轻文。李牧，战国末赵将，曾先后打破东胡、林胡、匈奴和秦军。谢，辞谢。王褒，字子渊，蜀资中（今四川资阳）人，西汉辞赋家。

〔一二〕九皋：深泽。《诗·小雅·鹤鸣》："鹤鸣于九皋，声闻于天。"

〔一三〕"骑鲸遁沧海"二句：前句指李白漂流江湖，杜甫有"若逢李白骑鲸鱼"（《送孔巢父谢病归游江东，兼呈李白》）之句。后句指杜甫流落蜀中，得到严武资助。捋虎，《旧唐书·杜甫传》："武与甫世旧，待遇甚隆。甫性褊躁，无气度，恃恩放恣，尝凭醉登武之床，瞪视武曰：'严挺之（严武父）乃有此儿！'武虽急暴，不以为忤。"绨袍，《史记·范雎传》载，战国时魏国须贾曾害秦相范雎，魏使须贾使秦，范雎故作贫寒之状，须贾哀之，赠一绨袍。后范雎以秦相身份见须贾，数其三罪，并说："以绨袍恋恋有故人之意，故释公。"

〔一四〕"巨笔屠龙手"二句：言杜甫才高而官卑。屠龙，《庄子·列御寇》载，朱泙漫学屠龙，"三年技成而无所用其巧"。马曹，管马的官。《世说新语·简傲》载，王子猷为桓冲车骑骑兵参军，桓冲问他任职何署，王说："不知何署，时见牵马来，似是马曹。"杜甫曾任京兆府兵曹参军，故云。

〔一五〕醉饱死游邀：《旧唐书·杜甫传》："甫尝游岳庙，为暴雨所阻，旬日不得食。来阳聂令知之，自棹舟迎甫而还。永泰二年，啖（吃）牛肉白酒，一夕而卒。"

〔一六〕"简牍仪型在"二句：前句承上，谓杜诗是后人典范。后句启下，谓当时幼稚之辈的雕虫篆刻是徒劳无益的。王文诰谓此句是暗用韩愈"不知群儿愚，何用故傍伤"诗意，谓贬杜的人徒费心力。似不妥。在苏轼生活的年代，杜甫已毕受推崇，全诗所讥乃宋初的浮艳诗风，"篆刻"也很难解作"谤伤"。因此，此句是讥刺当时的不良诗风。

〔一七〕公合抱旌旄：称张方平应是诗坛旗手。

〔一八〕"开卷遥相忆"二句：点张方平《读杜诗》，谓张读杜诗而遥念杜之为人，虽为杜的知音却无缘会面。

〔一九〕般斤思郢质：感叹诗云无人能做张的对手。《庄子·徐无鬼》载，郢人鼻端沾有石灰，让匠人砍去。匠人"运斤（挥斧）成风，听而斫之，尽垩（灰）而鼻不伤，郢人立不失容"。宋元君闻，要匠人再为之表演，匠人说："臣之质（即立不失容的郢人）死久矣。"般斤，运斤，指运斤成风的匠人。

〔二〇〕鲲化陋鲦濠：化而为鹏的大鲲是陋视濠上的鲦鱼的。此句以"鲲化"喻张之原唱，以鲦鱼喻己之次韵，谓自己也不是张的对手。鲲化：《庄子·逍遥游》："北溟有鱼，其名为鲲。鲲之大不知其几千里也，化而为鸟，其名为鹏。"鲦濠，濠上之鲦。鲦，白鲦鱼。《庄子·秋水》："庄子与惠子游于濠梁之上，庄子曰：'鲦鱼出游从容，是鱼之乐也。'"

〔二一〕致白醪：送白酒。

〔二二〕"殷勤理黄菊"二句：表示自己要像培植菊花，不使为蓬蒿所掩一样，认真努力，不辜负张的厚爱。纪昀说："结意蕴藉，此为诗人之笔。"（《纪评苏诗》卷六）

附录

汪师韩：初读之，但觉铺叙排比，词气不减少陵耳。详味其词，乃见下笔矜慎之至。盖题是次张安道韵，则先有张诗在意中，非泛然为少陵作赞颂也。"地偏"四句，但将从来诗道之敝，广譬曲喻。转入杜陵，只用"杰"字一言之褒，而其起衰式靡，立极千古者已意无不尽。此下只是慨其遭际，更不论诗。即轼平日所云"发于情止于忠孝"者亦不一及。又俱借谪仙为陪，以与为下"开卷""知音"一联情事相映合。结乃用比喻以应前文，大含元气，细入无间。其一一次韵天然，又不过汗漫之余技矣。（《苏诗选评笺释》卷一）

纪昀：句句似杜。难韵巧押，腾挪处全在用比。（《纪评苏诗》卷六）

王文诰：主宾（杜、李）判然，疏密相间，于排比之中寓流走之法。面目是杜，气骨是苏。非杜不能步步为营，非苏不能句句直下。（《苏诗编注集成》卷六）

欧阳少师令赋所蓄石屏[一]
苏 轼

何人遗公石屏风，上有水墨希微踪[二]。

不画长林与巨植，独画峨眉山西雪岭上万岁不老之孤松[三]。

崖崩涧绝可望不可到，孤烟落日相溟濛[四]。

含风偃蹇得真态[五]，刻画始信天有工。

我恐毕宏、韦偃死葬虢山下[六]，骨可朽烂心难穷。

神机巧思无所发，化为烟霏沦石中。

古来画师非俗士，摹写物像略与诗人同。

愿公作诗慰不遇，无使二子含愤泣幽宫。

（卷六）

注

〔一〕熙宁四年（1071）秋苏轼出任杭州通判，经颍州（今安徽阜阳），拜谒欧阳修时作。时欧阳修以太子少师致仕居颍州。此诗前一部分描写石屏风上所显现的画图。后一部分想象更奇特，他似乎觉得是已死的画家毕宏、韦偃的"神机巧思"都化在石屏中了，甚至劝欧阳修写诗安慰这"不遇"的画师，突出表现了苏轼诗的浪漫主义风格。

〔二〕希微：隐约朦胧貌。《老子》："听之不闻名曰希，搏之不得名曰微。"

〔三〕峨眉山：在四川峨眉县西南，高处常年积雪，杜甫有"窗含西岭千秋雪"（《绝句四首》）之句。汪师韩评此长句说："长句磊砢，笔力具有虬松屈盘之势。诗自一言至九言，皆原于三百篇；此诗'独画峨眉山西雪岭上万岁不老之孤松'，一句十六言，从古诗人所无也。"（《苏诗选评笺释》卷一）

〔四〕溟濛：模糊不清貌。

〔五〕偃蹇：夭矫屈曲貌，状孤松随风俯仰。

〔六〕毕宏、韦偃：皆唐代画家，工老松异石。杜甫有"天下几人画古松，毕宏已老韦偃少"（《戏为双松图歌》）之句。虢山：在虢州，石屏产地。纪昀评此诗后八句说："借事生波，忽成奇弄。妙在纯以意运，不是纤巧字句关合，故不失大方。有上四句之将无作有，须有此（四）句方结束得住。"（《纪评苏诗》卷六）

泗州僧伽塔〔一〕

苏 轼

我昔南行舟系汴〔二〕，逆风三日沙吹面。

舟人共劝祷灵塔，香火未收旗脚转。

回头顷刻失长桥，却到龟山未朝饭〔三〕。

至人无心何厚薄〔四〕，我自怀私欣所便。

耕田欲雨刈欲晴，去得顺风来者怨〔五〕。

若使人人祷辄遂，造物应须日千变。

今我身世两悠悠，去无所逐来无恋〔六〕。

得行固愿留不恶，每到有求神亦倦。

退之旧云三百尺，澄观所营今已换〔七〕。

不嫌俗士污丹梯，一看云山绕淮甸〔八〕。

（卷六）

注

〔一〕熙宁四年（1071）赴杭州通判任途中作。泗州：治所在今江苏盱眙东北，州城当汴水入淮之口，为南北交通要道。僧伽：《东城志林》卷二《僧伽何国人》："《泗州大圣僧伽传》云：'和尚，何国人也。'又云：'世莫知其所从来，云不知何国人也。'近读《隋史·西域传》，乃有何国。"释赞宁《宋高僧传》卷十八《唐泗州普光王寺僧伽传》："释僧伽者，葱岭北何国人也。自言俗姓何氏。"伽在本土少而出家，始至西凉，次历江淮，唐龙朔初，至临淮传教。唐中宗景龙二年诏赴宫中作道场，四年示寂，归葬淮上。传说塔顶常现小僧状，乞风者得风，乞子者得子。此诗为舟行至泗州为风所阻作。前八句忆五年前即治平三年（1066）扶父丧返蜀，乞风应验事；"耕田欲雨刈欲晴"四句，感叹应验不过是偶然巧合，造物不可能使人人如意；最后八句是写自己对遭风阻的态度，随缘自适，既已遭风阻，不防登僧伽塔"一看云山绕淮甸"。汪师韩盛赞此诗："至理奇文，只是眼前景物口头语，透辟无碍，是广长舌（佛语，谓能言善辩）。"（《苏诗选评笺释》卷三）

〔二〕我昔南行舟系汴：冯应榴《苏诗合注》卷十八本诗题下注："先生于治平三年（1066）护老苏公丧，舟行还蜀，必自汴入泗入淮，计至倅杭时（1071），正周五岁，故此诗首二句云云，下诗（指《龟山》）云：'再过龟山岁五周'也。"

〔三〕龟山：在泗州城东。《泗州图经》："龟山水陆院在城东三十里。"

〔四〕至人：思想修养达到最高境界的人，此指僧伽。《庄子·逍遥游》："至人无己。"

〔五〕"耕田欲雨刈欲晴"二句：史绳祖《学斋占毕》卷二《坡文之妙》："此乃隐括刘禹锡《何卜赋》中语，曰：'同涉于川，其时在风。沿者之吉，溯者之凶。同艺于野，其时在泽。伊稺（先种后熟之谷）之利，乃穋（后种先熟之谷）之厄。'坡以一联十四字而包尽刘禹锡四对三十二字之义。"

〔六〕"今我身世两悠悠"二句：王文诰《苏诗编注集成》卷六："公以攻新法被出，反去为奉行新法之官，是此官无可做也。此句是通篇主脑，却不道破。其在广陵与刘贡父诗有'吾邦正喧阗'句，即'去无所逐'四字注脚也。"

〔七〕"退之旧云三百尺"二句：谓唐洛阳名僧澄观重建的僧伽塔，韩愈《送僧澄观》说塔"突兀便高三百尺"，现在已非旧观了。韩愈，字退之。

〔八〕"不嫌俗士污丹梯"二句：写自己登塔眺望淮河云山。俗士，自指。淮甸，淮河流域的郊野。纪昀："层层波澜一齐卷尽，只就塔作结，简便之至。"（《纪评苏诗》卷十八）

附录

吴开：张文潜用其意，别为一诗云："山边半夜一犁雨，田父高歌待收获。雨多潇潇蚕簇寒，蚕妇低眉忧茧丝。人生多求复多怨，天公供尔良独难。"（《优古堂诗话》）

范温：句法之学，自是一家工夫。昔尝问山谷："耕田欲雨刈欲晴，去得顺风来者怨。"山谷云："不如'千岩无人万壑静，十步回头五步坐'。"此专论句法，不论义理。盖七言诗，四字三字作两节也。此句法出《黄庭经》，自"上有黄庭下关元"已下多此体。张平子《四愁诗》句句如此，雄健稳惬。（《潜溪诗眼》）

查慎行：说透至理，觉昌黎《衡山》一章尚带腐气。（《初白菴诗评》卷中）

纪昀：极力作摆脱语，纯涉理路而仍清空如话。（《纪评苏诗》卷十八）

龟　山〔一〕
苏　轼

我生漂荡去何求〔二〕？再过龟山岁五周〔三〕。

身行万里半天下，僧卧一庵初白头〔四〕。

地隔中原劳北望，潮连沧海欲东游〔五〕。

元嘉旧事无人记，故垒摧颓今在不〔六〕？

（卷六）

注 ————————

〔一〕熙宁四年（1071）赴杭，途经龟山时作。龟山：在泗州盱眙县，见《元丰九域志》卷五。此诗前四句记事，写再过龟山；后四句抒怀，因不能报效朝廷，故欲东游沧海，并从龟山故垒之摧颓，慨叹立功亦无用。

〔二〕我生飘荡去何求：王文诰："此句领起全章，即'去无所逐来无恋'（见《泗州僧伽塔》）意。"（《苏诗编注集成》卷六）

〔三〕再过龟山岁五周：自治平三年（1066）扶父丧返蜀过龟山，至此时（1071）重经此地，正好五年。

〔四〕"身行万里半天下"二句：王文诰："此联谓五周之飘荡，皆名场所致也。今再遇庵，僧头已初白，而我之飘荡正无已时，将头白而止矣。"（《苏诗编注集成》卷六）汪师韩："'万里'句阔远，'一庵'句静闲，妙作对偶。"（《苏诗选评笺释》卷三）"初白头"，据张耒《明道杂志》载，黄庭坚以为当作"初白头"，意谓"此僧负暄于初日"。张耒不以为然，"黄甚不平，曰：'岂有用白对天乎？'余异日问苏公，公曰：'若是黄九要改作日头，也不奈他何！'"黄斥斤于句律，故坚持认为当作"初日头"，但这样一改就兴味索然。而入律又是作诗的起码要求，故苏轼说也奈何他不得。

〔五〕"地隔中原劳北望"二句：王文诰："此联是龟山地面层次，而诗乃借形势以发挥。上句即'浮云蔽日'意（指李白《登金陵凤凰台》：总为浮云能蔽日，长安不见使人愁），下句即'乘桴浮海'意（指《论语·公冶长》：道不行，乘桴浮于海），皆有意运用空灵，故人不觉也。"（《苏诗编注集成》卷六）

〔六〕"元嘉旧事无人记"二句：苏轼自注："宋文帝遣将拒魏太武，筑城此山。"元嘉，南朝宋文帝年号。宋文帝元嘉二十七年（450），北魏太武帝率大军向彭城，宋文帝命居住臧质北救，始至盱眙，筑军营于龟山。事见《宋书·臧质传》。"元嘉旧事""故垒"即指此。纪昀："霸业雄图，尚有今昔之感，而况一人之身乎？前四句与后四句映发有情，便不是吊古套语。"（《纪评苏诗》卷十八）王文诰："借本地一事，轻轻一问，作收全篇，并无吊古之意，并亦不暇吊古也。晓岚（纪昀）解直是倭话。"就全诗看，重点确实不在吊古，而在抒慨，四句乃一整体。汪师韩："结寓慨叹，以见兵戎事往，并故垒亦不复存，不独无人记忆已也。"（《苏诗选评笺释》卷三）

附录

吴骞：查悔余内翰晚号初白老人，盖取东坡"僧卧一庵初白头"句也。既得穴地于所居之西，谋筑初白庵未果，又欲筑于妙果山，见许冠娄《东垞诗注》，然讫于不成。（《拜经堂诗话》卷四）

翁方纲：海宁查夏重酷爱苏诗"僧卧一庵初白头"之句，而并明人诗"花间砾食鸟红尾，沙上浣衣僧白头"亦以为极似子瞻。不知苏诗"身行万里半天下，僧卧一庵初白头"，此何等神力！而"花间""沙上"一联，只到皮、陆境界，安敢与苏比伦哉！查精于苏，奚乃以目皮相若此！若必以皮毛略似，辄入品藻，则空同之学杜，当为第一义矣。（《石州诗话》卷三）

游金山寺〔一〕

苏 轼

我家江水初发源〔二〕，宦游直送江入海〔三〕。
闻道潮头一丈高，天寒尚有沙痕在。
中泠南畔石盘陀〔四〕，古来出没随涛波。
试登绝顶望乡国，江南江北青山多。
羁愁畏晚寻归楫，山僧苦留看落日〔五〕。
微风万顷靴文细，断霞半空鱼尾赤〔六〕。
是时江月初生魄〔七〕，二更月落天深黑。
江心似有炬火明，飞焰照山栖鸟惊。
怅然归卧心莫识，非鬼非人竟何物〔八〕！
江山如此不归山，江神见怪惊我顽〔九〕。
我谢江神岂得已，有田不归如江水〔一〇〕！

（卷七）

注 ——————————————————————————————

〔一〕熙宁四年（1071），赴杭途中作。金山寺在镇江金山上。

〔二〕江：指长江。初发源：长江上源沱沱河出青海西南边境的唐古拉山脉格拉丹冬雪山，但古人多以为源出岷山，如《荀子·子道》："江出于岷山。"岷山为蜀山，苏轼为蜀人，故有"我家江水初发源"语。

〔三〕宦游直送江入海：意谓因外出做官，来到长江入海口。宦游，外出做官。《史记·司马相如列传》："长卿久宦游不遂。"

〔四〕中泠：泉名，在金山，王十朋《苏诗集注》引缜曰："扬子江有中泠水，为天下点茶第一。"盘陀：巨石不平貌。王建《北邙行》"涧底盘陀石渐稀"。

〔五〕山僧：指宝觉、圆通二长老。王文诰《苏诗编注集成》卷七："公游金山，访宝觉、圆通二老，夜宿金山寺，望江中炬火，作诗。"

〔六〕鱼尾赤：《诗·周南·汝坟》："鲂鱼赪尾。"郑笺："赪，赤也，鱼劳则尾赤。"

〔七〕魄：《礼记·乡饮酒义》："月之三日而成魄也。"孔颖达疏："谓月尽之后三日乃成魄。魄谓明生，傍有微光也。"

〔八〕"江心似有炬火明"四句：苏轼自注："是夜所见如此。"王十朋《苏诗集注》卷五引汪华曰："先生尝云：山林薮泽，晦明之夜，野火生焉。散布如人秉烛，其色青，异乎人火。"《太平广记》卷四百六十六引《岭表异物志》："海中遇阴晦，波如然火满海。以物击之，迸散如星火。有月即不复见。"

〔九〕"江山如此不归山"二句：谓江山如此美丽而不归隐江湖，江神都为我之愚顽而惊怪。江神，江水之神。《晋书·王濬传》："又画鹢首怪兽于船首以惧江神。"

〔一〇〕"我谢江神岂得已"二句：乃指江水为誓。《左传·僖公二十四年》：晋文公谓咎犯曰："所不与舅氏同心者，有如白水。"孔颖达疏："诸言'有如'皆是誓词。有如日，有如河，有如曒日，有如白水，皆取明白之义，言心之明白如日如水也。"黄彻《䂬溪诗话》卷八："东坡游金山诗云……盖与江神指水为盟耳。句中不言盟誓者，乃用子犯事，指水则誓在其中，不必诅神血口，然后谓之盟也。《送程六表弟》云：'浮江溯蜀有成言，江水在此吾不食。'亦此意也。"

附录

陈善：东坡《游金山寺》诗云："我家江水初发源，宦游直送江入海。"《松醪赋》亦云："遂从此而入海，渺翻天之云涛。"人以为此语为晚年谪迁之谶。（《扪虱新话》卷九）

汪师韩：一往作缥缈之音，觉自来赋金山者，极意著题，正无从得此远韵。起二句将万里程、半生事一笔道尽。恰好由岷山导江，至此处海门归宿，为入题之语。中间"望乡国"句，故作羁望语，以环应首尾。"微风万顷"二句，写出空旷幽静之致。忽接入"是时江月"一段，此不过记一时阴火潜燃景象耳。思及"江神见怪"，而终之以归田，矜奇之语，见道之言。想见登眺徘徊，俯视一切。（《苏诗选评笺释》卷一）

纪昀：首尾谨严，笔笔矫健，节短而波澜甚阔。入首即伏结意。"试登绝顶望乡国"，又一萦佛。"江神见怪惊我顽"，此句即批发炬火事。结处将无作有，两层搭为一片，归结完密之极，亦巧便之极。设非如此挽合，中一段如何消纳！（《纪评苏诗》卷七）

施补华："我家江水初发源，宦游直送江入海。"确是游金山寺发端，确是东坡游金山寺发端，他人抄袭不得。盖东坡家眉州，近岷江，故曰"江水发源"；金山在镇江，下此即海，故曰"送江入海"。中间"微风万顷"二句，写的是江心晚景。收处"江山如此"四句两转，尤见跌宕。（《岘嗛说诗》）

陈衍：一起高屋建瓴，为蜀人独足夸口处。通篇遂全就望乡归山落想，可作《庄子·秋水篇》读。（《宋诗精华录》卷二）

王文濡：因贫而仕，有怀乡去国之思。（《宋元明诗评注读本》卷二）

腊日游孤山访惠勤惠施二僧[一]

苏 轼

天欲雪，云满湖，楼台明灭山有无[二]。

水清石出鱼可数，林深无人鸟相呼。

腊日不归对妻孥[三]，名寻道人实自娱[四]。

道人之居在何许？宝云山前路盘纡[五]。

孤山孤绝谁肯庐[六]？道人有道山不孤。

纸窗竹屋深自暖，拥褐坐睡依团蒲[七]。

天寒路远愁仆夫，整驾催归及未晡[八]。

出山回望云木合，但见野鹘盘浮图[九]。

兹游淡薄欢有余，到家忧如梦蘧蘧[一〇]。

作诗火急追亡逋[一一]，清景一失后难摹[一二]。

（卷七）

注 ————————————————————————————————

〔一〕熙宁四年（1071）岁末初到杭州时作。腊日：岁终祭祀百神之日。宗懔《荆楚岁时记》："十二月八日为腊日。"宋用汉腊，即冬至后第三个戌日。据今人推算，为是年十二月二十四日。孤山：《淳祐临安志》卷八引《祥符旧经》："去钱塘旧治四里，湖中独立一峰。"惠勤：钱塘僧，苏轼《钱塘勤上人诗集叙》云："佛者惠勤从公（指欧阳修）游三十余年，公常称之为聪明才智有学问者，尤长于诗。"又《六一泉铭》云："予昔通守钱塘，见公（欧阳修）于汝阴而南。公曰：'西湖僧惠勤甚文，而长于诗，吾昔为《山中乐》三章以赠之。子闲于民事，求人于湖山间而不可得，则往从勤乎？'予到官三日，访勤于孤山之下。"惠思：即张憔山人，亦钱塘僧，亦与欧阳修有旧。苏轼《哭欧阳公，孤山僧惠思示小诗，次韵》："故人已为土，衰鬓亦惊秋。犹喜孤山下，相逢说旧游。"后还俗，苏辙有《张憔山人即昔所谓惠思师也。余旧识之于京师，忽来相访，茫然不复省，徐自言其故，戏作二小诗赠之》："昔日高僧今白衣，人生变化定难知。"（《栾城集》卷十四）苏轼诗的前四句写"游孤山"所见景色，中八句写"访惠勤、惠思二僧"，末八句写返家记游。全诗活泼跳荡，确实堪称"神妙"。（方东树《昭昧詹言》卷十二）

〔二〕明灭：或隐或现。杜甫《北征》："回首凤翔县，旌旗晚明灭。"有无：若有若无。王维《汉江临岘》："江流天地外，山色有无中。"

〔三〕妻孥：妻子儿女。《国语·越语上》："将焚宗庙，系妻孥。"

〔四〕道人：此指僧人，即惠勤、惠思。叶梦得《避暑录话》卷下："晋宋间佛学初行，其徒犹未有僧称，通曰道人。"

〔五〕宝云山：在西湖之北，属北山。田汝成《西湖游览志》卷一："从此而北而东，则为灵隐，为仙姑，为宝云，为巨石，皆谓之北山。"盘纡：盘旋曲折。司马相如《子虚赋》："其山则盘纡岪郁。"

〔六〕庐：此作动词，建屋的意思。

〔七〕拥褐：以褐衣覆下体。白居易《洛阳有愚叟》："野食或烹鲜，寓眠多拥褐。"团蒲：僧人坐禅所用圆形坐垫，因以蒲草编成，故称蒲团或团蒲。顾况《宿湖边山寺》："蒲团僧定风过岸。"

〔八〕整驾：整备车马。张衡《思玄赋》："爰整驾而亟行。"晡：时近黄昏。《玉篇》："申时也。"

〔九〕鹘：猛禽名，隼类。浮图：梵语，塔之音译。《翻译名义·窣堵波西域记》："浮图，此翻方坟，亦翻圆冢……本瘗佛骨所，是名曰塔。"

〔一〇〕蘧蘧：《庄子·齐物论》："昔者庄周梦为蝴蝶，栩栩然蝴蝶也。自喻适志与，不知周也。俄然觉，则蘧蘧然周也。"成玄英疏："蘧蘧，惊动之貌也。"

〔一一〕火急：刻不容缓。武则天《腊日宣诏幸上苑》："明朝游上苑，火急报春知。"亡逋：逃亡者，此指将逝之清景。何文焕《历代诗话考索》："齐诸暨令袁嘏，自诧'诗有生气，须捉住，不尔便飞去'。此语隽甚！坡仙云：'作诗火急追亡逋。'似从此脱化。"

〔一二〕清景：清幽之景色。杜甫《美陂西南台》："从此具扁舟，弥年逐清景。"摹：摹写。江淹《恨赋》："讵能摹暂离之状，写永诀之情者乎！"

附录

汪师韩：结句"清景"二字，一篇之大旨。云、雪、楼台，远望之景；水清、林深，近接之景。未至其居，见盘纡之山路；既造其屋，有坐睡之蒲团。至于仆夫整驾，回望云山，寒日将晡，宛焉入画。"野鹘"句于分明处写出迷离，正与起五句相对照，又以"欢有余"应前"实自娱"，语语清景，亦语语自娱。而"道人有道"之处，已于言外得之。栩栩欲仙，何必涤笔于北冰瓯雪椀！（《苏诗选评笺释》卷一）

纪昀：忽叠韵，忽隔句韵，音节之妙，动合天然，不容凑泊，其源出于古乐府。"出山回望云木合"二句与"但见乌帽出复没"同一写法。（《纪评苏诗》卷七）

吴文溥：东坡所谓"清景一失难追捕（原文如此）"，盖眼前景，说得着，便是佳句。此可为知者道耳。（《南野堂笔记》卷二）

戏 子 由〔一〕
苏 轼

宛丘先生长如丘〔二〕，宛丘学舍小如舟〔三〕。

常时低头诵经史，忽然欠伸屋打头〔四〕。

斜风吹帷雨注面，先生不愧旁人羞。

任从饱死笑方朔〔五〕，肯为雨立求秦优〔六〕？

眼前勃溪何足道，处置六凿须天游〔七〕。

读书万卷不读律，致君尧舜知无术〔八〕。

劝农冠盖闹如云〔九〕，送老斋盐甘似蜜〔一〇〕。

门前万事不挂眼，头虽长低气不屈。

余杭别驾无功劳〔一一〕，画堂五丈容旗旄〔一二〕。

重楼跨空雨声远〔一三〕，屋多人少风骚骚〔一四〕。

平生所惭今不耻，坐对疲氓更鞭箠〔一五〕。

道逢阳虎呼与言，心知其非口诺唯〔一六〕。

居高志下真何益，气节消缩今无几〔一七〕。

文章小技安足程〔一八〕，先生别驾旧齐名。

如今衰老俱无用，付与时人分重轻。

（卷七）

注

〔一〕熙宁四年（1071），岁暮杭州任上作。王文诰《苏诗编注集成》卷七："此诗施注原编冬春之交，查注、合注仍之。今考诗有'平生所惭今不耻，坐对疲民更鞭箠'句，以合除夕录囚之作，又证以《上文侍中榷盐书》，始知因决配盐犯而发，乃十二月作也。"关于此诗的结构和特点，汪师韩说："前后平列两段，末以四句作结。宛丘低头读书，而有昂藏磊落之气；别驾画堂高坐，而有气节消缩之嫌。其所齐名并驱者，独文章耳，而文章固无用也。中间以'画堂五丈容旗旄'对'宛丘学舍小如舟'，以'重楼跨空雨声远'对'斜风吹帷雨注面'，以'平生所惭今不耻'对'先生不愧旁人羞'，以'坐对疲民更鞭箠'对'门前万事不挂眼'，以'居高志下真何益'对'头虽长低气不屈'，故作喧寂相反之势。不独气节消缩者难云自适，即安坐诵读者岂云得时！文则跌宕昭彰，情则欷歔恺郁。"（《苏诗选评笺释》卷一）

〔二〕宛丘：今河南淮阳，时为陈州治所。苏辙任陈州州学教授，故称之为宛丘先生。丘：孔丘。《史记·孔子世家》："孔子长九尺有六寸，人皆谓之长人。"苏辙亦身长，苏轼《次韵和子由闻余善射》："观汝长身最堪学。"故以"长如丘"戏之。

〔三〕学舍：学校、学宫。《后汉书·儒林传序》："学舍颓敝，鞠为园蔬。"宛丘学舍即陈州州学。《宋史·职官志七》："庆历四年诏诸路、州、军、监，各令立学……自是州郡无不有学，始置教授，以经术行义训导诸生，掌其课试之事，而纠正不如规者。"

〔四〕欠伸：《仪礼·士相见礼》："君子欠伸。"郑玄注："志倦则欠，体倦则伸。"即今所谓打呵欠，伸懒腰。打头：即顶头。《广韵》梗韵："打，德冷切。"打正音顶。王仁裕《开元天宝遗事》："大丈夫有凌霄盖世之志，而拘于下位，若立身于矮屋中，使人抬头不得。"

〔五〕方朔：东方朔（前134—前93），字曼倩，平原厌次（今山东惠民）人，汉武帝时为太中大夫。性滑稽，曾对汉武帝说："侏儒长三尺余，奉一囊粟，钱二百四十。臣朔长九尺余，亦奉一囊粟，钱二百四十。侏儒饱欲死，臣朔饥欲死。"（《汉书·东方朔传》）此以东方朔喻苏辙，谓任赁"饱欲死"的侏儒讥笑自己的贫困。

〔六〕肯：岂肯。秦优：《史记·滑稽列传》："优旃者，秦倡侏儒也。善为笑言，然合于大道。秦始皇时，置酒而天雨，陛楯者皆沾寒。优旃见而哀之。"于是大声呼陛楯郎说："汝虽长何益，幸雨立。我虽短也，幸休居。"秦始皇闻，遂"使陛楯者得半相待"。此谓苏辙虽亦"雨注面"，岂肯效陛楯郎求救于秦优？朋万九《乌台诗案》载苏轼供词说："言弟辙家贫官卑，而身材长大，所以比东方朔、陛楯郎，而以当今进用之人比侏儒、优旃也。"

〔七〕"眼前勃溪何足道"二句：谓不为眼前琐屑争斗而烦恼，排除六情，心游物外，而自得其乐。《庄子·外物》："室无空虚，则妇姑勃溪；心无天游，则六凿相攘。"成玄英疏："勃溪，争斗也。屋室不空，则不容受，故妇姑争处，无复尊卑。凿，孔也。攘，逆也。自然之道，不游其心，则六根逆，不烦于礼。"六凿，指喜、怒、哀、乐、爱、恶六情。天游，指游心尘外，不为尘世所羁扰。

〔八〕"读书万卷不读律"二句：杜甫《奉赠韦左丞丈二十二韵》有"读书破万卷""致君尧舜上"语。《宋史·选举志一》载王安石对神宗说："今以少壮时，正当讲求天下正理，乃闭门学作诗赋。及其入官，世事皆所不习。""于是改法，罢诗赋"，"又立新科明法"。苏轼所讥即此。朋万九《乌台诗案》："是时朝廷新兴律学，轼意非之，以谓法律不足以致君于尧、舜。今时又专用法律而忘读书，故言我读万卷书，不读法律，盖闻法律之中无致君尧、舜之术也。"

〔九〕劝农：《宋史·职官志一》："劝课农桑，则存劝农使。"冠盖：仕宦者之冠服车盖，此借指官吏。班固《西都赋》："冠盖如云，七相五公。"《续资治通鉴》卷六十六：熙宁四年四月"遣刘彝、谢卿材、侯叔献、程颐、卢秉、王汝翼、曾伉、王广廉八人行诸路，察农田水利赋役"。苏轼曾讥其"朝辞禁门，情态即异；暮宿州县，威福便行。驱迫邮传，折辱守宰。公私劳扰，民不聊生"（《上神宗皇帝书》）。

〔一○〕送老：打发残年。杜甫《秦州杂诗》："何诗一茅屋，送老白云边。"齑盐：切碎的腌菜、食盐，指粗劣的菜肴。韩愈《送穷文》："大学四年，朝齑暮盐。"此何谓苏辙甘于学官的清苦生活。

〔一一〕余杭：指杭州。别驾：汉代刺史之佐史，宋之通判，职掌相似。余杭别驾即杭州通判苏轼自指。

〔一二〕画堂：汉宫殿堂。《三辅黄图·汉宫》："未央宫有……画堂、甲观，非常室。"后泛指华丽之堂。崔颢《王家少妇》："十五嫁王昌，盈盈入画堂。"旄旍：《尔雅·释天》："有铃曰旐。"《诗·鄘风·干旄》毛传："注毛于干首，大夫之旄也。"此泛指旗。《史记·秦始皇本纪》："先作前殿阿房，东西五百步，南北五十丈，上可以坐万人，下可以立五丈旗。"此指杭州州府之壮丽，苏轼《乞赐度牒修廨宇状》："杭州地气蒸润，当钱氏有国日，皆为连楼复阁，以藏衣甲物帛。及其余官屋，皆珍材巨木，号称雄丽。"

〔一三〕重楼：层楼。

〔一四〕骚骚：风声。张衡《思玄赋》："寒风凄其永至兮，拂穹岫之骚骚。"李善注："骚骚，风劲貌。"吕向注："骚骚，风声。"

〔一五〕疲氓：疲困之民。白居易《才识兼茂明于体用科策》："念兹疲氓，远乖富庶。"鞭箠：施加鞭笞等刑罚。苏轼《上韩丞相论灾伤手实书》："两浙之民以盐得罪者，岁万七千人。"又《都厅题壁》："除日当早归，官事乃见留。执笔对之泣，哀此系中囚。"《乌台诗案》："是时多徒配犯盐之人，例皆饥贫。言鞭箠此等贫民，轼平生所惭，今不复耻矣，以讥讽朝廷盐法太急也。"

〔一六〕"道逢阳虎呼与言"二句：阳虎，《论语·阳货》："阳货欲见孔子，孔子不见，归孔子豚。孔子时其亡也，而往拜之，遇诸途。"邢昺疏："阳货，阳虎也，盖名虎字货，为季氏家臣而专鲁国之政。欲见孔子，将使之仕也。孔子不见者，疾其家臣专政，故不欲相见。"诺唯，即唯唯诺诺，以示恭顺。《韩非子·八奸》："人主未命而唯唯，未使而诺诺。先意承旨，观貌察色，以先主心者也。"《乌台诗案》："是时张靓、俞希旦作监司，意不喜其为人，然不敢与争议，故诋毁之为阳虎也。"纪昀："何至以孔子自居，即以诗论，亦无此理，无论贾祸也。"（《纪评苏诗》卷七）

〔一七〕气节：志气节操。《史记·汲黯列传》："好学游侠，任气节。"

〔一八〕文章小技：杜甫《贻柳少府》："文章一小技，于道未为尊。"程：法则、榜样。陆佐公《新漏刻铭》："为世作程。"

附录

吴仰贤：唐人诗虽极牢骚，不失常度，宋人便有过火语。如岑参诗云："只缘五斗米，辜负一渔竿。"黄山谷则云："可怜五斗米，夺我一溪乐。"谁夺之耶？虽

"夺我凤凰池"语出《晋书》荀勗，然本发志词耳。两诗有温厉之别。至苏云："道逢阳虎呼与言，心知其非口诺唯。"黄云："平生白眼人，今日打腰诺。"名士口角，大略相同。(《小笉庵诗话》卷二)

都厅题壁〔一〕

苏 轼

除日当早归，官事乃见留。
执笔对之泣，哀此系中囚〔二〕。
人小营糇粮〔三〕，堕网不知羞。
我亦恋薄禄，因循失归休〔四〕。
不须泠贤愚，均是为食谋。
谁能暂纵遣，闵默愧前修〔五〕。

(卷三十二)

注

〔一〕熙宁四年(1071)，通判杭州时作。元祐五年(1090)，苏轼知杭州，作《熙宁中，轼通守此郡。除夜，直都厅，囚系皆满，日暮不得返舍，因题一诗于壁，今二十年矣。衰病之余，复忝此郡，再经除夜，庭事寂然，三圄皆空。盖同僚之力，非拙朽所致，因和前篇呈公济、子侔二通守》。此诗即熙宁中所作前篇。前四句写除夜审讯囚犯；中六句他甚至把自己与囚犯相提并论，皆因为谋食而不能与家人团聚；最后两句因自己不能暂放囚系而深感惭愧。通篇对无辜囚犯寄予了深切同情，确实"语语真至"。(纪昀《评苏文忠公诗》卷三十二)

〔二〕"执笔对之泣"二句：据《尚友录》卷二十载，后汉盛吉拜廷尉，每至冬月，罪囚当断，其妻执烛，吉执丹笔，夫妻相向垂泣而后决罪。

〔三〕糇：干粮。《诗·大雅·公刘》："乃裹糇粮。"

〔四〕因循失归休：延误了时间，未能回家休息。因循，拖沓。

〔五〕闵默：默念。愧前修：有愧于前贤（指那些纵囚犯的人，如《后汉书·虞延传》："每至岁时伏腊，辄休遣徒系，各使归家。并感其恩德，应期而还。"）。

雨中游天竺灵感观音院〔一〕

苏　轼

蚕欲老，麦半黄。前山后山雨浪浪〔二〕。

农夫辍耒女废筐，白衣仙人在高堂〔三〕。

（卷七）

注 ───────────────────────────────

〔一〕熙宁五年（1072），杭州任上作。天竺灵感观音院：《咸淳临安志》载，钱忠懿王梦白衣人求治其居，乃即其地创佛庐，号天竺看经院。咸平初，郡守张去华以旱迎大士至梵天寺致祷，即日雨，自是水旱必谒焉。嘉祐末，沈文通请于朝，赐名灵感观音院。纪昀评此诗说："刺当事之不恤民也，妙于不尽其词。似谚似谣，盎然古趣。"（《纪评苏诗》卷七）

〔二〕浪浪：降雨貌。韩愈《别知赋》："雨浪浪其不止。"

〔三〕白衣仙人：指观音像，实际暗指不恤民的当政者。

六月二十七日望湖楼醉书五绝（选一）〔一〕

苏　轼

黑云翻墨未遮山，白雨跳珠乱入船。

卷地风来忽吹散，望湖楼下水如天。

（卷七）

注 ————————————————————————————————

〔一〕熙宁五年（1072），杭州任上作。望湖楼：王十朋《苏诗集注》引洪朋语："《图
经》：'望湖楼一名看经楼，乾德七年忠懿王钱氏建，去钱塘一里。'"原诗五首，此选其一，
写西湖暴雨暴晴景色。

望海楼晚景五绝（选二）〔一〕
苏 轼

海上涛头一线来，楼前指顾雪成堆〔二〕。
从今潮上君须上，更看银山二十回。

横风吹雨入楼斜，壮观应须好句夸。
雨过潮平江海碧〔三〕，电光时掣紫金蛇。

（卷八）

注 ————————————————————————————————

〔一〕熙宁五年（1072），杭州任上作。望海楼：王十朋《苏诗集注》引芮晔语："《杭
州图经》：东楼一名望海楼，在旧治中和堂北。"苏轼《答范梦得书》："某旬日来，被差本
州监试，得闲二十余日，在中和堂望海楼闲坐，渐觉快适，有诗数首寄去，以发一笑。"所
指即这一组诗。此选为其一、其二。前首写来潮壮观，后首写退潮后景色。

〔二〕指顾：指点顾盼之间，形容时间很短。

〔三〕雨过潮平江海碧：王文诰《苏诗编注集成》卷七："七字极有斟酌，确是逐日闲
坐楼上看潮人语。"

梵天寺见僧守诠小诗，清婉可爱，次韵[一]

苏 轼

但闻烟外钟，不见烟中寺。

幽人行未已，草露湿芒屦[二]。

惟应山头月，夜夜照来去。

（卷八）

注

〔一〕熙宁五年（1072），杭州任上作。梵天寺：在凤凰山。守诠：《宋诗纪事》卷九十一："一作惠诠，杭州梵天寺僧。"守诠小诗指《题梵天寺》："落日寒蝉鸣，独归林下寺。松扉夜未掩，片月随行屦。唯闻犬吠声，又入青萝去。"对守诠小诗和东坡次韵，历来评价不一。周紫芝极其推崇原唱："余读东坡和梵天僧守诠小诗……未尝不喜其清绝过人远甚。晚游钱塘，始得诠诗……乃知其幽深清远，自有林下一种风流。东坡老人虽欲回三峡倒流之澜，与溪壑争流，终不近也。"（《竹坡诗话》）汪师韩则极赞苏轼次韵，以为"峭蒨高洁，韦、柳遗音"（《苏诗选评笺释》卷一）。纪昀、王文诰对这种清婉小诗却不甚推许，纪昀说："庄、老告退，山水方滋，晋、宋以还，清音遂畅。揆以风雅之本旨，正如六经而外别出元（玄）谈，亦自一种不可磨灭文字。后人转相神圣，遂欲截断众流，专标此种为正法眼藏。然则《三百》以下，汉魏以前作者，岂近俗格哉！东坡之喜此诗，盖亦偶思螺蛤之意，谈彼法者，勿以借口。"（《纪评苏诗》卷八）王文诰也认为："此种句调，犹之盘筵中间以小食，虽亦适口，然终非一饱物也。公以其僧而嘉之，亦犹庐山之取可遵也。读者识此意则善矣。"（《苏诗编注集成》卷八）这种写山水的闲适小诗，内容上确实没有大的价值，但却能给人以清幽高洁的美感，仍值得一读。

〔二〕屦（jù）：麻、葛等制成的单底鞋。《诗经·国风》有《葛屦》诗。

080

秀州报本禅院乡僧文长老方丈〔一〕

苏 轼

万里家山一梦中，吴音渐已变儿童〔二〕。

每逢蜀叟谈终日，便觉峨眉翠扫空〔三〕。

师已忘言真有道〔四〕，我除搜句百无功〔五〕。

明年采药天台去〔六〕，更欲题诗满浙东〔七〕。

（卷八）

注

〔一〕熙宁五年（1072），苏轼在杭州任上，赴湖州相度堤岸毕，至秀州作。秀州：治所在今浙江嘉兴。报本禅院：姚绶《本觉寺碑记》："檇李西郭二十七里外，有空翠亭遗址。唐宣宗时，僧翼来自临海，宿亭下，感异人梦，结庵以居。事闻，额报本禅院。宋蜀僧文及主之，请易为寺，爰赐今额（即本觉寺）。"乡僧文长老即"宋蜀僧文及"。苏轼曾三过本觉寺，此为首次；次年冬再至，有《夜至永乐文长老院，文时卧病退院》诗；熙宁七年五月三过，时文已死，有《过永乐文长老已卒》诗。后蜀僧居简为作《三过堂记》。此诗因乡僧而抒发故园之思和仕途失意之感，"只著意乡情，词意真切，而造语偶俶奇警，令人咏不尽"（方东树《昭昧詹言》卷二十）。

〔二〕吴音渐已变儿童：《南史·顾琛传》称琛"吴音不变"，此反用其意，言在外为官已久。

〔三〕翠扫空：报本禅院乃"空翠亭遗址"，故由此而思及故乡峨眉之空翠。纪昀说："三、四（句）常意，写来警动。"（《纪评苏诗》卷八）

〔四〕忘言：见苏洵《与可许惠所画舒景，以诗督之》注〔二〕。

〔五〕搜句：指作诗文。刘勰《文心雕龙·章句》："搜句忌于颠倒，裁章贵于顺序。"

〔六〕天台：山名，在浙江天台县城东北。《洞天记》："天台赤城山，高一万八千丈，周回五百里，在台州天台县。"

〔七〕更欲题诗满浙东：从杜甫《题郑县亭子》"更欲题诗满青竹"脱化而来。

王复秀才所居双桧二首（二首选一）〔一〕

苏 轼

凛然相对敢相期，直干凌空未要奇。

根到九泉无曲处〔二〕，世间惟有蛰龙知〔三〕。

（卷八）

注

〔一〕熙宁五年（1072）十二月，杭州任上作。王复：苏轼《种德亭诗并叙》说："处士王复，家于钱塘。为人多技能，而医尤精。期于活人而已，不志于利。筑室候潮门外，治园圃，作亭榭，以与贤士大夫游，唯恐不及，然终无所求。人徒知期接花艺果之勤，而不知其所种者德也。"此诗描写了两株桧树"凛然相对""直干凌空""根到九泉无曲处"的雄姿，至多不过借以象征自己挺拔不屈的性格。但在乌台诗案中却成了苏轼的重要罪证之一。

〔二〕九泉：地下深处。《晋书·皇甫谧传》："龙潜九泉。"

〔三〕蛰龙：伏藏泉底之龙。《苕溪渔隐丛话》后集卷三十："东坡在御史狱，狱吏问云：'《双桧》诗：根到九泉无曲处，世间惟有蛰龙知。有无讥讽？'答曰：'王安石诗：天下苍生待霖雨，不知龙向此中蟠。此龙是也。'吏亦为之一笑。"叶梦得《石林诗话》卷上："元丰间，苏子瞻系大理狱，神宗本无意深罪子瞻。时相进呈，忽言苏轼于陛下有不臣意。神宗改容曰：'轼固有罪，然于联不应至是，卿何以知之？'时相因举轼《桧诗》……对曰：'陛下飞龙在天，轼以为不知己，而求之地下之蛰龙，非不臣而何！'神宗曰：'诗人之词，安可如此论！彼自咏桧，何预联事！'时相语塞。章子厚（惇）亦从旁解之，遂薄其罪。"

饮湖上初晴后雨二首（选一）〔一〕
苏 轼

水光潋滟晴方好，山色空濛雨亦奇〔二〕。
欲把西湖比西子，淡妆浓抹总相宜〔三〕。

（卷九）

注

〔一〕熙宁六年（1073），杭州任上作。王文诰《苏诗编注集成》卷九："此是名篇，可谓前无古人，后无来者。公凡西湖诗，皆加意出色，变尽方法，然皆在《钱塘集》中。其后帅杭，劳心灾赈，已无复此种杰构，但云'不见跳珠十五年'而已。"

〔二〕"水光潋滟晴方好"二句：查慎行《初白庵诗评》卷中："多少西湖诗被二语扫尽，何处着一毫脂粉颜色。"潋滟·水波翻动貌。

〔三〕"欲把西湖比西子"二句：西子即西施，春秋时越国美女。以西施比西湖屡见于苏诗，此二句尤有名。武衍《正月二日泛舟湖上》："除却淡妆浓抹句，更将何语比西湖！"陈善《扪虱新话》卷八："此两句已道尽西湖好处……要识西子，但看西湖；要识西湖，但看此诗。"袁文《瓮牖闲评》卷五："（西湖）虽与妇人不相涉，而比拟恰好，且其言妙丽新奇，使人赏玩不已，非善戏谑者能若是乎？"陈衍《宋诗精华录》卷二："后二句遂成为西湖定评。"

往富阳新城，李节推先行三日，留风水洞见待〔一〕
苏 轼

春山磔磔鸣春禽〔二〕，此间不可无我吟。
路长漫漫傍江浦〔三〕，此间不可无君语。
金鲫池边不见君〔四〕，追君直过定山村〔五〕。

路人皆言君未远，骑马少年清且婉。

风岩水穴旧闻名〔六〕，只隔山溪夜不行。

溪桥晓溜浮梅萼〔七〕，知君系马岩花落。

出城三日尚逶迟，妻孥怪骂归何时〔八〕。

世上小儿夸疾走〔九〕，如君相待今安有。

（卷九）

注

〔一〕富阳、新城：皆杭州所属县，见《宋史·地理志四》。富阳今属浙江，新城为富
阳一镇。李吉甫《元和郡县志》卷二十五："富阳县，本汉富春县，属会稽郡。晋孝武帝太
元中，避郑太后讳，改'春'为'阳'。"又："新城县，本汉富春县地，永淳元年分富春西
境置。"李节推名李佖，时为杭州节度推官。风水洞：据《杭州图经》载，洞去钱塘县治五
十里，在汤村慈岩院。洞极大，流水不竭。洞顶又有一洞，清风微出，故名曰风水洞。熙
宁六年（1073）正月，苏轼奉命出巡本州所属县，李佖先行三日并在风水洞等候苏轼，此
诗即为谢佖而作。这是一篇七古，四句一换意，先总写自己需李同行，然后再分写己之追
李和李之相候，最后以妻孥怪骂、世人疾走相映衬，充分抒发了对李"相待"的感谢之情。
这篇七古两句一换韵，句句押韵，读起来急促跳荡，颇能反映苏轼轻松愉快的心情。

〔二〕磔磔：象声词，此状鸟声。

〔三〕路长漫漫：屈原《离骚》："路漫漫其修（长）远兮。"漫漫，长远貌。傍江浦：
由杭州往富阳，沿富春江而行，故云。

〔四〕金鲫池：苏轼《书苏子美金鱼诗》："旧读苏子美《六和寺》诗云：'松桥待金鱼，
竟日独迟留。'初不喻此语。及倅钱塘，乃知寺（六和寺）后池中有此鱼如金色也。"《杭州
图经》："开化寺，开宝三年建。僧智昙即此建六和塔。金鱼池在寺后，山涧水底有金
鲫鱼。"

〔五〕定山村：施谔《淳祐临安志》卷八：定山，旧《图经》云：在钱塘旧治西南四十
七里一百四十步，高七十五丈，周回七里一百二步。《太平寰宇记》云：定山突出浙江数百
丈。又按《郡国志》，江涛至是辄抑声，过此则雷吼霆怒。

〔六〕风岩水穴：即指风水洞。

〔七〕溜：小股水流。此句谓清晨桥下小溪漂浮着梅萼。

〔八〕透迟：纡回逗留貌。江淹《别赋》："舟凝滞于水滨，车透迟于山侧。"透迟与凝滞对举，义相近。"尚透迟"，一本"迟"作"迤"；"归何时"，一本"时"作"迟"。王文诰《苏诗编注集成》卷九："'归何时'，乃未归之词也。'归何迟'，乃已归之词也。诗虽代为设想，似既未归，自应作'归何时'。今既定'时'字韵，则上句之'尚透迤'，应仍作'尚透迟'。"

〔九〕世上小儿夸疾走：《乌台诗案》载苏轼供词："熙宁六年正月二十七日游风水洞，有本州推官李必知轼到来，在彼等候，轼乃题诗于壁。其卒章不合云'世上小儿夸疾走'，以讥世之小人多务急进也。"可见"世上小儿"指投机新法的"新进、勇锐之士"。

附录

纪昀：磊磊落落，起法绝佳。一结索然。（《纪评苏诗》卷九）

方东树：《往富阳新城》小诗小韵。（《昭昧詹言》卷十二）

新城道中二首（选一）〔一〕
苏 轼

东凤知我欲山行，吹断檐间积雨声。

岭上晴云披絮帽〔二〕，树头初日挂铜钲〔三〕。

野桃含笑竹篱短，溪柳自摇沙水清。

西崦人家应最乐〔四〕，煮芹烧笋饷春耕。

（卷九）

注

〔一〕熙宁六年（1073），杭州任上巡视属县时作。新城：今浙江富春新登镇。王十朋《苏诗集注》引《新城县图经》云："唐高宗永淳元年，分富春西境，置新城，号上县。皇朝仍之，距杭州之西南一百三十里。"王文诰《苏诗编注集成》卷九："此诗上节叙早发新城也。此诗下节，行及半道，时已饷耕也。"

〔二〕晴云披絮帽：杜牧《长安杂题》："晴云似絮惹低空。"此化用其意。

〔三〕铜钲：王十朋《苏诗集注》引次公曰："铜钲，今所谓锣也。先生《日喻》云：'生而眇者不识日，问之有目者，或告之曰：日之状如铜钲。'"按：今本《日喻》作"日之状如铜盘"。

〔四〕西崦：即西山。杜甫有《赤谷西崦人家》诗。

附录

方回：起句十四字妙，五、六亦佳，但三、四颇拙耳。所谓武库森然，不无利钝，学者当自细参而默会。（《瀛奎律髓》卷十四）

陆次云：起得最好。"絮帽""铜钲"语，在长公不妨，不可为法。（《唐宋诗醇》卷六十五引）

汪师韩："絮帽""铜钲"，未免著相矣。有"野桃""溪柳"一联，铸语神来。常人得之，便足以名世。（《苏诗选评笺释》卷二）

纪昀：此乃平心之论（指方回语），无依附门墙之俗态。絮帽、铜钲，究非雅字。（《〈瀛奎律髓〉刊误》卷十四）又：起有神致，三、四自恶，不必曲为之讳。（《纪评苏诗》卷九）

病中游祖塔院〔一〕

苏　轼

紫李黄瓜村路香，乌纱白葛道衣凉。

闭门野寺松阴转，欹枕风轩客梦长。

因病得闲殊不恶，安心是药更无方〔二〕。

道人不惜阶前水，借与匏樽自在尝。

注

〔一〕熙宁六年（1073），杭州任上作。祖塔院：《咸淳临安志》："祖塔法云院，唐钦山法师建，旧名资庆，大中八年改大慈，开运二年改仁寿，太平兴国六年改赐今额。"方东树《昭昧詹言》卷二十："《病中游祖塔院》先写游时景与情事，风味别胜，不比凡境。三、四写院中景。五、六还题'病中'，兼切二祖。收将院僧、自己绾合，亦自然本地风光，不是从外插入。"

〔二〕安心是药：《景德传灯录》卷三载，二祖慧可谓达摩曰："我心未宁，乞师与安。"达摩答曰："我与汝安心竟。"

附录

汪师韩：不须矜才使气，兴会所到，后人自百摹不到，笔底定有神力护持。（《苏诗选评笺释》卷二）

纪昀：此种已居然剑南派。然剑南别有安身立命之地，细看全集自知。杨芝田专选此种，世人以易于摹仿而盛传之，而剑南之真遂隐。（《纪评苏诗》卷十）

陈衍：写景中要有兴味，所谓有人存也。（《宋诗精华当》卷二）

佛日山荣长老方丈五绝 （选二）〔一〕
苏 轼

陶令思归久未成〔二〕，远公不出但闻名〔三〕。
山中只有吾犀叟〔四〕，数里萧萧管送迎。

食罢茶瓯未要深，清风一榻抵千金。
腹摇鼻息庭花落，还尽平生未足心〔五〕。

（卷十）

注 ————————————————————————————————————

〔一〕熙宁六年（1073），杭州任上作。佛日山：《淳祐临安志》卷九：“在母山之东北，高六十余丈，中有古刹名佛慧。东坡、少游、杨杰、司马才仲、范石湖，皆有留题。”《北史·李士谦传》：“客问三教优劣，士谦曰：‘佛，日也；道，月也；儒，五星也。’”佛日之义取此。荣长老：杭州僧，余不详。所选第一首写访荣长老，第二首写卧佛日院。

〔二〕陶令：指陶渊明，此苏轼借以自指。

〔三〕远公：晋僧慧远，居庐山东林寺，送客未尝过虎溪。事见《庐山记》。此借指荣长老。

〔四〕苍髯叟：指松树。《高僧传》载，东晋法潜隐剡山，或问山中胜友者谁，法潜指松曰：“苍髯叟也。”

〔五〕“腹摇鼻息庭花落”二句：孙樵《乞巧对》：“腹摇鼻息，梦到乡国。槐阴扑庭，鸣蜩噪晴。”何孟春《余冬诗话》卷下：“饱食高卧之顷，而‘平生未足心’便可‘还尽’耶？谓之‘消尽’则可。或曰坡谓世外人言。世外人又安有‘未足心？’”

竹 阁〔一〕

苏 轼

海山兜率两茫然，古寺无人竹满轩〔二〕。

白鹤不留归后语，苍龙犹是种时孙〔三〕。

两丛恰似萧郎笔〔四〕，一亩空怀渭上村〔五〕。

欲把新诗问遗像〔六〕，病维摩诘更无言〔七〕。

（卷十）

注 ————————————————————————————————————

〔一〕熙宁六年（1073），苏轼作《孤山二咏》，《竹阁》为其一。竹阁在杭州广化寺柏堂之后，唐白居易为鸟窠禅师所建。苏轼自称"出处依稀似乐天"，白居易是因为"上疏论事，天子不能用，乃求外任"（《旧唐书·白居易传》）而任杭州知州的；苏轼也是因"论事愈力，介甫（王安石）愈恨……乞外任避之"（苏辙《东坡先生墓志铭》）而通判杭州的。白居易在杭州大兴水利，苏轼也与杭州知州陈述古一起疏浚钱塘六井。苏轼非常仰慕白居易的为人，这首怀古之作没有对白的遗迹竹阁作具体描写，仅点化白诗入己诗，就充分抒发了对白居易的思念之情和自己没有同调的孤独之感。

〔二〕海山：海中仙山。《史记·秦始皇本纪》："海中有三神山，名曰蓬莱、方丈、瀛州，仙人居之。"兜率：兜率天，佛教所说欲界六天中的第四天，《传灯录》载释迦牟尼佛生兜率天。传说唐会昌元年有海商遭风至蓬莱山，见一宫院名曰乐天院，故白居易《答李浙东》诗有"海山不是吾归处，归即应归兜率天"。轼诗首二句即用白居易诗中事，言无论白不愿去的蓬莱山，还是他愿去的兜率天，都茫茫不见；所能见到的只有白当年所建竹阁仍丛竹满轩。

〔三〕"白鹤不留归后语"二句：白居易《池上篇》："乐天罢杭州刺史，得天竺石一，华亭鹤二以归。"李远《失鹤》："华表柱头留语后，不知消息到如今。"苏轼反用其意，言李远为失鹤"留语后"至今"不知消息"感伤，而白居易携华亭二鹤离杭时却未留言，只有竹阁的翠竹倒是白居易所种竹子的后代。苍龙，此指翠竹。

〔四〕萧郎：唐代协律郎萧悦，工画竹，曾为白居易画十五竿竹，白居易作《萧悦画竹歌》："植物之中竹难写，古今虽画无似者。萧郎下笔独逼真，丹青以来唯一人。举头忽见不似画，低头静听如有声。"画之美者如真，白诗即赞萧画如真；物之美者如画，苏诗即赞竹阁之竹如萧悦之画。

〔五〕渭：渭水，源出甘肃渭源县鸟鼠山，东流横贯陕西渭河平原，在潼关入黄河。这里盛产竹，《史记·货殖列传》："齐鲁千亩桑麻，渭川千亩竹。"白居易有《退居渭上村》诗，其《池上篇》："十亩之宅，五亩之园。有水一池，有竹千竿。"这里以白居易退居之地渭上村代白居易，"空怀"二字点明了全诗主旨。

〔六〕遗像：指竹阁的白居易画像。苏轼《竹阁见忆》："柏堂南畔竹如云，此阁何人是主人？但遣先生（指当时著名词人张先）披鹤氅，不须更画乐天真。"可见竹阁有白居易画像。

〔七〕维摩诘：毗耶离城中的大乘居，与释迦牟尼同时，曾以称病为由向释迦牟尼派来问讯的舍利弗、弥勒、文殊讲说大乘教义。据《旧唐书·白居易传》载，白居易于"儒学之外，尤通释典"；"栖心释梵，浪迹老、庄"晚年退居洛阳香山，"与香山僧如满结香火社，每肩舆往来，白衣鸠杖，自称香山居士"。故苏轼以维摩诘喻白居易，意思是说，既见不到白居易其人，只好以自己的新诗叩问竹阁中白的遗像，遗像也默默无言。

有美堂暴雨[一]

苏 轼

游人脚底一声雷，满座顽云拨不开[二]。
天外黑风吹海立[三]，浙东飞雨过江来[四]。
十分潋滟金樽凸[五]，千杖敲铿羯鼓催[六]。
唤起谪仙泉洒面[七]，倒倾鲛室泻琼瑰[八]。

（卷十）

注

〔一〕熙宁六年（1073），杭州任上作。有美堂：在吴山上。欧阳修《有美堂记》："嘉祐二年，龙图阁直学士尚书吏部郎中梅公出守余杭。于其行也，天子宠之以诗，于是始作有美之堂，盖取赐诗之首章而名之，以为杭人之荣。"梅公指梅挚。天子指宋仁宗，其"赐诗之首章"为："地有吴山美，东南第一州。"洪迈《容斋四笔》卷二引此诗，题作《有美堂会客》。此诗前四句写暴雨，后四句兼写暴雨、会客。《初白庵诗评》卷下谓"通首多是摹写暴雨"，似不确。

〔二〕"游人脚底一声雷"二句：王十朋《苏诗集注》引师民瞻曰："俗说高雷无雨，故雷自地震，即暴雨也。"陆龟蒙《奉酬袭美苦雨见寄》："顽云猛雨更相欺。"

〔三〕海立：《容斋四笔》卷二："读者疑海不能立，黄鲁直曰：'盖是为老杜所误。'因举《三大礼赋·朝献太清宫》云'九天之云下垂，四海之水皆立'以告。二者皆句语雄峻，前无古人。"何元章："'立'字最有功，乃水涌起之貌……或者妄易'立'为'至'，只可一笑。"（马真卿《懒真子》）

〔四〕浙东：浙江之东。江：指浙江，流经钱塘县境称钱塘江。杭州在钱塘之西，故云："浙东飞雨过东来"。林昌彝《海天琴思录》卷三："'浙东'句全用殷尧藩诗（原注：《喜雨》诗：'山上乱云随手变，浙东飞雨过江来'），注苏诗者皆未及之。"何日愈《退庵诗话》卷七十二"登高诗呈得宏阔沉着，方与题称……苏子瞻《有美堂》云：'天外黑风吹海立，浙东飞雨过江来'，是何等气象，何等笔力！"

〔五〕激滟：水满溢貌。凸：高出。金樽凸：言酒溢出酒杯。杜牧《羊栏浦夜陪宴会》："酒凸金樽泛滟光。"苏轼此句兼状水势和酒宴。

〔六〕杖：鼓槌。敲铿：韩愈《城南联句》："树啄头敲铿。"喻指啄木鸟啄木声，此指羯鼓声。羯鼓：羯族乐器，以二杖击之，鼓声急促。唐南卓《羯鼓录》："宋开府善羯鼓，尝曰：'头如青山峰，手如白雨点。'"此句兼状雨声和宴会热闹场面。

〔七〕谪仙泉洒面：《新唐书·李白传》："（白）往见贺知章，知章见其文，叹曰：'子谪仙人也。'言于玄宗，召见金銮殿，论当世事，奏颂一篇。帝赐食，亲为调羹。有诏供奉翰林，白犹与饮徒醉于市。帝坐沉香子亭，意有所感，欲得白为乐章。召入，而白已醉，左右以水颒面，稍解，援笔成文。"

〔八〕鲛室：张华《博物志》卷九："南海水有蛟人，水居如鱼，不废织绩。其眼能泣珠。""蛟人从水出，寓人家积日，卖绡将去，从主人索一器，泣而成珠满盘，以与主人。"琼瑰：珠玉。此处兼指雨珠和席上诗句妙语如珠。

附录

谢肇淛：东坡诗"天外黑风吹海立"，余从祖司农公杰，以大行奉使过海。中流有龙焉，倒垂云际。离水尚百许丈，而水涌起如炊烟，直与相接，人见之历历可辨也。始信"水立"之语非妄。（《五杂俎》卷四）

汪师韩：写暴雨非此杰句不称，但以用杜赋中字为采藻鲜新，浅之乎论诗矣。且亦必有"浙东"句作对，情景乃合。有美堂在郡城吴山，其地正与海门相望，故非率尔操觚者。唐贤名句中，唯骆宾王《灵隐寺》诗"楼观沧海日，门对浙江潮"一联，足相配敌。（《苏诗选评笺释》卷三）

纪昀：此首为诗话所盛推，然犷气太重。（《纪评苏诗》卷十）

李调元：余雅不好宋诗，而独爱东坡，以其诗声如钟吕，气若江河，不失于腐，亦不流于郛。由其天分高，学力厚，故纵笔所之，无不精警动人。不特在宋无此一家手笔，即置之唐人中，亦无此一家手笔也……如《有美堂暴雨》……其声直震百里，谁能有此！（《雨村诗话》卷下）

惠山谒钱道人，烹小龙团，登绝顶，望太湖[一]

苏 轼

踏遍江南南岸山，逢山未免更流连。

独携天上小团月[二]，来试人间第二泉[三]。

石路萦回九龙脊[四]，水光翻动五湖天[五]。

孙登无语空归去[六]，半岭松声万壑传。

（卷十一）

注 ————

〔一〕惠山：在江苏无锡县西四五里。钱道人：钱安道之弟，无锡人，苏轼有《至秀州赠钱端公安道并寄其弟惠山老》诗。小龙团：欧阳修《归田录》卷二："茶之品莫贵于龙凤，谓之团茶，凡八饼重一斤。庆历中蔡君谟为福建路转运使，始造小片龙茶以进，其品绝精，谓之小团，凡二十饼重一斤，其价值金二两。然金可有而茶不可得，每因南郊致斋，中书、枢密院各赐一饼，四人分之。宫人往往覆金花于其上，盖其贵重如此。"太湖：在江苏南部，惠山濒临湖滨。此诗首联写喜流连山水，颔联写烹小龙团，颈联写登惠山绝顶望太湖，末以谒钱道人作结，"逐层清出，亦颇细致"（《纪评苏诗》卷十一）。

〔二〕天上小团月：指小龙团茶，因系贡茶，故谓"天上小团月"。

〔三〕人间第二泉：古人品水，以金山中泠泉为第一泉，以无锡惠山泉为第二泉。

〔四〕九龙脊：九龙山山脊。陆羽《惠山寺记》："山有九陇，若龙之偃卧然。"

〔五〕五湖：《太平寰宇记》引《南徐记》："无锡西有长渠，南有五湖，向南又有小五湖，非《周礼》所云五湖也。"

〔六〕孙登：《晋书·隐逸传》载，孙登，字公和，汲郡共人。人与之语，多不应。阮籍与语，亦不应。嵇康从之游三年，问其所图，终不答。此以孙登喻钱道人，状其隐逸忘世。

附录

《唐宋诗醇》卷三十四：有横绝太空之概，洒豁襟抱，亦如听苏门长啸，响动林谷。

除夜野宿常州城外二首 (选一)〔一〕
苏 轼

行歌野哭两堪悲，远火低星渐向微。
病眼不眠非守岁〔二〕，乡音无伴苦思归。
重衾脚冷知霜重，新沐头轻感发稀。
多谢残灯不嫌客，孤舟一夜许相依。

(卷十一)

注 ————————————————————————————

〔一〕熙宁六年（1073），三十八岁时作，苏轼《书润州道上诗》："仆时三十九岁（实为三十八岁），润州道中值除夜而作。后二十年，在惠州守岁，录付过（指幼子苏过）。"时苏轼因与王安石政见分歧而出倅杭州已经三年，开河赈饥，疲于奔命，此诗充分抒发了羁旅途中的孤苦抑郁之情。《唐宋诗醇》卷三十四评此诗说："令节羁情，孤灯遥夜，所感怆者深，而以温柔敦厚出之，依依脉脉，味以淡而弥长。"

〔二〕病眼不眠非守岁：白居易《除夜》成句，仅"不眠"原作"少眠"。查慎行《苏诗补注》（卷十一）："'病眼'句，白乐天《除夜》诗也，先生一时偶用之耶？"

退　圃〔一〕

苏　轼

百丈休牵上濑船〔二〕，一钩归钓缩头鳊〔三〕。
园中草木春无数，只有黄杨厄闰年〔四〕。

（卷十一）

注

〔一〕熙宁七年（1074）作，《监洞霄宫俞康直郎中所居四咏》之第一首。监洞霄宫乃宋王朝为佚老优贤而设的宫观祠禄之官，王安石当政时以此安置异议者。朱承爵《存余堂诗话》：“题目诗最难工妙，如东坡为《俞康直郎中所居四咏》中有《退圃》诗一首……其于‘退’字略不发明，而‘休牵上濑’‘归钓缩头’‘黄杨厄闰’，则已曲尽‘退’字之妙，此咏题三昧也。”《纪评苏诗》卷十一亦云：“句句皆含‘退’意，竟不说破，又是一格。”

〔二〕濑：沙石上流过的急水，《论衡·书虚》：“溪谷之深，流者安详，浅多沙石，激扬为濑。”王十朋《苏诗集注》：“上濑船，言难进也。”

〔三〕缩头鳊：鱼名，以肥美著称。唐彦谦《寄友》：“新酒秦淮缩头鳊，凌霄花下共流连。”

〔四〕黄杨厄闰年：苏轼自注：“俗说黄杨一岁长一寸，遇闰退三寸。”

雪后书北台壁二首〔一〕

苏　轼

黄昏犹作雨纤纤，夜静无风势转严〔二〕。
但觉衾裯如泼水〔三〕，不知庭院已堆盐〔四〕。

五更晓色来书幌，半夜寒声落画檐[五]。

试扫北台看马耳，未随埋没有双尖[六]。

城头初日始翻鸦，陌上晴泥已没车。

冻合玉楼寒起粟，光摇银海眩生花[七]。

遗蝗入地应千尺，宿麦连云有几家[八]。

老病自嗟诗力退，空吟冰柱忆刘叉[九]。

(卷十二)

注

〔一〕熙宁七年（1074）知密州时作。宋张淏《云谷杂记》卷三：“北台在密州之北，因城为台，马耳与常山在其南。东垣为守日，葺而新之，子由因请名之曰超然台。”此诗前一首写夜雪，后一首写第二天雪晴后的欣喜之情，抒发了瑞雪兆丰年的喜悦。

〔二〕严：《正字通》：“寒气凛冽曰严。”

〔三〕衾裯：《诗·召南·小星》：“抱衾与裯。”毛传：“衾，被也；裯，禅（单）被也。”

〔四〕堆盐：指雪。《世说新语·言语》载，谢安雪日内集，与儿女讲论文义，俄而雪骤，欣然曰：“白雪纷纷何所似？”兄子朗曰：“撒盐空中差可拟。”兄女道韫曰：“未若柳絮因风起。”安大悦。方回《瀛奎律髓》卷二十一评黄庭坚《春雪呈张仲谋》诗云：“‘梦间’‘睡起’‘疏密’‘整斜’二联与坡‘发水’‘堆盐’之句，亦只是一意，但有浅深工拙。而‘庭院已堆盐’之句，却有顿挫。坡诗天才高妙，谷诗学力精严；坡律宽而活，谷律刻而切云。”

〔五〕“五更晓色来书幌”二句：宋费衮《梁溪漫志》卷七：“或疑五更自应有晓色，亦何必雪？盖误认五更字。此所谓五更者，甲夜至戊夜尔。自昏达旦，皆若晓色，非雪而何！”冯应榴《苏诗合注》卷十二：“五更尚无晓色，转不必如《梁溪漫志》之费解也。上云五更，下云半夜，似倒。今从七集本、《梁溪漫志》作‘半月’，盖言月影方半也，与雪后意更合。”王文诰《苏诗编注集成》卷十二：“五更乃迟明之时，未应遽晓，而我方疑之，复因半夜寒声，渐悟为雪也。此乃以下句叫醒上句，其所以晓色之故，出落在下句也。诗之前半，但知雨作，余皆架空，乃专为此二句设，须知前半不易着手也。"王说甚是。

〔六〕"试扫北台看马耳"二句：马耳，山名，苏轼《超然台记》："南望马耳、常山，出没隐见，若近若远。"《水经注》卷二十六："潍水又东北，涓水注之，出马耳山，山高百丈，上有二石并举，望齐马耳，故世取名焉。"王文诰《苏诗编注集成》卷十二："句谓试扫北台登望，则群山为雪所封，惟马耳双尖犹未没也。"

〔七〕"冻合玉楼寒起粟"二句：赵令畤《侯鲭录》卷一："人不知其使事也，后移汝海，过金陵，见王荆公，论诗及此云：'道家以两肩为玉楼，以目为银海，是使此否？'坡笑之。退谓叶致远曰：'学荆公者，岂有此博学哉！'"王十朋《苏诗集注》引赵次公曰："世传王荆公尝诵先生此诗，叹云：'苏子瞻乃能使事至此！'时其婿蔡卞曰：'此句不过咏雪之状，状楼台如玉楼，弥漫万象若云海耳。'荆公哂焉，谓曰：'此出道书也。'蔡卞曾不理会于'玉楼'何以谓之'冻合'而下三字云'寒起粟'，于'银海'何以谓之'光摇'而下三字云'眩生花'乎？'起粟'字，盖使'赵飞燕虽寒，体无轸粟'也。"纪昀《瀛奎律髓刊误》卷二十一对以上说法不以为然："此因'玉楼''银海'太涉体物，故造为荆公此说以周旋东坡。其实只是地如银海，屋似玉楼耳，不必曲为之说也。"袁枚《随园诗话》卷一亦云："东坡雪诗用'银海''玉楼'，不过言雪之白，以'银''玉'字样衬托之，亦诗家常事。注苏者必以为道家肩、目之称，则当下雪时，专飞道士家，不到别人家耶？"

〔八〕"遗蝗入地应千尺"二句：王十朋《苏诗集注》引援曰："雪宜麦而辟蝗，故为丰年之祥兆。蝗遗子于地，若雪深一尺，则入地一丈；麦得雪则滋茂而成稔岁。此老农之语也。"宿麦，麦秋冬下种，经岁乃熟，故称宿麦。

〔九〕刘叉：唐元和时人，少任侠，后折节读书，能诗。闻韩愈接天下大，步归之，作《冰柱》《雪车》二诗。事见《新唐书·韩愈传》。末二句叹不能像刘叉那样作出咏雪的好诗。

附录

费衮：作诗押韵是一奇，荆公、东坡、鲁直押韵最工，而东坡尤精于次韵，往返数四，愈出愈奇。如作梅诗、雪诗，押"瞵"字"叉"字，在徐州与乔太博唱和，押"灿"字数诗特工。荆公和"叉"字数首，鲁直和"灿"字数首，亦皆杰出。盖其胸中有数万卷书，左抽右取，皆出自然，初不着意要寻好韵，而韵与意会，语皆浑成，此所以为好。若拘于用韵，必有牵强处，则害一篇之意，亦何足称。（《梁溪漫志》卷七）

陆游：苏文忠集中有雪诗，用"尖""叉"二字。王文公集中又有次苏韵诗，议者谓非二公莫能为也。通判澧州吕文之成叔乃顿和百篇，字字工妙，无牵强凑泊之病。（《跋吕成叔和东坡"尖""叉"韵雪诗》）

孙奕：次公云："马耳，山名。"窃谓天下之山至低不下数丈，而止千寻丈者少；雪虽深，埋没山阜，未之有也。赵指为山，果何所据？殊不知雪夜王晋之与霍辩对饮，雪盈尺。王曰："雪太深乎？看北台马耳菜何如？"左右曰："有两尖在。"坡盖用此，何赵未尝见是事而妄为是说。（《示儿编》）按：王文诰驳之云：如以菜论，是此菜种于台之上矣，远则漫无所别，何以独见此菜双尖乎？不图暗万马者乃亦有此寒虫声，可笑可笑。（《苏诗编注集成》卷十二）

方回：马耳，山名，与台相对。坡知密州时作，年三十九岁。偶然用韵甚险，而再和尤佳。或谓坡诗律不及古人，然才高气雄，下笔前无古人也。观此雪诗，亦冠绝古今矣。虽王荆公亦心服，屡和不已，终不能压倒。（《瀛奎律髓》卷二十一）

顾嗣立：已苍先生尝谓："世人诗集中如有拟《铙歌》和江淹杂拟及东坡尖、叉韵，此人必不知诗。"又："诗有拟不得者，江文通《杂体》是也；有和不得者，尖、叉是也。知此者可与言诗。"（《寒厅诗话》）

沈德潜：东坡"尖""叉"韵诗，偶然游戏，学之恐入于魔。（《说诗晬语》卷下）

何日愈：押险韵，要工稳而有味。王荆公尖、叉韵，当时往复唱和，皆不及东坡"试扫北台看马耳，未随埋没有双尖"。"双尖"二字，妙在从上句"马耳"生出，不然，亦平平耳。（《退庵诗话》卷四）

《唐宋诗醇》卷三十四：尖、叉韵诗，千古推为绝唱，数百年来和之者亦指不胜屈矣。然在当时，王安石六和其韵，用及"诸天夜叉""交戟叉头"等字，支凑勉强，贻人口实。即轼《谢人再和因再用韵》二诗，亦未能如原作之精彩。方回谓"再和尤佳者"，非也。至于"玉楼""银海"，曲故流传，其说不一。方回称是《黄庭》一种，亦臆度语耳。轼尝读道书千函，有诗纪其事。要之，"玉楼"是肩，"银海"是目，必作如是解，诗意乃通。

纪昀：二诗徒以窄韵得名，实非佳作。（《纪评苏诗》卷十二）

王文濡：句句切定雪后。"玉楼""银海"一联，颇见烹炼之功。（《宋元明诗评注读本》卷六）

送　春〔一〕

苏　轼

梦里青春可得追〔二〕？欲将诗句绊余晖〔三〕。

酒阑病客惟思睡，蜜熟黄蜂亦懒飞〔四〕。

芍药樱桃俱扫地，鬓丝禅榻两忘机〔五〕。

凭君借取《法界观》〔六〕，一洗人间万事非。

（卷十三）

注

〔一〕《送春》是苏轼《和子由四首》中的一首。苏辙于熙宁七年（1074）春末任齐州（今山东济南）掌书记时，作《次韵刘敏殿丞送春》，苏轼诗就是和这一首的。但苏轼《和子由四首》并非作于同时，因为其中《首夏官舍即事》有"令人却忆湖边寺"句，湖指杭州西湖，"忆"字表明作这四首诗时已离开杭州。苏轼是熙宁七年九月由杭州通判改任密州知州的，十一月到密州任，因此，此诗当作于熙宁八年春末夏初密州任上，不止抒发了伤春之情，也充满了仕途失意，时局日非之感。

〔二〕梦里青春可得追：语意双关，既是惜春，也是感伤整个"青春"的虚度。以反问语气开头，着一"可"字，表示"青春"已无可挽回地消逝了。

〔三〕欲将诗句绊余晖：杜甫《曲江》："何用浮名绊此身？"苏轼反用其意，诗名也是浮名，但把功名事业排除在外了，即"我除搜句百无功。明年采药天台去，更欲题诗满浙东"意。（《秀州报本禅院乡僧文长老方丈》）

〔四〕"酒阑病客惟思睡"二句：进一步写自己的心灰意懒。《唐宋诗醇》卷三十四："'酒阑'句是赋，'蜜熟'句是比，对句却从上句生出。作乎大家，即一属对，不易测识如是。"

〔五〕"芍药樱桃俱扫地"二句：前句写景，遥接首句的伤春，"俱"字说明春色已荡然无存。苏轼自注："病过此二物。"下句抒情，是对"酒阑"二句的深化。禅榻，僧床。鬓丝言其老，禅榻言其病。忘机，泯除机心，不以老病为怀。

〔六〕《法界观》：指《华严经·法界观》，清凉澄观禅师所著，是佛教华严宗的主要典籍之一。苏轼自注说："（子由）来书云'近看此书'，余未尝见也。"故说"凭君借取"。

附录

方回："酒阑病客惟思睡"，我也，情也；"蜜熟黄蜂亦懒飞"，物也，景也；"芍药樱桃俱扫地"景也；"鬓丝禅榻两忘机"，情也。一轻一重，一来一往，所谓四实四虚，前后虚实又当何如下手？至此，则如系风捕影，未易言矣。坡妙年诗律颇宽，至晚年乃神妙流动。（《瀛奎律髓》卷二十四）

纪昀：四句对得奇变，此对面烘托之法。（《纪评苏诗》卷十三）

寄刘孝叔〔一〕

苏 轼

君王有意诛骄虏〔二〕，椎破铜山铸铜虎〔三〕。

联翩三十七将军，走马西来各开府〔四〕。

南山伐木作车轴〔五〕，东海取鼍漫战鼓〔六〕。

汗流奔走谁敢后，恐乏军兴污资斧〔七〕。

保甲连村团未遍〔八〕，方田讼谍纷如雨〔九〕。

尔来手实降新书，抉剔根株穷脉缕〔一〇〕。

诏书恻怛信深厚〔一一〕，吏能浅薄空劳苦。

平生学问只流俗〔一二〕，众里笙竽谁比数〔一三〕。

忽令独奏《凤将雏》〔一四〕，仓卒欲吹那得谱？

况复连年苦饥馑，剥啮草木啖泥土。

今年雨雪颇应时，又报蝗虫生翅股〔一五〕。

忧来洗盏欲强醉，寂寞虚斋卧空瓿。

公厨十日不生烟，更望红裙踏筵舞〔一六〕。

故人屡寄山中信，只有当归无别语〔一七〕。

方将雀鼠偷太仓，未肯衣冠挂神武〔一八〕。

吴兴丈人真得道〔一九〕，平日立朝非小补。

自从四方冠盖闹〔二〇〕，归作二浙湖山主。

高踪已自杂渔钓，大隐何曾弃簪组〔二一〕？

去年相从殊未足，问道已许谈其粗。

逝将弃官往卒业〔二二〕，俗缘未尽那得睹？

公家只在雪溪上〔二三〕，上有白云如白羽。

应怜进退苦皇皇，更把安心教初祖〔二四〕。

（卷十三）

注

〔一〕刘孝叔：名述，湖州吴兴（今属江苏）人。熙宁初任侍御史弹奏王安石"轻易宪度"，出知江州，不久提举崇禧观。苏轼所谓"白简（弹劾官员的奏章）威犹凛，青山兴已浓"（《刘孝叔会虎丘》）即指此。熙宁七年（1074）苏轼赴密州任途中，与刘孝叔等六人会于吴兴，词人张先作六客词，成为词坛佳话。熙宁八年（1076）十一月苏轼在密州任上作此诗。诗可分为三部分，前十四句为讥时，讥刺宋神宗、王石对外用兵，对内变法，本想富国强兵，结果事与愿违。"平生"十二句是自嘲，嘲笑自己在密州处境的艰难。"故人"以下各句是答刘孝叔，表示自己暂时还不能归隐。

〔二〕骄虏：《汉书·匈奴传》："胡者，天之骄子也。"此指契丹和西夏。神宗初继位，有"鞭笞四夷"之意，先后对西夏和南方少数民族用兵。

〔三〕椎破铜山铸铜虎：开采铜来铸造铜虎符。椎破，以椎击破。虎，虎符，古代帝王授予臣属兵权和调发军队的信物。《史记·孝文本纪》："初与郡国守相为铜虎符。"铜山，《汉书·邓通传》："赐通蜀严道铜山，得自铸钱。"此泛指产铜之山。

〔四〕"联翩三十七将军"二句：《续资治通鉴长编》卷二百五十六载，熙宁七年九月癸丑，"开封府界、河北、京东西路置三十七将副，选尝经战阵使臣专掌训练……将有正副，皆给虎符"。《宋史·兵志二》："熙宁七年始诏总开封府畿、京东西、河北路兵，分置将、副。由河北始，自第一将以下共十七将，在河北四路；自第十八将以下共七将，在府畿；自第二十五将以下共九将，在京东；自第三十四将以下共四将，在京西：凡三十有七。"联翩，接连不断。开府，成立府署，自选僚属。

〔五〕南山伐木作车轴：熙宁七年八月遣内侍借民车以备边，见《续资治通鉴长编》。

〔六〕鼍：扬子鳄。《诗·大雅·灵台》："鼍鼓逢逢。"鼍鼓即用鼍皮蒙的鼓。王安石变法期间无"取鼍"事，但曾征牛皮以供军用。漫：张道《苏亭诗话》卷一："漫，覆皮为鼓也。"

〔七〕恐乏军兴污资斧：担心战争开始后不能保证供给而受诛戮。资斧，利斧。《易·旅》："旅于处，得其资斧。"

〔八〕保甲：指保甲法，民十家为一保，五十家为一大保，十大保为一都保，设保长、保正。每户两男以上选一人为保丁。见《宋史·兵志》。团未遍：指保甲法因遭到老百姓抵制，百姓还未完全组织起来。团，聚集。邓元锡《函史》："保甲法行，民忧无钱买弓矢兼戍边，有截指断腕以避丁者。"

〔九〕方田讼牒纷如雨：指方田均税法，每年九月官府派人丈量土地，按地势土质分五等定税。见《宋史·食货志》。讼牒，讼辞，诉讼文书。言因方田均税不公，引起民间诉讼纷纭。

〔一〇〕"尔来手实降新书"二句：尔来，自那时以来。手实，指手实法，令民自报日地财产以作为征税根据的法令。《宋史·吕惠卿传》："惠卿用弟和卿计，置五等丁产簿，使民自供手实，尺椽寸土，检括无余，下至鸡豚，亦遍抄之。隐匿者许告，以赏三之一充赏。"抉剔，搜求挑取。韩愈《进学解》："爬罗抉剔。"

〔一一〕诏书：皇帝的命令文告。恻怛（dá）：哀怜、同情（人民）。信：确实。

〔一二〕平生学问只流俗：据《施注苏诗》：苏辙擢为条例司检详，与安石议事多忤，罢黜。上曰："苏轼何如？可使代辙否？"安石曰："轼兄弟学本流俗，朋比沮事，若朝廷不行先王正道，则能合流俗朋比之情。"故曰："平生学问只流俗。"是时安石凡议其新政者，皆以流俗诋之也。

〔一三〕众里笙竽谁比数：《韩非子·内储说上》："齐宣王使人吹竽，必三百人。南郭处士请为王吹竽，宣王说（悦）之，廪食以数百人。宣王死，湣王立，好一一听之，处士逃。""众里笙竽"即本此，言己无其才而居其位。谁比数，谁能与之相比。比数，相提并论。司马迁《报任安书》："刑余之人，无所比数。"

〔一四〕《凤将雏》：吴兢《乐府古题要解》："《凤将雏》，汉世乐曲名也。"应璩《新诗》："汉末桓帝时，郎有马子侯。自谓识音律，请客吹笙竽。为作《陌上桑》，反言《凤将雏》。"苏轼在此以前还未担任过地方长官。这里以"独奏《凤将雏》"喻其担任密州知州，独当一面。

〔一五〕"况复连年苦饥馑"四句：苏轼《上韩丞相论灾伤手实书》："灾伤之余，民既病矣。自入境见民以蒿蔓裹蝗虫，而瘗之道左，累累相望者二百余里，捕杀之数，闻于官者，几三万斛。”《次韵章传道喜雨》说：“去年夏旱秋不雨，海畔居民饮咸苦。今年春暖欲生蝝（蝗子），地上戢戢多于土。”

〔一六〕“忧来洗盏欲强醉”四句：甒（wǔ），酒器。关于密州官府生活之艰难，苏轼在《后杞菊赋》叙中曾说：“及移守胶西，意且一饱，而斋厨索然，不堪其忧，日与通守刘廷式循古城废圃，求杞菊食之。”

〔一七〕当归：本药名，古人常以表示应当归去之意。《三国志·吴书·太史慈传》：“曹公闻慈名，遗慈书，以箧封之。发省无所道，而但贮当归。”

〔一八〕“方将雀鼠偷太仓”二句：太仓，京城中的大谷仓。神武，神武门，建康（今江苏南京）宫门。南朝宋陶弘景上表辞禄，脱朝服挂神武门。《乌台诗案》：“言山中故人寄信令归，但轼贪禄，未能便挂冠而去。”

〔一九〕吴兴丈人：指刘孝叔。《宋朝事实类苑》卷四十一引《湘山野录》：“刘孝叔吏部公述，深味道腴，东吴端清之士也。”

〔二〇〕自从四方冠盖闹：指朝廷分遣使者到各地督促新法的执行。苏轼《上神宗皇帝书》反对遣使说：“此等朝辞禁门，情态即异；暮宿州县，威福便行。驱迫邮传，折辱守宰。公私劳扰，民不聊生。”

〔二一〕“高踪已自杂渔钓”二句：大隐，晋王康琚《反招隐诗》：“小隐隐陵薮，大隐隐朝市。”簪组，官服，簪指冠簪，组指冠带。上句说刘孝叔归隐湖山，杂身渔钓，自然是崇高行为；下句说“大隐隐朝市”，我虽居官，也可过隐士生活。

〔二二〕逝：通“誓”，表示决心之词。《诗·魏风·硕鼠》：“逝将去汝，适彼乐土。”卒业：完成学业。

〔二三〕霅（zhā）溪：在吴兴，由东苕溪、西苕溪等水汇合而成。

〔二四〕初祖：初传禅宗来中国的达摩。据《传灯录》载，慧可对达摩说：“我心未安，请师安心。”达摩说：“与汝安心竟。”末二句是说，或进或退，自己正惶惶不安，要刘孝叔教以安心之法。

附录

吴可：蔡天启坐有客云：“东坡诗叫呼而壮。”蔡云：“诗贵不叫呼而壮。”此语大妙。“擘开苍玉岩”，“椎破铜山铸铜虎”，何故为此语，是欲为壮语耶？“弄风骄马跑空立，趁兔苍鹰掠地飞。”（苏轼《祭常山回小猎》）山谷社中人皆以为笑。坡暮年极作语，直如此作也。（《藏海诗话》）

《唐宋诗醇》卷三十四：始陈政令之弊，继悼饥馑之臻，而中以“诏书恻怛”，

"吏能浅薄"为词，可谓立言有体。后言己不能如孝叔之高蹈，盖其志在救时，有未肯"挂冠神武"者，特诗中不可以显言，乃以"雀鼠太仓"故作惭谢故人之语。温厚和平，与诗人之旨宛合。一切讥诮躁妄之词，其不可同年而语，明矣。

纪昀：灏气旋转，伸缩自如，托讽处亦不甚激。（指起处）"诏书恻怛信深厚，吏能浅薄空劳苦"二句，诗人之笔。"平生学问只流俗"以下四句妙于用比，便不露激讦之痕，前人立比体，原为一种难着语处开法门。（《纪评苏诗》卷十三）

方东树：满纸奇纵之气。此诗推尊孝叔已至，盖以同被安石之斥，故言之亲切也。"更望红裙"句，言不可得。收跟谈道。（《昭昧詹言》卷十二）

怀西湖寄晁美叔同年[一]

苏 轼

西湖天下景，游者无愚贤。

浅深随所得，谁能识其全[二]！

嗟我本狂直，早为世所捐[三]。

独专山水乐[四]，付与宁非天[五]！

三百六十寺，幽寻遂穷年。

所至得其妙，心知口难传[六]。

至今清夜梦，耳目余芳鲜。

君持使者节[七]，风采烁云烟。

清流与碧巘，安肯为君妍？

胡不昇骑从，暂借僧榻眠[八]？

读我壁间诗，清凉洗烦煎。

策杖无道路，直造意所便[九]。

应逢古渔父，苇间自延缘。

问道若有得，买渔勿论钱[一〇]。

（卷十三）

〔一〕熙宁七年（1074）作。晁美叔：名端彦，清丰（今属河南，与山东、河北邻境）人。熙宁七年五月提点两浙刑狱，置司杭州，此诗即作于是时。绍圣初章惇入相，晁力戒其所为，黜守陕州。其子晁说之，亦从东坡游。同年：同科进士及第的人。此诗前四句慨叹美景难识其全，"嗟我本狂直"十句忆倅杭时畅游西湖，"君持使者节"以下劝晁屏去骑从，登山临水，饱赏西湖风光，全诗集中表现了苏轼对西湖的热爱。

〔二〕"西湖天下景"四句：王文诰《苏诗编注集成》卷十三："四句确是西湖定评，而读此集亦然，正当以此评公集也。"

〔三〕捐：捐弃。

〔四〕独专山水乐：《庄子·秋水》："擅（独占）一壑之水，而跨跱埳井之乐，此亦至矣。"轼语化用其意。

〔五〕宁：难道。

〔六〕"所至得其妙"二句：宋长白《柳亭诗话》卷二十一："具此眼识，宜乎六桥至今口于妇竖。"

〔七〕君持使者节：《续资治通鉴长编》熙宁七年五月载，晁端彦徙两浙提点刑狱。

〔八〕"清流与碧巘"四句：查慎行《初白庵诗评》卷中："山水之间，俗吏原无置身处，示以寻幽之诀语，虽直而意良厚。"巘，《诗·大雅·公刘》："陟则在巘。"毛传："巘，小山别于大山也。"此泛指山。

〔九〕直造意所便：直接去你想去的地方。造，去，到。《唐宋诗醇》卷三十四："知其妙处难全，便是能识其全者。妙处既不可传，故令读壁间诗，使自得之。又令'直造意所便'，以庶几所至有得耳。"

〔一○〕"应逢古渔父"四句：《庄子·渔父》：孔子游于淄帷之林，坐乎杏坛之上，有渔父顾见孔子，语罢，"刺船而去，延缘苇间（慢慢沿着苇丛而行）。孔子曰：'道之所在，圣人尊之。今渔父之于道，可谓有矣，吾敢不敬乎！'""买鱼勿论钱"本《南史·隐逸传》：孙缅为浔阳守，见一渔父，神韵潇洒，缅甚异之，问："有鱼卖乎？"渔父曰："其钓非钓，宁卖鱼者耶！"四句谓晁美叔到杭州将于湖山间见到有道之士。

和文与可洋州园池三十首 (选三)〔一〕

苏 轼

湖 桥〔二〕

朱栏画柱照湖明，白葛乌纱曳履行。

桥下龟鱼晚无数，识君拄杖过桥声。

横 湖〔三〕

贪看翠盖拥红妆〔四〕，不觉湖边一夜霜。

卷却天机云锦段〔五〕，从教匹练写秋光。

南 园

不种天桃与绿杨，使君应欲候农桑〔六〕。

春畦雨过罗纨腻，夏垄风来饼饵香〔七〕。

(卷十四)

注

〔一〕文与可：名同，见苏洵《与可许惠所画舒景，以诗督之》注〔一〕。洋州：今陕西洋县。文同于熙宁八年（1075）任洋州知州，作《守居园池三十首》，苏轼和诗作于熙宁九年（1076）。文同诗清幽平淡，富有韵味，苏轼这组和诗也具有同样风味。

〔二〕湖桥：洋州横湖之桥，文与可《湖桥》："飞桥架横湖，偃若长虹卧。自问一日中，往来凡几过。"苏轼此诗即以桥下龟鱼识文拄杖之声写文往来湖桥频繁。龟鱼识声暗用谭峭《化书》（卷五）事："庚氏穴池，构竹为凭槛，登之者其声策策焉；辛氏穴池，构木为凭槛，登之者其声堂堂焉。二氏俱牧鱼于池中，每凭槛投饵，鱼必踊跃而出。他日但闻策策堂堂之声，不投饵亦踊跃而出。"纪昀："暗用'堂堂''策策'事，写出闲逸。"（《纪评苏诗》卷十四）

〔三〕横湖：《名胜志》："在洋县城西，远望若匹练之横，故名。"此首写："荷尽而水益光明，写得景色澄净，不似老杜'斫却月中桂，清光应更多'，徒豪语耳。"（《唐宋诗醇》卷三十四）

〔四〕翠盖拥红妆：王十朋《苏诗集注》引次公曰："翠盖红妆，言荷也。"

〔五〕卷却天机云锦段：《施注苏诗》引《河南记》："嵩山有云、锦二溪，溪多荷花，异于常者。"此句写荷花经霜而枯萎。

〔六〕使君应欲候农桑：王文诰《苏诗编注集成》："此诗乃劝农体也，暗切太守，味下句自知。"

〔七〕"春畦雨过罗纨腻"二句：上句写桑，下句写麦。王十朋《苏诗集注》引赵次公曰："此格谓之言山不言山，言水不言水之格，最为巧妙。""言'春'则知其为桑，况下又有'罗纨腻'字；言'夏'则知其为麦，况下又有'饼饵香'字乎？"

书韩幹牧马图〔一〕

苏 轼

南山之下，汧渭之间〔二〕，想见开元、天宝年〔三〕。

八坊分屯隘秦川，四十万匹如云烟〔四〕。

驹、騋、骊、骆、骊、骝、騠、白鱼、赤兔、骅、皇、駃〔五〕。

龙颅凤颈狞且妍，奇姿逸德隐驽顽。

碧眼胡儿手足鲜〔六〕，岁时剪刷供帝闲〔七〕。

柘袍临池侍三千〔八〕，红妆照日光流渊。

楼下玉螭吐清寒〔九〕，往来蹙踏生飞湍〔一〇〕。

众工舐笔和朱铅〔一一〕，先生曹霸弟子韩〔一二〕。

厩马多肉尻脽圆〔一三〕，肉中画骨夸尤难。

金羁玉勒绣罗鞍〔一四〕，鞭箠刻烙伤天全。

不如此图近自然，平沙细草荒芊绵，

惊鸿脱兔争后先。王良挟策飞上天[一五]，
何必俯首服短辕？

（卷十五）

注

〔一〕熙宁十年（1077）京城作。韩幹：唐京兆蓝田（今陕西西安）人，一说大梁（今河南开封）人。擅绘肖像、鬼神、花竹，尤工画马，曾向曹霸学画。唐玄宗天宝年间在宫廷内厩画马。杜甫曾批评韩幹“画肉不画骨，忍使骅骝气凋丧”。（《赠曹将军霸丹青引》）苏轼这首诗把韩幹所画宫中马同《牧马图》做了比较，指出韩幹所画宫中厩马有肉无骨的根源就在于所画对象已“伤天全”，而《牧马图》的“近自然”就在于所画对象的“自然”。反对“伤天全”，提倡“近自然”，是苏轼美学思想的重要内容。

〔二〕南山：终南山，在陕西西安市南。汧水和渭水，汧为渭的支流。

〔三〕开元、天宝：唐玄宗年号，分别为713—741、742—756年。

〔四〕“八坊分屯隘秦川”二句：秦川，秦岭以北的平原地带。唐代在这里分八坊（保乐、甘露、南普闰、北普闰、岐阳、太平、宜禄、安定）牧马。贞观至麟德年间，马多至七十余万匹。后锐减，至开元十三年恢复到四十三万匹。事见《新唐书·兵志》。

〔五〕“驹、駓、骃、骆、骊、骝、騵”二句：均马名，苍白杂毛的叫驹，黄白杂毛的叫駓，阴白杂毛的叫骃，白马黑鬣的叫骆，纯黑叫骊，赤身黑鬣叫骝，骝马白腹叫騵，二目似鱼目者叫白鱼，三国时吕布所乘马叫赤兔，赤黄色的马叫骍，黄白色的马叫皇，少数民族地区的大马叫韂。《唐宋诗醇》卷三十五：“‘驹、駓、骃、骆、骊、骝、騵’，盖本昌黎（韩愈）《陆浑山火》诗‘鸦鸱雕鹰雉鹄鹍’之句，王士禛谓并是学《急就篇》句法。由其气大，故不见其累重之迹。即如此诗，本是则效少陵，而此二句乃全似昌黎，亦不觉也。”

〔六〕碧眼胡儿：指西北一带的少数民族。柳开《塞上曲》：“鸣髇直上三千尺，天静无风声更干。碧眼胡儿三百骑，尽提金勒向云看。”手脚鲜：手脚熟练利落。

〔七〕闲：马厩。《周礼·夏官·校人》：“天子十有二闲，马六种。”

〔八〕柘袍临池侍三千：形容玄宗带着很多宫女看画。柘袍，柘黄袍。《六典》：“隋文帝服柘黄袍及巾带以听朝，至今遂以为常。”白居易《长恨歌》：“后宫佳丽三千人。”

〔九〕螭：传说中的蛟龙。玉螭指石雕之龙。

〔一〇〕蹙：同"蹴"，踩。

〔一一〕舐笔和朱铅：即《庄子·田子方》"舐笔和墨"意。舐笔，以舌濡笔。朱铅，有色画墨。

〔一二〕曹霸：谯郡（今安徽亳县）人，唐代画家，擅画马，亦工肖像。杜甫《丹青引》盛赞其绘画的艺术成就。

〔一三〕厩：马圈。尻脽：臀部。

〔一四〕金羁玉勒：以金玉做装饰的马骆头。

〔一五〕王良：春秋时人，善御马。策：马鞭。飞上天：形容马跑得快。《乌台诗案》载苏轼供词说："熙宁十年……王诜送韩幹画马十二匹共六轴，求轼题跋，不合作诗云：'王良挟策飞上天，何必俯首服短辕。'意以麒麟自比，讥讽执政大臣无能尽我之才如王良之能御者，何必折节干求进用也！"

附录

《唐宋诗醇》卷三十五：马诗有杜甫诸作，后人无从着笔矣。千载独有轼诗数篇，能别出一奇于浣花之外，骨干气象，实相等埒。

纪昀：通道傍衬，只结处一着本位，章法奇绝。到末又拖一意，变化不测。（《纪评苏诗》卷十五）

方东树：起，跳跃而出，如生龙活虎。"先生"句逆出。"金羁"三句，提笔再入题。以真事衬，以"众工"衬，以"先生"衬，以"厩马"衬。"不如"一句入题，笔力奇横，浑雄遒劲。放翁《折海棠》，从此得法。（《昭昧詹言》卷十二）

东栏梨花〔一〕

苏 轼

梨花淡白柳深青，柳絮飞时花满城。

惆怅东栏一株雪，人生看得几清明〔二〕！

（卷十五）

注

〔一〕这是《和孔密州五绝》中的第三首。孔密州，名宗翰，字周翰，曾任将作监主簿，知蕲、密、陕、扬、洪、兖六州，元祐初除司农少卿、刑部侍郎，以宝文阁待制知滁，未拜而卒。事见《东都事略》本传。苏轼罢密州任，孔宗翰为代。熙宁十年（1077）四月苏轼到徐州任，作此诗。诗的前二句写景，后二句抒慨，因梨花盛开而感叹春光易逝，人生如寄，篇幅短，涵蕴深，终章有余音绕梁之美。

〔二〕"惆怅东栏一株雪"二句："一株雪"，有的本子作"二株雪"，查慎行《初白庵诗评》卷中："二，意当作一。"宋刊残本《东坡集》、宋景定本《施顾注苏诗》以及宋黄善夫本、宋泉州本、元务本书堂本《集注分类东坡先生诗》皆作"一"，证明查的判断是正确的。俞樾《湖楼笔谈》卷五："此诗妙绝，而明郎仁宝（瑛）以为既云'淡白'，又云'一株雪'，恐重言相犯，欲易'梨花淡白'为'桃花烂漫'。此真强作解事者。首句'梨花淡白'即本题也，次句'花满城'正承'梨花淡白'而言，若易首句为'桃花烂漫'，则'花满城'当属桃花，与'惆怅东栏一株雪'了不相属，且是咏桃花，非复咏梨花矣。此等议论，大是笑柄。"杜牧《初冬夜饮》："砌下梨花一堆雪，明年谁此凭栏干？"轼诗即化用此意，但感慨更深。杜牧叹物是人非，苏轼叹人生短促。

附录

洪迈：（张耒）好诵东坡《梨花》绝句……每吟一过，必击节叹赏不能已，文潜盖有省于此云。（《容斋随笔》卷十五《张文潜哦苏杜诗》）

陆游：绍兴中，予在福州，见何晋之大著，自言尝从张文潜游，每见文潜哦此诗，以为不可及。余按杜牧之（牧）有句云："砌下梨花一堆雪，明年谁此凭栏干？"东坡固非窃牧之诗者，然竟是前人已道之句，何文潜爱之深也？岂别有所谓乎？（《老学庵笔记》卷十）

俞弁：陆放翁（游）谓东坡此诗，本杜牧之"砌下梨花一堆雪，明年谁此凭栏干？"余爱坡老诗，浑然天成，非模仿而为之者。放翁正所谓洗瘢索垢者矣。（《逸老堂诗话》卷下）

袁枚：东坡诗云："惆怅东栏一枝雪，人生能得几清明？"此偷杜之"砌下梨花一堆雪，明年谁倚凭栏干"（原文如此）句也，然风调自别。（《随园诗话补遗》

卷三）

纪昀：此首较有情致。（《纪评苏诗》卷十五）

《唐宋诗醇》卷三十五：浓至之情，偶于所见发露，绝句中几与刘梦得（禹锡）争衡。

潘德舆：容斋（洪迈）取张文潜爱诵杜公"溪回松风长"五古，坡公"梨花淡白柳深青"七绝，以为美淡。二诗何尝有一字求奇，何尝有一字不奇？仆少年不学，卤莽于诗，不谓容斋钜手，久已为此。必知容斋述文潜之意，方于诗学有少分相应耳。予又考坡公七绝甚多，而合作（合于法度）颇少。其高才博学，纵横驰骤，自难为弦外音。"梨花淡白"一章，允属杰出，文潜所赏，足称只眼。又：张文潜爱诵坡公"梨花淡白柳深青"一绝，而放翁讥之曰……愚案坡公此诗之妙，自在气韵，不谓句意无人道及也。且玩其句意，正是从小杜诗脱化而出，又拓开境地，各有妙处，不能相掩。放翁所见亦拘矣。（《养一斋诗话》卷九）

子由将赴南都，与余会宿于逍遥堂，作两绝句，读之殆不可为怀，因和其诗以自解。余观子由自少旷达，天资近道，又得至人养生长年之诀，而余亦窃闻其一二。以为今者宦游相别之日浅，而异时退休相从之日长。既以自解，且以慰子由云（二首选一）[一]

苏 轼

别期渐近不堪闻，风雨萧萧已断魂[二]。

犹胜相逢不相识，形容变尽语音存[三]。

（卷十五）

注

〔一〕熙宁十年（1077），苏辙被命为南京（今河南商丘）签判，苏轼被命知徐州。辙送轼至徐，相从百余日。临别，辙作《逍遥堂会宿二首》（已选），此为苏轼和章。虽为宽慰之词，但"语语解慰，乃盖见别恨之深，低回欲绝"（《唐宋诗醇》卷三十五）。

〔二〕"别期渐近不堪闻"二句：即柳永《雨霖铃》"多情自古伤离别，更那堪冷落清秋节"意，虽别者不同。

〔三〕"犹胜相逢不相识"二句：《后汉书·党锢传》载，夏馥为党魁，及张俭等亡命，皆被收考，辞所连引，布遍天下。馥乃自剪发变形，隐匿姓名，为冶家佣。亲突烟炭，形貌毁瘁，人无知者。其弟静遇馥不识，闻其言声，乃觉而拜之。宋长白《柳亭诗话》卷十二："末二语盖用其事，较诸'梦绕云山'之句（苏轼《狱中寄子由》语），此诗尤蕴藉也。"

附录

惠洪：用事琢句，妙在言其用，不言其名耳。此法唯荆公、东坡、山谷三老知之。……东坡别子由诗"犹胜相逢不相识，形容变尽语音存"，此用事而不言其名也。（《冷斋夜话》卷五）

贝琼：昔苏文忠公与弟苏黄门会于彭城之逍遥堂，夜窗听雨，赋诗唱和，奚翅埙篪之迭奏也！大抵天下之情聚而乐，别而悲，见之朋友且然，况于兄弟之亲而厚者哉！余每读其诗，以为有棠棣之遗意，能使人益重同气之恩。（《送魏文芳序》）

中 秋 月 [一]

苏　轼

暮云收尽溢清寒，银汉无声转玉盘 [二]。
此生此夜不长好，明月明年何处看？

（卷十五）

注 ————————————————————

〔一〕熙宁十年（1077），徐州任上作。苏轼晚年贬官岭南途中《书彭城观月诗》说：

"余十八年前中秋夜与子由观月彭城，作此诗。"可见这也是一首与苏辙伤别的诗。

〔二〕银汉：天河。玉盘：指月。李白《古朗月行》："小时不识月，唤作白玉盘。"

附录

蔡正孙：好景不常，盛事难再。读此语，则令人有岁月飘忽之感云。（《诗林广记》卷三）

读孟郊诗二首〔一〕
苏 轼

夜读孟郊诗，细字如牛毛〔二〕。

寒灯照昏花，佳处时一遭〔三〕。

孤芳擢荒秽〔四〕，苦语余诗骚〔五〕。

水清石凿凿〔六〕，湍激不受篙〔七〕。

初如食小鱼，所得不偿劳。

又似煮彭蜞〔八〕，竟日持空螯〔九〕。

要当斗僧清〔一〇〕，未足当韩豪〔一一〕。

人生如朝露，日夜火消膏〔一二〕。

何苦将两耳，听此寒虫号〔一三〕。

不如且置之，饮我玉色醪〔一四〕。

我憎孟郊诗，复作孟郊语。

饥肠自鸣唤，空壁转饥鼠。

诗从肺腑出，出辄愁肺腑〔一五〕。

有如黄河鱼，出膏以自煮。

尚爱铜斗歌，鄙俚颇近古。

桃弓射鸭罢，独速短蓑舞。

不忧踏船翻，踏浪不踏土〔一六〕。

吴姬霜雪白，赤脚浣白纻〔一七〕。

嫁与踏浪儿，不识离别苦〔一八〕。

歌君江湖曲〔一九〕，感我长羁旅。

（卷十六）

注

〔一〕元丰元年（1073），徐州任上作。孟郊（751—814），字东野，唐湖州武康（今浙江德清）人。早年隐居嵩山，年近五十进士及第，任溧阳县尉。苏轼此诗一面批评孟诗语言艰涩，一面赞其情真质朴，对孟诗作了较全面的评价。

〔二〕如牛毛：杜甫《述古》："秦时任商鞅，法令如牛毛。"杜言其多，此状其细。

〔三〕佳处时一遭：王文诰《苏诗编注集成》卷十六："郊《闻角》诗：'似开孤月口，能说落星心。'公极赏之（指苏轼《题孟郊诗》：'今夜闻崔诚老弹《晓角》，始觉此诗之妙'），是所谓'佳处时一遭'也。"

〔四〕孤芳擢荒秽：言读孟诗有如从荒秽中撷取孤芳，此系申言"佳处时一遭"。

〔五〕苦语余诗骚：谓孟诗语虽寒苦而有诗骚余风。

〔六〕凿凿：鲜明貌。《诗·唐风·扬之水》："白石凿凿。"

〔七〕湍急不受篙：言孟郊诗思激越，不受驾驭。

〔八〕彭螖：最小的蟹。

〔九〕螯：蟹首上如钳的脚。

〔一〇〕要当斗僧清：指其诗可与贾岛相比。僧，指贾岛（779—843），字阆仙，范阳（今河北涿州市）人。初为僧，后还俗。诗风与孟郊相近，苏轼曾以"郊寒岛瘦"（《祭柳子玉文》）概括其诗歌特征。

〔一一〕未足当韩豪：言其诗不如韩愈雄健。

〔一二〕火消膏：燃尽膏油。《汉书·董仲舒传》："积恶在身，犹火之销膏，而人不见也。"

〔一三〕寒虫：寒号虫。《本草》："曷旦，一名寒号虫。"苏轼不满孟郊以啼饥号寒语为诗，《次韵答刘泾》亦云："吟诗莫作秋虫声。"

〔一四〕醪：本指酒酿，引申为浊酒。

〔一五〕"诗从肺腑出"二句：王文诰《苏诗编注集成》卷十六："十字绝倒，写尽郊寒之状。"

〔一六〕"尚爱铜斗歌"至"踏浪不踏土"：隐括孟郊《送淡公》诗十二首中语。孟诗有"铜斗饮江酒，手拍铜斗歌"，故苏轼以"铜斗歌"代《送淡公》；"桃弓射鸭罢"即孟诗"不如竹枝弓，射鸭无是非"；"独速短蓑舞"即孟诗成句；"不忧踏船翻"二句即孟诗"侬是清浪儿，每踏清浪游。笑伊乡贡郎，踏土称风流"。

〔一七〕"吴姬霜雪白"二句：李白《通塘曲》："浦边清水明素足，别有浣沙吴女郎。"

〔一八〕"嫁与踏浪儿"二句：李益《江南曲》："早知潮有信，嫁与弄潮儿。"

〔一九〕江湖曲：亦指《送淡公》诗，因诗中有"数年伊洛同，一旦江湖乖。江湖有故庄，小女啼喈喈"。

附录

葛立方：李观评其诗云："高处在古无上，平处下观二谢。"许之亦太甚矣。东坡谓："初如食小鱼，所得不偿劳。又似食彭蟹，竟日嚼空螯。"贬之亦太甚矣。（《韵语阳秋》卷一）

曾季狸：予旧因东坡诗云："我憎孟郊诗"，及"要当斗僧清，未足当韩豪""何苦将两耳，听此寒虫号"，遂亦不喜孟郊诗。五十以后，因暇日试取细读，见其精深高妙，诚未易窥，方信韩退之、李习之尊敬其诗，良有以也。东坡性痛快，故不喜郊之词难深。（《艇斋诗话》）

范晞文：退之（韩愈）进之如此，而东坡贬之若是，岂所见有不同耶？然东坡前四句（指所引"孤芳擢荒秽"四句），亦可谓巧于形似。（《对床夜语》卷四）

俞弁：人之于诗，嗜好往往不同。如韩文公《读孟东野诗》有"低头拜东野"之句。唐史言退之性偏强，任气傲物，少许可，其推让东野如此！坡公《读孟郊诗》有云："初如食小鱼，所得不偿劳。又如食蟛蜞，竟日嚼空螯。"二公皆才豪一世，而其好恶不同若此。（《逸老堂诗话》卷上）

汪师韩：郊诗"佳处"，惟此言之亲切。前作"孤芳"二句，其体质也；"水清"二句，其格调也；继乃比之"食小鱼""煮蟛蜞""听寒虫号"者，轼盖直以韩豪自居也。后作自云"作孟郊语"，读之宛然郊诗。即如"诗从肺腑出，出辄愁肺腑"二语，非郊不能道。观"铜斗歌"，全用其语，爱之深矣。"郊寒岛瘦"，千古奉轼语为定评，顾岛岂得与郊抗衡哉！（《苏诗选评笺释》卷二）

查慎行：（"孤芳擢荒秽"四句），评隋能令东野低头。"诗从肺腑出"二句刻画到骨。（《查初白诗评》卷中）

纪昀：二诗即作东野体，如昌黎、樊宗师诸例，意谓东野体我固能为之，但不为耳。然东坡以雄视百代之才，而往往伤率、伤慢、伤放、伤露，正坐不肯为郊、岛一番苦吟工夫耳。（《纪评苏诗》卷十六）

贺裳：东野实亦诉穷叹屈之词太多，读其集频闻呻吟之声，使人不欢。但跼天蹐地，《雅》亦有之，"终窭且贫"，《邶风》先有此叹……二苏皆年少成名，虽有谪迁之悲，未历饥寒之厄，宜有不知此痛痒之言。（《载酒园诗话》卷一）

翁方纲：坡公《读孟郊诗二首》，真善为形容，尤妙在次首，忽云"复作孟郊语"，又摘其词之可者而述之，乃以"感我羁旅"跋之，则益见其酸涩寒苦，而无复精华可挹也。其第一首目以"虫号"，特是正面语，尚未极深致耳。（《石洲诗话》卷三）

王文诰：或以"我憎孟郊诗，复作孟郊语"为谴者，答曰：是所谓恶而知其美也。着此二句，郊之地位固在，此诗笔之妙也。（《苏诗编注集成》卷十六）

次韵黄鲁直见赠古风二首（选一）〔一〕
苏 轼

嘉谷卧风雨，稂莠登我场〔二〕。

陈前漫方丈〔三〕，玉食惨无光〔四〕。

大哉天宇间，美恶更臭香〔五〕。

君看五六月，飞蚊殷回廊〔六〕。

兹时不少假〔七〕，俯仰霜叶黄。

期君蟠桃枝，千岁终一尝〔八〕。

顾我如苦李〔九〕，全生依路傍。

纷纷不足愠，悄悄徒自伤〔一○〕。

（卷十六）

注 ──

〔一〕元丰二年（1079），徐州任上作。《乌台诗案》载苏轼供词说："元丰元年二月内，北京国子监教授黄庭坚寄书一封并古诗二首与轼，依韵和答。云'嘉谷卧风雨'至'玉食惨无光'，以讥今之小人胜君子，如稂莠之夺嘉谷。又云'大哉天宇间'至'悄悄徒自伤'，意言君子小人进退有时，如夏月蚊虻纵横，至秋自息。比黄庭坚于蟠桃，进必迟，自比苦李，以无用全生。又取《诗》云'忧心悄悄，愠于群小'，以讥讽当今进用之人皆小人也。"所谓"黄庭坚寄书一封并古诗二首"指《上苏子瞻书》和《古诗二首上苏子瞻》。苏轼既有和诗，又有答书。黄诗第一首以江梅比苏轼，热情歌颂苏轼品格的高尚，叹其遭遇的不幸。故苏轼和诗有稂莠夺嘉谷，小人胜君子之叹。苏轼《答黄鲁直书》盛赞黄的"古风二首，托物引类，真得古人之风"。苏轼此诗亦有"托物引类"见长。

〔二〕稂莠：《诗·小雅·大田》："既坚既好，不稂不莠。"毛传："稂，童粱也。莠，似苗也。"后以稂莠指形似禾苗的害草，亦比喻坏人。

〔三〕方丈：一丈见方。《孟子·尽心下》："食前方丈。"谓食之丰盛。

〔四〕玉食惨无光：杜甫《病桔》："此物岁不稔，玉食失光辉。"玉食，美食如玉。

〔五〕美恶更臭香：《庄子·知北游》："神奇复化为臭腐，臭腐复化为神奇。"更，更变，更替。

〔六〕殷（yǐn）：震动。司马相如《上林赋》："殷天动地。"

〔七〕假：宽假，宽缓。《北史·魏世祖纪》："大臣犯法，无所宽假。"

〔八〕"期君蟠桃枝"二句：《山海经》："东海有山名度索，上有大桃，蟠屈三千里，名蟠桃。"又《汉武故事》："此桃一千年生花，一千年结实。"

〔九〕苦李：《晋书·王戎传》："尝与群儿戏于道侧，见李树多实，等辈竞趋之，戎独不往。或问其故，戎曰：'树在道边而多子，必苦李也。'取之，信然。"

〔一〇〕"纷纷不足愠"二句：《诗·邶风·柏舟》："忧心悄悄，愠于群小。"参见注〔一〕。

九日黄楼作[一]

苏 轼

去年重阳不可说，南城夜半千沤发。

水穿城下作雷鸣，泥满城头飞雨滑。

黄花白酒无人问，日暮归来洗靴袜[二]。

岂知还复有今年，把盏对花容一呷。

莫嫌酒薄红粉陋，终胜泥中千柄锸。

黄楼新成壁未干[三]，清河已落霜初杀[四]。

朝来白雾如细雨，南山不见千寻刹。

楼前便作海茫茫，楼下空闻橹鸦轧[五]。

薄寒中人老可畏[六]，热酒浇肠气先压。

烟消日出见渔村，远水鳞鳞山齾齾[七]。

诗人猛士杂龙虎，楚舞吴歌乱鹅鸭[八]。

一杯相属君勿辞，此景何殊泛清霅[九]。

（卷十七）

注 ——————————————————————————————

〔一〕元丰元年（1078），徐州任上作。黄楼：秦观《黄楼赋》序："太守苏公守彭城之明年（指元丰元年），既治河决之变，民以更生，又因修缮其城，作黄楼于东门之上。以为水受制于土，而土之色黄，故取名焉。"前六句写去年徐州大水，无心过重阳节；后一部分写今年重阳，黄楼建成，六合乐于莫楼的盛况。"去年今年，雨夕晴朝，各写得淋漓尽致，驱涛涌云，夐出千古。"（《唐宋诗醇》卷三十六）

〔二〕"去年重阳不可说"至"日暮归来洗靴袜"：参苏辙《黄楼赋叙》。

〔三〕黄楼新成：苏轼《书子由〈黄楼赋〉后》："子城之东门当水之冲，府库在焉，而

117

地狭不可以为瓮城，乃大筑其门，护以砖石。府有废厅事，俗传项籍所作而非也，恶其淫名无实，毁之，取其材为黄楼东门之上。元丰元年八月癸丑楼成，九月庚辰，大合乐以落之。"

〔四〕霜初杀：霜初降。

〔五〕"朝来白雾如细雨"四句：查慎行《初白庵诗评》卷中："阴阳晦明，摄向毫端，作大开合。浅人但见写景耳，吁！"寻，八尺。刹，佛塔。鸦轧，物相擦声，亦作轧鸦。杜牧《登九峰楼》："归棹何时闻轧鸦。"

〔六〕薄寒中人：自指。

〔七〕巀嶪：山峰参差貌。巀，缺齿。

〔八〕"诗人猛士杂龙虎"二句：苏轼自注："坐客三十余人，多知名之士。"陈衍《宋诗精华录》卷二："以'鹅鸭'对'龙虎'，所谓嘻笑成文章也。"

〔九〕何殊泛清霅：与泛舟霅溪有何区别。东、西苕溪在浙江吴兴会合后称霅溪，入太湖。

附录

纪昀：笔笔作龙跳虎卧之势。（《纪评苏诗》卷十七）

李思训画《长江绝岛图》〔一〕

苏 轼

山苍苍，水茫茫，大孤小孤江中央〔二〕。

崖崩路绝猿鸟去〔三〕，惟有乔木攙天长。

客舟何处来？棹歌中流声抑扬〔四〕。

沙平风软望不到，孤山久与船低昂〔五〕。

峨峨两烟鬟，晓镜开新妆。

舟中贾客莫漫狂，小姑前年嫁彭郎〔六〕。

（卷十七）

注

〔一〕元丰元年（1078），徐州任上作。李思训：唐之宗室，李林甫之伯父，擅画山水树石，画称一时之妙，宦到左武卫大将军。事见张彦远《名画记》。此为题画诗，前四句为画中绝岛，中四句为画中客舟，末四句合写，妙在俚俗诙谐结之，"神完气足，遒转空妙"（方东树《昭昧詹言》卷十二）。

〔二〕大孤小孤：《太平寰宇记》："彭蠡湖周围四百五十里，湖心有大孤山，以别德化、都昌之界。小孤山三十丈，周围一里，在彭泽县古城西北九十里。"

〔三〕崖崩路绝猿鸟去：谓山路险绝，连猿鸟都无法在此生活，即李白《蜀道难》"黄鹤之飞尚不得过，猿猱欲度愁攀援"意。

〔四〕棹歌中流声抑扬：汉武帝《秋风辞》："横中流兮扬素波，箫鼓鸣兮发棹歌。"

〔五〕"沙平风软望不到"二句：为苏轼《出颍口初见淮山》成句，仅"沙平"，原作"波平"，"孤山"原作"青山"。翁方纲《石洲诗话》卷三："'沙平风软望不到'，用以题画，真乃神妙不可思议，较之《自泳望淮山》，不啻十倍增味也。昔唐人江为题画诗，至有'樵人负重难移步'之句，比之此句，真是下劣诗魔矣。"

〔六〕小姑前年嫁彭郎：欧阳修《归田录》卷二："江南有大小孤山，在江水中，巉然独立，而世俗转'孤'为'姑'。江侧有一石矶，谓之'澎浪矶'，遂转为'彭郎矶'，云彭郎者，小姑婿也。"纪昀："绰有兴致，惟末句佻而无味，遂似市井恶少语，殊非大雅所宜。"（《纪评苏诗》卷十七）王文诰驳之云："此诗如古乐府，别为一体，妙在一结，含蓄不尽，使读者自得之也。且小姑本属山名，人皆知其传误，非若烈女贞姬，遽遭诬谤，诗必为之指证辨雪者比也。晓岚（纪昀）诋为'市井恶少语'，此以市井恶少身而得度者则然，于诗何尤？'"（《苏诗编注集成》卷十七）

附录

翁方纲："舟中贾客莫漫狂，小姑前年嫁彭郎"，是题画诗，所以并不犯呆。而刘须溪岂有不知，《归田录》之讥不必也。题画则可，赋景则不可，可为知者道耳。讥此诗者，凡以为事出俚语耳。不知此诗"沙平风软"句及"山与船低昂"句，则皆公诗所已有，此非复呓语耶？奈何置之不论也？试即以《颍口见淮山》一首对看，而其妙毕出矣。彼云"青山久与船低昂"，故以"故人久立"结之，

“故人”即青山也，初无故事可以打诨也。但既是即目真话，亦不须借语打诨，始能出场也。至此首，则“舟中贾客”即上之“棹歌中流声抑扬”者也，“小姑”即上“与船低昂”之山也，不就俚语寻路打诨，何以出场乎？况又极现成，极自然，缭绕萦回，神光离合，假而疑真，所以复而愈妙也。（《石洲诗话》卷三）

大风留金山两日〔一〕

苏　轼

塔上一铃独自语：“明日颠风当断渡〔二〕。”

朝来白浪打苍崖，倒射轩窗作飞雨〔三〕。

龙骧万斛不敢过，渔舟一叶纵掀舞〔四〕。

细思城市有底忙，却笑蛟龙为谁怒〔五〕。

无事久留僮仆怪，此风聊得妻孥许〔六〕。

潜山道人独何事？夜半不眠听粥鼓〔七〕。

（卷十八）

注

〔一〕元丰二年（1079），赴湖州任，途经金山时作。金山：在江苏镇江西北，见《游金山寺》注〔一〕。此诗前六句写大风，后六句写“留金山两日”，全诗“有景有人在”（《纪评苏诗》卷十八）。

〔二〕“塔上一铃独自语”二句：《晋书·佛图澄传》：“（石）勒死之年，天静无风，而塔上一铃独鸣。澄谓众曰：‘铃音云，国有大变，不出今年矣。’既而勒果死。”翁方纲《石洲诗话》卷一：“下七字即塔铃之语也，乃少陵已先有之。”颠即狂，颠风即狂风。所谓“少陵已先有之”指杜甫《僵侧行赠毕曜》：“晓来急雨春风颠。”《唐宋诗醇》卷三十四亦云：“‘明日颠风当断渡’七字即铃语也，奇思得之天外。”

〔三〕“朝来白浪打苍崖”二句：写风势，风无形，故借浪以状大风。《唐宋诗醇》卷三

120

十四："轩窗飞雨，写风浪之景，真能状丹青所不能状。"

〔四〕"龙骧万斛不敢过"二句：通过写船进一步写风浪险恶。晋龙骧将军王濬受命伐吴，造大船，一只可容二千余人，后人因以龙骧称大船。十斗为斛，万斛，形容船的容量特大。纵，任，听凭。僧惠洪《冷斋夜话》卷四："东坡微意奇特，如曰：'见说骑鲸游汗漫，亦曾扪虱话辛酸。'……又曰：'龙骧万斛不敢过，渔舟一叶纵掀舞。'以鲸为虱对，以龙骧为渔舟对，大小气焰之不等，其意若玩世。谓之秀杰之气终不可没者，此类是也。"

〔五〕"细思城市有底忙"二句：写自己对金山阻风的随缘自适态度，大意是说赶到湖州也没有什么可干的，这里逗留几天也没有什么不好，蛟龙掀起涌的怒涛也难不倒自己。底，什么。

〔六〕"无事久留僮仆怪"二句：写妻孥僮仆对金山险风的无可奈何态度。他们希望快点到湖州，如果"无事久留"，定会怪我；现在因风滞留，他们也就只好赞成了。

〔七〕"灊山道人独何事"二句：写参寥子对金山阻风的超然态度。灊山道人即苏轼的好友、诗僧道潜，又叫参寥子。苏轼《跋秦太虚题名记》："自徐州迁于湖，至高邮，见太虚（秦观）、参寥，遂载与俱。"可见当时参寥也在船上。粥鼓即粥鱼，又叫木鱼，和尚诵经所敲的法器。二句谓参寥不为风浪所动，仍在专心聆听金山寺的木鱼声。《唐宋诗醇》卷三十四："末忽念及灊山道人不眠而听粥鼓，想其濡墨挥毫，真有御风蓬莱，汛彼无垠之妙。"

雪上访道人不遇〔一〕

苏 轼

花光红满栏，草色绿无岸。
不逢青眼人〔二〕，长歌白石涧。

（卷十九）

注

〔一〕元丰二年（1079），湖州（治所在今浙江吴兴）任上作。雪：雪溪，东苕溪、西苕溪至吴兴会合称雪溪。此诗前二句写雪上景色，后二句写访道人不遇。诗风清新淡雅，酷似王维，表现了苏诗的另一风格。

〔二〕青眼人：《晋书·阮籍传》："籍又能为青白眼，见礼俗之士，以白眼对之。及嵇喜来吊，籍作白眼，喜不怿而退。喜第康闻之，乃赍酒挟琴造焉，籍大悦，乃见青眼。"

仆去杭五年，吴中仍岁大饥疫，故人往往逝去，闻湖上僧舍不复往日繁丽，独净慈本长老学者益盛，作此诗寄之〔一〕

苏 轼

来往三吴一梦间〔二〕，故人半作冢垒然。
独依旧社传真法〔三〕，要与遗民度厄年。
赵叟近闻还印绶〔四〕，竺翁先已反林泉〔五〕。
何时策杖相随去，任性逍遥不学禅。

（卷十九）

注 —————————————————————————————

〔一〕元丰二年（1079），湖州任上作。苏轼自熙宁七年（1074）离杭知密州，至此时已整整五年。他在《奏浙西灾伤第一状》中叙熙宁八年饥疫说："熙宁之灾伤，本缘天旱米贵，而沈起、张靓之流，不先事奏闻，但务立赏闭粜，富民皆争藏谷，小民无所得食。流殍既作，然后朝廷知之，始敕运江西及截本路上供米一百二十三万石济之。巡门俵米，拦街散粥，终不能救。饥馑既成，继之以疾疫，本路死者五十余万人。城廓萧条，田野丘墟。"此诗前二句写灾情之严重，三、四句称颂杭州净慈寺本长老为民传法祛灾，同时也表现了苏轼一贯的与民度厄年的思想；最后四句因旧友归杭而思归隐，表现出仕途失意的抑郁之情。

〔二〕三吴：说法不一，一般指吴郡、吴兴、会稽为三吴，后多指江浙一带。

〔三〕真法：佛语，指真如实相之法，《华严经》有"正觉远离数，此是法真法"语。

〔四〕赵叟：指赵抃。据苏轼《赵清献公神道碑》，赵抃，字阅道，衢州西安（治今浙江衢州市境）人，官至参知政事。曾荐苏轼于朝，后与苏轼兄弟交往甚深。元丰二年二月加太子少保致仕，"还印绶"即指此。

〔五〕竺翁：指天竺辩才法师。据苏辙《龙井辩才法师塔碑》，辩才姓徐，名元净，字无象，杭州于潜人。十岁出家，二十五岁赐紫衣及辩才号。居上天竺，吴越之人争施之。僧文捷利其富，逐之。事闻朝廷，复归天竺。苏轼在徐州有《闻辩才法师复归上竺，以诗戏问》。

吴江岸〔一〕

苏 轼

晓色兼秋色，蝉声杂鸟声。
壮怀销铄尽，回首尚心惊。

（卷十九）

注

〔一〕元丰二年（1079），被逮入京，途经吴江时作。苏轼在《湖州谢上表》中说："知其愚不适时，难以追陪新进；察其老不生事，或能牧养小民。""新进""生事"等语刺痛了投机新法的人，于是连章弹劾苏轼。轼于元丰二年四月到湖州任，七月就被捕入狱，此为途中抒怀之作。吴江岸在吴江和太湖之间，东为吴江，西为太湖，见单锷《吴中水利书》。

予以事系御史台狱，狱吏稍见侵，自度不能堪，死狱中，不得一别子由，故作二诗授狱卒梁成，以遗子由二首〔一〕

苏 轼

圣主如天万物春，小臣愚暗自亡身。
百年未满先偿债，十口无归更累人〔二〕。

是处青山可埋骨，他时夜雨独伤神〔三〕。
与君今世为兄弟，又结来生未了因。

柏台霜气夜凄凄〔四〕，风动琅珰月向低〔五〕。
梦绕云山心似鹿，魂惊汤火命如鸡。
眼中犀角真吾子〔六〕，身后牛衣愧老妻〔七〕。
百岁神游定何处，桐乡知葬浙江西〔八〕。

（卷十九）

注

〔一〕元丰二年（1079），御史狱中作。宋人陈录《善诱文》："苏子瞻在元丰间赴诏下狱，嘱其长子迈，送食惟菜与肉；设有不测，当送以鱼，以此为候。迈谨守逾月。后委亲戚代送，误以犯鲊送之。子瞻大骇，忧不免于死，乃就狱中作二诗，有'魂飞汤火命如鸡'之句。神宗闻而怜之，事从宽释。"此诗前首怀念其弟，后首怀念妻、子，通篇凄婉感人，"读之令人增友于之谊"（洪亮吉《北江诗话》卷一）。

〔二〕"百年未满先偿债"二句：叹自己不得寿终正寝，而以妇幼拖累苏辙。古人以为人生不过百年，故以百年或百岁为死的代称。《史记·高祖本纪》："陛下百岁后，萧相国（何）即死，令谁代之？"百年未满即指未到死的年龄，时苏轼才四十四岁。债指前生冤债、冤孽。有人解为苏轼身负债，与原意似不合，因此句紧扣前句"自亡身"。

〔三〕"是处青山可埋骨"二句：前句自指，表现出苏轼固有的旷达胸怀；后句指苏辙，谓自己死后，苏辙想起夜雨对床之约而独自伤心。详见苏轼《辛丑十一月十九日，即与子由别于郑州西门之外，马上赋诗一篇寄之》注〔六〕。

〔四〕柏台：御史台别称。《汉书·朱博传》："是时御史府吏舍百余区井水皆竭，又其府中列柏树，常有野鸟栖其上，晨去暮来。"故称御史台为柏台。

〔五〕风动琅珰月向低：杜甫《大云寺赞公房》："风动金琅珰。"琅珰，又作"锒铛"，《后汉书·崔寔传》："董卓以是收（崔）烈，付郿狱锢之，琅珰铁锁。"李贤注引《说文》："琅珰，锁也。"

〔六〕犀角：《后汉书·李固传》："貌状有奇表，鼎角匿犀。"此形容其子状貌奇特

124

可爱。

〔七〕牛衣：给牛御寒之物。《汉书·王章传》："初，章为诸生，学长安，独与妻居。章疾病，无被，卧牛衣中。"此句谓未给妻子留下什么遗产。

〔八〕桐乡知葬浙江西：作者自注："狱中闻杭、湖间民为余作解厄道场累月，故有此句。"桐乡，在今安徽桐城北。《汉书·朱邑传》："我故为桐乡吏，其民爱我，必葬我桐乡。"苏轼深爱浙中山水，又得到杭州、湖州人民热爱，故要苏辙葬他于浙江西。

附录

纪昀：情至语不以工拙论匕。讥刺太多，自是东坡大病。然但多排诋权倖之言，而无一毫怨谤君父之意，是其根本不坏处，所以能传于后世也。（《纪评苏诗》卷十九）

方东树：此亦宋调，虽有警句，吾不取。（《昭昧詹言》卷二十）

十二月二十八日蒙恩责授检校水部员外郎、黄州团练副使，复用前韵二首〔一〕

苏 轼

百日归期恰及春〔二〕，余年乐事最关身。
出门便旋风吹面〔三〕，走马联翩鹊哗人〔四〕。
却对酒杯浑似梦〔五〕，试拈诗笔已如神〔六〕。
此灾何必深追咎，窃禄从来岂有因〔七〕。

平生文字为吾累，此去声名不厌低。
塞上纵归他日马〔八〕，城东不斗少年鸡〔九〕。
休官彭泽贫无酒〔一〇〕，隐几维摩病有妻〔一一〕。
堪笑睢阳老从事，为余投檄到江西〔一二〕。

（卷十九）

〔一〕元丰二年（1079），出御史狱作。检校为兼官，检校官共一十九，末为水部员外郎。黄州：治所在今湖北黄冈。团外副使为从八品。实际是以散官（定员以外的）安置苏轼于黄州。前一首着重抒发出狱后的欣喜之情，后一首表示今后将以饮酒学佛为事，但绝不改变政治态度。

〔二〕百日：苏轼于元丰二年八月十八日入狱，十二月二十八日出狱，此言"百日"，乃举成数。

〔三〕便（pián）旋：《诗·齐风·还》："子之还兮。"传："便捷之貌。"疏："便捷，本作便旋。"可见便旋有便捷、轻快意。

〔四〕啅（zhuó）：聒噪。

〔五〕浑：简直。杜甫《春望》："白头搔更短，浑欲不胜簪。"

〔六〕试拈诗笔已如神：杜甫《奉赠韦左丞丈二十二韵》："读书破万卷，下笔如有神。"汪师韩《苏诗选评笺释》卷三："诗狱甫解，又矜诗笔如神，殆是豪气未尽除。"

〔七〕"此灾何必深追咎"二句：谓仅凭无功受禄就当获罪，何必再追究获罪的其他原因。此言不必追究，实际就是追究，这就是政敌的迫害，只是引而不发，未挑明而已。

〔八〕塞上纵归他日马：《淮南子·人间训》："近塞上之人，有善术者，马无故亡而入胡，人皆吊之。其父曰：'此何遽不为福也？'居数月，其马将胡骏马而归，人皆贺之。其父曰：'此何遽不能为祸乎？'"后其子骑马跌伤。苏轼用此典，表明他清醒地看到出狱后未必已无后祸。

〔九〕城东不斗少年鸡：陈鸿《东城老父传》载，贾昌年七岁，唐明皇召为鸡坊小儿长。晚年自言以斗鸡媚上，上以倡优畜之。苏轼用此典，表示他出狱后仍不会媚世邀宠。

〔一〇〕彭泽：指彭泽令陶潜。意谓本想像陶潜那样辞官归隐，但因家贫无酒，还不能辞官。

〔一一〕隐几：凭依几案。维摩：即维摩诘，佛教大师。世人以妻色为悦，维摩诘以法喜为悦。法喜，《维摩经》注："见（佛）法而生喜。"

〔一二〕"堪笑睢阳老从事"二句：苏轼自注："子由闻予下狱，乞以官爵赎予罪，贬筠州监酒。"睢阳即宋时应天府（今河南商丘）。从事，汉以后三公及地方长官的属僚。时苏辙任著作郎、签书应天府判官，故称他为睢阳老从事。投檄指苏辙《为兄轼下狱上书》，乞以官爵赎轼之罪，结果被贬监筠州（今江西高安）盐酒税。

陈季常所蓄《朱陈村嫁娶图》二首[一]（选一）

苏 轼

我是朱陈旧使君[二]，劝农曾入杏花村。
而今风物哪堪画，县吏催钱夜打门[三]。

（卷二十）

注

〔一〕元丰三年（108）正月赴黄州贬所途中作。陈季常：名慥，凤翔知府陈希亮之子。苏轼初仕凤翔时与之游。苏轼贬官黄州时，陈季常隐居岐亭（今湖北麻城）。苏轼《岐亭五首》序云：“元丰三年正月余始谪黄州，至岐亭北二十五里，山上有白马青盖来迎者，则余故人陈慥季常也。为留五日。”此诗即作于是时。朱陈村：都穆《南濠诗话》：“在徐州丰县东南一百里深山，民俗淳质。一村惟朱、陈二姓，世为婚姻。”轼诗第一首亦有“闻道一村惟两姓，不将门户买崔卢”之句。《朱陈村嫁娶图》，五代画家赵德元作，见黄休复《益州名画录》卷上。苏轼以讥刺时政的罪名入狱，但一出狱仍敢于讥刺时政，这首诗就是明证。

〔二〕使君：汉代称刺史为使君。苏轼曾知徐州，故云。

〔三〕催钱：催纳税收。

初到黄州[一]

苏 轼

自笑平生为口忙，老来事业转荒唐。
长江绕郭知鱼美，好竹连山觉笋香。
逐客不妨员外置，诗人例作水曹郎[二]。

只惭无补丝毫事，尚费官家压酒囊〔三〕。

（卷二十）

注

〔一〕元丰三年（1080）二月抵黄州贬所时作。这是一首自我解嘲、自我安慰的诗篇，戏谑之语掩盖着满腹牢骚。

〔二〕"逐客不妨员外置"二句：皆指他被"责授检校水部员外郎"的闲官。员外置，定员以外安置。梁代何逊、唐代张籍等著名诗人都曾担任水部郎官，故有"诗人例作水曹郎"之句。

〔三〕"只惭无补丝毫事"二句：白居易《秋居书怀》："况无治道术，坐受官家禄。"此用其意。《宋史·职官志十一》："凡文武官料钱（俸钱），并支一分见钱，二分折支。"酒囊即折支之物。

附录

纪昀：东坡诗多伤激切，此虽不免兀傲而尚不甚碍和平之音。（《瀛奎律髓刊误》卷四十三）

雨晴后步至四望亭下鱼池上，
遂自乾明寺前东冈上归，二首〔一〕
苏 轼

雨过浮萍合，蛙声满四邻。

海棠真一梦，梅子欲尝新。

拄杖闲挑菜，秋千不见人〔二〕。

殷勤木芍药，独自殿余春〔三〕。

高亭废已久〔四〕，下有种鱼塘。

暮色千山入〔五〕，春风百草香〔六〕。

市桥人寂寂〔七〕，古寺竹苍苍〔八〕。

鹳鹤来何处〔九〕，号鸣满夕阳。

（卷二十）

注

〔一〕元丰三年（1083）黄州贬所作。前一首写雨后散步所见之景，大有"流水落花春去也"之感；后一首写"步至四望亭下鱼池上，遂自乾明寺前东冈上归"。苏轼初到黄州，惊魂未定，心灰意冷，杜门闭口，既不拜往迎来，更不谈论时事，常常独自一人信步逍遥以自适，这首诗正是这种生活的写照。

〔二〕秋千不见人：苏轼《蝶恋花》："墙里秋千墙外道，墙外行人，墙里佳人笑。　笑渐不闻声渐悄，多情却被无情恼。"佳人笑声渐渐已令人烦恼，何况雨后秋千，根本"不见人"呢？

〔三〕"殷勤木芍药"二句：殷勤，情意恳切深厚。《开元天宝遗事》："禁中呼木芍药为牡丹。"在后曰殿。春光已逝，芍药已是最后开的花了。故纪昀以为"寓意迟暮"（《纪评苏诗》卷二十）。

〔四〕高亭：指四望亭。《名胜志》："四望亭在雪堂南高阜之上。"

〔五〕暮色千山入：即暮色入千山，写天已晚，为"归"作铺垫。

〔六〕春风百草香：继续写春巳去，故春风送来的不是花香而是草香。

〔七〕市桥人寂寂：应"暮色"句，因天将暮，故市桥人散。杜甫《西郊》有"市桥官柳细"句。

〔八〕古寺：指乾明寺。

〔九〕鹳：一种形似鹤，嘴长而直的鸟。末以鹳鹤号鸣反衬市桥寂寂，进一步渲染悲凉气氛。纪昀："此首纯乎杜意，结尤似。"（《纪评苏诗》卷二十）

正月二十日往岐亭，郡人潘、古、郭三人送余于女王城东禅庄院[一]

苏 轼

十日春寒不出门，不知江柳已摇村。

稍闻决决流冰谷[二]，尽放青青没烧痕[三]。

数亩荒园留我住，半瓶浊酒待君温[四]。

去年今日关山路，细雨梅花正断魂[五]。

（卷十一）

注

〔一〕元丰四年（1081），苏轼贬官黄州时作。岐亭在今湖北麻城西北，苏轼好友陈季常隐居于此。此次往岐亭，亦为访陈。潘指潘丙，诗人潘大临之叔。古指古耕道，能审音。郭指郭遘，喜为挽歌。三人皆苏轼在黄州新结识的友人，曾帮助苏轼经营东坡（见《东坡八首》）。女王城在黄州城东十五里。苏轼于元丰三年正月赴黄州贬所途中，度春风岭，正是梅花凋谢时，曾作《梅花二首》；这次往岐亭，正好时隔一年，景色依然，想到前一年赴黄途中的凄凉景况，写下了这首感慨万端的诗篇。

〔二〕决决：流水声。卢纶《山店》："决决溪泉到处闻。"冰谷：尚有薄冰的溪谷。柳宗元《晋问》："雪山冰谷之积，观者胆掉。"谷中尚有冰，说明还是早春。

〔三〕尽放青青没烧痕：完全让青青新草覆盖了旧有烧痕。放，放纵，任凭。青青，新生野草的颜色。烧，我国古代刀耕火种，放火烧野草，以其灰肥田。

〔四〕"数亩荒园留我住"二句：写潘、古、郭三人为苏钱行。"数亩荒园"指女王城东禅庄院。"留我住""待君温"，写三人对苏轼的深厚情谊。

〔五〕"去年今日关山路"二句：元丰三年正月苏轼赴黄州贬所途中作《梅花二首》，其词凄苦。诗云："春来幽谷水潺潺，的皪梅花草棘间。一夜东风吹石裂，半随飞雪度关山。""何人把酒慰深幽，开自无聊落更愁。幸有清溪三百曲，不辞相送到黄州。""细雨梅花正断魂"即指此。

附录

方回：坡诗不可以律诗缚，善用事者无不妙。他语意天然者如此，尽十分好。（《瀛奎律髓》卷十）

纪昀：东坡七律，往往一笔写出，不甚绳削。其高处在气机生动，才力富健；其不及古人者在少镕炼之工与浑厚之致。（《瀛奎律髓刊误》卷十）

东坡八首 并序（选一）〔一〕

苏 轼

余至黄州二年，日以困匮。故人马正卿哀余乏食〔二〕，为于郡中请故营地数十亩，使得躬耕其中。地既久荒为茨棘瓦砾之场，而岁又大旱，垦辟之劳，筋力殆尽。释耒而■叹，乃作是诗。自愍其勤〔三〕，庶几来岁之入以忘其劳焉〔四〕。

废垒无人顾〔五〕，颓垣满蓬蒿。

谁能捐筋力，岁晚不偿劳。

独有孤旅人〔六〕，天穷无所逃〔七〕。

端来拾瓦砾〔八〕，岁旱土不膏。

崎岖草棘中〔九〕，欲刮一寸毛〔一〇〕。

喟然释耒叹，我廪何时高！

（卷二十一）

注

〔一〕元丰四年（1081）贬官黄州时作。东坡在黄冈山下州治东百余步，苏轼贬官黄州期间，在此躬耕，并自号东坡。所选为第一首，前四句以"无人顾"反衬中四句自己不得不顾，末四句以盼望丰收作结。纪昀认为这八首诗"皆出入陶、杜之间而参以本色，不摹古而气息自古"；认为第一首"沉郁恳到"（纪昀引查慎行语），"逼真少陵"（《纪评苏诗》卷二十一）。

〔二〕马正卿：名梦得，杞（今河南杞县）人。嘉祐六年（1061）从苏轼游，直至苏轼贬官岭南，始辞轼归老。《东坡志林》卷一《马梦得同岁》："马梦得与仆同岁月生，少仆八日。是岁生者，无富贵人，而仆与梦得为穷之冠。即吾二人而观之，当推梦得为首。"《东坡八首》之八："马生本穷士，从我二十年……可怜马生痴，至今夸我贤。众笑终不悔，施一当获千。"《过杞赠马梦得》："万古仇池穴（指马随轼同赴凤翔），归心负雪堂（指马随轼同赴黄州）。殷勤竹里梦，犹自数山（涛）王（戎）。"乏食：缺食。

〔三〕愍：同"悯"，怜惜。

〔四〕庶几：表希望之辞。《史记·秦始皇本纪》："庶几息兵矣。"

〔五〕废垒：指故营地。

〔六〕孤旅人：作者自指。

〔七〕天穷：天使之穷。

〔八〕端来：真来。端，真正。陆游《病中绝句》："此生端欲老江湖。"

〔九〕崎岖：形容艰难。

〔一〇〕毛：地上所生草木。《左传·隐公三年》："涧溪沼沚之毛。"

鱼蛮子〔一〕

苏 轼

江淮水为田，舟楫为室居。

鱼虾以为粮，不耕自有余〔二〕。

异哉鱼蛮子，本非左衽徒〔三〕。

连排入江住，竹瓦三尺庐〔四〕。

于焉长子孙，戚施且侏儒〔五〕。

擘水取鲂鲤，易如拾诸途。

破釜不著盐，雪鳞芼青蔬〔六〕。

一饱便甘寝，何异獭与狙〔七〕。

人间行路难，踏地出赋租〔八〕。

不如鱼蛮子，驾浪浮空虚。

空虚未可知，会当算舟车〔九〕。

蛮子叩头泣，勿语桑大夫〔一○〕。

（卷二十一）

注

〔一〕元丰五年（1032）贬官黄州时作。陆游《老学庵笔记》卷一："张芸叟（舜民）作《渔父》诗曰：'家住耒江边，门前碧水连。小舟胜养马，大罟当耕田。保甲原无籍，青苗不着钱。桃源在何处，此地有神仙。'盖元丰中谪官湖湘时所作，东坡取其意为《鱼蛮子》云。"此诗前十六句叙写渔民"何异獭与狙"的非人生活，后八句出之以议论，写渔民都怕失去这种非人生活，一般农民生活之苦也就不言而喻了。

〔二〕"江淮水为田"四句：《汉书·五行志》："吴地以船为家，以鱼为食。"

〔三〕左衽：前襟向左掩，我国少数民族的服装形式。《论语·宪问》："子曰：微管仲，吾其被（披）发左衽矣！"

〔四〕"连排入江住"二句：王十朋《苏诗集注》引尧祖曰："江南多以竹木为排，浮水中排上以苇竹瓦为屋。"王禹偁《黄州新建小竹楼记》："黄冈之地多竹，大者如椽。竹工破之，刳去其节，用代陶瓦。"

〔五〕"于焉长子孙"二句：谓在这里生儿育女，不是驼背（戚施），就是矮子（朱儒）。《国语·晋语四》："戚施不可使仰，侏儒不可使援。"

〔六〕芼：可供食用的野草，羊菜杂肉为羹亦称芼。

〔七〕獭：水獭。狙：猕猴。

〔八〕踏地出赋租：杜荀鹤《山中寡归》："任是深山更深处，也应无计避征徭。"

〔九〕会当算舟车：可能会连舟、车也要征税。

〔一○〕桑大夫：桑弘羊，汉武帝时任治粟都尉、大司农，汉昭帝时任御史大夫，推行盐铁官营。此以桑弘羊喻以理财为急的变法派。

附录

曾季貍：乐天《盐商妇》诗云："南北东西不失家，风水为乡舟作宅。"东坡《鱼蛮子》诗，正取此意。（《艇斋诗话》）

纪昀：香山一派，读之宛然《秦中吟》也。（《纪评苏诗》卷二十一）

东　坡〔一〕
苏　轼

雨洗东坡月色清，市人行尽野人行。

莫嫌荦确坡头路〔二〕，自爱铿然曳杖声。

（卷二十二）

注

〔一〕元丰六年（1083）贬官黄州时作。此诗写雨后在东坡散步的闲适之情，特别是最后两句确实写得来"风致不凡"。（《纪评苏诗》卷二十二）

〔二〕荦（luò）确：山石突兀貌。韩愈《山石》："山石荦确行径微。"

附录

陈衍：东坡兴趣佳，不论何题，必有一二佳句，此类是也。（《宋诗精华录》卷二）

海 棠〔一〕

苏 轼

东风嫋嫋泛崇光〔二〕，香雾空濛月转廊。
只恐夜深花睡去，故烧高烛照红妆〔三〕。

（卷二十二）

注

〔一〕元丰七年（1084）贬官黄州时作。此诗写月夜赏海棠，特别是最后两句表现了真挚的惜花、爱花之情。惹洪《冷斋夜话》卷五："造语之工，至于荆公、东坡、山谷，尽古今之变。"下举苏诗，即此诗后二句。

〔二〕嫋嫋：谓风细而悠扬。泛：摇曳貌。崇光：指海棠崇高的光彩，即《寓居定惠院之东……》"嫣然一笑竹篱间，桃李漫山总粗俗"之意。

〔三〕"只恐夜深花睡去"二句：李商隐《花下醉》："客散酒醒深夜后，更持红烛赏残花。"此化用其意。《诗林广记》后集卷三引《冷斋夜话》评此二句："事见《杨妃外传》云：明皇登沉香亭，诏妃子。妃子时卯酒未醒，命力士从侍儿扶掖而至。妃子醉歆残妆，钗横鬓乱，不能再拜。明皇笑曰：'是岂妃子醉邪？海堂睡未足耳。'"

附录

查慎行：此诗极为俗口所赏，然非先生老境。（《初白庵诗评》卷中）

别 黄 州[一]

苏 轼

病疮老马不任靰，犹向君王得敝帏[二]。

桑下岂无三宿恋，樽前聊与一身归[三]。

长腰尚载撑肠米，阔领先裁盖瘿衣[四]。

投老江湖终不失，来时莫遣故人非[五]。

（卷二十三）

注

〔一〕元丰七年（1084）由黄迁汝时作。是年三月苏轼改迁汝州（今河南临汝）团练副使，四月离黄州，作此诗。此诗表示对宋神宗的感谢，集中抒发对黄州的眷恋之情，全诗确实写得来"婉转清切"。（《纪评苏诗》卷二十三）

〔二〕"病疮老马不任靰"二句：靰，马络头。敝帏，《礼记·檀弓下》："敝帏不弃，为埋马也。"帏，同"帷"，意谓马到老死，主人还给它破旧帷幔掩埋尸体。苏轼这里以病马自喻，说自己不堪重任，仍得到皇帝的俸禄（暗指迁汝州事）。

〔三〕"桑下岂无三宿恋"二句：前句写怀恋黄州，后句写不得不赴汝州。《后汉书·襄楷传》："浮屠不三宿桑下，不欲久生恩爱。"

〔四〕"长腰尚载撑肠米"二句：谓黄州的长腰米尚在身，而就不得不准备好汝州需用的阔领衣了。长腰米，楚地的上等好米。瘿，赘瘤，大脖子病。葛立方《韵语阳秋》卷十三："汝人多苦瘿……余尝侍先人知汝州，见州治诸井皆以夹锡钱镇之，每井率数十千。问其故，一老兵曰：'此邦饶风沙，沙入井中，人饮之则成瘿。夹锡钱所以制沙土也。'"

〔五〕"投老江湖终不失"二句：谓自己最终不会失去归老江湖的愿望，将来再回黄州必不使故人非议。

·诗 选·

栖贤三峡桥〔一〕

苏 轼

吾闻太山石，积日穿线溜〔二〕。

况此百雷霆，万世与石斗。

深行九地底〔三〕，险出三峡右〔四〕。

长输不尽溪，欲满无底窦〔五〕。

跳波翻潜鱼，震响落飞狖〔六〕。

清寒入山谷，草木尽坚瘦〔七〕。

空濛烟霭间，澒洞金石奏〔八〕。

弯弯飞桥出，潋潋半月觳〔九〕。

玉渊神龙近〔一〇〕，雨雹乱晴昼。

垂瓶得清甘，可咽不可漱〔一一〕。

(卷二十三)

注

〔一〕元丰七年（1034）自黄州迁汝州途中游庐山作。苏辙《庐山栖贤寺新修僧堂记》："入栖贤谷，谷中多大石，岌嶪相倚，水行石间，其声如雷霆，如千乘车行者，震掉不能自持，虽三峡之险不过也，故其桥曰三峡。"此诗即写栖贤寺三峡桥之险，纪昀评此诗说："奇景以精理通之，发为高谈，结为香艳，络绎间起，使人应接不暇。"（《纪评苏诗》卷二十三）

〔二〕"吾闻太山石"二句：谓太山之石，天长日久也会为流水所穿。枚乘《谏吴王书》："太山之霤穿石，单极之绠断干。水非石之钻，索非木之锯，渐靡使之然也。"

〔三〕九地：地下最深处。《孙子·形篇》："善守者藏于九地之下，善攻者动于九天之上。"

〔四〕三峡：此指长江三峡。右：古以所重者为右。谓其险超过长江三峡。

〔五〕"长输不尽溪"二句：谓望不到尽头的溪流不断输泻，好像要灌满无底深渊一样。

〔六〕狖（yòu）：黑色长尾猿。

〔七〕"清寒入山谷"二句：纪昀："'清寒'十字绝唱。"（《评苏文忠公诗》卷二十三）赵克宜："此东坡独到语。其余刻画犹人力所可及，此则全从妙悟得来。"（《苏诗评注汇抄》卷十一）

〔八〕颎洞金石奏：像金石奏出的洪亮之音。颎洞，弥漫无际，此状水声洪亮。

〔九〕毂：张满弓。此喻桥形，有如半月和弯弓。

〔一○〕玉渊：潭名。《庐山纪事》："栖贤寺东为玉渊潭，在三峡涧中，诸水奔注，潭中惊涌喷空。潭上有白石，横亘中流，故名玉渊。"

〔一一〕可咽不可漱：谓潭水清甘可饮，不可仅仅用以漱口。

题西林壁〔一〕

苏 轼

横看成岭侧成峰，远近高低各不同。

不识庐山真面目，只缘身在此山中。

（卷二十三）

注 ——————————————————————————————————————

〔一〕元丰七年（1084）自黄州赴汝途中游庐山作。西林：寺名，《庐山纪事》："远公塔西北为香谷，南下为西林寺。"《纪评苏诗》卷二十三："亦是禅偈而不甚露禅偈气，尚不取厌。以为高唱则未然。"这一批评虽不无道理，但后世之所以以此诗为"高唱"，就在于它富有哲理，要能进能出，才能全面认识事物。王文诰《苏诗编注集成》卷二十三："凡此种诗皆一时性灵所发。若必胸有释典而后炉锤出之，则意味索然矣。《合注》《施注》以《感通录》《华严经》坐实之，诗皆化为糟粕，是谓顾注不顾诗。今皆删。"此诗明白如话，确实不需以"释典"注。

附录

黄庭坚：此老于般若横说竖说，了无剩语，非其笔端有舌，亦安能吐此不传之妙。（《苕溪渔隐丛话·前集》卷三十九引《冷斋夜话》记黄庭坚语）

陈衍：此诗有新思想，似天经人道过。（《宋诗精华录》卷二）

初别子由至奉新作〔一〕
苏 轼

双鹊先我来，飞上东轩背〔二〕。

书随书梦到，人与佳节会〔三〕。

一欢难把玩，回首了无在。

却渡来时溪，断桥号浅濑〔四〕。

茫茫暑天阔，霭霭孤城背〔五〕。

青山眊瞈中，落日凄凉外〔六〕。

盛衰岂我意，离合非所碍〔七〕。

何以解我忧〔八〕，粗了一事大。

（卷二十三）

注

〔一〕元丰七年（1084）自黄赴汝途中，苏轼绕道筠州（今江西高安）探望苏辙后，经过奉新（今属江西）时作。前四句写筠州欢聚；"一欢"四句叹相聚甚短，又沿原路归去；"茫茫"四句抒写独至奉新的烦躁凄凉心情；最后四句作自我宽解之词。纪昀称此诗"曲折深至，语皆警策"（《纪评苏诗》卷二十三）。

〔二〕东轩：苏辙贬官筠州时所建，并作《东轩记》。

〔三〕佳节：指端午节，苏轼在筠州有《端午游真如，迟、适、远从，子由在酒局》诗。

〔四〕"却渡来时溪"二句：赵克宜："'来时溪'三字，写得有情。"（《苏诗评注汇钞》卷十一）濑，急流。

〔五〕孤城：指奉新。

〔六〕"青山眊瞵中"二句：眊瞵，烦恼。王文诰："有景有人，一幅绝妙画图。"（《苏诗编注集成》卷二十三）赵克宜："情景相融，语极雅淡。"（《苏诗评注汇钞》卷十一）

〔七〕"盛衰岂我意"二句：即《水调歌头·丙辰中秋》"人有悲欢离合，月有阴晴圆缺，此事古难全"意，皆自我排解之词。

〔八〕何以解我忧：王十朋《苏诗集注》引次公曰："禅家语，谓了死生也。"似解得太死，故王文诰云："凡此类语，皆以诗无出路，借作歇手也。若认真当一事看，即为所给。"（《苏诗编注集成》卷二十三）

郭祥正家，醉画竹石壁上，郭作诗为谢，
且遗二古铜剑[一]

苏　轼

空肠得酒芒角出，肝肺槎牙生竹石。

森然欲作不可回，吐向君家雪色壁[二]。

平生好诗仍好画，书墙涴壁长遭骂[三]。

不瞋不骂喜有余，世间谁复如君者。

一双铜剑秋水光，两首新诗争剑铓。

剑在床头诗在手，不知谁作蛟龙吼[四]。

（卷二十三）

注 ────────────────────────────────

〔一〕元丰七年（1084）由黄赴汝，途经当涂时作。郭祥正：字功父，太平州当涂（今

属安徽）人。少有诗名，著有《青L集》。元丰七年三月，他以汀州通判勒停家居，苏轼过当涂为作此诗。前四句写"醉画竹石壁上"，中四句写世人之骂反衬郭祥正对其画之喜；最后四句写"郭作诗为谢，且遗二古锟剑"。纪昀称此诗"奇气纵横，不可控制"（《纪评苏诗》卷二十三）。汪师韩亦称此诗"句句巉绝，在集中另辟一格"（《苏诗选评笺释》卷三）。

〔二〕"空肠得酒芒角出"四句：苏轼《文与可画〈筼筜谷偃竹〉记》："画竹必先得成竹于胸中，执笔熟视，乃见其所欲画者。急起从之，振笔直遂，以追其所见，如兔起鹘落，少纵则逝矣。"前四句所写即这种绘画境界。

〔三〕涴（wò）：沾污。韩愈《合江亭》："勿使泥尘涴。"

〔四〕蛟龙吼：杜甫《相从歌》："酒酣击剑蛟龙吼。"

次荆公韵四绝（选一）〔一〕

苏 轼

骑驴渺渺入荒陂〔二〕，想见先生未病时。
劝我试求三亩宅〔三〕，从公已觉十年迟〔四〕。

（卷二十四）

注

〔一〕元丰七年（1084）自黄赴汝，途经金陵（今江苏南京）时作。荆公：指王安石，元丰三年被封为荆国公。所选一首为次王安石"迟"字韵《北山》诗。《潘子真诗话》："东坡得请宜兴，过钟山，见荆公。时公病方愈，令坡诵近作，因为手写一通以为赠。复自诵诗，俾坡书以赠己，仍约坡卜居秦淮。故坡和公诗云（所引即此诗，从略）。"苏、王政见分歧虽大，但并不妨碍他们在文学上相得甚欢。苏、王金陵之会已成为文学史上的美谈，诗话、笔记多有记载。

〔二〕骑驴渺渺入荒陂：《宋人遗事汇编》卷十："王荆公居蒋山时，往来白下门、西庵草堂、法云（寺），止以一驴挟蹇驴。门人讽以笋舆宜老（老人宜坐竹轿），公曰：'古之王公至不道，宋有以人代畜者。'"

〔三〕劝我试求三亩宅：苏轼《与王荆公书》："某始欲买田金陵，庶几得陪杖屦，老于钟山之下。既已不遂。今仪征一住又已二十日，日以求田为事，然成否未可知也。若幸而成，扁舟往来，见公不难矣。"

〔四〕从公已觉十年迟：王安石自熙宁七年（1074）第一次罢相居金陵，至此已十年。苏轼于熙宁七年曾拟买田宜兴，以备退隐，未果，故有是句。

附录

纪昀：东坡、半山，旗鼓对垒，似应别有佳处，方惬人意。（《纪评苏诗》卷二十四）

同王胜之游蒋山〔一〕

苏　轼

到郡席不暖，居民空惘然〔二〕。

好山无十里，遗恨恐他年〔三〕。

欲颖南朝寺〔四〕，同登北郭船。

朱门收画戟，绀宇出青莲〔五〕。

夹路苍鬐古〔六〕，迎人翠麓偏。

龙腰蟠故国〔七〕，鸟爪寄层颠〔八〕。

竹杪飞华屋，松根泫细泉〔九〕。

峰多巧障日，江远欲浮天。

略彴横秋水〔一〇〕，浮图插暮烟〔一一〕。

归来踏人影，云细月娟娟。

（卷二十四）

注

〔一〕元丰七年（1084）由黄移汝，途经金陵时作。王益柔，字胜之，河南（今河南洛

142

阳）人。抗直尚气，喜论天下事。预苏舜钦奏邸会，从集贤校理黜监复州酒税。后历知制诰直学士院，连守大郡。元丰七年知江宁，到任一日，改知南都。蒋山即钟山。此诗以写景胜，蔡絛《西清诗话》卷上："元丰中，王文公（安石）在金陵。东坡自黄北迁，日与公游，尽论古昔文字。公叹息谓人曰：'不知更几百年方有如此人物！'东坡渡江至仪征，和游蒋山诗寄金陵守王益柔，公亟取读，至'峰多巧障日，江远欲浮天'，乃抚几曰：'老夫平生作诗无此二句！'"可见王安石对此诗之推服。清人汪师韩亦云："次第写景，不作峻嶒郁屈之势，而斫削精节，神采飞扬，自无一屑笔剩语，不独'峰多''江远'一联差肩杜老。"

〔二〕"到郡席不暖"二句：即指知江宁，到任一日，改知南都事。班固《答宾戏》："是以圣哲之治，栖栖遑遑，孔席不暖，墨突不黔。"

〔三〕"好山无十里"二句：赵克宜《苏诗评注汇钞》卷十一："次联言好山去郭无十里，若不往游，恐他年尚有遗恨也。紧从'席不暖'句生出。"

〔四〕南朝寺：东晋、宋、齐、梁、陈皆都金陵，故称南朝。蒋山寺宇多是南朝行宫，故称南朝寺。

〔五〕"朱门收画戟"二句：前句谓王安石已去位，后句苏轼自注："荆公宅已为寺。"隋制，三品以上官，门皆列戟。收画戟指已罢相。绀，黑中带红。

〔六〕苍髯：指松树。东晋法潜祢松为苍髯叟，见《高僧传》。苏轼《佛日山荣长老五绝》："山中只有苍髯叟，数里萧萧管送迎。"

〔七〕龙腰蟠故国：庾仲雍《九江记》："建业宫城，孙权所筑。昔诸葛劝都之云：'钟山龙蟠，石城虎踞，有王者气。'权从之。"

〔八〕鸟爪：蒋山有鸟爪峰。据《高僧传》，六朝时高僧宝志生于鹰窠，手类鸟爪，死葬于此山，故名。

〔九〕泫：下滴。

〔一〇〕略彴：小木桥。

〔一一〕浮图：塔。

高邮陈直躬处士画雁二首（选一）〔一〕

苏 轼

野雁见人时，未起意先改。

君从何处看，得此无人态？

无乃槁木形，人禽两自在[二]？

北风振枯苇，微雪落璀璀[三]。

惨淡云水昏，晶莹沙砾碎。

弋人怅何慕[四]，一举渺江海。

（卷二十四）

注

〔一〕元丰七年（1084）自黄赴汝，途经高邮（今属江苏）时作。陈直躬：高邮人，其家原颇富足，父叔皆喜学画，后画技日高而家业日衰，遂以绘画为业。处士：隐居不仕而有才德之人。这是一首著名的题画诗，前六句是对陈画的惊叹、赞美，后六句是对画图的具体描绘。苏轼《传神记》："欲得其人之天（天然神态），法当于众中阴察之。"此诗所赞"无人态"与此意合。

〔二〕"无乃槁木形"二句：（你）是不是形如槁木，不会惊动野雁呢？无乃，岂不是。槁木形，《庄子·齐物论》："形固可使如槁木，而心固可使如死灰乎？"自在，安闲自适。

〔三〕璀璀：鲜明貌。独孤及《和题藤架》："璀璀花落架。"

〔四〕弋人怅何慕：弋人，射鸟的人。扬雄《法言·问明》："鸿飞冥冥，弋人何篡（取）焉。"篡，或作"慕"，张九龄《感遇》："弋者何所慕。"

附录

纪昀：一片神行，化尽刻画之迹。（《评苏文忠公诗》卷二十四）

再过超然台，赠太守霍翔[一]

苏 轼

昔饮雪泉别常山[二]，天寒岁在龙蛇间[三]。

山中儿童拍手笑，问我西去何当还？

十年不赴竹马约〔四〕，扁舟独与渔蓑闲。

重来父老喜我在，扶挈老幼相遮攀〔五〕。

当时襁褓皆七尺〔六〕，而我安得留朱颜！

问今太守为谁欤？护羌充国鬓未斑〔七〕。

躬持牛酒劳行役〔八〕，无复杞菊嘲寒悭〔九〕。

超然置酒寻旧迹，尚有诗赋镵坚顽〔一〇〕。

孤云落日在马耳〔一一〕，照耀金碧开烟鬟。

郉淇自古北流水〔一二〕，跳波下濑鸣玦环〔一三〕。

愿君谈笑作石埭〔一四〕，坐使城郭生溪湾。

（卷二十六）

注

〔一〕元丰八年（1085）起知登州，途经密州时作。超然台：熙宁年间苏轼知密州时所建。详见苏轼《超然台记》。霍翔：《宋史》无传。据《续资治通鉴长编》载，熙宁九年，霍翔任驾部员外郎、知都水监；十年提点秦凤路刑狱；元丰二年除京东提刑；三年任主客郎中；七年提举京东保马。元丰八年五月霍翔知密州，十月苏轼经密州，霍翔宴请苏轼于超然台，轼作此诗以赠。诗的前十句写重过密州，父老夹道欢迎自己；后十二句写霍翔躬持牛酒相邀，而以兴办密州水利期望于霍翔。

〔二〕雩泉、常山：苏轼《雩泉记》："常山在东武郡治（即密州治所）之南二十里。""庙门之西南十五步有泉汪洋……名之曰雩泉。"

〔三〕岁在龙蛇间：苏轼于熙宁九年（1076）底离密州，是年为丙辰，属龙年；次年为丁巳，属蛇年。此记离密时间。

〔四〕十年：自熙宁九年（1076）至元丰八年（1085）恰为十年。竹马约：《后汉书·郭伋传》："始至行郡，到西河美稷，有童儿数百各骑竹马，道次迎拜……及事讫，诸儿复送至郭外，问：'使君何日当还？'伋谓别驾从事计日告之。行部既还，先期一日，伋为违信于诸儿，遂至于野亭，须（待）期乃入。"

〔五〕挈：携。遮攀：遮道攀辕以相迎。

〔六〕当时襁褓皆七尺：谓当年的幼儿已长成人。

〔七〕护羌充国：指汉代护羌校尉赵充国，见苏洵《御将》注〔一二〕。此借指霍翔。苏轼自注："翔自言，在熙河作屯田有功。"故有此比。纪昀："护羌句伏结四句之根。"（《纪评苏诗》卷二十六）意谓因其屯田有功，故寄希望于他兴修水利。

〔八〕躬：亲自。牛酒：慰劳的酒肉。《战国策·齐策六》："乃赐（田）单牛酒，嘉其行。"劳行役：慰劳旅途辛苦。

〔九〕杞菊：苏轼《后杞菊赋》："及移守胶西，意且一饱，而斋厨索然，不堪其忧。日与通守刘君廷式循古城废圃求杞菊食之。"悭：欠缺。

〔一〇〕尚有诗赋镵坚顽：谓当年所作的诗赋刻石还在超然台上。

〔一一〕马耳：山名，在常山东三十里。苏轼《超然台记》："南望马耳、常山，出没隐见，若近若远。"

〔一二〕邿淇：《水经注》卷二十六："邿淇之水，水出西南常山，东北流注潍。"

〔一三〕濑：沙石上的急流。鸣玦环：水声如佩玉声。

〔一四〕石埭（dài）：堤坝。纪昀谓末二句"是旧官对现在官语"（《纪评苏诗》卷二十六）。

登州海市〔一〕

苏 轼

予闻登州海市旧矣。父老云："尝出于春夏，今岁晚，不复见矣。"予到官五日而去，以不见为恨。祷于海神广得王之庙〔二〕，明日见焉，乃作此诗。

东方云海空复空，群仙出没空明中。

荡摇浮世生万象，岂有贝阙藏珠宫〔三〕？

心知所见皆幻影，敢以耳目烦神工？

岁寒水冷天地闭，为我起蛰鞭鱼龙〔四〕。

重楼翠阜出霜晓，异事惊倒百岁翁。

人间所得容力取，世外无物谁为雄？

率然有请不我拒〔五〕，信我人厄非天穷。

潮阳太守南迁归，喜见石廪堆祝融。

自言正直动山鬼，岂知造物哀龙钟〔六〕。

伸眉一笑岂易得，神之报汝亦已丰。

斜阳万里孤岛没，但见碧海磨青铜〔七〕。

新诗绮语亦安用，相与变来随东风〔八〕。

（卷二十六）

注

〔一〕元丰八年（1085）罢知登州（治所在今山东蓬莱）时作。海市：沈括《梦溪笔谈》卷二十一《异事》："登州海中，时有云气如宫室、台观，谓之海市。"查慎行《初白庵诗评》卷中："只'重楼翠阜出霜晓'一句着题，此外全用议论，亦避实击虚法也。若将幻影写作真境，纵摹拟尽悄，终属拙手。"《纪评苏诗》卷二十六："海市只是'重楼翠阜'，此正不尽形容，亦正不能形容也。从未见之前、既见之后与岁晚得见之实，结撰成篇，炜炜精光，欲夺人目。"此诗前六句写"未见之前"；"岁寒"八句写"既见之后与岁晚得见之实"；"潮阳"六句以韩愈祷晴获应以自况，末四句以海市消失作结，避实就虚，议论风发，确为此诗特点。

〔二〕广德王之庙：东海龙王庙。

〔三〕贝阙藏珠宫：《楚辞·九歌·河伯》："紫贝阙兮朱宫。"王逸注："言河伯所居……紫贝作阙，朱丹其宫。"

〔四〕起蛰：从冬眠中醒来。蛰：动物冬眠状态。

〔五〕率然：贸然，不作深思貌。

〔六〕"潮阳太守南迁归"四句：潮阳太守指韩愈。石廪、祝融：皆衡山峰名。龙钟：潦倒貌。此指潦倒之人。韩愈南迁，北归时游衡山，作《谒衡岳庙，遂宿兵寺，题门楼》诗："我来正逢秋雨节，阴气晦昧无清风。潜心默祷若有应，岂非正直能感通？须臾静扫众峰出，仰见突兀撑青空。紫盖连延接天柱，石廪腾掷堆祝融。"

〔七〕碧海磨青铜：渭海市已消失，海面澄澈如镜。赵克宜赞此句"摹写尽致"（《苏诗评注汇抄》卷十二）。

〔八〕"新诗绮语亦安用"二句：王文诰《苏诗编注集成》卷二十六："此诗出之他人，则'斜阳'二句已可结矣。公必找截干净而唱叹无穷，此犹海市灵奇不可以端倪也。"纪昀曰："是海市结语，不是观海结语。"（《纪评苏诗》卷二十六）

书文与可墨竹〔一〕

苏　轼

亡友文与可有四绝：诗一，楚辞二，草书三，画四。与可尝云："世无知我者，惟子瞻一见，识吾妙处。"既没七年，其睹遗迹，而作是诗。

笔与子皆逝，诗今谁为新？
空遗运斤质〔二〕，却吊断弦人〔三〕。

（卷二十六）

注

〔一〕苏轼《文与可画筼筜谷偃行记》："元丰二年（1079）正月二十日，与可没于陈州。"诗序谓与可"既没七年"，可知此诗作于元丰八年（1085）。文同，见苏洵《与可许惠所画舒景，以诗督之》诗注〔一〕。苏辙一女适文同之子。文同诗、文、书、画皆佳，但世多只好其画。苏轼《文与可画墨竹屏风赞》："与可之文，其德之糟粕；与可之诗，其文之毫末。诗不能尽，溢而为书，变而为画，皆诗之余。其诗与文，好者益寡。有好其德如好其画者乎？悲夫！"赞与诗序，对文同的评价完全一致；诗则集中抒发了对友人的怀念。

〔二〕运斤质：见苏轼《次韵张安道读杜诗》注〔一九〕。运斤质即"立不失容"的对手"郢人"。

〔三〕断弦人：《吕氏春秋·本味》："钟子期死，伯牙破琴绝弦，终身不复鼓琴。"以上二典皆谓文同死后，自己没有对手和知音了。

惠崇春江晚景二首[一]

苏 轼

竹外桃花三两枝，春江水暖鸭先知[二]。
蒌蒿满地芦芽短[三]，正是河豚欲上时[四]。

两两归鸿欲破群[五]，依依还似北归人。
遥知朔漠多风雪，更待江南半月春。

（卷二十六）

注

〔一〕元丰八年（1085）初归京城时作。惠崇：宋初九僧之一，能诗善画。《图画见闻志》卷四："建阳僧慧崇工画鹅雁鹭鸶，尤工小景，善为寒汀远渚，潇洒虚旷之象，人所难到也。"这是著名的题画诗，第一首为咏戏鸭图，以鸭的先知水暖写春回大地；第二首咏归雁图，写北方春晚，仍多风雪。纪昀称这两首诗"兴象实为深妙，亦有情韵"（《纪评苏诗》卷二十六）。

〔二〕鸭先知：毛奇龄《西河诗话》卷五："水中之物，皆知冷暖，必先及鸭，妄矣！"袁枚《随园诗话》卷三："若持此论诗，则《三百篇》句句不是。'在河之洲'者，斑鸠、鸤鸠皆可在也，何必'雎鸠'耶！'止邱隅'者，黑鸟、白鸟皆可止也，何必'黄鸟'耶！"袁说甚是。

〔三〕蒌蒿：王士禛《居易录》卷十三："蒌蒿也，生下田，初出可啖，江东用羹鱼。故坡诗云：'蒌蒿满地芦芽短，正是河豚欲上时。'七字非泛咏景物，可见坡诗无一字无来历也。"

〔四〕河豚：鱼名，产于海，春初始沿江而上。梅尧臣《河豚》："春洲生荻芽，春岸飞杨花。河豚于此时，贵不数鱼虾。"赵克宜评此诗说："指点境象，饶有余味，正以题画佳耳。若实赋，则味减。"（《苏诗评注汇钞》卷十二）

〔五〕破群：离群。《后汉书·刘梁传》："梁常疾世多利交，乃著《破群论》。"赵克宜："二诗皆善于虚处设想，此首入想尤曲。"（《苏诗评注汇钞》卷十二）

附录

汪师韩：吹畦风馨，适然相值。（《苏诗选评笺释》卷四）

西太一见王荆公旧诗，偶次其韵二首〔一〕
苏　轼

秋早川原净丽，雨余风日清酣。

从此归耕剑外〔二〕，何人送我池南〔三〕？

但有樽中若下〔四〕，何须墓上征西〔五〕！

闻道乌衣巷口〔六〕，而今烟草蔓迷。

（卷二十七）

注

〔一〕元祐元年（1086）京城作。西太一：宫名。洪迈《容斋三笔》卷七《太一推算》："天圣己巳岁入西南坤位，故修西太乙宫于八角镇。""王荆公旧诗"为《题西太一宫壁》："柳叶鸣蜩绿暗，荷花落日红酣。三十六陂春水，白头相见江南。""二十年前此地，父兄持我东西。今日重来白首，欲寻旧迹都迷。"蔡絛《西清诗话》卷中谓苏、王虽相诮，"然胜处未尝不相倾慕。元祐间东坡奉祠西太乙，见公旧题……注目久之曰：此老野狐精也！"时王安石刚去世，前首谓自己归耕时，王再也不可能送他；后首对王死后门庭冷落发出了深沉的感慨。

〔二〕剑外：即剑阁以南，指蜀地。杜甫《闻官军收河南河北》："剑外忽传收蓟北。"

〔三〕池南：池阳（今陕西泾阳西北）之南，指归蜀之路。

〔四〕若下：即吴兴若下村，以产酒闻名，此代指酒。山谦之《吴兴记》："上若、下若

150

村，并出美酒。"

〔五〕墓上征西：曹操《让县自明本志令》："欲望封侯作征西将军，然后题墓道言：'汉故征西将军曹侯之墓。'此其志也。"

〔六〕乌衣巷：在金陵秦淮河南，东晋王、谢住地。此指王安石在金陵的府宅。刘禹锡《乌衣巷》："朱雀桥边野草花，乌衣巷口夕阳斜。旧时王谢堂前燕，飞入寻常百姓家。"《续资治通鉴》卷七十九：元祐元年四月王安石卒，司马光病中闻之，亟简吕公著曰："不幸介甫谢世，反复之徒，必诋毁百端。光以为朝廷特宜优加厚礼，以振起浮薄之风。"黄庭坚亦有《次韵王荆公题西太一宫壁二首》，针对"诋毁百端"者发出了"真是真非安在，人间北看成南"的感慨。

附录

纪昀：六言难得如此流利。（《纪评苏诗》卷二十七）

次韵子由书李伯时所藏韩幹马〔一〕
苏 轼

潭潭古屋云幕垂〔二〕，省中文书如乱丝〔三〕。
忽见伯时画天马，朔风胡沙生落锥〔四〕。
天马西来从西极〔五〕，势与落日争分驰。
龙膺豹股头八尺，奋迅不受人间羁。
元狩虎脊聊可友〔六〕，开元玉花何足奇〔七〕！
伯时有道真吏隐〔八〕，饮啄不羡山梁雌〔九〕。
丹青弄笔聊尔耳，意在万里谁知之？
幹惟画肉不画骨〔一〇〕，而况失实空留皮。
烦君巧说腹中事，妙语欲遣黄泉知〔一一〕。
君不见韩生自言无所学，厩马万匹皆吾师〔一二〕。

（卷二十八）

注 ————————————————————————————————————

　　〔一〕元祐二年（1087）京城作。李公麟（1049—1106），字伯时，舒州舒城（今属安徽）人。南唐先主李昇诸孙。举进士，博学好古，长于诗，画特精绝，是宋代最有成就的画家。韩幹，见苏轼《书韩幹牧马图》。苏辙作《韩幹三马》，此为苏轼和作。此诗名为咏韩幹马，而前十四句都是咏李伯时所画天马；仅后六句才批评韩幹"画肉不画骨""失实空留皮"，原因就在于韩幹"无所学"，仅以厩马为师。《纪评苏诗》卷二十八："只就伯时生情，韩幹只于笔端萦绕，运意运笔，俱极奇幻。"赵克宜《苏诗评注汇钞》卷十三："纪云用笔奇幻，固然；但题是书韩幹马，亦似太脱。"评价虽不同，但均承认放笔纵写为本诗特点。

　　〔二〕潭潭：深邃宽大貌。韩愈《读符书城南》："一为公与相，潭潭府中居。"

　　〔三〕省：指中书省，时苏轼为中书舍人。

　　〔四〕锥：笔锋。

　　〔五〕天马西来从西极：《史记·大宛列传》：武帝时，"得乌孙好马，名曰天马。及得大宛汗血马，益壮，更名乌孙马曰西极，名大宛马曰天马"。

　　〔六〕元狩虎脊聊可友：谓只有汉代所获天马才可与之匹配。元狩，汉武帝年号，前122—前117年。汉《郊祀歌》第十章《天马》，一为"元狩三年马生渥洼水中作"；虎脊，指"太初四年诛宛王获宛马作"，其中有"天马来，出泉水。虎脊两，化若鬼"句。

　　〔七〕开元玉花：开元，唐玄宗年号，713—741年。玉花，玉花骢。杜甫《丹青引赠曹将军霸》："先帝天马玉花骢，画工如山貌不同。"

　　〔八〕吏隐：虽居官而有如隐居，不以吏禄为怀。

　　〔九〕饮啄不羡山梁雌：谓不需羡慕居山梁的人。《庄子·养生主》："泽雉十步一啄，百步一饮，不蕲畜乎樊中。"

　　〔一〇〕幹惟画肉不画骨：杜甫《丹青引赠曹将军霸》成句。《纪评苏诗》卷二十八："至此才入韩幹，用笔之妙，前无古人。"

　　〔一一〕"烦君巧说腹中事"二句：《纪评苏诗》卷二十八："此'君'字指子由也，此亦必见原唱乃知者。"苏辙原唱有"画师韩幹岂知道，画马不独画马皮。画出三马腹中事，似欲讥世人莫知"语。黄泉，人死后埋葬的墓穴，此指已死的韩幹。

　　〔一二〕"君不见"二句：《名画记》："上令韩幹师陈闳，怪其不问，幹曰：'臣自有师，陛下内厩马，皆臣师也。'"人们常以"厩马万匹皆吾师"来说明苏轼强调向实践学习，这

152

是对苏诗的误解。苏轼实际上是不同意苏辙对韩干的评价的，也不同意韩干的"无所学"，仅以厩马为师。苏轼论画贵写意，贵文人画，这就应有所学，懂画外之事。

书晁补之所藏与可画竹三首[一]

苏 轼

与可画竹时，见竹不见人。

岂独不见人，嗒然遗其身[二]。

其身与竹化[三]，无穷出清新。

庄周世无有，谁知此凝神[四]。

若人今已无[五]，此竹宁复有？

那将春蚓笔[六]，画作风中柳？

君看断崖上，瘦节蛟蛇走。

何时此霜竿，复入江湖手[七]。

晁子拙生事，举家闻食粥[八]。

朝来又绝倒[九]，谀墓得霜竹[一〇]。

可怜先生盘，朝日照苜蓿[一一]。

吾诗固云尔，可使食无肉[一二]。

（卷二十九）

注

　〔一〕元祐二年（1087）京城作。晁补之（1053—1110）：字无咎，号归来子，巨野（今属山东）人，苏门四学士之一。著有《鸡肋集》《晁氏琴趣外编》。与可即文同。第一首谓与可画竹，精神高度集中；第二首谓与可去世后，再也没有那样好的画竹；第三首咏晁补之藏与可之画。

〔二〕嗒然：物我皆忘之貌。《庄子·齐物论》：“嗒焉似丧其耦。”

〔三〕其身与竹化：汪师韩《苏诗选评笺释》卷四：“读‘其身与竹化’一语，觉《墨君堂记》为繁。”纪昀《评苏文忠公诗》卷二十九：“亦有手与笔化之妙。”

〔四〕凝神：《庄子·达生》：“用志不分，乃疑于神。”《仇泡笔记·以意改书》：“近世人轻以意改书。鄙贱之人，好恶多同。从而和之，遂使古书日就舛讹……蜀本《庄子》云：‘用志不分，乃疑于神。’此于《易》‘阴疑于阳’，《礼》‘使人疑女于夫子’同。今四方本皆作凝。”翁方纲《苏诗补注》卷五：“乃疑于神者，谓直与神一般耳，非谓见疑之疑也。坡公所引《易》《礼》二语，其释疑字最精。”

〔五〕若人：那人，指文同，同卒于元丰二年。

〔六〕那：谁。春蚓笔：《晋书·王羲之传》：“（萧子云）无丈夫之气，行行若萦春蚓，字字如绾秋蛇。”谓其笔法低劣。赵克宜《苏诗评注汇钞》卷十三：“春蚓、风柳，谓拙工画竹之弱也。”

〔七〕“何时此霜竿”二句：纪昀《评苏文忠公诗》卷二十九：“忽尔宕开，正以不规规收缴为妙。”赵克宜《苏诗评注汇钞》卷十三：“结有远致。”汪师韩《苏诗选评笺释》卷四：“次作见画而思其人，却言人亡而画不复得，珍惜之至。”

〔八〕“晁子拙生事”二句：颜真卿《乞米帖》：“拙于生事，举家食粥已数月矣。”

〔九〕绝倒：佩服之至。《世说新语·赏誉下》：“王平子迈世有隽才，少所推服，每闻卫玠言，辄叹息绝倒。”

〔一○〕谀墓得霜竹：谓给人作墓志，得与可画竹以为酬谢。《新唐书·刘叉传》：“（刘叉）因持（韩）愈金数斤去，曰：‘此谀墓中所得耳，不若与刘君为寿。’”

〔一一〕“可怜先生盘”二句：据《唐摭言》载，薛令之为东宫侍读，题诗公署云：“朝日上团团，照见先生盘。盘中何所有？苜蓿长阑干。”

〔一二〕“吾诗固云耳”二句：苏轼自注：“吾旧诗云：可使食无肉，不可使居无竹。”

书鄢陵王主簿所画折枝二首〔一〕

苏 轼

论画以形似，见与儿童邻。

赋诗必此诗，定非知诗人〔二〕。

诗画本一律，天工与清新。

边鸾雀写生〔三〕，赵昌花传神〔四〕。

何如此两幅，疏淡含精匀！

谁言一点红，解寄无边春〔五〕？

瘦竹如幽人〔六〕，幽花如处女。

低昂枝上雀，摇荡花间雨。

双翎决将起，众叶纷自举〔七〕。

可怜采花蜂，清蜜寄两股。

若人富天巧，春色入毫楮。

悬知君能诗，寄声求妙语〔八〕。

（卷二十九）

注 ——————————————————————————————

〔一〕元祐二年（1087）京城作。鄢陵：古地名，今河南鄢陵西北。王主簿：其人不详。前首以驾空议论起，归结到论王主簿之画；后首以论王之画起，却以回应前首议论作结。

〔二〕"论画以形似"四句：纪昀《评苏文忠公诗》卷二十九："识入深微，不嫌说理。"赵克宜《苏诗评注汇钞》卷十三："信笔拈出，自足千古。"此论其写法。葛立方《韵语阳秋》卷十四："欧阳文忠公诗云：'古画画意不画形，按诗咏物无隐情。忘形得意知者寡，不若见诗如见画。'东坡诗云……或谓二公所论不以形似，当画何物？曰：非谓画牛作马也，但以气韵为主尔。"王若虚《滹南诗话》卷二："夫所贵于画者，为其似耳。画而不似，则如勿画。命题而赋诗，不必此诗。果为何语？然则坡之论非欤？曰：论妙于形似之外，而非遗其形似；不窘于题，而要不失其题，如是而已耳。"此论苏诗所本及其主旨。

〔三〕边鸾：京兆（今陕西西安）人，唐代画家，善画花鸟折枝，见《唐朝名画录》。

〔四〕赵昌：字昌之，广汉（今属四川）人，北宋画家，善画花，见范镇《东斋记事》卷四。

〔五〕"谁言一点红"二句：谓可通过一枝红花，反映无限春光。

〔六〕瘦竹如幽人：纪昀《评苏文忠公诗》卷二十九："生趣可掬。"

〔七〕"双翎决将起"二句：赵克宜《苏诗评注汇钞》卷四："十字清遒，宛如见画。"

155

决：急起貌。《庄子·逍遥游》：“决起而飞。”

〔八〕“若人富天巧”四句：纪昀《评苏文忠公诗》卷二十九：“忽回应前首作章法，可谓法之所向，无不如志。”

附录

汪师韩：（前首）直以诗画三昧举示来哲。次首言竹、言花、言雀、言蜂，又言花之枝，花之叶，花间之雨，雀之翎，蜂之蜜，合之广大，析之精微，浓淡浅深，得意必兼得格。（《苏诗选评笺释》卷四）

书王定国所藏《烟江叠嶂图》〔一〕
苏 轼

江上愁心千叠山，浮空积翠如云烟。

山耶云耶远莫知，烟空云散山依然〔二〕。

但见两崖苍苍暗绝谷，中有百道飞来泉。

萦林络石隐复见，下赴谷口为奔川〔三〕。

川平山开林麓断，小桥野店依山前。

行人稍度乔木外，渔舟一叶江吞天〔四〕。

使君何从得此本？点缀毫末分清妍。

不知人间何处有此境？径欲往买二顷田〔五〕。

君不见武昌樊口幽绝处〔六〕，东坡先生留五年〔七〕。

春风摇江天漠漠，暮云卷雨山娟娟。

丹枫翻鸦伴水宿，长松落雪惊昼眠〔八〕。

桃花流水在人世，武陵岂必皆神仙。

江山清空我尘土，虽有去路寻无缘〔九〕。

还君此画三叹息，山中故人应有招我归来篇〔一〇〕。

（卷三十）

156

·诗 选·

注 ——

〔一〕元祐三年（1088）京城作。王巩，字定国，宋初宰相王旦之孙，工部尚书王素之子。巩有隽才，长于诗，与苏轼游，轼贬黄州，巩亦坐贬。著有《甲申杂记》等。《烟江叠嶂图》：苏轼自注："王晋卿画。"王诜，字晋卿，娶英宗女魏国大长公主，为驸马都尉。与苏轼游，入党籍，被谪卒。能书善画工弈棋，作宝绘堂藏古今书画，苏轼为作记。王文诰《苏诗编注集成》卷三十："此诗即用两扇法，以上自首句（指前十二句）凭空突起，至此为一扇，道图中之景也。自'使君'句起至此（指中十四句）为一扇，道观图之人也。后仅以二句作结。"汪师韩《苏诗选评笺释》卷四："竟是为画作记，然摹写之神妙，恐作记反不能如韵语之曲尽而有情也。'君不见'以下烟云卷舒，与前相称，无非以自然为主，以元气为根。"

〔二〕"江上愁心千叠山"四句：写叠嶂，纪昀《评苏文忠公诗》卷三十："奇精幻景，笔足达之。"

〔三〕"但见两崖苍苍暗绝谷"四句：写山中飞泉。

〔四〕"川平山开林麓断"四句：写山外烟江之景。

〔五〕"使君何从得此本"四句：承上启下之。赵克宜《苏诗评注汇钞》卷十四："顿笔，生出下文。"使君，指王定国。此本，指《烟江叠嶂图》。二项田，《史记·苏秦列传》："苏秦曰：'使我有洛阳负郭田二顷，吾岂能佩六国相印乎？'"

〔六〕武昌：今湖北鄂城。樊口：在黄冈南岸。

〔七〕留五年：苏轼自元丰三年二月到达黄州贬所至元丰七年四月离黄州，不足五年。

〔八〕"春风摇江天漠漠"四句：写黄冈四季景色及自己贬居黄州时的闲适生活。

〔九〕"桃花流水在人世"四句：陶潜《桃花源记》："晋太元中，武陵人捕鱼为业，缘溪行，忘路之远近。忽逢桃林……太守即遣人随其往，寻向所志，遂迷不复得路。"胡仔《苕溪渔隐丛话》前集卷三载东坡语："世传桃源事，多过其实。考渊明所记，止言先世避秦乱来此。则渔人所见，似是其子孙，非秦人不死者也。又云：'杀鸡作食'，岂有仙而杀者乎？"

〔一〇〕"还君此画三叹息"二句：前句结图，后句结观图之人。查慎行《初白庵诗评》卷中："随手关合，结构谨严。"《楚辞·招隐士》："王孙兮归来，山中兮不可以久留。"此用其字面，谓黄冈故人正等着自己归隐黄冈。

寄蔡子华〔一〕

苏 轼

故人送我东来时，手栽荔子待我归。

荔子已丹吾发白，犹作江南未归客。

江南春尽水如天，肠断西湖春水船。

想见青衣江畔路〔二〕，白鱼紫笋不论钱。

霜鬓三老如霜桧〔三〕，旧交零落今谁辈〔四〕？

莫从唐举问封侯〔五〕，但遣麻姑更爬背〔六〕。

（卷三十一）

注

〔一〕元祐五年（1090）知杭州时作。蔡褒，字子华，眉州青神人。此诗前四句写故人盼己去而不得归，中四句写身在西湖而心在故乡，后四句感叹旧交零落，封侯何用，全诗集中抒发了思念故乡和故人的感情。纪昀认为此诗"风韵特佳，如出初唐人手"（《评苏文忠公诗》卷十一）。赵克宜也说："纯用婉约之笔，而音节琅然。"（《苏诗评注汇钞》卷十四）

〔二〕青衣江：见苏轼《初发嘉州》注〔五〕。

〔三〕三老：指蔡子华、杨君素、王庆源。王十朋《苏诗集注》引尧卿曰："先生（苏轼）曰：王十六秀才将归蜀，云子华宜德蔡丈见讬求诗。梦中为作四句，觉而成之，以寄子华，仍请以示杨君素、王庆源二老人，乃元祐五年二月七日也。所谓三老者如此。"

〔四〕今谁辈：现在谁与同流。辈，同列、同流。

〔五〕唐举：《史记·蔡泽传》："（蔡泽）尝从唐举相，举熟视而笑曰：'吾闻圣人不相，殆先生乎？'"

〔六〕麻姑：传说中的女仙，手指像鸟爪，蔡经以为"背大痒时，得此爪以爬背，当佳"。见葛洪《神仙传》。

与叶淳老、侯敦夫、张秉道同相视新河，
虆道有诗，次韵二首（选一）〔一〕

苏轼

荆溪父老愁三害，下斩长蛟本无赖〔二〕。
平生倔强韩退之，文字犹为鳄鱼戒〔三〕。
石门之役万金耳〔四〕，首鼠不为吾已隘〔五〕。
江湖开塞古有数〔六〕，两鹊飞来告成坏〔七〕。
劝攻使者非常人〔八〕，一言已破黎民骇。
上饶使君更超轶，坐睨浮山如累块〔九〕。
髯张乃我结袜生〔一○〕，诗酒淋漓出狂怪。
我作水衡君作丞〔一一〕，他日归朝同此拜。

（卷三十三）

注

〔一〕元祐六年（1091），知杭州时作。苏轼知杭州期间，除疏浚钱塘六井和西湖外，还曾拟开运河，以避浮山之险。据苏轼《乞相度开石门河状》，在钱塘江中一浮山，与渔浦诸山相望，犬牙交错。江潮东来，势如雷霆，与山石相激，每年吞没不少公私船只。苏轼主张在浙江上流石门凿一运河，以避浮山之险。为开石门河，苏轼曾与叶淳老、侯敦夫、张秉道等"躬往按视"。百姓听说苏轼要开石门河，都"万口一声，以为莫大无穷之利"。但是，由于政敌的阻挠和苏轼被调入京，这一计划未能实现。所选为第二首，前八句以周处、韩愈为民兴利除害反衬朝廷在兴修水利上的犹豫不决，后八句歌颂叶、侯、张三人与他同心协力为民兴利。纪昀认为这两首诗"气机皆骏利"，"此首更恣逸"（《评苏文忠公诗》卷三十三）。

〔二〕"荆溪父老愁三害"二句：《晋书·周处传》："周处，字子隐，义兴阳羡人也。父

鲂，吴郡阳太守。处少孤，未弱冠，膂力过人，好驰骋田猎，不修细行，纵情肆欲，州曲患之。处自知为人所恶，乃慨然有改励之志，谓父老曰：'今时和岁丰，何苦而不乐耶？'父老叹曰：'三害未除，何乐之有？'处曰：'何谓也？'父老曰：'南山白额猛兽，长桥下蛟，并子为三害矣。'处曰：'若此为患，吾能除之。'……乃入山射杀猛兽，因投水搏蛟。蛟或沉或浮，行数十里，而处与之俱，经三日三夜。人谓死，皆相庆贺。处果杀蛟而返，闻乡里相庆，始知人患己之甚。"遂改前非，一年后州府交辟。无赖，强横狡诈，此指周处"不修细行，纵情肆欲"。

〔三〕"平生倔强韩退之"二句：《旧唐书·李逢吉传》："韩愈性木强。"倔强、木强皆指性格质直刚强。韩愈《祭鳄鱼文》："今与鳄鱼约：尽三日，其率丑类南徙于海，以避天子之命吏。三日不能至五日，五日不能至七日。七日不能是终不肯徙也……必尽杀乃止，其无悔。"

〔四〕石门之役万金耳：苏轼《乞相度开石门河状》："自浙江上流地名石门，并山而东，或因斥卤弃地凿为运河……度用钱十五万贯，用捍江兵及诸郡厢军三千人，二年而成。"

〔五〕首鼠：《史记·魏其武安侯列传》："何为首鼠两端？"裴骃《集解》引服虔曰："首鼠，一前一却也。"首鼠亦作"首施"，朱谋㙔《骈雅·释训》："首施，首鼠，迟疑也。"

〔六〕数：命数。

〔七〕两鹠飞来告成坏：《汉书·翟方进传》："翟方进，字子威，汝南上蔡人也……初，汝南旧有鸿隙大陂，郡以为饶。成帝时，关东数水，陂隘为害。方进为相，与御史大夫孔光共遣掾行视，以为决去陂水，其地肥美，省堤防费而无水忧，遂奏罢之。及翟氏来，乡里归恶，言方进请陂下良田不得而奏罢陂云。王莽时常枯旱，郡中追怨方进，童谣曰：'坏陂谁？翟子威。饭我豆食羹芋魁。反乎覆，陂当复。谁云者，两黄鹠。'"

〔八〕劝农使者：指叶温叟，字淳老，为两浙路转运副使，元祐六年正月调任主客郎中，故苏轼《乞相度开石门河状》称他为"前转运使叶温叟"。

〔九〕"上饶使君更超轶"二句：指侯临，字敦夫，因知信州，信州属上饶郡，故称他为上饶使君。《乞相度开石门河状》："臣伏见前宣德郎前权知信州军州事侯临，因葬所生母于杭州之南荡，往来江滨，相识地形，访闻父老，参之舟人，反复讲求，具得其实"，遂建开河之议。累块，即累土。《列子·周穆王篇》："俯而视之，其下宫榭，若累块积苏焉。"

〔一〇〕髯张：指张弼，字秉道，杭州人。结袜生：张释之，借以指张秉道。《汉书·张释之传》："王生者善为黄老言，处士，尝召居廷中。公卿尽会立，王生老人，曰'吾袜解',顾谓释之:'为我结袜!'释之跪而结之。既已,人或让王生:'独奈何廷辱张廷尉如此!'王生曰:'吾老且贱,自度终无益于张廷尉。廷尉方天下名臣,吾故聊使结袜,欲以重之。'诸公闻之,贤王生而重释之。"

〔一一〕我作水衡君作丞:《汉书·龚遂传》:"王生曰:'天子即问君何以治渤海,君不可有所陈对,宜曰'皆圣主之德,非小臣之力也'。遂受其言,既至前,上果问以治状,遂对如王生言。天子说其有让,笑曰:'君安得长者之言而称之?'遂因前曰:'臣非知此,乃臣议曹戒臣也。'上以遂年不任公卿,拜为水衡都尉,议曹王生为水衡丞。"

泛 颍〔一〕
苏 轼

我性喜临水,得颍意甚奇。

到官十日来,九日河之湄〔二〕。

吏民笑相语,使君老而痴。

使君实不痴,流水有令姿〔三〕:

绕郡十余里,不驶亦不迟〔四〕。

上流直而清,下流曲而漪。

画船俯明镜〔五〕,笑问汝为谁?

忽然生鳞甲〔六〕,乱我须与眉〔七〕。

散为百东坡,顷刻复在兹〔八〕。

此岂水薄相〔九〕,与我相娱嬉?

声色与臭味,颠倒眩小儿。

等是儿戏物,水中少磷缁〔一〇〕。

赵陈两欧阳〔一一〕,同参天人师〔一二〕。

观妙各言得,共赋泛颍诗。

(卷三十四)

〔一〕元祐六年（1091），知颍州进作。颍，颍水，源出嵩山西南，在安徽寿县正阳关入淮河。前八句总写"喜临水"，中十六句具体描写泛水之乐，末四句以同游各得其妙作结，"游戏成篇，理趣具足，深于禅理，手敏心灵"。（查慎行《初白庵诗评》卷中）纪昀认为此诗风格"源出次山（元结），而运以本色机轴，遂成奇调"。（《纪评苏诗》卷三十四）

〔二〕湄：水草交接的岸边。《诗·秦风·蒹葭》："所谓伊人，在水之湄。"

〔三〕令姿：美姿。晋傅咸《赠何劭王济》："金珰缀惠文，煌煌发令姿。"

〔四〕不驶亦不迟：陶潜《和尚西曹》成句，谓不行驶亦不迟留，任船飘行。

〔五〕明镜：形容水面平静清澈如镜，韩愈《酬卢给事》："由江千顷秋波净，平铺红蕖盖明镜。"

〔六〕鳞甲：喻水波。

〔七〕乱我须与眉：《庄子·天道》："水静则明烛须眉。"此反用其意。

〔八〕"散为百东坡"二句：纪昀《评苏文忠公诗》卷三十四："眼前语写成奇采，此为自在神通。"赵克宜《苏诗评注汇钞》卷十五："情事极琐，拈出却成妙语，此翁长技。"

〔九〕薄相：亦作"亝相""白相"，游玩、玩笑。

〔一〇〕"声色与臭味"四句：王十朋《苏诗集注》引次公曰："因言临水，乃论玩水之好，贤于声色臭味之好也。"

〔一一〕赵陈两欧阳：赵，指赵令畤，字德麟，宗室子，时为颍州签书判官。陈，指陈师道，苏门四学士之一，时为颍州教授。两欧阳，指欧阳修之子欧阳棐、欧阳辩，时居于颍。苏轼知颍州半年，与此三人唱和甚多。

〔一二〕天人师：王十朋《苏诗集注》引次公曰："天人师，言佛也。"

感旧诗 并序〔一〕

苏 轼

嘉祐中，予与子由同举制策，寓居怀远驿，时年二十六，面子由二十三耳。一日秋风起，雨作，中夜翛然〔二〕，始有感慨离合之意。自尔宦游四方，不相见者十尝八九。每夏秋之交，风雨作，木落草衰，辄凄然有此感，盖三十年矣。元丰中谪居黄冈，而子由亦贬筠州，尝作诗以纪其事〔三〕。元祐六年予自杭州召还，寓居子由东府〔四〕，数月复出领汝阴，时年予五十六矣。乃作诗留别子由而去。

> 床头枕驰道〔五〕，双阙夜未央〔六〕。
>
> 车毂鸣枕中，客梦安得长？
>
> 新秋入梧叶，风雨惊洞房〔七〕。
>
> 独行残月影，怅焉感初凉。
>
> 筮仕记怀远〔八〕，谪居念黄冈。
>
> 一往三十年〔九〕，此怀未始忘。
>
> 扣门呼阿同〔一○〕，安寝已太康〔一一〕。
>
> 青山眼华发，归计三月粮〔一二〕。
>
> 我欲自汝阴，径上潼江章〔一三〕。
>
> 想见冰盘中，石蜜与柿霜〔一四〕。
>
> 怜子遇明主，忧患已再尝〔一五〕。
>
> 报国何时毕？我心久已降〔一六〕！

（卷三十三）

注

〔一〕元祐六年（1091），京城作。这年二月苏轼以翰林学士承旨自杭州召还，五月至京，八月因再次遭到洛党攻击出知颍州（治所在汝阴，今安徽阜阳）。此诗即作于赴颍州前。由于厌倦官场争斗，诗中集中抒发了一生的归隐之志。前八句写"寓居子由东府"，"筮仕记怀远"四句为忆旧，一生不忘归隐；"扣门呼阿同"八句写眼下归隐的打算；最后四句是与子由嘱别之词。纪昀称此诗为"真至之言，自然浑厚"（《评苏文忠公诗》卷三十三）。赵克宜也说："淡语能移人之情。"（《苏诗评注汇钞》卷十五）全诗如叙家常，却真挚感人。

〔二〕翛（xiāo）然：《庄子·大宗师》："翛然而往，翛然而来而已矣。"郭庆藩《庄子集释》引司马云："翛，疾貌。"

〔三〕尝作诗以纪其事：指《初秋寄子由》："忆在怀远驿，闭门秋暑中。"

〔四〕东府：据《宋史·职官志二》载，枢密院与中书省对掌文武二柄，号为二府。东府掌文事，参政佐之；西府掌武事，副使佐之。时苏辙任尚书右丞，居东府。

〔五〕枕驰道：王十朋《苏诗集注》引次公曰："东府在驰道旁，故云'枕驰道'也。"

〔六〕阙：宫门望楼。夜未央：夜未尽。《诗·小雅·庭燎》"夜如何？其夜未央。"

〔七〕洞房：深邃之室。

〔八〕筮仕：初仕，占卦以卜吉凶。怀远：怀远驿。

〔九〕三十年：苏轼自嘉祐六年（1061）初仕凤翔至元祐六年（1091），整三十年。

〔一〇〕阿同：苏轼自注："子由，一字同叔。"

〔一一〕太康：甚太康。《诗·唐风·蟋蟀》："无已太康，职思其居。"

〔一二〕三月粮：《庄子·逍遥游》："适千里者三月聚粮。"

〔一三〕径上潼江章：苏轼自注："予欲请东川而归。"潼江，水名，属潼川府，府治在今四川三台，旧称东川。

〔一四〕石蜜与柿霜：苏轼自注："二物皆东川所出。"石蜜，《齐名要术·异物志》："交趾煎甘蔗汁，曝凝如冰，食之，入口消失，时人谓之石蜜。"即今之冰糖。柿霜，即柿饼。《果谱》："柿霜即柿饼所出霜也，乃柿中精液。"

〔一五〕"怜子遇明主"二句：王文诰《苏诗编注集成》卷三十三："遇明主，指宣仁（太后）擢居政地，非泛言累朝也。子由甫登右辖，即出待罪，继又有奸臣蛇豕之攻，故云'忧患再尝'也。"

〔一六〕"报国何时毕"二句：王文诰（同上）："公初以亲嫌请郡，子由亦累章避兄。及公出，仍以亲嫌为名。子由心所不安，复请罢政，故作此诗以慰之。在公之意，谓举朝嫉我者众，我已无意得政……故曰'报国何时毕，我心久已降'也。"

送运判朱朝奉入蜀〔一〕

苏　轼

霭霭青城云〔二〕，娟娟峨眉月〔三〕。

随我西北来,照我光不灭。

我在尘土中〔四〕,白云呼我归。

我游江湖上,明月湿我衣。

岷峨天一方,云月在我侧〔五〕。

谓是山中人,相望了不隔。

梦寻西南路,默数长短亭〔六〕。

似闻嘉陵江,跳波吹锦屏〔七〕。

送君无一物,清江饮君马。

路穿慈竹林〔八〕,父老拜马下。

不及惊走藏,使者我友生〔九〕。

听讼如家人,细说为汝评。

若逢山中友,问我归何日?

为诣腰脚轻,犹堪踏泉石〔一〇〕。

(卷三十四)

注

〔一〕元祐六年(1091),知颖州时作。运判:转运使判官。朝奉:朝奉郎。朱朝奉:一本作《送朱世昌使蜀》,世昌事迹亦不详。此诗名为送朱人蜀,但“通幅自写己意”,前十六句围绕岷峨云月,自抒思乡之情;后十二句转入送朱,但“说朱处亦仍是说蜀”(纪昀《评苏文忠公诗》卷三十四),着重抒发了对家乡父老的思念。此诗四句一转运韵,汪师韩《苏诗选评笺释》卷五:“五言换韵,体制最古,而后人少效之者,以其气象易断而情韵反减耳。此则累累如贯珠,清妙之音,读之百回不厌也。”赵克宜《苏诗评注汇钞》卷十五:“五古转运体,蝉联断续,饶有古意。”

〔二〕霭霭:云密集貌。陶潜《停云》:“霭霭停云,蒙蒙时雨。”青城:在四川灌县(今都江堰市)西南。杜甫《丈人山》:“自为青城客,不唾青城地……丈人祠西佳气浓,绿云凝住最高峰。”

〔三〕娟娟:美好貌,杜甫《狂夫》:“风含翠篠娟娟静。”峨眉:山名,在四川峨眉山市西南。

〔四〕我在尘土中：谓自己风尘仆仆，在外做官。

〔五〕"岷峨天一方"二句：赵克宜《苏诗评注汇钞》卷十三："即'隔千里兮共明月'（谢希逸《月赋》）意。"岷，指岷山，此指青城山。《青城山记》："蜀之山近江源者，通谓之岷山，连峰接岫，千里不绝，青城乃第一峰也。"峨，即峨眉山。

〔六〕长短亭：《白孔六帖》卷九："十里一长亭，五里一短亭。"

〔七〕锦屏："锦"一作"枕"。今四川阆中有锦屏山，当以"锦"为是。

〔八〕慈竹：竹之一种，蜀中盛产。赞宁《笋谱》："慈竹，笋四时生，其竹内实而节疏。"

〔九〕使者：指朱朝奉。

〔一○〕"若逢山中友"四句：托朱捎的口信。纪昀《评苏文忠公诗》卷三十四："妙以本意（思蜀）作结，而仍不冷落朱一边。"

仆所藏仇池石，希代之宝也。王晋卿以小诗借观，意在于夺，仆不敢不借，然以此诗先之〔一〕

苏　轼

海石来珠浦〔二〕，秀色如蛾绿〔三〕。

坡陀尺寸间〔四〕，宛转陵峦足。

连娟二华顶〔五〕，空洞三茅腹〔六〕。

初疑仇池化〔七〕，又恐瀛州蹙〔八〕。

殷勤峤南使〔九〕，馈响扬州牧。

得之喜无寐，与汝交不渎〔一○〕。

盛以高丽盆，藉以文登玉〔一一〕。

幽光先五夜，冷气压三伏〔一二〕。

老人生如寄，茅舍久未卜。

一夫幸可致，千里常相逐〔一三〕。

风流贵公子，窜谪武当谷〔一四〕。

见山应已厌，何事夺所欲？

欲留嗟赵弱，宁许负秦曲。

传观慎勿许，间道归应速〔一五〕。

（卷三十六）

注

〔一〕元祐八年（1093）京城作。王士禛《秦蜀后记》（上）云："坡平生爱奇石，尝取文登弹子涡石，以诗遗垂慈堂老人；得齐安江石，作《怪石供》以遗佛印；又从程德孺得仇池石，以高丽大铜盆盛之；湖口李正臣蓄异石，九峰玲珑，坡欲以百金易之，名之曰壶中九华；又有石芝、沉香石，集中别有醉道士石、怪石石斛，要皆以坡传耳。"此诗集中反映了苏轼"爱奇石"及当年朋友间戏谑之情。前八句叙仇池石之状，中十二句叙石之来历及自己对它的珍藏；最后八句写王定国借石并促其及时归还。一件小事，确实被他写得兼"委曲而疏畅"（纪昀《评苏文忠公诗》卷三十六）。关于这场公案，苏轼还有二诗：《王晋卿示诗欲夺海石，钱穆父、王仲至、蒋颖叔皆次韵。穆、至二公以为不可许，独颖叔不然。今日颖叔见访，亲睹此石之妙，遂悔前语。仆以为晋卿岂可终闭不予者？若能以韩幹二散马易之者，盖可许也。复次前韵》《轼欲以石易画，晋卿难之。穆父欲兼取二物，颖叔欲焚画碎石，乃复次前韵，并解二诗之意》。仅从诗题就可看出这群文人当年以收藏书画奇石为乐。

〔二〕珠浦：一作"朱宫"，王文诰《苏诗编注集成》卷三十六："珠江、珠浦并在岭南，以公自注证之，信珠浦无疑也。"

〔三〕蛾绿：据钱易《南部新书》载，青黛螺，光明鲜翠，每一螺值千金，当时名之曰蛾绿。

〔四〕坡陀：不平貌，韩愈《记梦》："石坛坡陀可坐卧。"

〔五〕二华：二山名，在陕西华阴县。张衡《西京赋》："缀以二华。"注："太华，少华也。"

〔六〕三茅：一名句曲山。《真诰》："句曲之山，为大茅君、中茅君、小茅君三山焉。"

〔七〕仇池：山名，在甘肃成县西。杜甫《秦州杂诗》有"万古仇池穴，潜通小洞天"句。

〔八〕瀛州：海上三山山之一。张衡《西京赋》："列瀛州与方丈，夹蓬莱而骈罗。"蹙：促迫，狭隘。

〔九〕"殷勤峤南使"二句：苏轼自注："仆在扬州，程德孺自岭南解官还，以此石见遗。"峤南，即岭南。程之元，字德孺，苏轼的表弟，以父荫入官，官至两浙转运使。

〔一〇〕交不渎：《周易·系辞下》："君子上交不谄，下交下渎。"渎，污渎。

〔一一〕"盛以高丽盆"二句：苏轼自注："仆以高丽所饷大铜盆贮之，又以登州海石如碎玉者附其足。"高丽即今朝鲜。文登即登州，治所在今山东蓬莱。

〔一二〕"幽光先五夜"二句：谓仇池石光亮并给人以清凉之感。五夜：又叫五鼓、五更。《颜氏家训·书证》："汉魏以来谓为甲夜、乙夜、丙夜、丁夜、戊夜。"三伏，即初伏、中伏、末伏，一年中最热的时候。

〔一三〕"一夫幸可致"二句：谓仇池石很小，一人即可带走，随时随地都可陪伴着自己。

〔一四〕"风流贵公子"二句：王诜（晋卿），为宋初名将王全斌之后，尚蜀国长公主，能诗善画，故称他为"风流贵公子"。苏轼贬黄州，王诜坐贬绛州。公主病，神宗复其官。公主薨，再贬均州（今湖北均县）。武当山即在均县境内。

〔一五〕"欲留嗟赵弱"四句：事见《史记·廉颇蔺相如列传》。赵惠文王时，得楚和氏璧。秦昭王闻之，使人遗赵王书，愿以十五城请易璧。赵王问蔺相如可予否，相如曰："秦强而赵弱，不可不许。"赵王曰："取吾璧，不予我城，奈何？"相如曰："秦以城求璧而赵不许，曲在赵；赵予璧而秦不予城，曲在秦。均之二策，宁许以负秦曲。"相如奉璧入秦，"秦王大喜，传以示美人及左右"。"传观慎勿许"句反用此典，纪昀以为王晋卿"多姬侍"，故苏轼有此语。相如见秦王不予城，遂归璧于赵，后对秦王曰："臣诚恐见欺于王而负赵，故令人持璧归，间至赵矣。""间道归应速"句本此。汪师韩《苏诗选评笺释》卷五："末用归璧事，低徊往复，如见其依依不舍，恋恋有情。"赵克宜《苏诗评注汇钞》卷十六："隶事精妙。此等处若直说，必不能佳。"

书晁说之《考牧图》后〔一〕
苏　轼

我昔在田间，但知羊与牛。

川平牛背稳，如驾百斛舟。

舟行无人岸自移，我卧读书牛不知〔二〕。

前有百尾羊，听我鞭声如鼓鼙〔三〕。

我鞭不妄发，视其后者而鞭之〔四〕。

泽中草木长，草长病牛羊。

寻山跨泷谷，腾趠筋力强〔五〕。

烟蓑雨笠长林下，老去而今空见画。

世间马耳射东风〔六〕，悔不长作多牛翁。

（卷三十六）

注

〔一〕元祐八年（1093）京城作。晁说之（1059—1129）：字以道，号景迂，清丰（今属河北）人，博极群书，工诗善画，著有《景迂集》。《考牧图》乃据《诗·小雅·无羊》所写西周牧羊生活所作的画，《无羊》小序云："无羊，宣王考牧也。"赵克宜《苏诗评注汇钞》卷十六论此诗结构说："牛羊双起（指前二句），次二韵单说牛（指'川平牛背稳'四句），又次二韵单说羊（指'前有百尾羊'四句），然后二联双承（指'泽中草木长'四句），但见自然，不觉安排，其妙难言。'烟蓑'句总承上文，方好一笔拍题（指'老去而今空见画'）。才拍题即以咏叹作收，意味深长。"全诗"自在流行，曲折无不如志，长短无不中节，殆无复笔墨之痕"（纪昀《评苏文忠公诗》卷三十六）。

〔二〕我卧读书牛不知：《旧唐书·李密传》："乘一黄牛，被以蒲鞯，仍将《汉书》一帙挂于牛角上，一手捉牛靷，一手翻卷书读之。"

〔三〕鼙（pí）：古代军中所击小鼓。

〔四〕视其后者而鞭之：《庄子·达生》成句。

〔五〕腾趠：腾跃。韩愈《岳阳楼》："腾趠较健壮。"

〔六〕"老去而今空见画"二句：全诗写《考牧图》，仅"老去而今"一句。查慎行《初白庵诗评》卷中："陡然入题，不嫌其突，上下神气足矣。"纪昀《评苏文忠公诗》卷三十六："'而今'句一点，'世间'二句仍宕开，收缴前文。通篇只一句著本位，笔力横绝。"马耳射东风：李白《寒食独酌》成句，谓《无羊》之乐，世人都听不进去。

东府雨中别子由〔一〕

苏 轼

庭下梧桐树，三年三见汝。

前年适汝阴〔二〕，见汝鸣秋雨。

去年秋雨时，我自广陵归〔三〕。

今年中山去〔四〕，白首归无期。

客去莫叹息，主人亦是客〔五〕。

对床定悠悠，夜雨空萧瑟〔六〕。

起折梧桐枝，赠汝千里行。

归来知健否？莫忘此时情。

（卷三十七）

注

〔一〕元祐八年（1093）京城作。东府：见苏轼《感旧诗》注〔四〕。当时高太后刚去世，哲宗始亲政，政局即将发生巨大变化。苏轼被命出知定州（今河北定县），此诗即作于离京赴定州任时。前八句自叙几年来的动荡生活，后八句即"'客去莫叹息'以下，乃代子由口气，故有'赠汝千里行'句"（赵克宜《苏诗评注汇钞》卷十七）。全诗"清空如话而情味无穷，比较前《初秋寄子由》一章，尤入神品"（汪师韩《苏诗选评笺释》卷五）。

〔二〕前年适汝阴：指元祐六年八月因遭洛党攻击而出知汝州。适，往。

〔三〕我自广陵归：指元祐八年八月自扬州（即广陵）召还。

〔四〕中山：即定州，战国时为中山国，汉为中山郡。

〔五〕主人亦是客：赵克宜："盖已逆料子由不安于朝矣。"（《苏诗评注汇钞》卷十六）

〔六〕"对床定悠悠"二句：赵克宜："言对床之约无期也。"（《苏诗评注汇抄》卷十七）悠悠，长远、渺茫。苏轼兄弟有对床夜语之约，故云。

次韵滕大夫雪浪石〔一〕

苏 轼

太行西来万马屯〔二〕，势与岱岳争雄尊〔三〕。

飞狐上党天下脊〔四〕，半掩落日先黄昏〔五〕。

削成山东二百郡〔六〕，气压代北三家村〔七〕。

千峰右卷蠹牙帐〔八〕，崩崖凿断开土门〔九〕。

揭来城下作飞石，一炮惊落天骄魂。

承平百年烽燧冷，此物僵卧枯榆根〔一〇〕。

画师争摹雪浪势，天工不见雷斧痕。

离堆四面绕江水〔一一〕，坐无蜀士谁与论？

老翁儿戏作飞雨，把酒坐看珠跳盆。

此身自幻孰非梦，故国山水聊心存〔一二〕。

（卷三十七）

注

〔一〕元祐八年（1093）知定州（今河北定县）时作。滕大夫：名兴公，字希靖，时为定州倅。苏轼《雪浪斋铭并序》："予于中山后圃得黑石，白脉，如蜀孙位、孙知微所画石间奔流，尽水之变。又得白石曲阳，为大盆以盛之，激水其上，名其室曰雪浪斋。"此诗前十二句写雪浪石之来历，以为是太行山石"一礮惊落"于此。"画师"二句写雪浪石"如蜀孙位、孙知微所画石"。"离堆"六句写"为大盆以盛之，激水其上"，并由此想到它像故乡"四面绕江水"的离堆。全诗气势磅礴，汪师韩说它"劲气不可断，来则山岭竞举，止则壁岸无阶"（《苏诗选评笺释》卷五）。赵克宜亦云："通篇不写石之正面，却详叙来历。大气鼓荡，语极奇快。"（《苏诗评注汇钞》卷十七）

〔二〕太行：山名，在山西、河北间，位于定州西。查慎行《初白庵诗评》卷中："从定州形势说起，实兀撑空。"纪昀亦谓"语语挺拔"（《评苏文忠公诗》卷三十七）。

〔三〕岱岳：泰山的别称。

〔四〕飞狐：在河北涞源北，蔚县南，两崖峭立，一线微通，为北方边郡咽喉。上党：在今山西长治。《释名》："党，所也，在山上，其所最高，故曰上党。"

〔五〕半掩落日先黄昏：纪昀："晚行深山中，乃知此句之工。"（《评苏文忠公诗》卷三十七）

〔六〕山东：指太行山之东。王十朋《苏诗集注》引次公："古所谓山东，乃今之河北、晋地是也。"

〔七〕代北：代州（治所在今山西代县）之北。定州在代之北，故云。三家村：人烟稀少的偏僻乡村。

〔八〕千峰右卷蠹牙帐：谓太行诸峰有如军帐（牙帐）蠹立，军旗舒卷。

〔九〕土门：土门口，即井径口。

〔一〇〕"竭来城下作飞石"四句：谓为什么太行山石变成了定州城下的一块飞石（指雪浪石），这是因为在同北方匈奴作战时，一炮轰落到此的，这就从太行山石自然过渡到吟雪浪石。查慎行《初白庵诗评》卷中："看他出落脱卸沄，便捷如转丸。"赵克宜亦云："入题极其撒脱。"竭来，何来。天骄，匈奴自称天之骄子，见《汉书·匈奴传》。承平百年烽燧冷，苏轼定州所作《乞增修弓箭社条约状》说："臣窃见北虏久和，河朔无事，沿边群郡，军政少弛，将骄卒惰。"此虽在咏雪浪石之来历，但也暗含对北方边防之担心。

〔一一〕离堆：在四川乐山。《汉书·沟壑志》："蜀守李冰凿离堆，避沫水之害。"赵克宜《苏诗评注汇钞》卷十七："此从大处作比，即为结句埋根。"

〔一二〕"此身自幻孰非梦"二句：纪昀《评苏文忠公诗》卷三十七："势须宕开作结。"

南康望湖亭〔一〕

苏　轼

八月渡长湖〔二〕，萧条万象疏。

秋风片帆急，暮霭一山孤。

许国心犹在，康时术已虚。

岷峨家万里，投老得归无〔三〕？

（卷三十八）

注 ——————————————————————————————————————

〔一〕绍圣元年（1094）贬官岭南，途经南康（今江西庐山）时作。前四句写景而景中有情，萧条秋景正反映了他凄凉的心情；后四句抒慨，救国无术，归家不得。

〔二〕长湖：一作重湖，指鄱阳湖。

〔三〕投老：到老，《后汉书·仇览传》："苦身投老。"

附录

纪昀：但存唐人声貌而无味可咀，此种最害事；而转相神圣，自命曰高，或訾謷辄曰俗，盖盛唐之说行而盛唐之真愈失矣。（《纪评苏诗》卷三十八）

十月二日初到惠州〔一〕

苏　轼

仿佛曾游岂梦中，欣然鸡犬识新丰〔二〕。

吏民惊怪坐何事〔三〕？父老相携迎此翁。

苏武岂知还漠北〔四〕，管宁自欲老辽东〔五〕。

岭南万户皆春色〔六〕，会有幽人客寓公〔七〕。

（卷三十八）

注 ——————————————————————————————————————

〔一〕绍圣元年（1094）初到惠州（今广东惠阳）时作。这首诗反映了当地父老对苏轼无罪远谪的深厚同情，苏轼也做好了长期远谪的思想准备。

〔二〕新丰：故城在陕西临潼县东北。刘歆《西京杂记》卷二载，刘邦之父居长安，思念故乡丰邑，刘邦为"作新丰，并移旧社、衢巷栋宇，物色惟旧，士女老幼相携路首，各知其室，放犬羊鸡鸭于通途，亦竞识其家"。首二句谓初到惠州有如旧地重游。

〔三〕坐：办罪的因由。

〔四〕苏武：字子卿，西汉杜陵（今陕西西安东南）人，出使匈奴，被扣留十九年。漠北：沙漠以北，指匈奴所居之地。还漠北：自漠北还。事见《汉书·苏武传》。

〔五〕管宁（158—241）：字幼安，三国时北海朱虚（今山东临朐东南）人。时天下大乱，避难辽东三十七年。魏文帝征他为太中大夫，明帝征他为光禄勋，都固辞不就。卒，年八十四。事见《三国志·魏志·管宁传》。

〔六〕岭南万户：苏轼自注："岭南万户酒。"

〔七〕幽人：闲居之人。寓公：寄居于此的人，苏轼自指。

十一月二十六日松风亭下梅花盛开〔一〕

苏　轼

春风岭上淮南村，昔年梅花曾断魂〔二〕。

岂知流落复相见，蛮风蜑雨愁黄昏〔三〕。

长条半落荔支浦，卧树独秀桄榔园〔四〕。

岂惟幽光留夜色，直恐冷艳排冬温。

松风亭下荆棘里，两株玉蕊明朝暾〔五〕。

海南仙云娇堕砌，月下缟衣来叩门。

酒醒梦觉起绕树，妙意有在终无言〔六〕。

先生独饮勿叹息，幸有落月窥清樽。

（卷三十八）

注 ——————————————————————————————————

〔一〕绍圣元年（1094）贬官惠州时作。松风亭：在惠州苏轼住地嘉祐寺附近。前四句

174

写两次贬官均见梅花，中八句正面描写"松风亭下梅花盛开"，末四句梅下独饮作结，抒发出一种孤寂之感。范正敏《遁斋闲览》："凡诗之咏物，虽平淡巧丽不同，要能以随意造语为工。东坡在岭南有暾字韵咏梅诗，韵险而语工，非大手笔不能到也。"汪师韩《苏诗选评笺释》卷六称此诗"秀色孤姿，涉笔如融风彩霭"。

〔二〕"春风岭上淮南村"二句：苏轼自注："予昔赴黄州，春风岭上见梅花，有两绝句。明年正月往岐亭，道上赋诗云：'去年今日关山路，细雨梅花正断魂。'"

〔三〕蛮风蜑（dàn）雨：《北史·蛮獠传》："南方曰蛮，其流曰蜑。"蛮、蜑皆旧时对少数民族之诬称。

〔四〕桄榔：常绿乔木，广南多有。苏轼后谪海南，曾作《桄榔庵铭》。

〔五〕玉蕊：指梅花。朝暾：初升的太阳。

〔六〕"海南仙云娇堕砌"四句：王铚（一说刘无言）托名柳宗元之《龙城录》："隋开皇中，赵师雄迁罗浮。一日，天寒日暮，在醉醒间，因憩仆车于松林间。酒肆旁舍见一女人，淡妆素服，出迓师雄。时已黄昏，残雪对月色微明。师雄喜之，与之语，但觉芳香袭人，语言极清丽。因与之叩酒家门，得数杯，相与饮。少顷有一绿衣童来，笑歌戏舞，亦自可观。顷醉寝，师雄亦懵然，但觉风寒相袭。久之，时东方已白，师雄起视，乃在大梅花树下。"汪师韩称此数"使事传神"（《苏诗选评笺释》卷六）。纪昀亦云："天人姿泽，非此笔不称此花。"（《评苏文忠公诗》卷三十八）妙意有在终无言。

附 录

纪昀：朱晦庵极恶东坡，独此诗屡和不已，岂晋人所谓"我见犹怜"也。（《纪评苏诗》卷三十八）

荔 支 叹〔一〕

苏 轼

十里一置飞尘灰，五里一堠兵火催。

颠坑仆谷相枕藉，知是荔支龙眼来〔二〕。

飞车跨山鹘横海，风枝露叶如新采。

宫中美人一破颜，惊尘溅血流千载[三]。

永元荔支来交州，天宝岁贡取之涪。

至今欲食林甫肉，无人举箸酹伯游[四]。

我愿天公怜赤子，莫生尤物为疮痏。

雨顺风调百谷登，民不饥寒为上瑞[五]。

君不见武夷溪边粟粒芽[六]，前丁后蔡相笼加[七]。

争新买宠各出意，今年斗品充官茶[八]。

吾君所乏岂此物，致养口体何陋耶[九]！

洛阳相君忠孝家[一○]，可怜亦进姚黄花[一一]。

（卷三十九）

注

〔一〕绍圣二年（1095）贬官惠州（治所在今广东惠阳）时作。此诗前十六句揭露汉唐官僚争献荔支、龙眼的丑态，希望天公不要出产那些成为老百姓祸害的"尤物"。后八句揭露本朝官僚的"争新买宠"，并暗含对在位的哲宗的讥刺。正如汪师韩所说："'君不见'一段，百端交集，一篇之奇横在此。诗本为荔支发叹，忽说到茶，又说到牡丹，其胸中郁勃有不可以已者。惟不可以已而言，斯至言文也。"（《苏诗选评笺释》卷六）查慎行说："耳闻目见，无不供其挥霍，香山（白居易）讽谕诗作，不过以题还题耳，那得如许开拓。"（《初白庵诗评》卷中）纪昀说："貌不袭杜而神似之，出没开合，纯乎杜法。"（《评苏文忠公诗》卷六）方东树说："章法变化，笔势腾掷，波澜壮阔，真太史公之文！"（《昭昧詹言》卷十二）赵克宜说："悼古讽今，宾主相形，绌绎而出，极见其妙。"（《苏诗评注汇抄》卷十八）可见前人对此诗评价之高。

〔二〕"十里一置飞尘灰"四句：言汉和帝时交州贡荔支。赵克宜《苏诗评注汇钞》卷十八："按古事直起，却未点明，留与下段作筋节。"置，古代驿站，《汉书·刘屈氂传》："乘疾置以闻。"堠，里程堡，韩愈《路旁堠》："堆堆路旁堠，一双复一只。"枕藉，指尸体交横叠压。《汉书·酷吏传》："尹赏守长安，修治狱，为虎穴，百人为辈，皆相枕藉死。"荔支，《广州论》"荔支大如桂树，实如鸡子，甘而多汁。"龙眼，即桂圆，《交州记》："龙眼树高五六丈，似荔支而小。"

〔三〕"飞车跨山鹘横海"四句：言唐明皇时涪州贡荔支。"飞车"句谓运荔支的车子翻山越岭如隼鸟飞越大海一般迅速。宫中美人，指杨贵妃，杜牧《过华清宫》："一骑红尘妃子笑，无人知是荔支来。"破颜，开颜而笑。唐彦谦《登兴元城观峰火》："褒姒冢前峰火起，不知泉下破颜无？"

〔四〕"永元荔支来交州"四句：永元，东汉和帝刘肇年号（89—105）。交州，《元和郡县图志》卷三十八《岭南道五》载，汉武帝元丰五年（前106）所置十三州之一，时名交趾，建安八年（203）"始称交州"，辖境为今两广南部及越南北部。天宝，唐玄宗李隆基年号（742—756）。岁贡，地方政权或属国每年向朝廷贡礼品，《国语·周语上》："时享岁贡。"涪，涪州（今四川涪陵）。林甫，李林甫（？—752），唐玄宗时宰相，为人口蜜腹剑，勾结宦官贵妃，迎合玄宗旨意。欲食林甫肉，言林甫为相，专事诡谀，无一言救弊，至今为人所恨。觞，酒器。酹，洒酒于地以示纪念。伯游，苏轼自注："唐羌，字伯游，为临武长，上书言状，和帝罢之。"《后汉书·和帝纪》注引谢承《后汉书》："唐羌，字伯游，辟公府，补临武长。县接交州，旧献龙眼、荔支。及生鲜献之，驿马昼夜传送之，至有遭虎狼毒害，顿仆死亡不绝。道经临武，羌乃上书谏……帝从之。"此句谓无人纪念谏阻进贡荔支的唐羌。以上四句，一四句点、结"十里一置"四句；二三句点、结"飞车跨山"四句，"用笔顺逆，皆极自然"（赵克宜《苏诗评注汇钞》卷十八）

〔五〕"我愿天公怜赤子"四句：尤物，珍贵之物。疮痏，疮伤瘢痕，犹言为民祸害。登，丰登，丰收。上瑞，极好之征兆。韩愈《贺庆云表》："斯为上瑞，实应太平。"纪昀以为后二句"凡猥，宜从集本删之"（《评苏文忠公诗》卷三十九）。王文诰不以为然："题既曰叹，自就落到此二句。"（《苏诗编注集成》卷三十九）

〔六〕武夷溪：在福建崇安西南，其山绵亘百里，溪流缭绕其间，盛产茶，见《寰宇通志·建宁府·山川》。粟粒芽：初春芽茶。

〔七〕前丁：指丁谓（962—1032），字谓之，苏州长洲人。少与孙何友善，袖文谒王禹偁，王大称赏。真宗时排齐寇准而为相，以神仙事迎合真宗，封晋国公。仁宗时贬雷州，后卒于光州。事见《宋史》本传。后蔡：指蔡襄，见苏洵《上欧阳内翰第一书》注〔七〕。蔡工书法，精通茶事，著有《茶录》，事见《宋史》本传。苏轼自注："大小龙茶始于丁晋公，而成于蔡君谟。欧阳永叔闻君谟进小龙团，惊叹曰：'君谟，士人也，何至作此事！'"参苏轼《惠山谒钱道人，烹小龙团，登绝顶，望太湖》注〔一〕。

〔八〕今年斗品充官茶：苏轼自注："今年闽中监司，乞进斗茶，许之。"斗安、斗茶：参与品评、比赛之茶。充官茶：作官茶进贡。蔡襄《茶录》："建品斗茶以水痕先没者为负，俟久者为胜，故较胜负之说，曰相去一水两水。"

〔九〕致养口体何陋耶：专为口体之乐，何其鄙陋。

〔一○〕洛阳相君：指钱惟演，字希圣，吴越王钱俶之子，从俶归宋，博学工文词。真宗时附丁谓以逐寇准，继又挤谓以自解。后坐事出为崇信军节度使，卒，谥思公。《宋史》有传。忠孝家：其父钱俶归宋，卒谥忠懿，谥词有“以忠孝而保社稷”语，故称忠孝家。

〔一一〕姚黄花：牡丹珍品。苏轼自注："洛阳贡花自钱惟演始。"苏轼《仇池笔记》卷上《万花会》："万花（会）本洛阳故事，钱惟演作留守，始置驿贡花。有识鄙之，此宫妾爱君之意也。"

和陶贫士 并引（选二）〔一〕

苏 轼

余迁惠州一年，衣食渐窘。重九伊迩，樽俎萧然，乃和渊明《贫士》七篇，以寄许下、高安、宜兴诸子侄，并令过同作〔二〕。

长庚与残月〔三〕，耿耿如相依〔四〕。
以我旦暮心，惜此须臾晖〔五〕。
青天无今古，谁知织乌飞？
我欲作九原〔六〕，独与渊明归。
俗子不自悼，顾忧斯人饥。
堂堂谁有此，千驷良可悲〔七〕！

夷、齐耻周粟，高歌诵虞、轩〔八〕。
产、禄彼何人，能致绮与园〔九〕。
古来避世士，死灰或余烟。
末路益可羞，朱墨手自研〔一○〕。
渊明初亦仕，弦歌本诚言。
不乐乃径归，视世羞独贤〔一一〕。

注 ——

〔一〕绍圣二年（1095）贬官惠州时作。苏辙《东坡先生墓志铭》说："公诗本似李、杜，晚喜陶渊明，追和之者几遍。"所谓"晚喜陶渊明"主要是指他晚年贬官惠州、儋州时期特别喜好陶诗。苏轼写和陶诗，是从元祐七年（1092）知扬州时开始的，曾和陶潜《饮酒》诗二十首。但大量写和陶诗，是到达惠州贬所以后。这里所选的是《和陶贫士七首》中的第一、二两首。前首表示自己与陶同调，而"俗子"根本不了解渊明，确实写得来"意深致而气浑成"（纪昀《评苏文忠公诗》卷三十九）。后一首并列了几位未能完全忘情世事的高士，抒发了苏轼对自己"半生出仕"的自怨自艾、自宽自解的复杂心情。

〔二〕"寄许下、高安、宜兴诸子侄"二句：时苏辙之子迟、适居许昌，苏远随苏辙在高安，苏轼之子迈、迨在宜兴，苏过随苏轼在惠州。

〔三〕长庚：即金星，黎明时现于东方。

〔四〕耿耿：光明貌。

〔五〕"以我旦暮心"二句：赵克宜《苏诗评注汇钞》卷十八："十字深警。"须臾，片刻。

〔六〕九原：春秋时晋国卿大夫的墓地，后泛指墓地。

〔七〕"俗子不自悼"四句：纪昀《评苏文忠公诗》卷三十九："后四句觉过亢，以借渊明说出，尚不甚露。"斯人，指陶渊明。堂堂，高大貌。《史记·齐世家》："景公三十二年慧星见。景公坐柏寝叹曰：'堂堂谁有此乎？'"《论语·季氏》："齐景公有马千驷，死之日民无德而称焉。"后四句谓俗子不知自己的可忧，反忧陶潜的贫困，其实那些富有千驷，有财无德的人，才真正可悲。

〔八〕"夷、齐耻周粟"二句：《史记·伯夷列传》："武王已平殷乱，天下宗周，而伯夷、叔齐耻之，义不食周粟，隐于首阳山，采薇而食之。及饿且死，作歌，其辞曰：'登彼西山兮，采其薇矣。以暴易暴兮，不知其非矣。神农虞夏忽焉没兮，我安适归矣？吁嗟徂兮，命之衰矣！'遂饿死于首阳山。"虞、轩，虞舜、轩辕。

〔九〕"产、禄彼何人"二句：产、禄指吕产、吕禄。绮指绮里季，园指东园公，商山四皓中的二人。据《史记·留侯世家》载，刘邦欲换太子，吕后听张良之谋，以卑辞厚礼迎四皓，刘邦大惊，遂不再易太子。

〔一〇〕"古来避世士"四句：谓古代隐士虽心如死灰，实际并未完全忘情世事，最后往往自己玷污自己。这是为四皓而发撼慨，也是在为自己"出仕三十余年，为狱吏所折困"自解。

〔一一〕"渊明初亦仕"四句：《晋书·陶潜传》："以亲老家贫，起为州祭酒，不堪吏职，少日自解归……复为镇军、建威参军，谓亲朋曰：'聊欲弦歌，以为三经之资，可乎？'执事者闻之，以为彭泽令。"后因"不能为五斗米折腰"，遂解印归。纪昀《评苏文忠公诗》卷三十九："借渊明以自托，愈说得平易，愈见身分之高。"

吾谪海南，子由雷州，被命即行，了不相知，至梧乃闻其尚在藤也。日夕当追及，作此诗示之〔一〕

苏　轼

九疑联绵属衡湘〔二〕，苍梧独在天一方〔三〕。

孤城吹角烟树里，落日未落江苍茫。

幽人拊枕坐叹息〔四〕，我行忽至舜所藏〔五〕。

江边父老能说子："白须红颊如君长〔六〕。"

莫嫌琼雷隔云海，圣恩尚许遥相望〔七〕。

平生学道真实意〔八〕，岂与穷达俱存亡。

天其以我为箕子〔九〕，要使此意留要荒〔一〇〕。

他年谁作舆地志〔一一〕，海南万里真吾乡。

（卷四十一）

注

〔一〕绍圣四年（1097）赴儋州（今海南儋县）途中作。这年朝廷再次普遍加重对元祐党人的惩处，苏轼再贬儋州，苏辙也从筠州（今江西高安）再贬雷州（今广东海康）。苏轼至梧州（今属广西），得知苏辙还在藤州（今广西藤县），作此诗。前八句写"至梧乃闻其（子由）尚在藤"，后八句是对弟弟的安慰，抒发了表面达观而实际沉重的感情。汪师韩评诗说："水天景色，离合情怀，一种缠绵悱恻之情，极排解乃极沉痛。"（《苏诗选评笺释》卷六）

〔二〕九疑：山名，在湖南、广西交界处。

〔三〕苍梧：即梧州，下句"孤城"亦指此。

〔四〕幽人：幽囚之人，苏轼自指。

〔五〕舜所藏：《史记·五帝本纪》："（舜）南巡狩，崩于苍梧之野，葬于江南九疑。"

〔六〕"江边父老能说子"二句：子，指苏辙。君，指苏轼。如君长，身高与你差不多。纪昀："入得（转入写苏辙）飘忽，凡手定有数行转折。"（《评苏文忠公诗》卷四十一）赵克宜："浅语写得极真。"（《苏诗评注汇钞》卷十九）

〔七〕"莫嫌琼雷隔云海"二句：纪昀："东坡难得的如此平和。"（《评苏文忠公诗》卷四十一）其实平和中仍含讥刺。

〔八〕真实意：佛教术语，《大乘义章》二："绝情妄为真实。"

〔九〕箕子：殷纣王诸父，官太师，封于箕，故称箕子。曾劝谏纣王，纣王不听，并把他囚禁。周武王灭商，"封箕子于蓸鲜，箕子教以礼义田蚕"（《后汉书·东夷列传》）。

〔一○〕要荒：要服、荒服，极边远之地。

〔一一〕舆地志：地方志。

行琼、儋间，肩舆坐睡，梦中得句云："千山动鳞甲，万谷酣笙钟。"觉而遇清风急雨，戏作此数句〔一〕

苏 轼

四州环一岛〔二〕，百洞蟠其中。

我行西北隅，如度月半弓〔三〕。

登高望中原，但见积水空。

此生当安归，四顾真途穷〔四〕。

眇观大瀛海，坐咏谈天翁。

茫茫太仓中，一米谁雌雄〔五〕？

幽怀忽破散，永啸来天风。

千山动鳞甲，万谷酣笙钟〔六〕。

安知非群仙，钧天宴未终？

喜我归有期，举酒属青童〔七〕。

急雨岂无意，催诗走群龙〔八〕。

梦云忽变色，笑电亦改容〔九〕。

应怪东坡老，颜衰语徒工。

久矣此妙声，不闻蓬莱宫〔一〇〕。

（卷四十一）

注

〔一〕绍圣四年（1097）赴儋州贬所途中作。赵克宜《苏诗评注汇钞》卷十九："前路写实境（指前十六句），极其沉郁；后幅运幻想（指'安知非群仙'以后），极其酣畅。洵属得意之笔。"苏轼晚年诗以平淡为主流，但不少诗仍不失其豪放本色，这首就是代表。汪师韩《苏诗选评笺释》卷六："行荒远避陋之地，作骑龙弄凤之思，一气浩歌而出，天风浪浪，海山苍苍，足当司空图'豪放'二字。"纪昀《评苏文忠公诗》卷四十一："以杳冥诡异之词，抒雄阔奇伟之气，而不露圭角，不使粗豪，故为上乘。"又云："源出太白，而运以己法，不袭其貌，故能各有千古。"

〔二〕四州：王十朋《苏诗集注》引次公云："四州言琼、崖、儋、万也。"万指万安州，今万宁县。

〔三〕如度月半弓：谓登岸后先西行，再南行至儋州，绕了一个弯。

〔四〕"登高望中原"四句：朱弁《曲洧旧闻》卷五："东坡在儋耳，因试笔尝自书云：'吾始至南海，环视天水无际，凄然伤之曰：'何时得出此岛耶？'"纪昀《评苏文忠公诗》卷四十一："有此四句一顿挫，下半乃折宕有力。凡古诗长篇，第一要知顿挫之法。"

〔五〕"眇观大瀛海"四句：《曲洧旧闻》继上记东坡自书语："已而思之：天地在积水中，九州在大瀛海中，中国在少海中，有生孰不在岛者？覆盆水于地，芥浮于水，蚁附于芥，茫然不知所济。少焉水涸，蚁即径去，见其类出涕曰：'几不复与子相见，岂知俯仰之间有方轨八达之路乎？'念此可以一笑。"谈天翁，指邹衍，战国末阴阳家代表人物，提出大九州之说，论证赤县神州只不过是其中一小州，时人称之为谈天衍。《史记·孟子荀卿列传》载邹衍大九州说云："中国名曰赤县神州，赤县神州内自有九州，禹之序九州是也，不得为州数。中国外如赤县神州者九，乃所谓九州也。于是有禅海环之，人民禽兽莫能相通者，如一区中者乃为一州。如此者九，乃有大瀛海环其外。"太仓一米，《庄子·秋水》："计中国之在海内，不似稊米之在太仓乎？"

〔六〕"幽怀忽破散"四句："四周环一岛"四句写"行琼、儋间"，"登高望中原"八句皆抒写"幽怀"，此四句写"觉而遇清风急雨"，"幽怀"结上，"忽破散"启下，即为风雨所"破散"，"千山""万谷"二句皆夸张描写风雨之势。

〔七〕"安知非群仙"四句：幻想清风急雨之声乃神仙在举行宴会，庆贺苏轼北归有日。钧天，天之中央，《吕氏春秋·有姊》："天有九野……中央曰钧天。"《史记·赵世家》："简子寤，语大夫曰：'我之帝所甚乐，与百神游于钧天，广乐九奏万舞，不类三代之乐，其声动心。'"举酒属青童，青童举酒相劝。青童，神仙名。属，属酒，劝酒。纪昀《评苏文忠公诗》卷四十一："此一层又烘托得好，长篇须如此展拓，方不单薄。"王文诰《苏诗编注集成》卷四十一："（纪昀）所论非是。此乃失看'此生当安归'句，故下无着落也。此节首转出'安知非群仙'句，乃欲跌出下意之故，特于真途穷时，落'喜我归有期'句，答还首节之'此生当安归'也。若以顿挫烘托论，则全篇气局皆散摊也。"

〔八〕"急雨岂无意"二句：杜甫《陪诸贵公子丈八沟携妓纳凉晚际遇雨》："片云头上黑，应是雨催诗。"

〔九〕"梦云忽变色"二句：钱锺书《管锥编·拟云于梦》："苏轼上句用字出宋玉《高唐赋》，以状云之如梦；下句用字出东方朔《神异经》：'天为之笑。'张华注：'言笑者，天口落火烙灼，今天不雨而有电光。'以状电之如笑。"

〔一〇〕"应怪东坡老"四句：此是揣测"群仙"想法：苏轼颜衰语工，仙宫久不闻此好诗了。蓬莱宫，东海仙山之宫。纪昀《评苏文忠公诗》卷四十一："结处兀傲得好，一路来势既大，非此则收裹不住。"王文诰《苏诗编注集成》卷四十一："找足群仙诸语，实乃自为评赏，赞叹欲绝也。"

汲江煎茶[一]

苏 轼

活水还须活火烹，自临钓石汲深清[二]。
大瓢贮月归春瓮，小杓分江入夜瓶[三]。
雪乳已翻煎处脚，松风忽作泻时声[四]。
枯肠未易禁三碗，坐听荒城长短更[五]。

（卷四十三）

注

〔一〕元符三年（1100）贬官儋州时作。前四句写为煎茶而汲水，五、六句写煎茶，末二句写品茶。胡仔以为"此诗奇甚，道尽烹茶之要。且茶非活水则不能发其鲜馥，东坡深知此理矣"（《苕溪渔隐丛话》后集卷十一）。纪昀以为此诗"细腻而出于脱洒。细腻诗易于沾滞，如此脱洒为难"（《评苏文忠公诗》卷四十三）。

〔二〕"活水还须活火烹"二句：活火，旺火，唐赵麟《因话录》卷二："活火，谓炭火之焰者也。"杨万里《诚斋诗话》："第二句七字而具五意：水清，一也；深处取清者，二也；石下之水，非有泥土，三也；石乃钓石，非寻常之石，四也；东坡自汲，非遣卒奴，五也。"后人有赞成杨万里这样解诗的，如方回亦谓"一句含数意，三四尤奇"（《瀛奎律髓》卷十八）。但多数人对这样琐碎分解，不以为然。如汪师韩说："舒促雅舍，若风涌云飞。杨万里辈曲为疏解，似反失其趣诣。"（《苏诗选评笺释》卷六）翁方纲《苏诗补注》亦云："《汲江煎茶》七律，自是清新俊逸之作，而杨诚斋赏之，则谓一篇之中句句皆奇，一句之中字字皆奇。此等语，诚令人不解。"

〔三〕"大瓢贮月归春瓮"二句：《诚斋诗话》："其状水之清美极矣，'分江'二字，此尤难下。"查慎行《初白庵诗评》卷下："贮月分江，小中见大。"

〔四〕"雪乳已翻煎处脚"二句：为"煎处已翻雪乳脚，泻时忽作松风声"之倒文，前句写煎茶貌，后句写倒茶声。《诚斋诗话》："此倒语也，尤为诗家妙法，即杜少陵'红稻啄余鹦鹉粒，碧梧栖老凤凰枝'也。"赵克宜亦云："松风句传神。"（《苏诗评注汇钞》卷二十）

〔五〕"枯肠未易禁三碗"二句：《诚斋诗话》："文翻却卢仝公案。仝吃到七碗，坡不禁三碗。山城更漏无定，'长短'二字有无穷之味。"卢仝《谢孟谏议寄新茶诗》："一碗润喉间。二碗破孤闷。三碗搜枯肠，惟有文字五千卷。四碗发轻汗，平生不平事，尽向毛孔散。五碗肌骨清。六碗通仙灵。七碗吃不得也，惟觉两腋习习清风生。"长短更，王十朋《苏诗集注》引次公曰："挝数之寡者为短，多者为长也。"与杨万里所解"山城更漏无定"不同。

澄迈驿通潮阁二首〔一〕

苏 轼

倦客愁闻归路遥，眼明飞阁俯长桥。
贪看白鹭横秋浦，不觉青林没晚潮〔二〕。

余生欲老海南村，帝遣巫阳招我魂〔三〕。
杳杳天低鹘没处，青山一发是中原〔四〕。

（卷四十三）

注

〔一〕元符三年（1100）渡海北归时作。澄迈驿：今海地岛北濒海处，以县有澄江、迈山而得名。通潮阁：唐胄《正德琼台志》卷二十五："通潮阁，一名通明阁，在县西，乃宋澄迈驿阁。"前诗写登阁所见晚景，大有"夕阳无限好，只是近黄昏"之感；后首写遥望中原，前途渺茫。但均未点明，意在言外。汪师韩："羁望深情，含蕴无尽。"（《苏诗选评笺释》卷六）施补华："气韵两到，语带沉雄，不可及也。"（《岘佣说诗》）赵克宜："意极悲痛，佳在但作指点，不与说尽。"（《苏诗评注汇钞》卷二十）

〔二〕"贪看白鹭横秋浦"二句：翁方纲《石洲诗话》卷三："真唐贤语也。"

〔三〕帝遣巫阳招我魂：宋玉《招魂》："帝告巫阳。"王逸《章句》："帝谓天帝也，女曰巫，阳其名也。"此以天帝指徽宗，招魂指北迁廉州。

〔四〕"杳杳天低鹘没处"二句：抒发盼望北归中原之情及北归杳茫之感，谓极目远望，天低鹘没之处，中原青山有如发细，看不分明。纪昀称此为"神来之句"（《评苏文忠公诗》卷四十三）。《诗林广记》后集卷三引胡仔评此二句云："其语偏奇。"

六月二十日夜渡海〔一〕

苏 轼

参横斗转欲三更〔二〕，苦雨终风也解晴〔三〕！
云散月明谁点缀，天容海色本澄清〔四〕。
空余鲁叟乘桴意〔五〕，粗识轩辕奏乐声〔六〕。
九死南荒吾不恨，兹游奇绝冠平生。

（卷四十三）

注

〔一〕元符三年（1100）北归渡海时作。当时哲宗去世，徽宗继位，短时间内政局发生了有利于元祐党人的变化。哲宗当政期间被贬的官吏，已死的追复原官，未死的逐渐内迁，苏轼也在其中。这首诗就反映了苏轼当时的心情。汪师韩以为此诗"高阔空明，非实身有仙骨，莫能有其只字"（《苏诗选评笺释》卷六）。

〔二〕参、斗：均星名，即参星横陈，斗柄低转之意，此是海南六月下旬深夜星象。《宋史·乐志·鼓吹下》引《奉禋歌》："斗转参横将旦。"

〔三〕苦雨：《左传·昭公四年》："秋无苦雨。"杜预注："霖雨为人所患苦。"终风：《诗·邶风·终风》："终风且暴。"所解不一，一作终日之风解，一作西风解。此处以苦雨、终风隐喻哲宗时的朝政。

〔四〕"云散月明谁点缀"二句：《晋书·谢重传》载，月夜明净，王道子以为佳，谢重以为"不如微云点缀"。王道子戏重曰："卿居心不净，乃复强欲滓秽太清耶？"二句谓自己本清白，政敌之诬陷如"微云点缀"，"滓秽太清"，不过暂时现象，风住雨晴，仍云散月明，海天澄清。查慎行《初白庵诗评》卷下："前半四句俱用四字作叠而不觉其板滞，由于气充力厚，足以陶铸熔冶故也。"纪昀《瀛奎律髓刊误》卷四十三："前半纯是比体，如此措词，自无痕迹。"

〔五〕空余鲁叟乘桴意：鲁叟指孔子。《论语·弓治长》："子曰：道不行，乘桴浮于

186

海。"谓随着时局好转，自己"道丕行，乘桴浮于海"之叹已成过去，故云"空余"。

〔六〕粗识轩辕奏乐戸：轩辕即黄帝。《庄子·天运》载，黄帝张《咸池》之乐于洞庭之野，北门成"始闻之惧，复闻之怠（悚惧之情怠），卒闻之而惑（一种心无分别的得道境界）"。此句谓自己贬谪海南以来，对黄帝的忘情得失、荣辱的至道，已略有领悟。

过岭二首（选一）〔一〕
苏 轼

七年来往我何堪〔二〕，又试曹溪一勺甘〔三〕。
梦里似曾迁海外，醉中不觉到江南〔四〕。
波生濯足鸣空涧，雾绕征衣滴翠岚。
谁遣山鸡忽惊起，半岩花雨落毵毵〔五〕。

（卷四十五）

注

〔一〕元符三年（1100）北归途经大庾岭时作，抒发了不以贬谪为意的宽阔胸怀。汪师韩《苏诗选评笺释》卷六："《过岭二首》，视迁谪犹醉梦中，知其胸中别有澄定者在。"

〔二〕七年来往：苏轼自绍圣元年（1094）谪岭南过此，至北归经此已七年。

〔三〕曹溪：禅宗六祖慧能传道处，源出广东曲江县东南，西流入溱水。冯应榴《苏诗合注》引《传灯录》："梁时有天竺僧自西来，泛泊曹溪口，闻异乡，曰：'上流必有胜地。'寻之，遂开山立石。"

〔四〕"梦里似曾迁海外"二句：方回《瀛奎律髓》卷四十三："此联甚佳，殊不以迁谪为意也。"江南，江南西路，大庾岭位于南雄州与南安军交界处，过岭即为南安军，南安军属江西路，故云。

〔五〕"谁遣山鸡忽惊起"二句：刘禹锡《题甘露寺》："山鸡忽惊起，冲落半岩花。"苏轼语本此。纪昀："此言机心已尽，不必相猜之意，非写景也。"（《评苏文忠公诗》卷四十五）毵毵，毛细长貌，此状落花飞舞。

郭　纶〔一〕

苏　辙

郭纶本蕃种〔二〕，骑斗雄西戎〔三〕。

流落初无罪〔四〕，因循遂龙钟〔五〕。

嘉州已经岁，见我涕无穷。

自言"将家子，少小学弯弓。

长遇西鄙乱〔六〕，走马救边烽〔七〕。

手挑丈八予，所往如投空〔八〕。

平生事苦战，数与大寇逢。

昔在定川寨〔九〕，贼来如群蜂。

万骑拥酋帅〔一〇〕，自谓白相公〔一一〕。

挥兵取其元〔一二〕，模糊腥血红。

战胜士气振，赴敌如旋风。

蚩蚩毡裘将〔一三〕，不信勇且忠。

遥语相劝诱，一矢摧厥胸〔一四〕。

短兵接死地〔一五〕，日落沙尘蒙。

驰归不敢息，马口衔折锋。

谁知八尺躯，脱命万死中〔一六〕。

忽闻南蛮叛〔一七〕，羽檄行匆匆。

将兵赴危难，瘴雾不辞冲。

行经贺州城〔一八〕，寂寞无人踪。

攀堞莽不见〔一九〕，入据为筑墉〔二〇〕。

一旦贼兵下，百计烧且攻。

三月不能陷，救至遂得通。

崎岖有成绩[二一]，元帅多异同[二二]。

有功不见赏，憔悴落巴賨[二三]。

已矣谁复信，言之气怮怮[二四]"。

予不识郭纶，闻此为敛容[二五]。

一夫何足言，窃恐悲群雄。

此非介子推[二六]，安肯不计功！

郭纶未尝败，用之可前锋[二七]。

（《栾城集》卷一，以下只注卷次）

注

〔一〕郭纶及此诗写作时间，参见苏轼同题诗注〔一〕。题下原有小注，内容与苏轼同题诗的题下小注同，兹不录。前六句写嘉州见郭纶。中间一大段皆记郭纶自述。其中"自言将家子"至"脱命万死中"，自述在同西夏战争中之功绩；自"忽闻南蛮叛"至"憔悴落巴賨"，自述在平定侬智高之叛中的功绩及有功不赏的遭遇。最后八句是作者的感叹，对郭纶充满同情，对朝廷不能论功行赏、重用人才，表示了不满。苏辙此诗比苏轼的同题诗具有更高的史料价值，但苏轼诗却具有更高的艺术概括力。查慎行《苏诗补注》卷一："子由作，叙述郭纶生平最详，足与东坡诗相发明。"辙诗以娓娓叙事，行文曲折见长，轼诗却以大开大合之笔刻画出"英雄失意之概"。《郭纶》诗表明，苏辙兄弟从青年时代起，就具有不同诗风。参见苏轼同题诗附录的王文诰评。

〔二〕蕃种：出生少数民族。蕃，通"番"，古代对少数民族的通称。《周礼·秋官·大行人》："九州之外，谓之蕃国。"

〔三〕西戎：对中国西北戎族的总称。《尚书·禹贡》："织皮昆仑、析支、渠搜，西戎即叙。"孔安国传："西戎，国名。"宋蔡沈《集解》："西方戎落。"此指西夏。

〔四〕初：本来。

〔五〕因循：沿袭，照旧。《汉书·百官公卿表上》："汉因循而不革。"遂：就。龙钟：衰老貌。李端《赠薛戴》："龙钟似老翁。"

〔六〕西鄙：西部边鄙。《左传·隐公元年》："既而大叔命西鄙、北鄙贰于己。"西鄙乱指宝元元年（1038）西夏主赵元昊反，称帝，改元天授，国号夏。诏"陕西、河东沿边旧与元昊界互市处，皆禁绝之"。事见《续资治通鉴》卷四十一。

〔七〕烽：边防报警的烽火。《墨子·号令》："昼则举烽，夜则举火。"边烽，此指边患。

〔八〕如投空：如入无人之境。

〔九〕昔在定川寨：《续资治通鉴长编》卷一百二十八，康定元年（1040）九月载，"西贼寇三川寨"，"三班借职郭纶固守定州堡，得不陷"。

〔一〇〕酋帅：部族之长。《北史·万安国传》："安国，代人也，世为酋帅。"

〔一一〕白相公：未详。《汉书·李广传》："广上马，与十余骑奔射杀白马将。"或化用此典。

〔一二〕元：人头。《左传》僖公三十三年："（先轸）免胄入狄师，死焉，狄人归其元。"

〔一三〕蚩蚩：无知貌。《诗·卫风·氓》："氓之蚩蚩。"毡裘：兽毛制的衣服，为西北少数民族所服。《后汉书·郑兴传》附《郑众传》："臣诚不忍持大汉节对毡将独拜。"毡裘将，此指西夏将领。

〔一四〕厥：其。

〔一五〕短兵：兵器之短者。屈原《九歌·国殇》："操吴戈兮被犀甲，车错毂兮短兵接。"

〔一六〕脱命：逃命。

〔一七〕南蛮叛：指广南侬智高之叛。《续资治通鉴》卷五十：皇祐元年九月"乙巳，广南西路转运司言广源州蛮寇邕州，诏江南、福建等路发兵备之"。

〔一八〕贺州：宋属广南东路，见《宋史·地理志六》，今广西贺州市。

〔一九〕攀堞：攀登女墙（城上矮墙），《隋书·宇文庆传》："从武帝攻河阴，先登，攀堞，与贼短兵接战。"

〔二〇〕入据为筑堞：占领贺州城并修筑城墙。筑堞，《开元遗事》载宋璟《致仕表》："求归耕养，筑堞岩穴。"

〔二一〕崎岖有成绩：克服了重重困难才取得成绩。崎岖，本指地面不平，此状困难重重。《汉书·扬震传》附《杨彪传》："崎岖危难之间，几不免于害。"

〔二二〕元帅多异同：军中主将对郭纶战绩有不同看法。《左传》僖公二十七年："晋作三军，谋元帅。"

〔二三〕巴賨：巴，古国名，位于今四川东部一带。《华阳国志》卷一《巴志》："楚主夏盟，秦擅西土，巴国分远，故于盟会希。"自秦至南北朝，巴亦称賨，或合称巴賨。扬雄《蜀都赋》："东有巴賨，绵亘百濮。"

〔二四〕惆惆：忧烦貌。

〔二五〕敛容：正容以示肃敬。白居易《琵琶行》："整顿衣裳起敛容。"

〔二六〕介子推：春秋时晋人，曾随晋文公流亡。文公回国后，他隐居绵上（今山西介休东南）。文公放火烧山逼其出仕，被焚死。事见《左传》僖公二十四年。

〔二七〕前锋：冲锋在前。《史记·黥布传》："为楚军前锋。"

戎 州〔一〕

苏 辙

江水通三峡〔二〕，州城控百蛮〔三〕。

沙昏行旅倦，边静禁军闲〔四〕。

汉虏更成市，罗纨斩不还〔五〕。

投毡拣精密，换马瘦孱颜〔六〕。

兀兀头垂髻，团团耳带镮〔七〕。

夷声不可会，争利苦间关〔八〕。

（卷一）

注

〔一〕戎州：见苏轼同题诗注〔一〕。嘉祐四年（1059）冬南行途中经戎州时作。前四句写戎州地理位置与和平景象，中四句写"汉虏"互市，末四句写当地少数民族习俗，而通篇都是"行旅"所见，是一首形象的少数民族风俗画。

〔二〕江水通三峡：谓岷江、金沙江于戎州（治今四川宜宾）会合而为长江，下通瞿塘峡、巫峡、西陵峡。

〔三〕百蛮：各个少数民族。班固《东都赋》："内抚诸夏，外绥百蛮。"戎州以南多为少数民族聚居之地，故云。

〔四〕禁军：《宋史·兵志一》："天子之卫兵，以守京师，备征戍，曰禁军……太祖起戎行，有天下，收四方劲兵，列营京畿，以备宿卫，分番屯戍，以捍边圉。"参见苏轼同题诗注〔六〕〔七〕。

〔五〕罗纨靳不还：谓少数民族喜爱汉人的罗纨，都买走了。靳（jīn），爱惜。参见苏轼同题诗注〔八〕。

〔六〕"投毡拣精密"二句：谓少数民族以精密的毛织品换取又瘦又高的马。屠颜，《史记·司马相如传》载《大人赋》"骧以屠颜"。司马贞《索引》："服虔曰：马仰头、其口开，正屠颜也。"

〔七〕"兀兀头垂髻"二句：斜垂着高高的发髻，戴着圆圆的耳镮。兀兀，高耸貌。参见苏轼同题诗注〔九〕。

〔八〕"夷声不可会"二句：说着听不懂的本民族语言，历尽艰苦来争利于市。会，领会，理解。间关，《后汉书·邓骘传》："间关诣阙。"李贤注："间关，犹崎岖也。"

白 鹇〔一〕

苏 辙

白鹇形似鹤，摇曳尾能长〔二〕。
寂寞怀溪水，低回爱稻粱〔三〕。
田家比鸡鹜〔四〕，野食荐杯筋〔五〕。
肯信朱门里〔六〕，徘徊占玉塘〔七〕！

（卷一）

注 ——————

〔一〕白鹇：鸟名，出江南，白色而背有黑细文，可畜养。嘉祐四年（1059）南行赴京途中所得，作此诗。前四句写白鹇外貌和生活习性，后四句写它在田家和朱门的不同境遇，而白鹇却怀恋溪水，不相信朱门生活的美好。全诗写得清新淡雅，有弦外之音。

〔二〕摇曳：逍遥、自由自在的样子。

〔三〕低回：流连，依依不舍。

〔四〕田家比鸡鹜：种田人把它当作鸡鸭来吃。比，比拟，当作。鹜，家鸭，亦泛指野鸭。

〔五〕野食荐杯觞：作为野味进献于杯盘之中。荐，进献。觞，酒杯。

〔六〕肯：岂肯。朱门：指官寮贵族的府宅。

〔七〕徘徊：来回行走。玉塘：有如玉石一般晶莹清澈的池塘。

竹枝歌忠州作〔一〕

苏 辙

舟行千里不至楚，忽闻《竹枝》皆楚语〔二〕。

楚语啁哳安可分〔三〕，江中明月多风露。

扁舟日落驻平沙〔四〕，茅屋竹篱三四家。

连春并汲各无语〔五〕，齐唱《竹枝》如有嗟〔六〕。

可怜楚人足悲诉〔七〕，岁乐年丰尔何苦？

钓鱼长江江水深，耕田种麦畏狼虎。

俚人风俗非中原〔八〕，处子不嫁如等闲〔九〕。

双鬟垂顶发已白〔一〇〕，负水采薪常苦艰〔一一〕。

上山采薪多荆棘，负水入溪波浪黑。

天寒斫木手如龟〔一二〕，水重还家足无力。

山深瘴暖风露干，夜长无衣犹苦寒。

平生有似麋与鹿，一旦发白已百年。

江上乘舟何处客，列肆喧哗占平碛〔一三〕。

远来忽去不记州〔一四〕，罢市归船不相识。

去家千里未能归，忽听长歌皆惨凄。

空船独宿无与语，月满长江归路迷。

路迷乡思渺何极〔一五〕，长怨歌声苦凄急。

不知歌者乐与悲，远客乍闻皆掩泣〔一六〕。

（卷一）

注

〔一〕嘉祐四年（1059）冬南行赴京，途经忠州（今重庆忠县）时作。《竹枝歌》又名《竹枝词》，乐府《近代曲》名。本巴、渝（今重庆市一带）一带的民歌。唐代诗人刘禹锡根据民歌改写新词，歌咏三峡风物和男女恋情。此后各代诗人多有仿作，内容也大体相近，形式都是七言绝句。苏轼《竹枝歌引》说他"为一篇九章"，苏辙这篇实际也是一篇九章。首章写夜宿忠州所闻《竹枝歌》的嘈杂和凄凉。二至六章回叙"日落"时初到忠州的所见所闻。其中二至四章总写忠州人民的"勤苦"，五至六章集中描写忠州妇女的悲惨境遇。七至九章写远客（包括作者在内）的思乡之情。全诗结构严谨，语言平淡，哀婉动人。

〔二〕"舟行千里不至楚"二句：忠州，北宋属夔州路（见《宋史·地理志五》），故说："不至楚"；但"南宾（即忠州）旧属楚"（苏轼《屈原庙》），故已闻楚语《竹枝歌》。

〔三〕啁哳：亦作"嘲哳"，形容声音杂乱、繁碎。白居易《琵琶行》："岂无山歌与村笛，呕哑嘲哳难为听。"

〔四〕扁舟：指作者所乘小舟。驻：本指车马停留，亦泛指停留。平沙：广漠的沙岸。

〔五〕连春并汲各无语：他们默默无语地不断春粮汲水。春，以杵臼捣去谷物皮壳。

〔六〕嗟：嗟叹。

〔七〕足：太多。

〔八〕俚人：本为少数民族，此指边远地方的人，与中原相对而言。

〔九〕处子：未出嫁的女子。杜甫《负薪行》："夔州处女发半华，四十五十无夫家。更遭丧乱嫁不售，一生抱恨长咨嗟。"

〔一〇〕双鬟垂顶：当地未嫁女子的发式。杜甫《负薪行》："至老双鬟只垂颈，野花山叶银钗并。"陆游《入蜀记》第六："未嫁者率为同心髻，高二尺，插银钗至六只，后插大象牙梳，如手大。"

〔一一〕负水采薪：杜甫《负薪行》："土风坐男使女立，男当门户女出入。十有八九负薪归，卖薪得钱应供给。"陆游《入蜀记》第六："妇人汲水，皆背负一全木盎，长二尺，下有三足。至泉旁，以杓挹水，及八分，即倒坐旁石，束盎背上而去。大抵峡中负物率着背，又多妇人，不独水也。有妇人负酒卖，亦如负水状。呼买之，长跪以献。"

〔一二〕龟（jūn）：通"皲"，手上皮肤因受冻而开裂。

〔一三〕列肆喧哗占平碛：在商铺前或沙岸上的旅客十分喧哗。肆，商铺。碛（qì），浅水中的沙石，此指沙岸。

〔一四〕不记州：不记得这是什么地方。

〔一五〕何极：哪有尽头。

〔一六〕乍闻：突然听到。掩泣：掩面哭泣。

昭 君 村〔一〕

苏 辙

峡女王嫱继屈须〔二〕，入宫曾不愧秦姝〔三〕。

一朝远逐呼韩去〔四〕，遥忆江头捕鲤鱼。

江上大鱼安敢钓，转柁横江筋力小。

溪边积雪厚埋牛，两处辛勤何处好？

去家离俗慕荣华，富贵终身独可嗟。

不及故乡山上女，夜从东舍嫁西家。

（卷一）

注

〔一〕嘉祐四年（1059）南行赴京途中作。昭君：王嫱，字昭君，西汉南郡秭归（今属湖北）人，汉元帝宫人，后与匈奴单于呼韩邪，以结和亲，卒葬匈奴。昭君村：在秭归香溪。前四句简叙昭君入宫、出塞、思乡本事，后八句皆出入议论。中四句提出"两处辛勤何处好"，末四句是作者的结论，"不及故乡"。这虽是一首咏怀古迹的诗，但却反映了苏辙离乡出仕途中的矛盾心情。

〔二〕屈须：屈原之姊。须，亦作"媭"。屈原有《离骚》："女媭之婵媛兮，申申其詈予。"此句谓王嫱是继屈须之后的峡中又一著名女子。

〔三〕不愧秦姝：秦姝，《陌上桑》："使君遣吏问，问是谁家姝？秦氏有好女，自名为罗敷。"姝，美女。《后汉书·南匈奴传》："昭君丰容靓饰，光明汉宫，顾影徘徊，竦动左右。"

〔四〕呼韩：即呼韩邪，匈奴单于名号，为兄郅支单于所败，谋归汉，先后入汉谒见宣帝、元帝。《后汉书·南匈奴传》："时呼韩邪来朝，帝敕以宫女五人赐之。昭君入宫数岁，不得见御，积悲怨，乃请掖庭令求行。呼朝邪临辞大会，帝召五女以示之……帝见大惊，意欲留之，而难于失信，遂与匈奴。"

怀渑池寄子瞻兄[一]

苏　辙

相携话别郑原上[二]，共道长途怕雪泥。
归骑还寻大梁陌[三]，行人已渡古崤西[四]。
曾为县吏民知否[五]？旧宿僧房壁共题[六]。
遥想独游佳味少，无言骓马但鸣嘶[七]。

（卷一）

注 ———————————————————————————————————

〔一〕渑池：见苏轼《和子由渑池怀旧》注〔一〕。嘉祐六年（1061）冬，苏轼兄弟别于"郑州西门"后，苏辙归京，遥想苏轼将重过昔日同游的渑池，故作此诗寄轼。前四句写"话别郑原"，五、六句为"怀渑池"，末以设想苏轼独游乏味作结，充分抒发了思念兄长之情。

〔二〕郑原：指郑州西门外原野上。

〔三〕大梁：指北宋京城开封。开封，战国时为魏国国都，名大梁。《史记·秦始皇本纪》："二十二年王贲攻魏，引河沟灌大梁。"

〔四〕行人已渡古崤西：谓苏轼已过渑池。崤，指崤山，在河南渑池县西。

〔五〕曾为县吏民知否：苏辙自注："辙尝为此县簿，未赴而中第。"指嘉祐五年（1061）苏辙被命为渑池县主簿，因举制策，未赴任。

〔六〕旧宿僧房壁共题：苏辙自注："辙昔与子瞻应举，过宿县中寺舍，题其老僧奉闲之壁。"此为嘉祐元年（1056）夏赴京过渑池时事。

〔七〕骓马：毛色苍白相杂的马。《诗·鲁颂·駧》："有骓有駓。"毛传："苍白杂毛曰骓。"此以但闻骓马嘶鸣反衬苏轼无人与语，极写其"独游佳味少"。

辛丑除日寄子瞻〔一〕

苏 辙

一岁不复居，一日安足惜！

人心畏增年，对酒语终夕。

夜长书室幽，灯烛明照席。

盘飧杂梁楚，羊炙错鱼腊。

庖人馔鸡兔，家味宛如昔〔二〕。

有怀岐山下〔三〕，展转不能释。

念同去闾里，此节三已失〔四〕。

初来寄荆渚，鱼雁贱宜客。

楚人重岁时，爆竹鸣磔磔〔五〕。

新春始涉五〔六〕，田冻未生麦。

相携历唐、许〔七〕，花柳渐牙拆。

居梁不耐贫，投杞避糠籺〔八〕。

城南庠斋静，终岁守坟籍〔九〕。

酒酸未尝饮，牛美每共炙。

谩言从明年，此会可悬射〔一〇〕。

同为洛中夋，相去不盈尺〔一一〕。

浊醪幸分季，新笋可饷伯〔一二〕。

巉巉嵩山美〔一三〕，漾漾洛水碧〔一四〕。

官闲得相从，春野玩朝日〔一五〕。

安知书阁下，群子并遭讁。

偶成一朝荣，遂使千里隔〔一六〕。

何年相会欢？逢节勿轻掷！

（卷一）

注

〔一〕嘉祐六年（1061）居京时作。辛丑即嘉祐六年。除日：一年的最后一天。当时苏轼任凤翔签判，他们兄弟第一次未在一起过节，故写下了这首思念兄长，感伤离别的诗。前十句写京城除日；"有怀岐山下"以后皆是怀兄之词，最后仅以两句盼望"相会"作结。

〔二〕"盘飧杂梁楚"四句：写除日盘飧之盛。"杂梁楚"谓席上本"家味"，但又杂有梁楚之味。错，错杂。鱼腊见《礼记·礼器》："三牲鱼腊，四海九州之美味也。"腊，腌炙的肉。

〔三〕岐山：在凤翔东，此代凤翔。怀岐山即怀苏轼。

〔四〕此节三已失：谓已过三个除夕。三苏父子于嘉祐四年离家沿江东下，在江陵（今属湖北）度除夕。嘉祐五年入京杞县（今属河南）过除夕。加上嘉祐六年除夕，故谓"三已失"。此下即分述"三已失"。

〔五〕"初来寄荆渚"四句：此忆嘉祐四年江陵度除夕。荆，荆州，即江陵。渚，渚宫，在江陵城内。爆竹，古人于除夕爆竹以驱邪。王安石《元日》："爆竹声中一岁除。"磔磔，象声词，此状爆裂声，苏轼《除夕》亦有"爆竹声磔磔"语。苏轼《荆门十首》第七："残腊多风雪，荆人重岁时……爆竹惊邻鬼，驱傩聚小儿。"所咏与苏辙所忆同。

〔六〕新春始涉五：谓正月初五日又从江陵北行赴京。苏轼《荆州十首》第十："柳门京国道，驱马及春阳。"

〔七〕唐：唐州，治所在今河南唐河。许：许州，治所在今河南许昌。

〔八〕"居梁不耐贫"二句：梁指京城开封，杞指京城附近之杞县。苏洵《谢赵司谏启》："寓居雍邱，无故不至京师。"雍邱即杞县。又《贺欧阳枢密启》："阻以在外，阙于至门。"亦证明苏洵父子入京不久即移居杞县。覈，通"籺""籺"，米、麦的粗屑。《汉·书陈平传》："亦食糠覈耳。"

〔九〕坟籍：典籍，书籍。《后汉书·李固传》："究览坟籍，结交英贤。"

〔一〇〕悬射：预计一定可达到。悬，预计、揣测。射，追求。

〔一一〕"同为洛中吏"二句：嘉祐五年苏辙兄弟初入京，苏轼授河南福昌县主簿，苏辙授渑池县主簿，两地相近，皆距洛阳不远。

198

〔一二〕"浊醪幸分季"二句：古代以伯、仲、叔、季为兄弟排行次第。季，苏辙自指。伯，指苏轼。

〔一三〕嶻嶻：山高峻貌。嵩山：在河南登封县北。

〔一四〕漾漾：水波动荡貌。洛水：即河南洛河，源出陕西华山南麓，在河南巩县洛口以北汇入黄河。

〔一五〕"新春始涉五"至"春野玩朝日"：皆写苏辙兄弟居杞县，被命为河南二县主簿事，俱为嘉祐五年除夕前、后事。

〔一六〕"安知书阁下"四句：写嘉祐六年苏辙兄弟应制科试，秘阁试六论俱入等，但也因此而弟兄分离了。馘，割耳以记战功。"群子并遭馘"谓其他应试士子都失利了。

次韵子瞻闻不赴商幕三首〔一〕

苏 辙

怪我辞官免入商，才疏深畏忝周行〔二〕。
学从社稷非源本，近读诗书识短长〔三〕。
东舍久居如旧宅，春蔬新种似吾乡〔四〕。
闭门已学龟头缩〔五〕，避谤仍兼雉尾藏〔六〕。

南商西洛曾虚署〔七〕，长吏居民怪不来〔八〕。
妄语自知当见弃〔九〕，远人未信本非才。
厌从贫李嘲东阁〔一〇〕，懒学谀张缓两腮〔一一〕。
知有四翁遗迹在，山中岂信少人哉〔一二〕！

埙动篪鸣只自知〔一三〕，忧轻责少幸官卑。
声名谩作耳中填〔一四〕，科第空收颔底髭。
西鄙猖狂犹将将〔一五〕，中朝闲暇自师师〔一六〕。
近成《新论》无人语〔一七〕，仰美飞鸿两翅差〔一八〕。

（卷一）

注

〔一〕商：商州，治所在今陕西商县。不赴商幕指嘉祐七年（1062）苏辙被命为商州军事推官，未赴任事。苏辙《颍滨遗老传》说："（年）二十三举直言（直言极谏科），仁宗亲策之于廷。时上春秋高，始倦于勤，辙因所问，极言得失……策入，辙自谓必见黜，然考官司马君实（光）第以三等……惟胡武平（宿）以为不逊，力请黜之。上不许，曰：'以直言召人，而以直弃之，天下谓我何！'宰相不得已，置之下第（即第四等下）。除商州军事推官，知制诰王介甫意其右宰相，专攻人主，比之谷永，不肯撰词……是时先君被命修礼书，而兄子瞻出签书凤翔判官，傍无侍子，辙乃奏乞养亲三年。"这就是苏辙"不赴商幕"的背景。苏轼在凤翔得知其情后，作《病中闻子由得告不赴商州三首》。此为苏辙和诗，第一首言不赴商幕的原因，是为了"闭门""避谤"；第二首表示虽"见弃"但决不改变其直言极谏的态度；第三首写苏轼出仕亦不得志，感叹无由会面。

〔二〕忝周行：有辱于仕宦行列。忝，辱，有愧于，常用作自谦之词。《书·尧典》："否德忝帝位。"周行（háng），仕宦行列。陈子昂《为王美畅谢兄官表》："在于周行，颇蒙推荐。"

〔三〕"学从社稷非源本"二句：写"辞官"后在京读书，谓以前为应试从政读书，不识诗书源本；现在自由读书，才懂书中短长。

〔四〕"东舍久居如旧宅"二句：谓已习惯在京的闲适生活。东舍指在京的住宅："辙昔时侍先人于京师，与希声邻，在太学前。"（《次韵子瞻寄眉守黎希声》自注）旧宅，指眉山老家。苏辙另有《种菜》《赋园中所有十首》，可知其园中种有萱草、竹、芦、石榴、蒲桃、簪草、果蠃、牵牛、双柏、葵花等。

〔五〕龟头缩：喻畏事，不敢出头，苏轼《陈季常见过》亦有"人言君畏事，欲作龟头缩"语。

〔六〕雉：野鸡。苏辙自注："雉藏不能尽尾，乡人以为谚。"

〔七〕南商：指商州，因在渭水之南，故称南商。西洛：指渑池，因在洛水之西，故称西洛。苏辙先后被命为渑池主簿、商州军事推官，均未到任，故云虚署。

〔八〕长吏居民怪不来：苏轼原唱有"近从章子（章惇，时为商洛令）闻渠说，苦道商人望汝来"句，苏辙此句即对此而言。

〔九〕妄语：指所作《御试制科策》，指责仁宗"有忧惧之言""无忧惧之诚""无事则不忧，有事则大惧"；"宫中贵姬至以千数，歌舞饮酒，欢乐失节，坐朝不闻咨谟，便殿无所顾问”；"陛下择吏不精，百姓受害于下"，"赋敛繁重，百姓日以贫困"，"宫中无益之用不为限极，所欲则给，不问无有"；等等。

〔一〇〕贫李：指唐代诗人李商隐，他早年任令狐楚的从事，深受礼遇。楚殁，其子令狐绹为相，因党争关系而不满李商隐，有意疏远他。重阳节，李商隐谒令狐绹，不得见，题《九日》诗于壁，有"郎君官贵施行马，东阁无因再得窥"。苏辙表示自己虽"见弃"，但不会像李商隐那样自嘲"东阁无因再得窥"。

〔一一〕诶张：指唐代宰相张说。缓两腮：即缓颊，指不再批评时政。张说早年直言敢谏，被唐玄宗誉为"言则不诶，自得谋猷之体"。但后因"承平岁久，志在粉饰盛时"，"首建封禅之议"（《旧唐书·张说传》）。苏辙表示虽"见弃"，但决不会放弃直言，以"粉饰盛时"为事。

〔一二〕"知有四翁遗迹在"二句：四翁，指汉初商山（商州州治东）。四皓，东园公、倄里先生、绮里季、夏黄公。年皆八十有余，须发皆白，故称四皓。因不满刘邦轻士好骂，逃匿山中，义不为汉臣。吕后用张良计，迎四皓出辅太子。事见《史记·留侯世家》。苏轼原唱"逋翁（亦指四皓）久没厌凡才"句，故苏辙说商州出现过四皓这样的人物，不会因自己未赴商州而缺少人才。

〔一三〕埙动篪鸣：埙（xūn）、篪（chí）皆古乐器。埙为陶制吹奏乐器，篪为竹制管乐器。《诗·大雅·板》："如埙如篪。"毛传："言相和也。"后多用以喻兄弟和睦，此喻他们兄弟常常共鸣，他完全理解苏轼原唱中的"从宦无功漫去乡"，故以"忧轻责少幸官卑"慰之。时苏轼初仕亦不得志，常有"冷官无事屋庐深"（《九月二十日微雪》）之类的慨叹。

〔一四〕声名谩作耳中瑱：意谓枉自声名满耳。谩，通"漫"，枉自，徒然。瑱（tiàn），塞耳之玉。《诗·鄘风·君子偕老》："玉之瑱也。"毛传："瑱，塞耳有也。"

〔一五〕西鄙：西部边鄙，此指西夏。将将（qiāng）：强大貌。苏轼《和子由苦寒见寄》说："庙谋虽不战，虏意久欺天。"可作此句注脚。苏轼在凤翔，其职责之一是"飞刍挽粟，西赴边陲"（《凤翔到任谢执政启》），保证前方军需供给。

〔一六〕中朝：即朝中，朝廷。师师：端整貌。贾谊《新书·容经》："朝廷之容，师师然翼翼然整以敬。"此就自己所在的京城而言。苏辙《次韵子瞻减决诸县囚徒事毕登览》说："魏京饶士女，春服聚浮游。雷动车争陌，花摇树系楸。游人纷荡漾，野鸟自嘤呦。"此可作"中朝闲暇"的注脚。

〔一七〕《新论》：见苏辙《新论上》注〔一〕。

〔一八〕差：差池，参差不齐，状飞鸿之翅。羡鸿能飞即感叹自己不能飞到苏轼身旁，共同讨论其《新论》。

踏 青〔一〕

苏 辙

江上冰消岸草青，三三五五踏青行。

浮桥没水不胜重，野店压糟无复清〔二〕。

松下寒花初破萼，谷中幽鸟渐嘤鸣。

洞门泉脉龙晴动，观里丹池鸭舌生〔三〕。

山下瓶罂沾稚孺〔四〕，峰头鼓乐聚簪缨〔五〕。

缟裙红袂临江影〔六〕，青盖骅骝踏石声〔七〕。

晓去争先心荡漾，暮归夸后醉纵横。

最怜人散西轩静，暧暧斜阳著树明〔八〕。

（卷一）

注

〔一〕嘉祐八年（1063）岁首留京侍父时作。头年岁暮，苏轼作《馈岁》《别岁》《守岁》三首，记"蜀之风俗"寄苏辙。苏辙除作《次韵子瞻记岁暮乡俗三首》外，又作《记岁首乡俗寄子瞻二首》，《踏青》为其中第一首。苏辙《踏青诗叙》云："眉之东门十数里，有山曰蟆颐，山上有亭树松竹，山下临大江。每正月人日，士女相与游嬉饮于其上，谓之踏青也。"（《栾城集》佚此叙，见王十朋《苏诗集注·和子由踏青》注引次公注）此诗前四句点题，写人日（正月初七）出游踏青；"松下寒花"四句，写踏青所见之景；"山下瓶罂"四句，写踏青之人。最后四句写踏青归来。全诗描写了北宋蜀中春游踏青的热闹场面，是一幅形象生动的蜀中风俗画。

〔二〕压糟：即压酒，米酒酿制将熟，压榨取酒。罗隐《江南行》："水国多愁又有情，夜糟压酒银船满。"

〔三〕观：道观，道教庙宇。丹池：炼丹池。《灵宝经》："上有桐柏合生，下有丹池赤

202

水。"鸭舌：草名，叶成舌形。李时珍《本草纲目》："鸭舌，因其形似也。"

　〔四〕罂（yīng）：盛酒器。此句谓连小孩亦可饮酒。

　〔五〕簪缨：达官贵人固定冠饰的簪子和缨带，借指达官贵人。

　〔六〕缟：白色。袂：衣袖。缟裙红袂指士女服装，借指士女。

　〔七〕青盖：青色车盖，代指车。骅骝：赤色骏马。

　〔八〕暧暧：昏暗貌。陶潜《归田园居》："暧暧远人村。"

种　菜〔一〕

苏　辙

久种春蔬旱不生，园中汲水乱瓶罂。

菘葵经火未出土〔二〕，僮仆何朝饱食羹？

强有人功趋节令，怅无甘雨困耘耕。

家居闲暇厌长日，欲看年华上菜茎。

（卷二）

注 ───────────────────────────────────

　〔一〕嘉祐末、治平初居京侍亲时作。苏轼有《次韵子由种菜久旱不生》，旧注多系于治平元年（1064）春，但无确证。此诗前四句写园中种菜久旱不生，五、六句是久旱不生的原因，末以感叹光阴虚度作结。此诗显然不只是在咏种菜，而是在感叹自己被迫辞官的不幸境遇。苏辙原唱意在言外，含蓄不露。苏轼次韵诗却点明了原唱主题："园无雨润河须叹，身与时违合退耕。欲看年华自有处，鬓间秋色两三茎。"所谓"身与时违合退耕"即苏轼《病中闻子由得告不赴商州三首》诗中所说的"答策（指苏辙《御试制科策》）不堪宜落此（不赴商州军事推官任）"。

　〔二〕菘葵：皆蔬菜名。柄厚而色青的菘叫青菜，柄薄而色白的菘叫白菜。葵指冬葵，我国古代重要蔬菜之一。《齐民要术》卷三蔬类第一篇即为《种葵》："临种时必燥曝葵子。"注云："葵子虽经岁不浥，然湿种者疥而不肥。"

203

王维吴道子画（在普门及开元寺）〔一〕

苏 辙

吾观天地间，万事同一理。

扁也工斫轮，乃知读文字〔二〕。

我非画中师，偶亦识画旨。

勇怯不必同，要以各善耳。

壮马脱衔放平陆〔三〕，步骤风雨百夫靡〔四〕。

美人婉娩守闲独〔五〕，不出庭户修容止〔六〕。

女能嫣然笑倾国〔七〕，马能一蹴致千里〔八〕。

优柔自好勇自强，各自胜绝无彼此。

谁言王摩诘，乃过吴道子？

试谓道子来，置汝所挟从软美〔九〕。

道子掉头不肯应，刚杰我已足自恃。

雄奔不失驰，精妙实无比。

老僧寂灭生虑微〔一〇〕，侍女闲洁非复婢〔一一〕。

丁宁勿相违〔一二〕，幸使二子齿〔一三〕。

二子遗迹今岂多，岐阳可贵能独备〔一四〕。

但使古壁常坚完，尘土虽积光艳长不毁。

（卷二）

注 ────────────────────────────────

〔一〕这是《和子瞻凤翔八观八首》之一，嘉祐八年（1063）侍亲京师时作。王维、吴道子，见苏轼同题诗注〔一〕。苏轼原唱推崇文人画，扬王抑吴。苏辙此诗表示不同意苏轼的观点，前半部分一般论述"优柔自好勇自强"，刚美、软美皆美；后半部分直接主张王、吴并重，反对扬王抑吴。翁方纲说："子由诗云'谁言王摩诘，乃过吴道子?'与东坡结意正相反。"（《苏诗补注》卷四）其实，苏轼并不排斥美的多样性，他所说"短长肥瘠各有态，玉环飞燕谁敢憎"（《孙莘老求墨妙亭诗》），即与苏辙此诗观点相同。只是他在比较画工画和文人画时，更推崇文人画而已。

〔二〕"扁也工斫轮"二句：参苏轼《文与可画〈箦筜谷偃竹〉记》注〔一五〕。苏辙以轮扁懂读书说明己非画师而识画旨，以明"万事同一理"。

〔三〕衔：横在马口中以备抽勒的铁，即马嚼子。

〔四〕步骤风雨百夫靡：跑得很快，有如暴风骤雨，所向披靡。缓行为步，急走为骤。步骤，此为偏义词，取快跑之意。靡，披靡，倒下。

〔五〕婉娩：仪容柔顺。闲独：悠闲孤寂。

〔六〕修容止：仪容举止美好。修，美好。

〔七〕嫣然：美好的样子，常形容笑。倾国：《汉书·孝武李夫人传》："北方有佳人，绝世而独立。一顾倾人城，再顾倾人国。"后常以"倾城倾国"形容绝色女子。

〔八〕趿：通"蹴"，踢，踩。致：达到。一蹴致千里，即轻而易举就可跑千里路。

〔九〕置汝所挟从软美：放弃你所有的刚杰来追随软美。置，弃置，抛开。挟，怀藏。吴道子"所挟"指下文的"刚杰"之美。从，追随。

〔一〇〕寂灭：佛家语，指消除人世一切烦恼，而达到不生不灭之境。《无量寿经》上："诚谛以虚，超出世间，深乐寂灭。"生虑微：没有人生思虑。微，无。谢灵运《邻里相送至方山》："积疴谢生虑，寡欲罕所阙。"

〔一一〕闲洁：娴雅高洁。

〔一二〕丁宁：即"叮咛"，一再嘱咐。

〔一三〕幸：希望。二子：指王维、吴道子。齿：并列，平起平坐。

〔一四〕岐阳：陕西凤翔。

和子瞻调水符〔一〕

苏 辙

子瞻令人取玉女洞水，恐其欺见，破竹为契，使寺僧藏其一，以为往来之信，故云。

多防出多欲，欲少防自简。

君看山中人，老死竟谁谩？

渴饮吾井水，饥食瓯中饭。

何用费卒徒，取水负瓢罐？

置符未免欺，反复虑多变。

授君无忧符，阶下泉可咽。

（卷二）

注 ————————————————————————————————

〔一〕治平元年（1064）侍亲京师时作。苏轼原唱为《爱玉女洞中水……戏谓之调水符》，前已选。纪昀评苏轼原唱，以为语浅意深。苏辙和诗，语更浅而意更深，其"无忧符"简直可作为人们的座右铭。

中秋夜八绝 （选三）〔一〕

苏　辙

谁遣常时月，偏从此夜明？
暗添珠百倍，潜感兔多生〔二〕。

明入庭阴白，寒侵酒气微。
夜深看更好，楼上渐人稀。

巧转上人衣，徐行度楼角〔三〕。
河汉冷无云〔四〕，冥冥独飞鹊〔五〕。

（卷三）

注 ————————————————————————————

〔一〕治平二年（1065）中秋大名任上作。杨升庵说："宋诗信不及唐，然其中岂无可匹体者？在选者之眼力耳。"其下所举就有苏辙《中秋夕》（"巧转上人衣"）、《旅行》二诗，谓其"有王维辋川遗意，谁谓宋无诗乎！"（《升庵诗话》卷四）此所选第一首以中秋月明，潜感年华易逝，第二首写深夜赏月更美，第三首写中秋月转渐西沉，都能给人以明净、清淡、孤寂之感，诗风确实酷似王维。

〔二〕潜感兔多生：传说月中有白兔捣药。此处语意双关，既咏月中白兔，又指鬓发多白。

〔三〕"巧转上人衣"二句：写月光移动，与苏轼"转朱阁，低绮户，照无眠"（《水调歌头·丙辰中秋》）意思相近。

〔四〕河汉：即银河，《古诗十九首》："河汉清且浅，相去复几许！"

〔五〕冥冥：高远空旷。扬雄《法言·问明》："鸿飞冥冥。"

次韵姚孝孙判官见还《岐梁唱和诗集》〔一〕

苏 辙

伯氏文章岂教知〔二〕，岐梁偶有往还诗。

自怜兄力能兼弟，谁肯埙终不听篪〔三〕，

西虢春游池百顷〔四〕，南溪秋入竹千枝〔五〕。

恨君曾是关中吏〔六〕，属和追陪失此时。

（卷三）

注 ————————————————————————————

〔一〕治平二年（1065）任大名府（治所在今河北大名）推官时作。姚孝孙：未详其人。判官：宋代三司各部、左右军巡院，各州府皆设此官，姚孝孙很可能任大名府签书判官厅公事。《岐梁唱和诗集》是苏轼兄弟亲自编纂的第一部也是唯一一部唱和诗集，专收嘉祐六年（1061）冬至治平二年春的唱和诗，其时他们一在凤翔（岐），一在京城（梁），诗赋往还，唱和甚多。此诗前四句写岐梁唱和，赞美苏轼的诗文才力非自己所能相比；五、六句写苏轼在凤翔的行踪；末二句感叹姚孝孙当时也在关中做官，可惜未能与苏轼同游唱和。

〔二〕伯氏：指苏轼。

〔三〕谁肯塥终不听篪：意谓谁肯读了哥哥的诗而不读自己的诗呢？塥、篪，见苏辙《次韵子瞻闻不赴商幕三首》注〔一三〕。

〔四〕西虢：指凤翔府所辖虢县，位于"府南三十五里。三乡、阳平一镇。有楚山、渭水、磻溪"（《元丰九域志》卷三《秦凤路》）。苏轼在凤翔，多次巡游西虢，如《壬寅二月有诏令郡吏分往属县减决囚禁，自十三日受命出府，至宝鸡、虢、郿、盩厔四县……》："回趋西虢道，却渡小河洲。闻道磻溪石，犹存渭水头。"

〔五〕南溪：在终南山下。苏轼在凤翔咏及南溪的诗甚多，如《南溪有会景亭……》《往南溪小酌》《南溪之南竹林中新构……避世堂》等等。《题南溪竹上》云："谁谓江湖居，而为虎豹宅？焚山岂不能，爱此千竿碧。"可见南溪之竹甚多。

〔六〕关中：古地区名，所指范围大小不一，一般以函关以西、秦岭以北地区为关中。时姚孝孙作吏于关中何地，亦不详。

送陈安期都官出城马上〔一〕

苏 辙

城中二月不知春，唯有东风满面尘。

归意已随行客去，流年惊见柳条新。

簿书填委休何日〔二〕？学问榛芜愧古人。

一顷稻田三亩竹，故园何负不收身？

（卷三）

〔一〕治平三年（1066）大名任上作。陈安期：未详其人。都官：即判都官事，属刑部，见《宋史·职官志三》。此诗首联点送陈时间；次联因送陈而思归，因出城见新柳而感年华易逝；颈联感叹忙于处理文书而旧学荒芜；故尾联以不该离乡出仕作结。全诗表现了他对"簿书"生活的厌倦。

〔二〕簿书：官署中的文书。填委：堆积。《南史·朱异传》："四方表疏，当局簿领，咨详请断，填委于前。"休何日：即何日休，何时了结。

南 窗〔一〕
苏 辙

京师三日雪，雪尽泥方深。

闭门谢还往，不闻车马音。

西斋书帙乱，南窗初日升。

展转守床榻，欲起复不能。

开户矢琼玉〔二〕，满阶松竹阴。

客从远方来，疑我何苦心。

疏拙自当尔，有酒聊共斟。

（卷三）

注 ————————————————————————————————————

〔一〕熙宁二年（1069）冬闲居京城时作。这年二月苏辙服父丧期满回到京城，三月上书神宗，力主为国当以治财为先。神宗即日召见苏辙于延和殿，并命他担任制置三司条例司检详文字。时王安石已开始推行新法，而苏辙的治财主张，实际上与王安石根本不同，

"议论每不合"。八月苏辙上《制置三司条例司论事状》，全面批评新法，并请补外，结果"诏依所乞"。但苏辙于次年春才离京，这首诗即写于罢职后，离京前。当时他闭门谢客，读书自娱，夜不能寐，晨不能起，心情十分抑郁。苏轼非常喜欢这首诗，多次书写，"以为人间当有数百本，盖闲淡简远，得味外之味"（洪迈《容斋随笔》卷十五）。此诗以淡远之笔抒愁苦之情，怨而不怒，哀而不伤，颇能代表苏辙的特有诗风。

〔二〕琼玉：指雪。"开户失琼玉"即"雪尽泥方深"意，指"南窗初日升"后雪已融化。

初到陈州二首〔一〕

苏　辙

谋拙身无向，归田久未成〔二〕。

来陈为懒计，传道愧虚名〔三〕。

俎豆终难合，诗书强欲明〔四〕。

斯文吾已试〔五〕，深恐误诸生。

久爱闲居乐，兹行恐遂不〔六〕？

上官容碌碌〔七〕，饱食更悠悠〔八〕。

枕畔书成癖，湖边柳散愁〔九〕。

疏慵愧韩子，文字化潮州〔一○〕。

（卷三）

注

〔一〕熙宁三年（1070）春初至陈州（今河南淮阳）任州学教授时作。苏辙《颍滨遗老传》说："辙知力不能救（无力阻止推行新法），以书抵介甫（王安石）、阳叔（陈旭），指陈其决不可者，且请补外。介甫大怒，将见加以罪，阳叔止之，奏除河南推官。会张文定（方平）知淮阳，以学官见辟，从之三年。"这是两首充满牢骚的诗篇。第一首说读书已经害己，现在却要以书教人，故深恐误人。第二首说自己来陈是为偷闲，故有愧于韩愈以诗书化民。话虽如此，但苏辙任陈州教授期间仍是忠于职守的，培养出了像张耒这样的著名文人。

〔二〕"谋拙身无向"二句：谓拙于谋划，故弄得无路可走；久想归隐田园，亦未成功。

〔三〕传道：传授圣贤之道，指教书。韩愈《师说》："师者，所以传道、授业、解惑也。"

〔四〕"俎豆终难合"二句：俎豆，古代祭祀用的祭器。时王安石推行新法，在文化上也推行新学，故苏辙说他很能同他们一致，勉强按他们的意见来解释诗书。他在《和顿主簿起见赠》中也说："声病消磨只古文，诸儒经述斗纷纭。不知旧学都无用，犹把新书强欲分。"

〔五〕斯文：见苏轼《祭欧阳文忠公文》注〔四〕。

〔六〕兹行恐遂不：这次去陈州不知是否能达到闲居目的。兹，此。遂，成功，顺利。不，通"否"。

〔七〕上官：上级官吏，即上司，此指张方平，见苏洵《上张侍郎第二书》注〔一〕。碌碌：平庸无能貌，《史记·酷吏列传》："九卿碌碌奉其官。"

〔八〕悠悠：悠闲自在。

〔九〕湖：指陈州柳湖。苏辙《次韵孙户曹朴柳湖》："疏慵非敢独违时，野性颠狂不爱羁。犹有曲湖容笑傲，谁言与物苦参差。水干生草曾非恶，鹤舞因风忽自怡。最爱柳阴迟日暖，幅巾轻履肯相随。"此诗可作此句注脚。

〔一〇〕韩子：指韩愈（768—320），字退之，河南河阳（今河南孟县）人，唐代著名文学家。因阻谏宪宗迎佛骨，贬官潮州（今广东湖安）。在潮州作《请置乡校牒》，大力传播文化。

柳湖感物[一]

苏 辙

柳湖万柳作云屯[二]，种时乱插不须根[三]。

根如卧蛇身合抱，仰视不见蜩蝉喧[四]。

开花三月乱飞雪[五]，过墙度水无复还。

穷高极远风力尽，弃坠泥土颜色昏。

偶然直堕湖中水，化为浮萍轻且繁[六]。

随波上下去无定，物性不改天使然。

南山老松长百尺〔七〕，根入石底蛟龙蟠。

秋深叶上露如雨，倾流入土明珠圆〔八〕。

乘春发生叶短短，根大如指长而坚。

神农尝药最上品〔九〕，气力直压钟乳温〔一〇〕。

物生禀受久已异〔一一〕，世俗何始分愚贤？

(卷三)

注

〔一〕熙宁三年（1070）任陈州教授时作。柳湖：在陈州城北。此诗前十二句咏柳，中间八句咏松，末二句合咏，感叹世俗之人不能分别松柳的"愚贤"。诗写得很含蓄，不细加品味，容易当成一般咏物诗读过。但诗中所咏根底甚浅，枝叶徒茂，穷高极远，随波逐流的柳树，实际是对变的初期那些新进勇锐之士的无情讽刺。苏轼的《次韵子由柳湖感物》点明了苏辙诗的主题："子今憔悴众所弃，驱马独出无往还。惟有柳湖万株柳，清阴与子共朝昏。胡为讥评不少借，生意凌挫难为繁。柳虽无言不解愠，世俗乍见应忧然。"柳既"不解愠"而关世俗何事？世俗为之忧然，说明对柳的讥评正是对世俗的讥评。苏轼接着说，世人是只会爱柳而不会爱松的，因为柳树"四时盛衰各有态"，而"南山孤松积雪底，抱冻不死谁复贤！"

〔二〕云屯：像云一样密集。《旧唐书·魏玄同传》："官有常员，人无定限。选集之始，雾积云屯。"伍缉之《柳花赋》："垂绿叶而云布。"

〔三〕种时乱插不须根：谓柳树颇贱，可插栽，所谓"无心插柳柳成荫"是也。

〔四〕蜩（tiáo）：蝉的别名。《诗·幽风·七月》："五月鸣蜩。"

〔五〕开花三月乱飞雪：伍缉之《柳花赋》："飏零花而雪飞。"

〔六〕化为浮萍轻且繁：《本草》："浮萍，季春始生，或云杨花所生。一叶经宿，即生数叶。"苏辙自注："尝见野人言，柳花入水为浮萍。"

〔七〕南山：指陈州城南的宛丘。《元和郡县图志》卷八："宛丘，县南三里。"《尔雅》："陈有宛丘，丘上有丘为宛丘。"

〔八〕"秋深叶上露如雨"二句：苏辙自注："松上露堕地为仙茅，阴干服之，益人。"

212

又苏辙《服茯苓赋·叙》："古书言，松脂流入地下为茯苓，茯苓又千岁则为琥珀。虽非金石，而其能自完也亦久矣……庶几可以固形养气，延年而却老者。"

〔九〕神农尝药：《通鉴辑览》卷一《神龙氏》："民有疾病，未知药石，始味草木之滋，察其寒温平热之性，辨其君臣佐使之义，神而化之，遂作方书，以疗民疾，而医道立矣。"

〔一〇〕苏辙自注："古方云：十斤钟乳不如一斤仙茅。"

〔一一〕禀受：承受，指受于自然的体性、气质。韩愈《秋怀》："禀受气各异。"

次韵李简夫秋园[一]

苏 辙

秋色岂相负，小园仍有花[二]。
绕栏吟落日，拾径得残葩。
菊细初藏蝶，桐疏不庇鸦。
游观须作意，霜雪仅留槎[三]。

（卷三）

注

〔一〕熙宁三年（1070）陈州教授任上作。李简夫：陈州人，官太常少卿。所与游多庆历名卿，晏殊深知其人。嘉祐初，未老而疾，弃官家居，出入乡党十五年。苏辙为陈州教授，多与唱和，见苏辙《李简夫少卿诗集引》。此诗一作《次赠李简夫春园》，从诗的内容可知，当以"秋园"为是。

〔二〕小园仍有花：苏辙《李简夫少卿诗集引》："陈人喜种花，比于洛阳。每岁春夏，游者相属弥月。君携壶命侣，无一日不在其间，口未尝问家事。"

〔三〕"游观虽作意"二句：谓趁秋菊疏桐尚存，决意游赏，冬天霜雪降临，就只有枯槎了。作意，决意，起意。张籍《寄昭应王中丞》："春风石瓮寺，作意共君游。"

虞 姬 墓〔一〕

苏 辙

布叛增亡国已空〔二〕，摧残羽翮自令穷。
艰难独与虞姬共，谁使西来敌沛公〔三〕？

（卷三）

注

〔一〕熙宁四年（1071）《和子瞻濠州七绝》中的一首。虞姬：项羽之姬。《史记·项羽本纪》："有美人名虞（《集解》引徐广曰：'一云姓虞氏'），常幸从。"项羽于垓下为汉军所围，慷慨悲歌，虞姬和之，其词曰："汉兵已掠地，四方楚歌声。大王意气尽，贱妾何由生！"虞姬墓：张守节《史记正义》引《括地志》云："虞姬墓在濠州定远县（今属安徽）东六十里，长老传云项羽美人冢也。"这是一首咏史诗，对项羽不能信用谋臣武将，招致败亡，进行了辛辣的讽刺。

〔二〕布：黥布，见苏洵《高祖》注〔一七〕。增：范增，项羽谋士，屡劝项羽杀刘邦，项羽不听。羽又中刘邦反间计，"疑范增与汉有私，稍夺之权。范增大怒，曰：'天下事大定矣，君王自为之。愿赐骸骨归卒伍。'项王许之。行未至彭城，疽发背而死。"见《史记·项羽本纪》。

〔三〕沛公：即刘邦。据《史记·高祖本纪》，陈胜起义，沛令恐，欲以沛应陈胜，乃令樊哙召刘邦。刘邦至，沛令后悔，闭城不纳。沛父老子弟共杀沛令，立刘邦为沛公。

次韵子瞻见寄[一]

苏 辙

我将西归老故丘，长江欲济无行舟[二]。

宦游已如马受轭[三]，衰病拟学龟藏头[四]。

三年学舍百不与[五]，糜费廪粟常渐羞。

矫时自信力不足，从政敢谓学已优[六]？

闭门却扫谁与语，昼梦时作钧天游[七]。

自从四方多法律[八]，深山更深逃无术[九]。

众人奔走我独闲，何异端居割蜂蜜[一〇]。

怀安已久心自知，弹劾未至理先屈[一一]。

余杭军府百事劳，经年未见持干旄[一二]。

贾生作傅无封事[一三]，屈平忧世多《离骚》[一四]。

烦刑弊法非公耻，怒马奔车忌鞭箠[一五]。

藐藐何自听谆谆[一六]，谔谔未必贤唯唯[一七]。

求田问舍古所非[一八]，荒畦弊宅今余几？

出从王事当有程[一九]，去须腊肉嫌无名[二〇]。

扫除百忧惟有酒[二一]，未退聊取身心轻。

（卷四）

注

〔一〕熙宁五年（1072）陈州任上为次韵苏轼《戏子由》作。此诗前半部分为自述，抒发自己既无力改变时局，又不能弃官归隐的苦闷。"余杭军府百事劳"八句写苏轼，这里有安慰，也有劝勉。最后六句为合写，归乡不得，只好以酒浇愁。

〔二〕长江欲济无行舟：喻归乡不得。孟浩然《临洞庭湖赠张丞相》：“欲济无舟楫。”

〔三〕轭：套在马颈上的人字形马具。此句喻做官深受束缚。

〔四〕龟藏头：见苏辙《次韵子瞻闻不赴商幕》注〔五〕。

〔五〕百不与：即百事不与，谓学官清闲。苏辙《送张公安道南都留台》：“庠斋幸无事，樽俎奉清适。”苏轼《戏子由》亦有“门前万事不挂眼”语。

〔六〕从政敢谓学已优：《论语·子张》：“学而优则仕。”

〔七〕钧天：天之中央。《吕氏春秋·有始》：“天有九野，中央曰钧天。”钧天游：《史记·赵世家》：“简子寤，语大夫曰：‘我之帝所甚乐，与百神游于钧天。’”

〔八〕四方多法律：指王安石推行新法。自熙宁二年（1069）以来，先后颁行免役法、市易法、方田均税法、青苗法等。

〔九〕深山更深逃无术：杜荀鹤《山中寡妇》：“任是深山更深处，也应无计避征徭。”

〔一〇〕端居：犹言平居，《梁书·傅昭传》：“终日端居，以书记为乐，虽老不衰。”孟浩然《过洞庭湖赠张丞相》：“端居耻圣明。”

〔一一〕弹劾：核举官吏罪过。《北齐书·魏收传》：“南台将加弹劾，赖尚书辛雄为言于中尉綦俊，乃解。”

〔一二〕干旄：旗之一种，用牦牛尾装饰旗杆树于车后的仪仗。《诗·鄘风·干旄》：“孑孑干旄，在浚之郊。”

〔一三〕贾生：贾谊。贾生作傅指贾谊先后任长沙王太傅、梁怀王太傅。封事：上书奏事，虑有所泄，囊封以进，谓之封事。《汉书·贾谊传》：“谊数上疏言，多所欲匡建。”又《汉书·司马相如传》载，相如死，天子使人索其书，其妻曰：“长卿未死时，为一卷书，曰有使来求书，奏之。”其遗书乃言封禅事。此句谓贾谊没有这类言封禅的封事。

〔一四〕屈平：《史记·屈原列传》：“屈原者名平，楚之同姓也……屈平疾王听之不聪也，谗谄之蔽明也，邪曲之害公也，方正之不容也，故忧愁幽思而作《离骚》。离骚者，犹离忧也。”

〔一五〕“烦刑弊法非公耻”二句：苏轼《戏子由》有“平生所惭今不耻，坐对疲民更鞭箠”，故苏辙有此语。

〔一六〕藐藐何自听谆谆：《诗·大雅·抑》：“诲尔谆谆，听我藐藐。”郑笺：“我教告王口语谆谆然，王听聆之藐藐然，忽略不用我所言为政令，反谓之有妨害于事，不受忠言。”

〔一七〕谔谔未必贤唯唯：《史记·商君传》：“千人之诺诺，不如一士之谔谔。”此反用其意，谓直言无用。谔谔，直言貌。唯唯，唯唯诺诺，卑恭顺从之意。

〔一八〕求田问舍：《三国志·魏志·陈登传》："（刘）备曰：'君（许汜）有国士之名，今天下大乱，帝王失所，望君忧国忘家，有救世之意；而君求田问舍，言无可采。"

〔一九〕程：期限。

〔二〇〕去须膰肉嫌无名：《史记·孔子世家》："孔子曰：'鲁今且郊，如致膰乎大夫，则吾犹可以止。'桓子卒受齐女乐，三日不听政；郊，又不致膰于大夫。孔子遂行。"膰肉，祭肉。此句谓想去职而无借口。

〔二一〕扫除百忧惟有酒：曹操《短歌行》："何以解忧，惟有杜康。"杜康，相传为开始酿酒的人，此代指酒。

和顿主簿起见赠二首 (选一)〔一〕

苏 辙

声病消磨只古文，诸儒经术斗纷纭〔二〕。
不知旧学都无用，犹把新书强欲分〔三〕。
老病心情愁见敌，少年词气动干云〔四〕。
搜贤报国吾何敢？欲补空疏但有勤〔五〕。

（卷四）

注

〔一〕熙宁五年（1072）陈州任上作。是年八月苏辙与洛阳主簿顿起于洛阳妙觉寺考试举人，及还，同游嵩山，有《少林寺赠顿起》诗；同至许州访石淙庄，有《许州留别顿主簿》诗。三年后顿起任青州教授，有《和青州教授顿起九日见寄》诗。时正以王安石的新学考试举人，故有旧学无用之叹。

〔二〕"声病消磨只古文"二句：声病不符合词赋取士的标准。《新唐书·选举志》："按其声病，可以为有司之责，舍是则汗漫无所守。"诸儒经术，指诸儒对儒家典籍所作的不同解释。《韩非子·显学》："自孔子之后，儒分为八"，"皆自谓之真孔"，孔子"不可复生，将谁使定后世之学乎！"二句谓自己过去为参加科举考试，所熟悉的只有儒家典籍。

〔三〕"不知旧学都无用"二句：旧学即指前二句所说的古文、经术。新书指王安石的著述。苏辙《和子瞻监试举人》："登科岁云徂，旧学日将落……朝廷发新令，长短弃前襞。缘饰小学家，睥睨前王作。声形一分解，道义因附托。"此即具体指王安石《字说》。

〔四〕"老病心情愁见敌"二句：前句谓自己不愿同政敌较量，后句是对锐进士子的讽刺。《和子瞻监试举人》又云："新科劝多士，从者尽高爵。徘徊始未信，衔诱终难却……敢言折锋芒，但自保城郭。"此可作这两句的注脚。

〔五〕"搜贤报国吾何敢"二句：《和子瞻监试举人》又云："有司顾未知，选试谬西洛。群儒谁号令，新语竞投削。虽云心所安，恐异时量度。"可见在这次"西洛"考试中，苏辙虽担心"异时量度"，但仍"新语竞投削"，对那些为"高爵"而追随"新语"者皆弃而不取。

和子瞻开汤村运盐河，雨中督役〔一〕

苏 辙

兴事常苦易，成事常苦难。

不督雨中役，安知民力殚？

年来上功勋〔二〕，智者争雕钻〔三〕。

山河不自保，疏凿非一端〔四〕。

讥诃西门豹，仁智未得完〔五〕。

方以勇自许，未恤众口叹〔六〕。

天心闵劬劳，雨涕为泛澜。

不知泥淖中，更益手足寒。

谁谓邑中黔〔七〕，鞭箠亦不宽。

王事未可回〔八〕，后土何由干〔九〕？

（卷四）

218

注 ———————————————————————————————

〔一〕熙宁五年（1072）陈州任上作。汤村：杭州仁和县所属四镇之一，见《元和郡县志》卷五。时苏轼通判杭州，卢秉提举盐事开运河，苏轼被派往仁和汤村督役，以为"其河只为般盐，既非农事，而役农民，秋田未了，有妨农事"（《乌台诗案》），故作《汤村开运盐河，雨中督役》诗以讥之。此为苏辙和诗，前四句感叹兴事易而成事难；中八句讥变法派好大喜功，不恤人言；最后八句写雨中开河，鞭箠相加，对民间疾苦寄予了深切同情。苏辙并不反对兴修水利，但他主张要"因民之佚而用国之富以兴水利"，反对"因民之劳而用国之贫以兴水利"（《制置三司条例司论事状》）。

〔二〕上：通尚，崇尚。《管子·立政》："上完利。"

〔三〕雕钻：雕刻穿钻，苏轼《甘露寺》亦有"挟策事雕钻"语。

〔四〕疏凿非一端：《宋史·王安石传》："自是四方争言农田水利，古陂废堰，悉务兴复……由是赋敛愈重而天下骚然矣。"

〔五〕"讥诃西门豹"二句：谓变法派连以治水闻名的西门豹也看不起，认为他还算不得仁智。《史记·滑稽列传》："魏文侯时，西门豹为邺令……发民凿十二渠，引河水灌民田，田皆溉……至今皆得水利，民人以给富足。"

〔六〕"方以勇自许"二句：《宋史·王安石传》："开封民避保甲，有截指断腕者。"神宗以问安石，安石曰："今士大夫睹新政，尚或纷然惊异。况于二十万户百姓，固有蠢愚为人所感动者。岂应为此，遂不敢一有所为耶！"

〔七〕邑中黔：指子罕，《左传·襄公十七年》："平公筑台，妨于农功。子罕请俟农工之毕，公弗许。筑者讴曰：'泽门之皙，实兴我狱；邑中之黔，实慰我心。'"注谓"子罕黑色而居邑中"，故称邑中黔。其事与苏轼反对开运盐河相似，故以邑中黔喻苏轼。

〔八〕王事：为君王服务的事，即公事。此指开河事。

〔九〕后土：与皇天相对，指大地。《楚辞·九辩》："皇天淫溢而秋霖兮，后土何时而得干？"

自陈适齐戏题〔一〕

苏 辙

庠斋三岁最无功〔二〕，羞愧宣王禄万钟〔三〕。

犹欲谈经谁复信？相招执篲便须从〔四〕。

陈风清净眠真足，齐俗强梁懒不容〔五〕。

久尔安闲长自怪，此行磨折信天工〔六〕。

（卷五）

注

〔一〕熙宁六年（1073）苏辙自陈州教授改任齐州（今山东济南）掌书记，此诗即初到齐州时作。学官是闲职，不管地方政务，而掌书记则要"裨赞郡政，总理诸案文移，斟酌可否，以白于其长而罢行之"（《宋史·职官志七》）。故此诗以陈州安闲同齐州忙碌对比，是一首自嘲诗。

〔二〕庠斋：即学斋。苏辙自熙宁三年（1070）追封任陈州教授至此时离任，已三年有余。

〔三〕宣王：文宣王，唐开元二十七年（739）追封孔子的谥号。

〔四〕执籥：《诗·邶风·简兮》："有力如虎，执辔如组。左手执籥，右手秉翟。"孔颖达疏："言硕人既有武力，比如虎可以能御乱矣；又有文德，能治民如御马之执辔；使之有文章，如织组矣……硕人即有御众御乱之德，又有多才多艺之伎，能左手执管籥，右手秉翟羽。"此以"执籥"喻"裨赞郡政"的掌书记职务。

〔五〕"陈风清净眠真足"二句：苏辙《寄孙朴》："忆昔补官太皞墟（在陈州），泮宫萧条人事疏。日高鼾睡声嘘嘘，往还废绝门无车。君为户曹畏简书，放怀疏懒亦似余。相逢语笑夜踌躇，烹煮梨栗羞肴蔬。官居一去真蘧庐（旅舍），东来失计悔厥初。夜闻桴鼓惊阊阖，事如牛毛费耘锄。"又《送排保甲陈佑辅》："我生本西南，为学慕齐鲁。从事东诸侯，结绶济南府。谁言到官舍，旱气裂后土。饥馑费困仓，剽夺惊桴鼓。缅焉礼义邦，忧作流亡聚。"皆可作这两句的注脚。

〔六〕信天工：确实是老天爷决定的。天工，自然造成的。

送青州签判俞退翁致仕还湖州〔一〕

苏　辙

不作清时言事官〔二〕，海邦那复久盘桓〔三〕。

早依莲社尘缘少〔四〕，新就草堂归计安。

富贵暂时朝露过〔五〕，江山故国水精寒〔六〕。

宦游从此知多事，收取《楞伽》静处看〔七〕。

（卷五）

注

〔一〕青州：治所在今山东益都。签判：官名，签书判官厅公事之简称，掌裨赞郡政，总理诸案文移。俞退翁：名汝尚，字仁廓，号退翁，湖州乌程人，擢进士第，曾知导江县，签书剑南西川判官，赵抃知青州，为其签判。方回说："吴兴俞汝尚以御史召，力辞不允，竟归。子由为齐州记室，作此送之。"（《瀛奎律髓汇评》卷二十四）此诗前二句点题，写俞汝尚"致仕还湖州"；后六句申说致仕原因，从"宦游从此知多事"可知，也与不满新法有关。

〔二〕不作清时言事官：《宋史·俞汝尚传》："王安石当国，患一时故老不同己，或言汝尚清望，可置之御史，使以次弹击，驿召诣京师，既知所以荐用意，力辞，章再上得免。"

〔三〕海邦：指青州。盘桓：徘徊、逗留。

〔四〕莲社：即白莲社，东晋僧恚慧远等十八人结社于庐山东林寺，同修净土之法，中有白莲池，故名。见陈舜俞《庐山记》卷二。此句赞俞汝尚自来"淡于势利"（《宋史》本传）。

〔五〕富贵暂时朝露过：谓富贵有如朝露，只能暂时保持。《汉书·苏武传》："人生如朝露。"

〔六〕江山故国水精寒：谓湖州匹面皆水，极其清凉。水精，亦作"水晶"，唐杨汉公《九月十五日夜绝句》："江南地暖少严风，九月炎凉正得中。溪上玉楼楼上月，清光合在水晶宫。"湖州人赵孟頫即自号水晶宫道人，方回认为："第五句来虚说，策六句乃实事，自然高妙。"纪昀亦云："六句自好。"（《瀛奎律髓汇评》卷二十四）

〔七〕《楞伽》：佛经名，《楞伽阿跋多罗宝经》的简称。

岳 下^[一]

苏 辙

东来亦何求？聊欲观海岱^[二]。

海西尚千里^[三]，将行勇还退。

岱阴即齐疆^[四]，南往曾历块^[五]。

春深草木长，山暖冰雪溃。

中巷无居人，南亩释耕耒^[六]。

车徒八方至，尘坌百里内^[七]。

牛马汗淋漓，绮纨声绰缭^[八]。

喧阗六师合^[九]，汹涌众流汇。

无复问谁何，但自舍耽爱。

龙鸾画车服，贝玉饰冠佩^[一〇]。

骅骝蹴腾骞^[一一]，幡旆尺晻暧^[一二]。

腥膻及鱼鳖，琐细或蒲菜。

游堕愧无赀^[一三]，技巧穷殊态。

纵观腭未已，精意殚一酹^[一四]。

出门青山屯，绕廓遗迹昧。

登封尚坛墠^[一五]，古观写旗队^[一六]。

戈予认毫末，舒卷分向背。

雍容太平业，磊落丰碑在。

往事半蓬蒿，遗甿但悲慨。

回瞻最高峰，远谢徂徕对^[一七]。

欲将有限力，一放目所迨^[一八]。

天门四十里^[一九]，预恐双足废。

三宿遂徘徊，归来欲谁怼^[二〇]？

前乎道辗辕〔二一〕，直上蒿岭背。

中伏强饮食，莫宿时盥颒〔二二〕。

稍知天宇宽，不觉人寰秒。

岁时未云久，筋骸老难再。

山林无不容，疲薾坐自碍〔二三〕。

自知俗缘深，毕老宁阛阓〔二四〕。

何当御清风〔二五〕，不用车马载。

（卷五）

注

〔一〕熙宁八年（1075）齐州任上游泰山作。苏辙由于公务繁忙，很少出游，连离齐州很近的东岳泰山也是在到任一年多以后才得登览。他在《次韵韩宗弼太祝送游太山》中说："羡君官局最优游，笑我区区学问囚。今日登临成独往，终年勤苦粗相酬。"这次泰山之作《游太山四首》，这是其中最后一首。前六句说东来齐州做官是为"观海岱"，海太远，只能游泰山。"春深草木长"至"精意殚一酹"，写春末夏初很多游人来泰山献斋，从中可看出宋代泰山之游的盛况。"出门青山屯"至"归来欲谁愬"，写泰山山峦起伏，名胜古迹甚多。"前年道辗辕"以下是回忆熙宁五年游嵩山感叹时隔不久，筋力已衰，不能登上泰山最高峰了。

〔二〕海岱：海指东海，岱指泰山。《书·禹贡》："海岱惟青州。"注："东北据海，西南距岱。"

〔三〕海西尚千里：谓齐州在东海之西，离海尚远。

〔四〕岱阴即齐疆：谓泰山之北即齐州边境，距离很近。阴，山北为阴，水北为阳。

〔五〕历块：王褒《圣主得贤臣颂》："过都越国，蹙如历块。"颜师古注："如经历一块（一小块土地），言其速疾之甚。"

〔六〕"中巷无居人"二句：谓城市、乡村的人都游泰山去了。中巷，即巷中。南亩，农田，《诗·小雅·大田》："俶载南亩。"

〔七〕坌（bèn）：分坌亦尘。

〔八〕綷縩：衣服摩擦声，潘岳《籍田赋》："绡纨綷縩。"

〔九〕喧阗：哄闹声，王维《同比部员外十五夜游》："香车宝马共喧阗。"六师：即六军，军队的统称。《诗·大雅·常武》："整我六师，以修我戎。"

〔一〇〕"龙鸾画车服"二句：谓车服上画有龙鸾，冠佩上饰有贝玉。

〔一一〕骅骝：《荀子·性恶》："骅骝……古之良马也。"腾骞：飞腾。

〔一二〕幡斾：旗上状如燕尾的垂旒。晻暧：昏暗。

〔一三〕游堕：指游堕之人。赍（jī）：旅行人所带的衣食等物。

〔一四〕精意：精诚之意。殚：尽。酹：洒酒于地以表祭奠。

〔一五〕登封：登山封禅，《史记·封禅书》："遂登封太山。"尚：崇尚。坛墠：祭祀场所，土筑的高台叫坛，坛周的短墙叫墠。《周礼·天官·掌官舍》："为坛墠宫。"注："平地筑坛，又委墠土起墙垾以为宫。"

〔一六〕古观写旗队：谓宫观里画有壁画。以下两句即赞画面的清晰生动。

〔一七〕徂徕：徂徕山，在泰安东南，与泰山遥遥相对。

〔一八〕迨：及。

〔一九〕天门：指泰山南天门，上即泰山绝顶。

〔二〇〕"三宿遂徘徊"二句：谓未能登上绝顶。怼，怨恨。苏轼《和子由韩太祝送游太山》亦云："恨君未上东封顶，夜看金轮出九幽。"

〔二一〕轘辕：山名，在河南偃师东南，因山路有十二曲，盘旋往复而得名，为自洛阳登嵩山必经之地。下句嵩岭即指嵩山。

〔二二〕盥颒（huì）：盥洗。盥，洗手，颒，洗脸。

〔二三〕疲薾薾：困极貌。谢灵运《过始宁墅》："疲薾惭贞坚。"

〔二四〕阛阓：王念孙《广雅·释宫》注："阛为市垣，阓为市门，而市道即在垣与门之内。故亦得阛阓之名。"

〔二五〕御清风：《庄子·逍遥游》："列子御风而行，泠然善也。"

东方书生行〔一〕

苏 辙

东方书生多愚鲁，闭门诵书口生土。

窗中白首抱遗编，自信此书传父祖。

辟雍新说从上公〔二〕，册除仆射酬元功〔三〕。

太常子弟不知数，日夜吟讽如寒虫。

凹方窥觊不能得，一卷百金犹复惜。

康成颖达弃尘灰〔四〕，老聃瞿昙更出入〔五〕。

曰书句句传先师，中途欲弃还自疑。

东邻小儿识机会，半年外舍无不知〔六〕。

乘轻策肥正年少〔七〕。齿疏唇腐真堪笑。

是非得失付它年，眼前且买先腾踔〔八〕。

（卷五）

注

〔一〕熙宁八年（1075）齐州作。这年六月王安石上《三经新义》，神宗对王安石说："今谈经者言人人殊，何以一道德？卿所撰《经义》，其以颁行，使学者归一。"遂颁于学宫，并加王安石尚书左仆射兼门下侍郎（《续资治通鉴》卷七十一）。苏辙对此进行了辛辣的讽刺。前四句以嘲作颂，看似嘲笑东方书生抱着遗编不放，实际正是歌颂他们不肯趋时；"辟雍"八句直刺王安石，说他抛弃了郑康成、孔颖达对儒家经典的解释，以佛老之说释儒家典籍，并因此"册除仆射"；最后八句以"东邻小儿"同"东方书生"作对比，生动描写了那些只顾眼前飞黄腾达的锐进之士的丑恶嘴脸。苏辙讥时之作远比苏轼少，这可算其中最尖锐的一篇。

〔二〕辟雍：即太学，《礼记·王制》："太学在郊，天子曰辟雍，诸侯曰泮宫。"上公：指王安石。此句谓太学都以王安石的《三经新义》为标准。

〔三〕删除仆射酬元功：《续资治通鉴》卷七十一：熙宁八年六月"己酉，王安石进所撰《诗》《书》《周礼义》……遂颁于学官，号曰《三经新义》。（辛亥）加王安石尚书左仆射兼门下侍郎"。

〔四〕康成：郑玄（127—200），字康成，东汉高密人，经学大师，遍注五经，世称郑学，事见《后汉书》本传。颖达：孔颖达（574—648），字冲远，冀州衡水（今属河北）人，唐代经学大师，著有《五经正义》，新、旧《唐书》皆有传。

〔五〕老聃：老子，道家创始人。瞿昙：释迦牟尼，佛教创始人。《续资治通鉴》卷七十一："安石《新义》行，士子以经试于有司，必宗其说。少异，辄不中程。晚岁又为《字说》二十四卷，多穿凿附会，其流入于佛老，天下争传习之，而先儒之传注悉废。"

〔六〕外舍：神宗熙宁四年太学生员分为外舍、内舍、上舍三等，《宋史·选举志三》："生员厘为三等：始入学为外舍，初不限员，后定额七百人；外舍升内舍，员二百；内舍升上舍，员百。"仅在始入学的外舍半年就"无不知"，讥其轻佻躁进。

〔七〕乘轻策肥：《汉书·食货志》："千里游遨，冠盖相望，乘坚策肥，履丝曳缟。"谓乘坚车，策肥马，此改坚为轻，即指"履丝曳缟"，皆状生活奢侈的纨绔子弟。

〔八〕腾踔：腾空跳跃，此即飞黄腾达之意。

和文与可洋州园亭三十韵（选四）〔一〕

苏　辙

望云楼〔二〕

云生如涌泉，云散如翻水。
百变一凭栏，悠悠定谁使？

溪光亭

溪亭新雨余，秋色明混漾。
鸟渡夕阳中，鱼行白石上。

菡萏轩〔三〕

开花浊水中，抱性一何洁！
朱槛月明时，清香为谁发？

筼筜谷〔四〕

谁言使君贫，已用谷量竹。
盈谷万万竿，何曾一竿曲？

（卷六）

注 ——————————————————————————————

〔一〕熙宁九州（1076）齐州作。文同于熙宁八年知洋州（治所在今陕西洋县），作《洋州园亭》诗，苏辙兄弟皆有和诗，轼诗石刻后署"熙宁九年三月四日东武西斋"，辙诗亦作于同时。这些诗或以写景胜，或以议论胜，但一般都清新雅淡，多弦外之音，言外之意，耐人寻味。

〔二〕望云楼：《名胜志》："洋州郡圃内有望云楼，极高峻。唐德宗游幸，题字于梁上，及还京，凿取以归。"

〔三〕菡萏：即荷花。《诗·陈风·泽陂》："彼泽之陂，有蒲菡萏。"李璟《浣溪沙》："菡萏香销翠叶残。"

〔四〕筼筜谷：见苏轼《文与可画〈筼筜谷偃竹〉记》注〔一〕。

逍遥堂会宿二首 并引〔一〕
苏 辙

辙幼从子瞻读书．未尝一日相舍。既壮，将游宦四方，读韦苏州诗至"宁知风雨夜，复此对床眠"〔二〕，恻然感之。乃相约早退，为闲居之乐。故子瞻始为凤翔幕府，留诗为别曰："夜雨何时听萧瑟？"其后子瞻通守余杭，复移守胶西，而辙滞留于淮阳、济南，不见者七年〔三〕。熙宁十年二月始复会于澶濮之间〔四〕，相从来徐，留百余日，时宿于逍遥堂。追感前约，为二小诗记之。

逍遥堂后千寻木，长送中宵风雨声。

误喜对床寻旧约〔五〕，不知漂泊在彭城〔六〕。

秋来东阁凉如水，客去山公醉似泥〔七〕。

困卧北窗呼不起，风吹松竹雨凄凄。

（卷七）

注

〔一〕逍遥堂：在徐州。会宿：在一起住宿。熙宁十年（1077）四月苏辙送苏轼赴徐州任，八月十六日赴南京签判任，这两首诗作于七月。第一首是触景伤情，写逍遥堂的萧萧风雨引起他对旧约的追感；第二首是想象自己离开徐州之后苏轼的孤独苦闷，全诗表现了深厚的兄弟情谊。

〔二〕韦苏州：指唐代诗人韦应物（737—786），京兆长安（今属陕西）人，曾为滁州、江州、苏州刺史，故称韦江州或韦苏州。其诗以写田园风物著称，有《韦苏州集》。所引诗见《示全真元常》："余辞郡符去，尔为外事牵。宁知风雨夜，复此对床眠。始话南池饮，更咏西楼篇。无将一会易，岁月坐推迁。"

〔三〕七年：自熙宁四年（1071）颍州与苏轼相别至熙宁十年（1077）会于澶濮之间，正好七年。

〔四〕澶濮：澶，澶州，今河南濮阳；濮，濮州，今山东鄄州北。

〔五〕寻旧约：苏辙兄弟"相约早退，为闲居之乐"是在嘉祐六年（1061）应制科试寓居怀远驿的一个风雨之夜，故眼前逍遥堂的风雨引起他对往事的回忆。苏轼《感旧诗》叙说："嘉祐中予与子由同举制策，寓居怀远驿，时年二十六，而子由二十三耳。一日秋风起，雨作，中夜翛然（急速貌），始有感慨离合之意。自尔宦游四方，不相见者十常八七。每夏秋之交，风雨作，木落草衰，辄凄然有此感。"逍遥堂的"追感"只不过是其中一次而已。

〔六〕彭城：即徐州。

〔七〕山公：即山简（253—312），字季伦，晋河内怀县（今河南武陟西）人，官至尚书左仆射。镇襄阳山，四方寇乱，山简惟酒是耽，优游卒岁。常游习氏池，置酒辄醉。这里苏辙以客自指，以山公喻苏轼，谓自己去后，苏轼只有以酒浇愁。

初发彭城有感寄子瞻〔一〕

苏　辙

秋晴卷流潦，古汴日向干〔二〕。

扁舟久不解，畏此行路难。

此行亦不远，世故方如山〔三〕。

我持一寸刃，巉绝何由刊〔四〕？

念昔各年少，松筠閟南轩〔五〕。

闭门书史丛，开口治乱根。

文章风云起，胸胆渤澥宽〔六〕。

不知身安危，俯仰道所存。

横渡一倾溃，万类争崩奔。

孔融汉儒者，本身轻曹瞒〔七〕。

誓将贫贱身，一悟世俗昏。

岂意十年内，日夜增涛澜。

生民竟颠顇，游宦岂复安！

水深火益热，人知蹈忧患。

甄丰且自叛〔八〕，刘歆苟盘桓〔九〕。

而况我与兄，饱食顾依然。

上愿天地仁，止此祸乱源。

岁月一徂逝，尚能返丘园。

（卷七）

注

〔一〕熙宁十年（1077）由徐州赴南京（今河南商丘南）签判任时作。苏轼《与刘贡甫书》："子由已赴南都，（八月）十六日行矣。"辙诗即作于此时。前八句写初发彭城（即徐州），表面说河干山峻，行路艰难，实际上暗寓对时局的担忧；"念昔"十四句回忆少年时代他们兄弟的雄心壮志；"岂意"十句忆入仕以来壮志不酬；最后四句提出了自己的希望：停止变法，早返故乡。全诗表现了他对王安石变法的不满，抒发了仕途失意的苦闷。

〔二〕古汴：古汴渠，由徐州赴南京需逆水而上。

〔三〕世故：世间事物，嵇康《与山巨源绝交书》："机物缠其心，世故繁其虑。"如山指如山之艰险，即下文的"巉绝。"

〔四〕巉绝：山势高峻刻削。刊：砍削。

〔五〕筠：竹的青皮，此代指竹。阖：掩闭。南轩：即来风轩，在眉山故居纱縠行。苏轼《梦南轩记》："将朝，尚早，假寐，梦归縠行宅，遍历蔬园中。已而坐于南轩。……既觉，惘然怀思久之。南轩，先君名之曰'来风'者也。"

〔六〕胸胆渤澥宽：心胸宽阔如海。渤澥，即渤海。司马相如《子虚赋》："浮渤澥，游孟诸。"

〔七〕"孔融汉儒者"二句：《后汉书·孔融传》"孔融字文举，鲁国人，孔子二十世孙也。……时年饥兵兴，（曹）操表制禁酒，融频书争之，多侮慢之词。"曹瞒即曹操。

〔八〕甄丰：汉人，依附王莽。汉平帝初以定策功拜少傅。及莽称帝，按金匮拜更始将军、广新公。后其子以作符命诛，丰亦自杀。事见《汉书·王莽传》。

〔九〕刘歆：字子骏，刘向之子。提倡古文经学，遭今文博士反对。王莽篡汉，立古文博士，以歆为国师。后谋诛王莽，事泄被杀。事见《汉书·刘歆传》及《王莽传》。盘桓：谓刘歆动摇于刘氏宗室及王莽之间。以上两句谓在变法期间，很多人或自叛，或动摇。故下二句谓他们兄弟却"依然"未变。

谢张安道惠马〔一〕

苏　辙

从事年来鬓似蓬〔二〕，破车倦仆众人中。
作诗仅比穷张籍，得马还从老晋公〔三〕。
夜起趋朝非所事〔四〕，晓骑行乐定谁同？
惯乘款段游田里〔五〕，怯听骎骎两耳风〔六〕。

（卷八）

注 ————————————————————————————

〔一〕元丰元年（1078）签判南京时作。张安道即张方平，时知应天府，请老，初以东太一宫使致仕。此诗首联写自己任南京签书判官，颔联谢张惠马，后两联谓好马于自己无用，抒发了郁郁不得志之情。

〔二〕从事：苏辙自指。汉以斥三公及地方长官所辟僚属多称从事，此指签书判官。

〔三〕"作诗仅比穷张籍"二句：苏辙自注："《张水部集》有《谢裴晋公惠马》诗。"张籍：《旧唐书·张籍传》："张籍者，贞元中登进士第。性诡激，能为古体诗，有警策之句，传于时。调补太常寺太祝，转国子助教、秘书郎。以诗名当代，公卿裴度、令狐楚，才名如白居易、元稹，皆与之游，而韩愈尤重之。累授国子博士、水部员外郎，转水部郎中，卒，世谓之张水部云。"晋公指晋国公裴度。裴度字中立，贞元初进士及第。宪宗时，淮蔡不奉朝命，裴度以门下侍郎平章事讨平之，以功封晋国公。事见新旧《唐书》本传。这里，苏辙自比张籍，以裴度比张方平。

〔四〕趋朝：上朝，《旧唐书·韦处厚传》："盛服趋朝，朱紫填拥。"

〔五〕款段：马缓行貌，此作名词，指劣马。

〔六〕骎骎：马急行貌，此指骏马。

次韵张恕春暮〔一〕

苏 辙

只言城市无佳处，亦有南湖几度游。

好雨晴时三月尽，啼莺到后百花休。

老猿好饮尝连臂〔二〕，野马依人自络头〔三〕。

不肯低回沱上醉〔四〕，试看生灭水中沤〔五〕。

（卷八）

注

〔一〕元丰元年（1078）南京签判任上作。张恕：字忠甫，一字厚之，应天府宋城（今河南商丘）人，张方平季子。苏轼《张厚之忠甫字说》："张厚之忠甫，乐全（张方平）先生子也。美才而好学，言道而笃志。先生名之曰恕，而其客苏轼子瞻和仲推先生之意，字之曰厚之。"此诗八句皆对，首联点游南湖，后三联皆写暮春景色。纪昀以为"三、四

（句）意深，后半太尽。"（《瀛奎律髓汇评》卷十）

〔二〕老猿好饮常连臂：梁宣帝《游七山寺赋》："猿连臂而下饮，鸟比翼而群飞。"

〔三〕野马：《尔雅注疏》卷十一注："如马而小，出塞外。"杜甫《骢马行》："青丝络头为君老。"

〔四〕低回：流连、徘徊。

〔五〕沤：水泡。韩琦《观鱼轩》："静潜波下起圆沤。"

春日耕者〔一〕

苏　辙

阳气先从土脉知〔二〕，老农夜起饲牛饥。

雨深一尺春耕利，日出三竿晓饷迟〔三〕。

妇子同来相妩媚〔四〕，乌鸢飞下巧追随〔五〕。

纷纭政令曾何补〔六〕，要取终年风雨时。

（卷九）

注

〔一〕元丰二年（1079）签判南京时作。此诗写大地回春，风调雨顺，农村一片喜悦景象，确实写出了"耕夫人情物态"（方回语，《瀛奎律髓汇评》卷十）。

〔二〕阳气：万物蓬勃生长之气。《史记·天官书》："岁始或冬至日，产气始萌，发阳气。"

〔三〕"雨深一尺春耕利"二句：谓春雨充足，农民忙于春耕，连吃饭都顾不上。方回认为："利字迟字尤妙。"查慎行说："利字峭，迟字亦老。惟上六字能醒之，故佳。"（《瀛奎律髓汇评》卷十）

〔四〕妇子同来相妩媚：谓妇女、小孩亦参加春耕。纪昀："五句从'思媚其妇'化来。"（《瀛奎律髓汇评》卷十）"思媚其妇"，语出《诗·周颂·载芟》："有嗿（众貌）其馌（馈饟），思媚其妇，有依（爱）其士（子）。"郑笺："妇子来馈饟，共农人于田野，乃逆而

232

媚爱之，言劝其事劳不自苦。"

〔五〕乌鸢飞下巧追随：纪昀："六句用储光羲意。"（《田家即事》）储光羲《田家即事》："田乌随我飞。"

〔六〕纷纭政令：指王安石变法。时正推行青苗法、农田水利法、方田均税法等，并派遣劝农使者。苏辙认为这都无益于农事。他的《次韵子瞻山村五绝》亦云："塍间白水细无声，日暖泥融草不生。似恐田家忘帝力，多差使者出催耕。"

和子瞻自徐移湖，将过宋都，途中见寄五首（选二）〔一〕
苏 辙

千金筑黄楼，落成费百金。

谁言史君侈，聊慰楚人心〔二〕。

高秋吐明月，白壁悬青岑。

晃荡河汉高，恍恨窗户深〔三〕。

邀我三日饮，不去如笼禽〔四〕。

史君今吴越〔五〕，虽往将谁寻？

梁园久芜没，何以奉君游？

故城已耕稼，台观皆荒丘。

池塘尘没没，雁鹜空迟留。

俗衰宾客尽，不见枚与邹〔六〕。

轻身舍我南，吴越多清流。

（卷九）

注 ——————

〔一〕元丰二年（1079）签判南京时作。这年二月苏轼罢徐州任，改知湖州，往南京见苏辙，途中寄诗。所选为苏辙和作第三、第五首。前首感慨自己未能往徐州一睹苏轼所建黄楼，后首感叹商丘梁园久已芜没，没有什么可供苏轼游览。

〔二〕"千金筑黄楼"四句：苏辙《黄楼赋·叙》："水既去而民益亲，于是即城之东门为大楼焉，垩以黄土，曰'土实胜水'。徐人相劝成之。"苏轼《书子由黄楼赋后》："元丰元年八月癸丑楼成，九日庚辰大合乐以落之。"

〔三〕"高秋吐明月"四句：写月夜登楼所见。苏辙《黄楼赋》："送夕阳之西尽，导明月之东出。金钲涌于青嶂，阴氛为之辟易。"金钲、白璧皆喻月。河汉，银河。恍悢，恍忽惆怅。

〔四〕"邀我三日饮"二句：苏辙《黄楼赋·叙》："辙方从事于宋，将登黄楼览观山川，吊水之遗迹。"可见苏辙初拟参加黄楼落成庆典。又《送王巩之徐州》："黄楼适已就，白酒亦已熟。……恨我闭笼樊，无由托君毂。"

〔五〕史君：即使君，对地方长官的尊称，此指苏轼。

〔六〕"梁园久芜没"八句：梁园，故址在今河南商丘东，梁孝王所建。梁孝王好宾客，当时著名辞赋家枚乘、邹衍均被延居园中。李白《梁园吟》："梁王宫阙今安在？枚马先归不相待。舞影歌声散绿池，空余汴水东流海。"

次韵子瞻赠张憨子〔一〕

苏 辙

得罪南来正坐言，道人闭口意深全。

天游本自有真乐，羿彀谁知定不贤〔二〕？

枸火暾暾初吐日，飞流衮衮旋成川〔三〕。

此心此去如灰冷，肯更逢人问复然〔四〕？

（卷九）

注 ————

〔一〕元丰三年（1080）赴筠州（今江西高安）途中作。苏轼《张先生并叙》："先生，

234

不知其名，黄州故县人。本姓卢，为张氏所养。阳狂垢污，寒暑不能侵。常独行市中，夜或不知其所止。往来者欲见之，多不能致。余试使人召之，欣然而来。既至，立而不言。与之言，不应。使之坐，不可。但俯仰熟视传舍堂中，久之而去。"苏辙此诗即为解张憨子之"不言"而作。

〔二〕"天游本自有真乐"二句：谓心游物外才有真正的快乐，追求某种目的肯定是不好的。天游，心游天外，超然物外。《庄子·外物》："心有天游，室无空虚，则妇姑勃溪（争斗）。心无天游，则六凿（六情）相攘。"羿彀：《庄子·德充符》："游于羿之彀中。"郭庆藩《庄子集释》卷二下："羿，古之善射者。弓矢所及为彀中。夫利害相攻，则天下皆羿也。自不遗身忘知，与物同波者，皆游于羿之彀中耳。"

〔三〕"构火暾暾初吐日"二句：喻事物转瞬万变，黑夜变成了白日，飞流变成了大河。暾暾，明亮温暖貌。衮衮，同滚滚，水流连续不断。

〔四〕肯更逢人问复然：谓不肯再追究"得罪"原因，即苏轼"此灾何必深追咎"（《蒙恩责授黄州团练副使二首》）意。

次韵王适细鱼〔一〕

苏 辙

群鱼一何微，仅比毛发大。
嬉游极草草〔二〕，须鬣自个个〔三〕。
造物赋群形，偶然如一唾。
吞舟虽云巨〔四〕，其乐不相过。
若言无性灵〔五〕，还知避船柁。

（卷九）

注 ——————————————————————————————————

〔一〕元丰三年（1080）赴筠州贬所途中作。王适字子立，赵州临城（今属河北）人，从苏轼学，后为苏辙之婿。诗谓细鱼嬉游水中，其乐，不亚于吞舟大鱼，须鬣分明，"知避船柂"。言外之意是细鱼尚知避祸，而自己却不知避网罟。

〔二〕草草：迅速、随便的样子。

〔三〕个个：分明貌。

〔四〕吞舟：指吞舟大鱼。《庄子·庚桑楚》："吞舟之鱼砀而失水，则蚁能苦之。"

〔五〕性灵：此指聪明才智。

次韵毛君见督和诗〔一〕

苏　辙

新诗落纸一城传，顾我疏芜岂足编，

他日杜陵诗集里，韦迢略见两三篇〔二〕。

（卷十）

注

〔一〕元丰三年（1080）贬官筠州时作。毛君：毛维瞻，字国镇，衢州江山（今属浙江）人。天圣二年（1024）进士，与赵抃相友善。元丰三年三月知筠州，与苏辙颇多唱和，往往"夜吟清句晓相投"（《次韵毛君见赠》），"时见诗简去又来"（《次韵毛君山房即事十首》）。苏辙和诗稍晚，毛即督促，这首诗就是明证。

〔二〕"他日杜陵诗集里"二句：杜陵指杜甫。韦迢，京兆人，为都官郎，岭南节度行军司马。杜甫晚年流落湖湘，与之游。今存诗两首，见仇兆鳌《杜诗详注》卷二十二：《潭州留别杜员外院长》《早发湘潭寄杜员外院长》。这里以杜甫比毛维瞻，以韦迢自喻。但历史的发展却恰恰相反，毛诗流传甚少（《宋诗纪事》卷十五录其《筠州山房》一首，实际还是误录苏辙《再和十首》之九），所谓"新诗落纸一城传"的盛况，我们倒是从苏辙诗中得知的。

雨中宿酒务[一]

苏 辙

微官终日守糟缸，风雨凄凉夜渡江[二]。

早岁谬知儒术贵，安眠近喜壮心降。

夜深唧唧醅鸣瓮[三]，睡起萧萧叶打窗。

阮籍作官都为酒[四]，不须分别恨南邦。

（卷十）

注

〔一〕元丰三年（1080）贬官筠州时作。宋代官办的贸易机构和场所叫务。时苏辙谪监筠州盐酒税，酒务繁忙，写下了很多牢骚满腹，感慨甚深的诗篇，这是其中的一首。

〔二〕"微官终日守糟缸"二句：苏辙《东轩记》："盐酒税旧以三吏共事，余至，其二人者适皆罢去，事委于一。昼则坐市区鬻盐、沽酒、税猪鱼，与市人争寻尺以自效；暮归筋力疲废，辄昏然就睡，不知夜之既旦。"又《余居高安三年，每晨入暮出，辄过圣寿访聪长老，谒方子明，浴头笑语，移刻而归。岁月既久，作一诗记之》："朝来卖酒江南市，日暮归为江北人。禅老未嫌参请数，渔舟空怪往来频。"

〔三〕醅：未滤的酒。杜甫《客至》："樽酒家贫只旧醅。"

〔四〕阮籍：见苏轼《放鹤亭记》注〔一七〕。最后两句大意是阮籍为酒而求作步兵校尉，自己现在能终日守着糟缸，又何必区分南北，为贬官南国而生怨恨呢？

茶花二首〔一〕

苏 辙

黄蘖春芽大麦粗〔二〕，倾山倒谷采无余。

只疑残柿阳和尽〔三〕，尚有幽花霰雪初。

耿耿清香崖菊淡，依依秀色岭梅如〔四〕。

经冬结子犹堪种，一亩荒园试为钼。

细嚼花须味亦长，新芽一粟叶间藏。

稍经腊雪侵肌瘦，旋得春雷发地狂。

开落空山谁比数，烝烹来岁最先尝。

枝枯叶硬天真在〔五〕，踏遍牛羊未改香。

（卷十）

注

〔一〕元丰三、四年（1080、1081）冬春之交作。前一首写出了茶树顽强的生命力，尽管被"采无余"，似乎阳气已尽，但仍能开花结子。后一首写出了茶树由"新芽一粟"到蓬勃生长的全过程，无论腊雪摧残还是牛羊践踏，它都不改其香。这两首吟物诗分明是苏辙的自我写照。

〔二〕黄蘖：山名，亦名小庐山，在筠西境。苏辙有《雪中洞山、黄蘖二禅师相访》《次韵姜应明黄蘖山中见寄》诗。

〔三〕柿：树木的根株。阳和：和暖的阳气。《史记·秦始皇本纪》："时在中春，阳和方起。"此句谓只怕茶叶采尽，残根再没有生气力。

〔四〕岭梅如：像岭上梅花一样。如，助词，用同"然"字。《论语·述而》："子之燕居，申申如也，夭夭如也。"

〔五〕天真：天然本色。

· 诗 选 ·

牛 尾 狸 〔一〕

苏 辙

首如狸，尾如牛，攀条捷崄如猱猴。

橘柚为浆栗为�浆，筋肉不足惟膏油。

深居简出善自谋，寻踪发窟并执囚。

蓄租分散身为羞〔二〕，松薪瓦甑烝浮浮。

压入糟盎肥欲流，熊肪羊胳真比俦〔三〕。

引箸将举讯何由，无功窃食人所仇。

（卷十）

注

〔一〕元丰三年（108）贬官筠州时作《筠州二咏》之一。《说文·豸》："狸，伏兽，似貙。"段玉裁注："谓善伏之兽，即俗所谓野猫。"以鸟类、果实为食，并常盗食家禽。这首诗的前五句写牛尾狸的外形和它的贪婪盗食；中六句写牛尾狸虽然狡诈，但仍被执、被蒸、被人所食；最后两句点明的全诗主旨，而"深居简出"的狡诈的"无功窃食"的贪婪正是对社会上某些人的绝妙写照。

〔二〕蓄租：蓄积。《诗·幽风·鸱鸮》："予所蓄租。"羞：美食。

〔三〕比俦：比拟、匹敌。

次韵王适梅花〔一〕

苏 辙

江梅似欲竞新年，照水窥林态愈妍。

239

霜重清香浑欲滴，月明素质自生烟。

未成细实酸犹薄，半落南枝意可怜。

谁写江西风物样，徐家旧有数枝传[二]。

（卷十一）

注 _____

〔一〕元丰四年（1081）贬官筠州时作。苏辙《王子立秀才文集引》："始予自南都谪居江南，凡六年而归，适未尝一日不从也。既与予同忧患，至于涵咏图史，驰骛浮图、《老子》之说，亦未尝不同之。故其闻道益深，为文益高，而予观之亦益久。"

〔二〕徐家：指五代宋初画家徐熙，世仕南唐，善写生，凡花木、林竹、蔬果、禽虫之类，皆极夺造化之妙。其孙徐崇矩、崇嗣、崇勋亦善画，有祖风。

官居即事[一]

苏 辙

官局纷纭簿领迷[二]，生缘琐细老农齐[三]。

偷安旋种十年木[四]，肉食还须五母鸡[五]。

对酒不尝怜酤榷[六]，钓鱼无术漫临溪。

此身已分长贫贱[七]，执爨缝裳愧老妻。

（卷十一）

注 _____

〔一〕元丰四年（1081）贬官筠州时作，反映了他当时官务繁忙，生活贫困，精神抑郁的状况。

240

〔二〕簿领：登记簿。刘桢《杂诗》："沈迷簿领书。"李善注："簿领，谓文簿而记录之。"

〔三〕生缘：生活的缘分。顾况《送少微上人还鹿门》："少微不向吴中隐，为个生缘到鹿门。"

〔四〕十年木：《管子·权修》："一年之计，莫如树谷；十年之计，莫如树木；终身之计，莫如树人。"

〔五〕肉食还须五母鸡：《孟子·尽心上》："五母鸡，二母彘，无失其时，老者足以无失肉也。"

〔六〕对酒不尝怜酤榷：谓自己卖酒却不尝酒，是因为同情那些受酤榷之害的人。酤榷，官府专卖酒类。

〔七〕分（fèn）：应分，料想。《汉书·李广苏建传》："自分已死久矣。"

次韵子瞻与安节夜坐三首（选一）〔一〕

苏 辙

少年高论苦峥嵘〔二〕，老学寒蝉不复声〔三〕。
目断家山空记路〔四〕，手披禅册渐忘情〔五〕。
功名久已知前错，婚嫁犹须毕此生〔六〕。
家世读书难便废，漫留案上铁灯檠〔七〕。

（卷十一）

注 ——————

〔一〕元丰四年（1081）贬官筠州时作。安节为苏辙伯父苏涣之孙、苏不疑（子明）之子。时安节赴举入京报罢，绕道黄州看望苏轼，苏轼作《侄安节远来夜坐三首》，此为苏辙和诗中的第二首。这首诗总结了他前半生的痛苦教训，提出了今后的处世方针，可说是对自己在贬官筠州期间的思想和生活的总结。

〔二〕少年高论苦峥嵘：这是苏辙一直沉沦下僚的原因。他应制科试因激烈批评时政而几乎榜上无名；熙宁初又因反对新法而退出了制置三司条例司，断送了自己的锦绣前程。

〔三〕老学寒蝉不复声：这是从"得罪南来正坐言"得出的必然结论。《后汉书·杜密传》："刘胜位为大夫而知善不荐，闻恶无言，隐情惜己，自同寒蝉。"

〔四〕目断家山空记路：极目远望家乡，只记得还乡之路而不能返乡。目断，极眼力所能眺望之处。宋之问《送赵六贞固》："目断南浦云。"

〔五〕披：分开、打开。禅册：佛书。忘情：忘记世情，指不为荣辱得失所动。

〔六〕婚嫁犹须毕此生：后悔出仕而又不辞官就是因未办完儿女婚嫁之事。《次韵孔平仲著作见寄四首》："治生非所长，儿女惊满屋。……因缘罝罪罟，未许即潜伏。"

〔七〕檠：灯架。

留滞高安四年有余，忽得信闻当除官真、扬间，偶成小诗，书于屋壁〔一〕

苏　辙

数间茅屋久蹉跎〔二〕，四见秋风入薜萝〔三〕。

北棹偶然追雁羽，南公谁复伴渔蓑〔四〕。

三年贾傅惊吾老，九岁刘郎愧尔多〔五〕。

此去仍家江海上，不妨一叶弄清波。

（卷十三）

注 ————————

〔一〕元丰七年（1084）贬官筠州时作。真：真州，今江苏仪征。扬：扬州，今属江苏。除官真、扬间事，后未果。此诗抒发了长期谪居筠州的抑郁心情，对除官真、扬间也并不太兴奋。

〔二〕蹉跎：指光阴虚度。《晋书·周处传》："欲自修而年已蹉跎。"

〔三〕四见秋风：苏辙于元丰三年六月到筠州，四见秋风当指元丰三、四、五、六年，此诗当作于元丰七年入秋前。薜萝：薜荔、女萝，《楚辞·九歌·山鬼》："被薜荔兮带女萝。"

〔四〕"北棹偶然追雁羽"二句：皆设想之词，谓自己除官真、扬间，将随雁北行；自己走后，有谁再陪伴南公呢？南公，战国末隐士。《史记·项羽本纪》："故楚南公曰：'楚虽三户，亡秦必楚。'"《集解》引文颖曰："南方老人也。"

〔五〕"三年贾傅惊吾老"二句：谓自己谪居筠州的时间比贾谊长，比刘禹锡短。贾傅指汉代贾谊，汉文帝欲以贾谊为公卿，为人所谗，乃以贾谊为长沙王太傅："贾生为长沙王太傅三年。"（《史记·屈原贾生列传》）刘郎指唐代刘禹锡，因附王叔文，"叔文败，坐贬连州刺史，在道，贬朗州司马。地居西南夷，土风僻陋，举目殊俗，无可与言者。禹锡在朗州十年，唯以文章吟咏，陶冶情性。"（《旧唐书·刘禹锡传》）此言九岁。乃实岁虚岁之别。

除夜泊彭蠡湖遇大风雪〔一〕
苏 辙

莫发鄡阳市〔二〕，晓捞彭蠡口〔三〕。
微风吹人衣，雾绕庐山首〔四〕。
舟人释篙笑，此是风伯候〔五〕。
杙舟未及深〔六〕，飞沙忽狂走。
暗空转车毂，渌水起冈阜。
众帆落高涨，断缆已不救。
我舟旧如山，此日亦何有？
老心畏波澜，归卧塞窗牖。
土囊一已发〔七〕，万窍无不奏〔八〕。
初疑兵山裂，复恐蛟螭斗〔九〕。
鼓钟相轰应〔一〇〕，戈甲互磨叩。
云霓黑旗展，林木万弩彀〔一一〕。
曳柴眩人心〔一二〕，振旅拥军后〔一三〕。
或为羁雌吟〔一四〕，或作仓庚吼〔一五〕。
众音杂呼吸，异出殊圈臼〔一六〕。

中霄变凝冽〔一七〕，飞霰集粉糅。

萧骚蓬响干，晃荡窗光透。

坚凝忽成积，澎湃殊未究。

纻缟铺前洲〔一八〕，琼瑰琢遥岫〔一九〕。

山川莽同色，高下齐一覆。

渊深窜鱼鳖，野旷绝鸣雊。

孤舟四邻断，余食数升糗〔二〇〕。

寒斋仅盈盎〔二一〕，腊肉不满豆〔二二〕。

弊裘拥衾眠，微火拾薪构。

可怜道路穷，坐使妻子诟〔二三〕。

幽奇虽云极，岑寂顷未觏〔二四〕。

一年行将除〔二五〕，兹岁真浪受〔二六〕。

朝来阴云剥，林表红日漏。

风棱恬已收〔二七〕，江练平不皱〔二八〕。

两桨舞夷犹〔二九〕，连峰吐奇秀。

同行贺安稳，所识问癯瘦。

惊余空自怜，梦觉定真否。

春阳著城邑，屋瓦冻初溜。

艰难当有偿，烂漫醉醇酎〔三〇〕。

（卷十三）

注 ————————————————————————————————

　　〔一〕元丰七年（1084）赴绩溪（今属安徽）令途中作。彭蠡湖即今江西鄱阳湖。这年九月苏辙被命移知歙州绩溪令，十二月离高安，除夕泊鄱阳湖口，作此诗。这首诗生动形象地描写了除夕大风雪。前六句写泊彭蠡，总写风雪征兆，"杕舟"二十四句写大风，"中霄"二十四句写大雪，"朝来"以下写风雪之后的晴朝景象，写出了这场风雪的全过程。苏轼诗长于比喻，尤长博喻，但苏辙诗像这样连珠炮般运用各种比喻形容风雪却不多见。

〔二〕莫：通"暮"。鄡阳：古县名，治所在今江西都昌东南鄱阳湖。

〔三〕彭蠡口：今江西鄱阳湖口。苏轼《石钟山记》："《水经》云：彭蠡之口，有石钟山焉。……元丰七年六丁丑，余自齐安舟行适临汝，而长子迈将赴饶之德兴尉，送之至湖口，因得观所谓石钟者。"

〔四〕庐山：在今江西鄱阳湖、长江之滨，江湖水气郁结，云雾弥漫。

〔五〕风伯：能兴风的风神。《风俗通义·风伯》："飞廉风伯也。"蔡邕《独断》："风伯神，箕星也，其象在天，能兴风。"

〔六〕杙舟：系舟于木柱。

〔七〕土囊：大穴，宋玉《风赋》："夫风生于地，起于青苹之末，侵淫溪谷，盛怒于土囊之口。"

〔八〕万窍无不奏：《庄子·齐物论》："夫大块噫气，其名为风。是唯无作，作则万窍怒呺。"

〔九〕蛟蜃斗：白居易《涧中鱼》："鲸吞蛟斗波成血。"蜃，大蛤。

〔一〇〕轰隥：形容声音喧闹。韩愈《元和圣德诗》："众乐惊作，轰隥融洽。"

〔一一〕彀：张满弓弩。《汉书·周亚夫传》："彀弓弩。"

〔一二〕曳柴：《左传·僖公二十八年》："栾枝使舆曳柴而伪遁。"杜预注："曳柴起尘，诈为众走。"

〔一三〕振旅：即整军，《左传·隐公五年》："三年而治兵，入而振旅。"杜预注："振，整也；旅，众也。"

〔一四〕羁雌：羁系之母鸟，沈约《高松赋》："朝吐轻烟薄雾，夜宿迷鸟羁雌。"

〔一五〕仓兕：又作苍兕，水中之兽，善覆人船。杜甫《复阴》："云雪埋山苍兕吼。"

〔一六〕异出殊圈臼：如从圈臼中发出不同声响。

〔一七〕中霄变凝冽：空中变得极其寒冷。《素问》："其变凝冽。"注："寒甚，故致是。"

〔一八〕纻缟：白色纻麻及生绢，此指雪。

〔一九〕琼瑰：美玉，亦喻雪。

〔二〇〕糗：炒熟的谷物。

〔二一〕薤：切碎的腌菜、酱菜。盎：盛器。

〔二二〕豆：古代重量单位。《说苑·辨物》："十六黍为一豆，六豆为一铢。"

〔二三〕诟：诟骂。

〔二四〕覯：覯见。

〔二五〕除：去。《诗·唐风·蟋蟀》："日月其除。"

〔二六〕兹岁真浪受：谓这一年过得没有价值。浪，滥。

〔二七〕风棱恬已收：风的锋芒已经收敛，非常恬静。

〔二八〕江练平不皱：江水有如白练，平静而无皱纹。

〔二九〕夷犹：从容不迫貌。

〔三〇〕醇酎：经过复酿的醇酒。

初到绩溪，视事三日，出城南谒二祠，游石照，偶成四小诗，呈诸同官（选一）〔一〕

苏 辙

行年五十治丘民〔二〕，初学催科愧庙神〔三〕。

无限青山不容隐，却看黄卷自怜贫〔四〕。

雨余岭上云披絮，石浅溪头水蹙鳞。

指点县城如手大，门前五柳正摇春〔五〕。

（卷十三）

注 ────────────────────────────

〔一〕元丰八年（1085）知绩溪（今属安徽）时作。这是一首感慨很深的诗。他从进士及第到现在已二十八年，从制科入等到现在已二十四年，从第一次出任大名府推官到现在已二十年。同一时期，苏轼虽不得志，但已三典名郡（密州、徐州、湖州）。而苏辙却一直担任幕僚，现在才第一次担任县令，而且仅仅是"县城如手大"的山区小邑的县令。所谓"结发学问，今始为邑"（《谒孔子庙文》），够不得志了。此为四首中的第一首《梓幢庙》。

〔二〕行年五十：苏辙当时为四十七岁，年将半百。丘民：庶民百姓。《孟子·尽心下》："得乎丘民而为天子。"焦循《正义》："丘民犹言邑民、乡民、国民也。"

〔三〕催科：催征税收田赋。宋郑文宝《江南余载》（上）："夜半闻声若獐麂号叫，及晓问之，乃县司催科耳。"

〔四〕黄卷：书籍。《新唐书·狄仁杰传》："黄卷中方与圣贤对，何暇偶俗吏语耶？"

〔五〕五柳正摇春：既写景，又暗指可供隐居。陶渊明《五柳先生传》："先生不知何许人也，亦不详其姓字，宅边有五柳树，因以为号焉。"

官舍小池有鸂鶒遗二小雏二首 (选一)〔一〕

苏 辙

清池定谁主？鸂鶒自来驯。

知我无伤意，怜渠解托身〔二〕。

桥阴栖息稳，岛外往来频。

勿食游鱼子，从交长细鳞〔三〕。

（卷十三）

注

〔一〕元丰八年（1085）知绩溪时作。鸂鶒即紫鸳鸯，比鸳鸯大而多为紫色。此诗以清新的笔调写出了鸂鶒驯顺的神态，抒发了对鸂鶒的爱怜，特别是第二联寓意颇深。

〔二〕怜渠：喜爱它。渠，代指鸂鶒。

〔三〕从交长细鳞：与之相交的都是游鱼。细鳞，代指游鱼。

病后白发〔一〕

苏 辙

枯木自少叶，不堪经晓霜。

病添衰发白，梳落细丝长。

筋力从凋朽，肝心罢激昂。

势如秋后雨，一度一凄凉。

（卷十四）

注 ————————————————————————————————————

〔一〕元丰八年（1085）知绩溪时作。苏辙到绩溪不久，全家生了一场大病："寒热为虐，下逮儿女。更相播染，卧者过半。"（《祭灵惠汪公文》）特别是他自己，知绩溪仅半年，就有将近两个月在生病，绩溪任上存诗三十四首，就有十三首专写或言及生病，而且病得很厉害，他已经在立遗嘱了："老妻但坐哭，遗语未肯听。"（《答王定国问疾》）这首诗即写他病后的虚弱和悲凉的心情。

初闻得校书郎示同官三绝〔一〕

苏 辙

读书犹记少年狂，万卷纵横晒腹囊。

奔走半生头欲白，今年始得校书郎〔二〕。

百家小邑万重山，惭愧斯民爱长官。

粳稻如云梨枣熟，暂留聊复为加餐。

病后浊醪都少味，老来欢意苦无多。

临行寂寞空相对，不作新诗奈客何〔三〕！

（卷十四）

注 ————————————————————————————————————

〔一〕元丰八年（1085）知绩溪时作。这年三月神宗病逝，哲宗继位，高太后听政，开始起用当年因反对王安石变法而被逐出朝的人。八月，苏辙被命为秘书省校书郎，此诗即作于这时。第一首感叹自己少有壮志却长期沉沦下僚；第二首写绩溪风调雨顺，五谷丰登，感谢绩溪人民对自己的爱戴；最后一首谢"同官"为其饯行，抒发病后的寂寞之情。

〔二〕校书郎：《宋史·职官志四》：秘书省设"校书郎四人，正字二人，掌校雠典籍，判正讹谬"。故苏辙《辞灵惠庙，过新兴院，书其屋壁》云："东观校雠非老事，眼昏那复竞铅朱。"

〔三〕客：指以"浊醪"为他钱行的"同官"。

歙县岁寒堂〔一〕

苏 辙

槛外甘棠锦绣屏，长松何者擅亭名〔二〕？
浮花过眼无多日〔三〕，劲节凌寒尽此生。
暗长茯苓根自大，旋收金粉气尤清〔四〕。
长官不用求琴谱，但听风声作弄声〔五〕。

（卷十四）

注

〔一〕元丰八年（1085）赴秘书郎任，经歙县（今属安徽）时作。此诗首联为设问，后三联皆自答，歌颂了"长松"的高贵品格，也是以"岁寒"名堂的原因。

〔二〕"槛外甘棠锦绣屏"二句：甘棠，即棠梨。《诗·召南·甘棠》朱熹《集传》："召伯循行南国，以布文王之政，或舍甘棠之下，其后人思其德，故爱其树而不忍伤也。"后世多以甘棠称美地方长官。首联谓栏槛外的甘棠有如锦绣屏，为何独以岁寒（松为岁寒三友之一）名堂？

〔三〕浮花过眼无多日：韩愈《杏花》："浮花浪蕊镇长有，才开还落瘴雾中。"此用其意，以反衬下句的长松劲节永存。

〔四〕"暗长茯苓根自大"二句：茯苓，又名松腴，寄生于松根，可入药。《淮南子·说山训》："千年之松，下有茯苓，上有兔丝。"注："茯苓，千岁松脂也。"金粉，此指金丹。二句谓茯苓可收金丹之功效，他在《服茯苓赋》序中说："古神仙真人皆服金丹，以为草木之性，埋之则腐，煮之则烂，烧之则焦，不能自生，而况能生人乎？余既汩没世俗，意金丹不可得也，则试求之草木之类寒暑不能移，岁月不能败者，惟松柏为然。古书言松脂流入地下为茯苓，茯苓又千岁则为琥珀，虽非金石而其能自完也亦久矣。"

〔五〕"长官不用求琴谱"二句：谓风吹松林的声音比琴声还美。琴谱，琴的曲谱。

溯潮二首 (选一)〔一〕

苏　辙

潮来海若一长呼〔二〕，潮去萧条一吸余。

初见千艘委泥土，忽浮万斛溯空虚〔三〕。

映山少避曾非久，借势前行却自如。

天地尚遭人意料，乘时使气定粗疏〔四〕。

（卷十四）

注 ————

〔一〕元丰八年（1085）赴校书郎任途中作。此诗首联写一呼一吸之间即潮来潮去，中二联写人们利用潮水行舟，尾联由此悟出耐人深省的哲理，颇富余味。

〔二〕海若：《楚辞·远游》："使湘灵鼓瑟兮，令海若舞冯夷。"王逸注："海若，海神名也。"

〔三〕万斛：万斛之舟，大船。空虚：指水面。苏轼《鱼蛮子》亦有"驾浪浮空虚"语。

〔四〕"天地尚遭人意料"二句：谓大自然的潮水涨落都被人利用，乘时使气地蛮干肯定是粗疏的人。

赠王复处士〔一〕

苏　辙

候潮门外王居士〔二〕，平昔交游遍海涯。

本种杉松为老计，晚将亭榭付邻家[三]。

为生有道终安稳，好事来游空叹嗟。

犹有东坡旧诗卷，忻然对客展龙蛇[四]。

（卷十四）

注

〔一〕元丰八年（1085）赴校书郎任，途经杭州时作。苏辙《寄龙井辩才法师三绝并叙》："辙自绩溪蒙恩召还，将自宣城沿大江以归。家兄子瞻以书告曰：'不知道歙溪，过钱塘，一观老兄遗迹。'辙用其言。"此诗即作于"过钱塘"时。王复：见苏轼《王复秀才所居双桧二首》注〔一〕，诗中有"根到九泉无曲处，世间惟有蛰龙知"句，成为乌台诗案主要罪状之一。此诗的前四句写王复及其种德亭之易主，后四句写自己访王复，"一观老兄遗迹"。

〔二〕候潮门：田汝成《西湖游览志》卷十三："候潮门在城东而近南。"

〔三〕晚将亭榭付邻家：苏辙自注："王君旧有园亭，子瞻兄名之曰种德。其亭顷以贫故鬻之矣。"

〔四〕龙蛇：指书法笔势如龙蛇般蜿蜒盘曲，李白《草书歌行》："时时只见龙蛇走，左盘右蹙如惊电。"

后省初成直宿呈子瞻二首（选一）[一]

苏 辙

掖垣初罢斧斤响[二]，栋宇犹闻松桂香。

江海暂来俱野客，云霄并直愧华堂[三]。

月明似与人烟远，风细微闻禁漏长[四]。

谏草未成眠未稳[五]，始知天上极清凉。

（卷十四）

注 ———————————————————————————————————

〔一〕元祐元年（1086）京城作。后省指中书省，《宋史·职官志一》："尚书、门下并列于外，又别置中书禁中。"时经修建，故云："初成"，首联亦有"斧斤响""松桂香"语。此诗首联写"后省初成"；颔联写他们兄弟刚从江海归来，同在中书省供职；后两联写"直宿"，晚上当直，写出了禁中清寂和自己为匡扶时政而苦苦思索。

〔二〕掖垣：《汉官仪》："中书在右，因谓中书右曹，又称西掖垣。"

〔三〕"江海暂来俱野客"二句：时苏轼自登州以礼部郎中召还，到官半月升为起居舍人。苏辙自绩溪以秘书省召还，未及国门，改右司谏。起居舍人和右司谏均为中书省校书郎所设官，故云"并直"。

〔四〕禁漏：宫禁中计时的漏壶。郑谷《南宫寓直》："风和禁漏声。"

〔五〕谏草未成眠未稳：苏辙于元祐元年二月至十一月任右司谏期间共上奏章七十四篇，几乎涉及当时所有重大政治问题，多数均被采纳。为草奏章而不能眠，完全是写实。

韩幹三马〔一〕

苏　辙

老马侧立鬃尾垂，御者高拱持青丝〔二〕。

心知后马有争意，两耳微起如立锥。

中马直视翘右足，眼光未动心先驰。

仆夫旋作奔佚想〔三〕，右手正控黄金羁〔四〕。

雄姿骏发最后马〔五〕，回身奋鬣真权奇〔六〕。

围人顿辔屹山立〔七〕，未听决骤争雄雌〔八〕。

物生先后亦偶尔，有心何者能忘之？

画师韩幹岂知道？画马不独画马皮。

画出三马腹中事，似欲讥世人莫知〔九〕。

·诗 选·

伯时一见笑不语〔一〇〕，告我韩幹非画师。

（卷十五）

注

〔一〕元祐二年（1087）京城作。元祐年间由于大批文人、画家、书法家荟萃京城，苏辙兄弟这一时期所作题画诗特别多，这是其中较著名的一首。韩幹，见苏轼《书韩幹牧马图》注〔一〕。这里，苏辙用形象的语言描绘了三匹马（老马、中马、最后马）和三位御马的人（御者、仆夫、圉人）的不同神态，表现了苏辙画贵写意，要画出"腹中事"的美学思想。

〔二〕御者高拱持青丝：驭马的人高拱双手持着缰绳。

〔三〕旋作奔佚想：立刻认为马要奔驰了。旋，不久。佚，通"逸"。奔佚，疾驰。

〔四〕黄金羁：金黄色的马辔头。

〔五〕骏发：迅疾奋发。

〔六〕奋鬣真权奇：马颈上毛直立，真是奇特极了。奋，振起。鬣，马颈上的长毛。权奇，《汉书·礼乐志二》载《天马歌》："志俶傥，精权奇。"王先谦《补注》："权奇者，奇谲非常之意。"

〔七〕圉人：掌养马的人。顿辔：整理缰绳。

〔八〕未听决骤争雄雌：没有让马奔驰以争胜负。听，听任。决骤，急速奔驰。雄雌，又作雌雄，指胜负、高下。

〔九〕"物生先后亦偶尔"至"似欲讥世人莫知"：大意是说：万物的或先或后，或胜或负都有它的偶然性，有心机的人什么都不能忘怀。韩幹难道懂道吗？他画出这三匹马的争斗神情好像是要讥刺世人，可惜世人却不理解。

〔一〇〕伯时：即李公麟，见苏轼《次韵子由书李伯时所藏韩幹马》注〔一〕。末二句表明李伯时也不同意苏辙对韩幹所画马的评价，参见苏轼次韵诗注〔一二〕。

书郭熙横卷〔一〕

苏　辙

凤阁鸾台十二屏，屏上郭熙题姓名〔二〕。

崩崖断壑人不到，枯松野蔓相敧倾。

黄散给舍多肉食〔三〕，食罢起爱飞泉清。

皆言古人不复见，不知北门待诏白发垂冠缨〔四〕。

袖中短轴才半幅，惨淡百里山川横。

岩头古寺拥云木，沙尾渔舟浮晚晴。

遥山可见不知处，落霞断雁俱微明。

十年江海兴不浅，满帆风雨通宵行。

投篙桥杙便止宿，买鱼沽酒相逢迎。

归来朝中亦何有？包裹观阙围重城。

日高困睡心有适，梦中时作东南征〔五〕。

眼前欲拟要真物，拂拭东绢付与汾阳生〔六〕。

（卷十五）

注

　　〔一〕元祐二年（1087）京城作。郭熙：字敦夫，河阳温县（今属河南）人，与苏辙同时的著名画家。工画山水寒林，论者谓独步一时。著有《林泉高致》，为山水画论中杰作。此诗前半写"郭熙横卷"，"十年"八句写郭熙从江海归京，时时都梦游东南山水；末以郭熙之画难得作结，颇有风趣。方东树《昭昧詹言》卷十二评此诗说："起句老气，二句点（题），三句画，'黄散'以下有情韵。"

　　〔二〕"凤阁鸾台十二屏"二句：凤阁鸾台，指中书和门下省，唐武则天光宅元年（684）改中书省为凤阁，改门下省为鸾台，故以此代称。《蔡宽夫诗话·玉堂壁画》："玉堂两壁，有巨然画山，董习（画）水。……元丰末既修两后省，遂移院于今枢密院之后。两壁既没，屏亦莫知所在。今玉堂中屏，乃待诏郭熙所作《春江晓景》。禁中官局多熙笔迹。"

〔三〕黄散给舍：皆官名。《晋书·陈寿传》："杜预荐寿于帝，宜补黄散。"《旧唐书·张九龄传》："不历县令，虽有善政，不得任台卿给舍。"

〔四〕北门待诏：指郭熙，他曾任御书院艺学，翰林待诏。北门，此指翰林院，唐高宗时，武则天常召文学之士于北门候进止，时人谓之北门学士，为翰林学士之始。

〔五〕"十年江海兴不浅"至"梦中时作东南征"：谓郭熙山水之所以画得好，是因为他曾遍游江南，回到京城，亦时时梦游江南。苏辙《次韵子瞻题郭熙平远二绝》亦有"行遍江南识天巧"句。

〔六〕汾阳生：汾阳本指郭子仪（封汾阳王），此指郭熙之子郭思，王明清《挥麈前录》卷四《郭熙画山水有名》："郭熙画山水，名盛昭陵（仁宗陵名）时，尝为翰林院待诏。熙宁初，其子思登进士第。至龙图阁直学士，更帅三路。既贵，广以金帛收赎熙之遗笔，以藏于家，繇是熙之画人间绝少。"刘克注《郭熙山水障子》亦云："吾闻汾阳子贵购父画，一笔不许他人藏。"

题王生画三蚕、蜻蜓二首〔一〕

苏 辙

饥蚕未得食，宛转不自持〔二〕；
食蚕声如雨，但食无复知；
老蚕不复食，矫首有所思〔三〕。
君画三蚕意，还知使者谁〔四〕？

蜻蜓飞环环〔五〕，向空无所著。
忽然逢飞蚊，验尔饥火作〔六〕。
一饱困竹梢，凝然反冥寞〔七〕。
若无饥渴患，何贵一箪乐〔八〕？

（卷十五）

〔一〕元祐二年（1087）京城作。王生：不详其人。前首写饥蚕、食蚕、老蚕的不同神态，后首写蜻蜓由饥飞寻食到饱卧竹梢的过程。画贵写意，既指要画出所画对象的意态神情，又指画家所寄托的思想感情，从这两道诗的最后两句即可看出。

〔二〕宛转不自持：辗转反侧而不能自我克制。

〔三〕矫首有所思：抬起头好像在想什么。矫，举。

〔四〕还知使者谁：懂得造成这种饥馋饱懒的主使者是谁吗？

〔五〕飞环环：团团转地飞。

〔六〕验尔饥火作：以你来证明我确实饥饿难忍了，意谓一口吞下。尔，指飞蚊。饥火，饥饿难熬，如火中烧。

〔七〕凝然反冥寞：回到一种无思无欲的昏睡冥寂状态。凝然，专一的无思无欲的样子。

〔八〕何贵一箪乐：哪里会珍贵一篮子饮食的快乐呢？箪，竹制或苇制的盛饭器物。《论语·雍也》："一箪食，一瓢饮，在陋巷，人不堪其忧，回（颜回）也不改其乐。"

秦虢夫人走马图二绝〔一〕

苏　辙

秦虢风流本一家，丰枝秾叶映双花。
欲分妍丑都无处，夹道游人空叹嗟。

朱幩玉勒控飞龙〔二〕，笑语喧哗步骤同〔三〕。
驰入九重人不见〔四〕，金钿翠羽落泥中。

（卷十五）

〔一〕元祐三年（1088）京城作。秦指秦国夫人，虢指虢国夫人，皆杨贵妃之姊。《旧唐书·杨贵妃传》："有姊三人，皆有才貌，玄宗并封国夫人之号。长曰大姨，封韩国；三姨，封虢国；八姨，封秦国。并承恩泽，出入宫掖，势倾天下。"图为唐人张萱所作，内侍刘有方所蓄。苏轼馆北使于都亭驿，有方请轼跋其后，见李之仪《姑溪后集》卷三《内侍刘有方蓄名画……》诗。苏辙诗亦吟此画，前首着重写秦、虢风流，后首着重写其走马。前首是虚写，除"丰枝稚叶映双花"的比喻外，仅用无处"分妍丑"，"游人空叹嗟"来烘托其"风流"。后首为实写，虚实相映，具有强烈的艺术效果。

〔二〕朱幩：《诗·卫风·硕人》："朱幩镳镳。"徐锴《说文解字系传》卷十四："谓以帛缠马口旁铁，扇汗，使不汗也。"玉勒：精致的马笼头。飞龙：指马，李白《答杜秀才五松山见赠》："敕赐飞龙二天马。"

〔三〕步骤同：快慢相同，步指缓行，骤为急走。贾谊《新书·辅佐》："步骤徐疾之节。"

〔四〕九重：《楚词·九辩》："君之门以九重。"指帝王所居之地。

绝句二首〔一〕

苏 辙

乱山环合疑无路，小径萦回长傍溪。
仿佛梦中寻蜀道，兴州东谷凤州西〔二〕。

日色映山才到地，雪花铺草不曾消。
晴寒不及阴寒重，揽箧犹存未著貂〔三〕。

（卷十六）

注

〔一〕元祐四年（1039）冬奉使契丹时作《奉使契丹二十八首》之一，前首言途中景色有如蜀道，后首言气候不如预料的那样寒冷。

〔二〕兴州：治所在今陕西略阳。凤州：治所在今陕西凤县。皆苏辙北行赶京所经之地。

〔三〕箧：小箱子。貂：此指貂裘。

过杨无敌庙[一]

苏　辙

行祠寂寞寄关门，野草犹知避血痕。
一败可怜非战罪，太刚嗟独畏人言[二]。
驰驱本为中原用，尝享能令异域尊。
我欲比君周子隐，诔肜聊足慰忠魂[三]。

（卷十六）

注

〔一〕元祐四年（1089）冬出使契丹，作《奉使契丹二十八首》，此为其中之一。杨无敌指宋初名将杨业。杨业（？—986），并州（今山西太原）人，弱冠事刘崇，以骁勇闻，所向克捷，号为无敌。宋太宗征太原得之，以为右领军卫大将军，授郑州刺史，复迁代州刺史，大败契丹。雍熙三年（986）北征，以援兵失约，力竭被擒，不食而死。契丹人敬慕其节，立庙祀之。事见《宋史》本传。此诗热情歌颂了杨业的忠烈，而对误国的潘美表现了应有的愤恨。

〔二〕"一败可怜非战罪"二句：《宋史·杨业传》载，雍熙三年以潘美、杨业、王侁、刘文裕等北征，出师不利，杨业谓潘美等曰："今辽兵益盛，不可与战。"王侁曰："君侯素号无敌，今见敌逗挠不战，得非有他志乎？"业曰："业非避死，盖时有未利，徒令杀伤士卒而功不立。今君责业以不死，当为诸公先。"将行，泣谓潘美曰："此行必不利。"因指陈家谷口曰："诸君于此张步兵强弩，为左右翼以援，俟业转战至此，即以步兵夹击救之；不然，无遗类矣。"潘美、王侁陈兵谷口，侁为争功，领兵离谷口，潘美不能制。俄闻业败，即麾兵而退。业败至谷口，望见无人，再率帐下士力战，身被数十创，遂为契丹所擒，不食三日而死。杨业先主张"不可与战"，既约陈家谷救援，潘美、王侁若听其言，不致惨败，故云"一败可怜非战罪"。杨业明知"此行必不利"，但因"诸君""责业以不死"，故决心"先死于敌"，"太刚嗟独畏人言"即指此。

〔三〕"我欲比君周子隐"二句：周子隐即周处，见苏轼《与叶淳老、侯敦夫、张秉道同视……》注〔二〕。肜，即司马肜，字子微，封梁王。《晋书·周处传》载，氐人齐万年反，朝廷不满周处强直，令其西征，并以梁王肜为征西大将军。将战，周处之军未食，肜即促令速进，并绝其后继。处自旦至暮，斩首万计，为竭而殁。杨业、潘美之事，确与周处、梁王肜事相类，故末二句以周处比杨业，以肜比潘美。

神水馆寄子瞻兄四绝 (选一)〔一〕

苏 辙

谁将家集过幽都〔二〕，逢见胡人问大苏〔三〕。
莫把文章动蛮貊，恐妨谈笑卧江湖〔四〕。

（卷十六）

注

〔一〕元祐四年（1089）冬奉使契丹途中作。神水馆在涿州（今河北涿县），苏轼次韵诗题作《次韵子由使契丹至涿州见寄四首》可证。此诗表明苏轼文名已远扬契丹，表达了苏轼兄弟渴望早日归隐的思想。

〔二〕幽都：《辽史·地理志四》："南京析津府，古本幽州之地。"治所在今蓟县（北京西南），契丹会同元年改为幽都府，建号南京。苏辙《论北朝所见于朝廷不便事札子》（卷四十二）："臣等初至燕京，副留守邢希古相接送，令引接殿侍元辛传语臣辙云：'令兄内翰（谓臣兄轼）《眉山集》已到此多时，内翰何不印行文集，亦使留传至此？'"

〔三〕大苏：指苏轼。王辟之《渑水燕谈录》卷四《才识》："苏氏文章擅天下，目其文曰三苏，盖洵为老苏，轼为大苏，辙为小苏也。"苏轼《次韵子由使契丹至涿州见寄四首》："毡毳年来亦甚都，时时鴂舌问三苏。"自注："余与子由入京时（指元祐初），北使已问所在。后余馆伴，北使屡诵三苏文。"又《记房使诵诗》："昔予与北使刘霄会食，霄诵仆诗云：'痛饮从今有几日，西轩月色夜来新。公岂不饮者耶？'霄亦喜吾诗，可怪也！"

〔四〕"莫把文章动蛮貊"二句：蛮貊，指少数民族。《尚书·武成》："华夏蛮貊，罔不率俾。"苏轼《送子由使契丹》："单于若问君家世，莫道中朝第一人。"与此同意，皆怕声名远播，有碍归隐。

附录

王辟之：张芸叟奉使大辽，宿幽州馆中，有题子瞻《老人行》于壁者。闻范阳书肆亦刻子瞻诗数十篇，谓《大苏小集》。子瞻才名重当代，外至夷虏，亦爱服如此。芸叟题其后曰："谁题佳句到幽都，逢着胡儿问大苏。"（《渑水燕谈录》卷七《歌咏》）按：此谓为张芸叟诗，误。

吴聿：《渑水燕谈》记……乃子由与坡诗。"佳句"二字，本云"家集"，坡亦有和篇，所谓"欲问君王乞鉴湖"是也。（《观林诗话》）

木 叶 山〔一〕

苏 辙

奚田可耕凿〔二〕，辽土直沙漠。

蓬棘不复生，条干何由作〔三〕？

兹山亦沙阜，短短见丛薄〔四〕。

冰霜叶堕尽，鸟兽纷无托。

乾坤信广大，一气均美恶。

胡为独穷陋，意似鄙夷落。

民生亦复尔，垢污不知怍〔五〕。

君看齐鲁间，桑柘皆沃若〔六〕。

麦秋载万箱，蚕老簇千箔。

余粱及狗彘，衣被遍城郭。

天公本何心？地力不能博。

遂令尧舜仁，独不施礼乐！

（卷十六）

注

〔一〕元祐四年（1089）冬奉使契丹途中作。木叶山：《辽史·地理志·永州永昌军》："有木叶山，上建契丹始祖庙。"此诗以对比手法写辽土的荒凉，民生的穷陋，赞中原的富庶，感慨天公不能博施仁义，均美恶。

〔二〕奚：北方少数民族，多数居于中京地区，渐与契丹人融合。苏辙奉使契丹途中另有《奚君》诗："奚君五亩宅，封户一成田。故垒开都邑，遗民杂汉编。不知臣仆贱，漫喜杀生权。燕欲嗟犹在，婚姻未许连。"

〔三〕条干：泛指乔木，相对于前句的蓬棘而言。作：生长。

〔四〕丛薄：即丛草。《楚辞·招隐士》洪兴祖补注："深草曰薄。"

〔五〕"民生亦复尔"二句：苏辙另有《虏帐》诗，记辽人生活习俗说："虏帐冬住沙陀中，索羊织苇称行宫。从官星散依冢阜，毡芦窟室欺霜风。春梁煮雪安得饱？击兔射鹿夸强雄。……礼成即日卷庐帐，钓鱼射鹅沧海东。秋山既罢复来此，往返岁岁如旋逢。弯弓射猎本天性，拱手朝会愁心胸。"

〔六〕沃若：茂盛貌。《诗·卫风·氓》："桑之未落，其叶沃若。"

次韵子瞻感旧〔一〕

苏 辙

还朝正三伏〔二〕，一再趋未央〔三〕。

久从江海游，苦此剑佩长。

梦中惊和璞，起坐怜老房〔四〕。

为我忝丞辖，置身愿并凉〔五〕。

此心一自许，何暇忧陟冈〔六〕。

早岁发归念，老来未尝忘。

渊明不久仕，黔娄足为康〔七〕。

家有二顷田，岁办十口粮。

教敕诸子弟，编排旧文章〔八〕。

辛勤养松竹，迟暮多风霜。

常恐先著鞭，独引社酒尝〔九〕。

火急报君恩，会合心则降〔一〇〕。

（《栾城后集》卷一）

注

〔一〕元祐六年（1091）京城作。这年五月二十六日苏轼自杭州被召还京，八月因洛党的攻击，出知颍州，作《感旧诗》，此为苏辙次韵。前十句写苏轼回朝立即复出，后十四句表示自己也有与哥哥同样的愿望，要尽早归隐。

〔二〕三伏：《初学记》卷四引《阴阳书》："从夏至后第三庚为初伏，第四庚为中伏，立秋后初庚为末伏，谓之三伏。"这是一年中最热的时候。

〔三〕未央：未央宫，汉宫名，在长安。此指汴京皇宫。

〔四〕"梦中惊和璞"二句：和璞，指唐代道士邢和璞。老房，指唐相房琯。苏辙自注："子瞻梦中见人诵诗云：'度数形名本偶然，破琴今有十三弦。此生若遇邢和璞，始信秦筝是响泉。'因作《破琴诗》以记之。"苏轼《破琴诗》叙："旧说，房琯开元中尝宰卢氏，与道士邢和璞出游，过夏口村，入废佛寺，坐古松下。和璞使人凿地，得瓮中所藏娄师德与永禅师书，笑谓琯曰：'颇忆此耶？'琯因怅然，悟前生之为永师也。""梦中惊和璞"即指此。《破琴诗》云："破琴虽未修，中有琴意足"；"新琴空高张……动与世好逐"；"陋矣房次律（即房琯），因循堕流俗。悬知董庭兰（琴师，利用与房关系密节，大受贿赂，房因此得罪），不识无弦曲。"苏轼以唐相房琯比当时的宰相刘挚，以破琴自喻，以新琴喻刘。刘挚与苏轼当年同因反对王安石变法而离朝，会于广陵，有《广陵会三同舍》诗；现在刘为相，却招纳洛党排斥苏轼兄弟，故讥他"逐世好"，"堕流俗"。"起坐怜老房"即指此。

〔五〕"为我忝丞辖"二句：忝，谦词，有愧于。忝丞辖指苏辙这年二月被擢为尚书右丞，为六执政之一。并，并州，治所在今山西太原。凉，凉州，治所在今甘肃武威。此代指边郡。苏轼《杭州召还乞郡状》："衰老之余，耻复与群小计较短长曲直，为世间高人长者所笑。伏望圣慈察臣至诚，特赐指挥执政检会累奏，只作亲嫌回避……若朝廷不以臣不才，犹欲驱使，或除一重难边郡，臣敢辞避。"又《辞免翰林学士承旨状》："臣弟辙已除尚书右丞，兄居禁林，弟为执政。在公朝既合回避，于私门实惧满盈。"

〔六〕陟冈：登高爬山。《诗·周南·卷耳》："陟彼高冈。"

〔七〕黔娄：战国时齐国贫士，齐鲁国郡聘赐，俱不受。其妻亦"乐贫行道"。事见皇甫谧《高士传》。康：康乐。

〔八〕"教敕诸子弟"二句：教敕，教育、告诫。教子弟，编旧文的愿望直至十年以后从岭南贬所回到颍昌才实现，眼下不但未能归隐，不久又升任门下侍郎。

〔九〕社酒：社日祭祀所用之酒。这两句谓怕苏轼先归隐。

〔一〇〕会合心则降：曹植《七哀诗》："浮沉各异势，会合何时谐？"此用其意。

送侄迈赴河间令〔一〕

苏　辙

老去那堪用？恩深未敢归。

谁能告民病，一一指吾非？

尔赴河间治，无嫌野老讥。

仍将尺书报〔二〕，勿复问从违〔三〕。

（后集·卷一）

注

〔一〕元祐六年（1091）京城作。苏迈，字伯达，苏轼长子，前妻王弗所生。苏轼自黄州迁汝州，迈出为饶州德兴尉。元祐中苏辙屡揭吕惠卿之奸，其弟吕和卿时知饶州，为防其报复，苏辙奏罢迈之职，旋以雄州防御推官知河间（今属河北）令。时苏辙为尚书右丞。全诗如叙家常，表现了他对民间疾苦的关心。

〔二〕尺书：书信。骆宾王《从军中行路难》："雁门迢递尺书稀。"

〔三〕从违：听从、不听从。

阻　风 [一]

苏　辙

自汝迁筠，八月过真州，江涨倍常岁，而风不顺。

大水蔑洲浦 [二]，牵挽无复施。

我舟恃长风，风止将安为！

塌然委积水，坐被弱缆维 [三]。

市井隔峰岭，食尽行将饥。

长啸呼风伯 [四]，厄穷岂不知？

蓬蓬起东南，旗尾西北驰。

所望乃大谬，开门讯舟师。

舟师掉头笑："沿溯要有时 [五]。

溯者不少息，沿者长嗟咨。

飘风不终日 [六]，急雨常相随。

雨止风亦止，条条弄清漪。

我言未见信，君行自见之。"

（后集·卷一）

注

〔一〕绍圣元年（1094）南迁途中作。元祐八年（1093）九月高太后去世，哲宗亲政，时局大变。绍圣元年三月廷策进士，李清臣（邦直）撰试题，历诋元祐之政。苏辙上章驳李，哲宗不悦，诏以本官出知汝州，六月再贬袁州，未到任，三贬筠州。八月，行至真州，作此诗。前十二句写舟行阻风，后二十句通过与舟师的对话，借舟师之口表明了自己对"岁更三黜"的态度。

〔二〕蔑：灭，淹没。

〔三〕"塌然委积水"二句：像坍塌了的样子，委弃于茫茫积水中，一动不动，全靠不大的缆绳维系着。

〔四〕风伯：风神。司马相如《大人赋》："诛风伯，刑雨师。"

〔五〕沿：顺流而下。溯：逆流而上。

〔六〕飘风不终日：语出《老子》。飘风，指暴风。

次韵子瞻江西〔一〕

苏 辙

许君马老共一邦〔二〕，西山断处流蜀江〔三〕。

谁令十载重渡泷〔四〕，滩头旧寺晨钟撞。

乱流赤脚记淙淙〔五〕，道俗自谓丹霞庞〔六〕。

便令筑室修垟矼〔七〕，往还二老第一双〔八〕

（后集·卷一）

注

〔一〕绍圣元年（1094）赴筠州贬所途中作。江西指江南西道，《名胜志》："晋元康中分扬州十郡，立江州，治豫章郡。唐初隶江南道，开元分江南西道，江西之名始此。"苏轼这年赴岭南贬所途中作《江西一首》。苏辙再贬筠州完全是旧地重游，次韵诗的前六句即写地是当年之地，后二句说人是当年之人，抒发了他对江西山水和老友的热爱。

〔二〕许君：指晋代道士许逊，他曾在江西南昌西山学道，据传全家四十二口飞升。马老：指唐代禅宗高僧马祖，曾在江西南康龚公山传授禅法，故说他们"共一邦"。苏辙《筠州圣寿院法堂记》："昔东晋太宁之间，道士许逊与其徒十有二人散居山中，能以术救民疾苦。民尊而化之，至今道士比他州为多。至于妇人孺子亦喜为道士服。唐仪凤中，六祖以佛法化岭南，再传而马祖兴于江西……诸方游谈之僧接迹于其地，至于以禅名精舍者二十有四。"

〔三〕蜀江：筠州有蜀水，又名锦江，酷似蜀中山水。正如苏轼原唱所说："江西山水真吾邦，白沙翠竹石底江。"

〔四〕十载：自苏辙于元丰七年（1084）离开筠州贬所至绍圣元年再贬筠州已整整十年。泷：湍急的河流。

〔五〕淙淙：流水声。白居易《草堂前新开一池》："淙淙三峡水。"

〔六〕道：兼指佛、道，俗指世俗。丹霞庞：谓丹霞满天。

〔七〕畦：田畦。《汉书·食货志上》："菜茹有畦。"颜师古注："畦，区也。"矼：石桥。皮日休《忆洞庭观步十韵》："登村度石矼。"

〔八〕二老：苏辙自注："予与筠州聪长老有十年之旧。"聪长老本王氏子，绵竹（今属四川）人。幼师剑门慈云寺海亮禅师，后至吴越得法于净慈寺大本禅师，在筠州先后住持真如、开善、圣寿三寺。圣寿寺距筠州盐酒务很近，苏辙与之来往甚频繁。筇：筇竹所作的手杖。

雨中游小云居〔一〕

苏　辙

卖酒高安市，早岁逢五秋〔二〕。

常怀简书畏〔三〕，未暇云居游。

十载还上都〔四〕，再谪仍此州。

废斥免羁束，登临散幽忧。

乡党二三子，结束同一舟〔五〕。

雨余江涨高，林薄烦撑钩〔六〕。

积阴荐雷作〔七〕，两山乱云浮。

雨点落飞镞，江光溅轻沤。

笑语曾未毕，风云遽谁收〔八〕？

舟人指松桧，古刹依林丘〔九〕。

老僧昔还住，晚饭迎淹留〔一〇〕。

食菜吾自饱，馈肉烦贤侯〔一一〕。

严城迫吹角〔一二〕，归棹随轻鸥。

联翩阅村坞，灯火明谯楼〔一三〕。

肩兵践积甓，涂潦分潜沟〔一四〕。

居处方自适，未知厌拘囚。

（后集·卷一）

注

〔一〕绍圣元年（1094）再贬筠州时作。小云居：高安一寺庙。此诗前八句比较了两次谪居筠州的不同，前次忙，这次闲："乡党二三子"八句写冒雨泛舟；"笑语未曾毕"八句写雨后游小云居，受到老僧和知州的招待；"严城迫吹角"八句写鼓角声起，乘舟返城。全诗集中表现了他再贬筠州期间的闲适生活，抒发了不以贬谪为怀的自适心情。

〔二〕"卖酒高安市"二句：指元丰三年（1080）至七年谪监筠州盐酒税共五年，即《将移绩溪令》所说的"坐看酒垆今五年"。

〔三〕常怀简书畏：《诗·小雅·出车》："王事多难，不遑启居。岂不怀归，畏此简书。"简书即文书。

〔四〕十载还上都：苏辙自元丰八年（1085）以秘书省校书郎被召还朝至绍圣元年再贬筠州，正好十年。上都，京都、京城。

〔五〕结束：整装。杜甫《最能行》："大儿结束随商旅。"

〔六〕薄：迫近。撑钩：指划船动作，时而撑离林木，时而钩住林木。

〔七〕荐雷：接连不断的雷声。

〔八〕遽：骤然。

〔九〕古刹：指小云居。

〔一〇〕淹留：停留。

〔一一〕贤侯：指筠州知州，姓名不详。

〔一二〕严城：纪律整饬的城，此指高安。《抱朴子》："人君恐奸衅之不时，故严城以备之。"杜甫《水宿遣兴奉呈诸公》："严城叠鼓鼙。"迫吹角：迫近吹角闭城门，即苏轼所谓"山城欲闭闻鼓鼙"（《秧马歌》）。

〔一三〕谯楼：城门上的瞭望楼。周祈《名义考》卷三："门上为高楼以望曰谯。"

〔一四〕"肩舆践积甃"二句：乘着轿子走在积满水的井垣上，路上积水分别流入了阴沟。肩舆，轿子。甃，井垣。这是写雨后回城景象。

次韵子瞻连雨江涨二首 （选一）〔一〕

苏　辙

南过庾岭更千山〔二〕，蒸润由来共一天〔三〕。
云塞虚空雨翻瓮，江浸城市屋浮船。
东效晚稻须重插，西舍原蚕未及眠。
独棹扁舟趁申卯，米盐奔走笑当年〔四〕。

（后集·卷二）

注

〔一〕绍圣二年（1095）再贬筠州时作。苏轼作《连雨江涨》，描写惠州大水。苏辙次韵诗告知兄长在惠州大雨的同时筠州亦大雨，以及自己所过的闲适生活。

〔二〕庾岭：大庾岭，五岭之一，在今江西大余、广东南雄交界处。

〔三〕蒸润：热气上升、潮湿。

〔四〕"独棹扁舟趁申卯"二句：前句写现在的闲适，后句笑前次的忙碌。趁申卯，追随时辰，即今所谓混时间。申卯，十二时辰中的两个，此泛指时辰。

寓居六咏 （选二）〔一〕

苏　辙

邻家三亩竹，萧散倚东墙。
谁谓非吾有？时能惠我凉。

雪深闻毁折，风作任披猖。

事过还依旧，相看意愈长。

西邻分半井，十口无渴忧。

岁旱百泉竭，日供八家求。

艰难念生理[二]，沾足愧寒流。

比闻山田妇，出汲争群牛[三]。

（后集·卷二）

注

〔一〕绍圣三年（1096）再贬筠州时作。所选为六首中的第三、第六两首，反映了他同邻里的亲密关系。特别是前一首颇富哲理，可说是他自己的写照。

〔二〕生理：谋生之道。杜甫《北征》："新归且慰意，生理焉得说？"

〔三〕"比闻山田妇"二句：苏辙自注："山中涧谷枯竭，汲者每苦牛夺其水。一人出汲，辄数人持杖护之。"

所寓堂后月季再生，与远同赋[一]

苏 辙

客背有芳丛[二]，开花不遗月[三]。

何人纵寻斧[四]，害意肯留枿[五]？

偶乘秋雨滋，冒土见微苗。

猗猗抽条颖[六]，颇欲傲寒列。

势穷虽云病，根大未容拔。

我行天涯远，幸此城南苃[七]。

小堂劣容卧，幽阁粗可蹑[八]。

中无一寻空^{〔九〕}，外有四邻匝^{〔一〇〕}。

窥墙数柚实，隔屋看椰叶。

葱蒨独兹苗^{〔一一〕}，愍愍侍其活^{〔一二〕}。

及春见开敷^{〔一三〕}，三嗅何忍折^{〔一四〕}！

（后集·卷二）

注

〔一〕绍圣四年（1097）贬官雷州时作。月季：花名，每月开花。远：苏远，苏辙幼子。前四句写月季花为斤斧所害，"偶乘"六句写月季花再生，"我行"八句写"所寓堂"，最后四句以月季将蓬勃开花作结。这首诗歌颂月季花顽强的生命力，实际是自抒其"颇欲傲寒冽"的精神。

〔二〕客背：客舍背面。

〔三〕不遗月：每月开花，月月不遗漏。

〔四〕寻斧：长斧。《左传·文公七年》："葛藟犹能庇其本根，故君子以为比，况国君乎？此谚所谓庇焉。而纵寻斧焉者也，必不可，君其图之。"

〔五〕肯：岂肯。栌：树木根株。《水经注·沅水》："今州上犹有陈根余栌，盖其遗也。"

〔六〕猗猗：美茂貌。《诗·卫风·淇奥》："绿竹猗猗。"颖：植物苞片，此指月季花再生的嫩芽。

〔七〕茇：在草间住宿。《诗·召南·甘棠》："召伯所茇。"

〔八〕蹑：轻步行走。

〔九〕寻：八尺。此句形容"所寓堂"很小。

〔一〇〕匝：围绕。

〔一一〕葱蒨：葱绿茂盛貌。

〔一二〕愍愍：怜惜貌。侍：等候。

〔一三〕开敷：开发铺张，形容月季花枝繁叶茂。

〔一四〕嗅：闻。《论语·乡党》："三嗅而作（起）。"苏轼《荆州十首》："三嗅若为珍。"

270

次韵子瞻夜坐[一]

苏 辙

月入虚窗疑欲旦，香凝幽室久犹薰。

清风巧为吹余瘴，疏雨时来报断云。

南海炎凉身已惯，北方毁誉耳谁闻[二]！

遥知挂壁瓢无酒，归舶还将一酌分。

（后集·卷二）

注

〔一〕绍圣四年（1097）贬居霍州时作。苏轼原唱为《十二月十七日夜坐达晓寄子由》。苏辙次韵诗的前四句即写"夜坐达晓"，五、六句集中表现了他对远谪无所畏惧的精神。苏轼在海南常有无酒之叹，原唱虽无此意，但寄诗时可能言及，故结尾二句言及分酌。

〔二〕北方毁誉：苏辙贬官雷州期间，朝廷仍在继续搜集苏辙"罪证"。《续资治通鉴长编》绍圣四年十一月载，广西路经略安抚司走马承受段讽言，知雷州张逢照管苏辙及苏轼，与之同行至雷州相聚。诏提举荆湖南路常平董必往被体量诣实以闻。元符元年（1098）三月载，董必奏张逢同本州官吏至门首接见苏轼、苏辙，次日为会，召轼、辙在监司行衙安泊。又僦进吴国鉴宅，张逢每月一两次移厨管待。邵博《邵氏闻见后录》卷二十二亦云："苏子由谪雷州，不许占官舍，遂僦民屋。章子厚以为强占民田，下本州追民穷究，以僦卷甚明乃已。"

闰九月重九与父老小饮四绝（选一）〔一〕
苏　辙

获罪清时世共憎，龙川父老尚相寻。

直须便作乡关看，莫起天涯万里心。

（后集·卷二）

注 ——

〔一〕元符元年（1098）复迁循州（治所在今广东龙川）时作。苏辙《书白乐天集后二首》："元符二年夏六月，予自海康再谪龙川，冒大暑，水陆行数千里……秋八月而至。"又《龙川略志引》："既之龙川，虽僧庐道室，法皆不许入。衰囊中之余五十千以易民居，大小十间，补苴弊漏，粗避风雨。"这首诗即反映了朝廷对他的迫害和对龙川父老的深厚情谊。

卜　居〔一〕
苏　辙

我归万里初无宅〔二〕，凤去千年尚有台〔三〕。

谁为绕池先种竹？可怜当砌已栽梅。

囊资只数腰金在〔四〕，归计长遭鬓雪催。

欲就草堂终岁事，落成邻舍许衔杯〔五〕。

（后集·卷二）

注

〔一〕建中靖国元年〔1101〕颍昌作。苏辙《颍滨遗老传》："今上即位，大臣犹不悦，徙居永州。皇子生后徙岳州，已乃复旧官，提举凤翔上清太平宫。有田在颍川，乃即居焉。"此诗即作于初回颍昌时。

〔二〕无宅：苏辙在朝时就在颍昌购有田宅，所谓无宅是指住宅不宽裕。他三子六女，寡居的女儿也带着外孙同也住在一起，所谓"嵩阳百口住"（《次前韵示杨明》）；"百口共一灶，终年事烹煎"（《新火》）。

〔三〕凤去千年尚有台：苏辙颍昌府宅北临凤凰台，《遗老斋绝句》："北临凤凰台，凤去台亦圮。"这是以凤去有台与我归无宅作对比。

〔四〕腰金：腰带金印的官服，谓积蓄已无。白居易诗有"瘦觉腰金重，老怜鬓雪繁"语。

〔五〕落成邻舍许衔杯：杜甫《客至》："肯与邻翁相对饮，隔篱呼取尽余杯。"此化用其意。

索居三首（选一）〔一〕

苏 辙

索居非谪地，垂老更穷途。

去住看人意，幽忧赖我无。

小园花草秽，陌巷犬羊俱。

近觉根尘离〔二〕，忘言日益愚。

（后集·卷三）

注

〔一〕崇宁二年（1103）只身迁居汝南（今属河南）作。徽宗初即位想调停新旧两党，调停未成，又开始迫害元祐党人，崇宁元年五月追贬司马光等四十四人官。苏辙亦削三官。为了避祸，苏辙由离京城较近的颍昌移居离京城较远的汝南，即所谓"亟逃颍川籍，来贯汝南户"（《迁居汝南》）。此诗前四句即写迁居汝南的原因，后四句写汝南居所的简陋和自己早已忘怀时事。

〔二〕根尘：佛语，指六根六尘。眼、耳、鼻、舌、身、意为六根，色、声、香、味、触、法为六尘，《止观·一下》："根尘相对，一念心起。"根尘离即摆脱了世事。

思归二首（选一）〔一〕

苏 辙

汝南百日留，走遍三男子〔二〕。
思归非吾计，聊亦为尔耳〔三〕。
行装理肩舆，客舍卷床第。
儿言"世情恶，平地风波起。
舟行或易摇，舟静姑且已。
鉤系虽非愿〔四〕，蠖屈当有竢〔五〕。"
老人思虑拙，小子言有理。
晨炊廪粟红，晓市淮鱼美。
索居庖无人，归去迎伯姊〔六〕。
终岁得安闲，幽居无彼此。

（后集·卷三）

注 ————————————————————————————————————

〔一〕崇宁二年（1103）迁居汝南时作。前六句写自己整装欲归颍昌；中六句写儿子劝其暂不要动，其言富有哲理；归后八句写自己听从了儿子的劝告，决定继续避居汝南。

〔二〕三男子：指苏辙的三子迟、适、逊。苏迟，字伯充，后官至大中大夫、工部侍

274

郎、徽猷阁待制，绍兴二十五年卒。苏适，字仲南，后官至承议郎、通判广信军，宣和四年卒。苏逊，字叔宽，后官奉议郎、通判泸州潼川府，靖康元年卒。

〔三〕"思归非吾计"二句：谓回颍昌并不是自己的主意，为了不使三子往返奔波，姑且如此罢了。

〔四〕匏系：《论语·阳货》："吾岂匏瓜也哉，焉能系而不食？"此以匏系喻不能发挥作用。

〔五〕蠖屈：蠖，昆虫名。《易·系辞下》："尺蠖之屈，以求信（伸）也。"谓尺蠖求伸当等待时机。

〔六〕"索居庖无人"二句：《思月二首》之二："我老不待言。有女年四十。念我客汝南，无与具朝食。翩然乘肩舆，西有风土色。……母老行役难，女来生理茸。"伯姊，苏辙长女，适文同之子文逸民者。逸民卒于元祐初，故与苏辙同居许昌。

春 尽〔一〕
苏 辙

春风过尽百花空，燕坐笙箫起灭中〔二〕。

树影连天开翠幕，鸟声入耳当歌童。

《楞严》十卷几回读〔三〕，法酒三升是客同〔四〕。

试问邻僧行乞在，何人闲暇似衰翁？

（后集·卷三）

注

〔一〕崇宁二年（1103）迁居汝南时作，题下自注："三月二十三日立夏。"此诗集中表现了他晚年所过的"闲暇"生活，清新淡雅，颇能代表苏辙的诗风。

〔二〕燕：通"宴"，安闲。燕坐即闲坐。

〔三〕《楞严》：佛经名，全称为《大佛顶如来密因修证了义诸菩萨万行首楞严经》，共十卷。苏辙《书楞严经后》："崇宁癸未（即崇宁二年）自许迁蔡，杜门幽坐，取《楞严经》

反复熟读。……三月二十五日志。"可知为记实。

〔四〕法酒：按法定规格酿的酒，又叫官酝。当时苏辙北归不久，还未完全断绝交游，故有此句。葛立方《韵语阳秋》卷四："韦应物《奉谢处士诗》云：'高斋乐宴罢，清夜道相存。'东坡《次韵王巩》：'那能废诗酒，亦未妨禅寂'。子由《春尽诗》云：'《楞严》十卷几回读，法酒三升是客同。'道贵冲寂，宴主欢畅，二者恐不能相兼也。"

任氏阅世堂前大桧[一]

苏 辙

君家大桧长百尺，根如车轮身弦直。

壮夫连臂不能抱，孤鹤高飞直上立。

狂风动地舞枝干，大雪翻空洗颜色。

人言此桧三百年，未知昔是何人植。

君家大夫老不遇，一生使气未尝屈[二]。

没身不说归故里，遗爱自知怀旧邑[三]。

此翁此桧两相似，相与阅世何终极？

汝南山浅无良材，栎柱栋椽聊障日。

便令杀身起大厦，亦恐众林无匹敌。

且留枝叶挠云霓，犹得世人长叹息。

（后集·卷三）

注

〔一〕崇宁二年（1103）迁居汝南时作。任氏：指任伋，与其兄任孜，号二任，文学气节与苏洵齐名。参苏洵《答二任》注〔一〕，任伋曾为蔡州（治所在汝南）新息令，民爱之，买田而居。阅世堂即在此。后曾通判黄州，知沪州，元丰四年卒。此诗前八句写大桧又直又大，不为风雪所动；"君家大夫"六句写任伋有如大桧一样，"一生使气未尝屈"；最后六句语意双关，感慨独木难支，大桧难以发挥栋梁作用。

〔二〕"君家大夫老不遇"二句：秦观《泸州使君任公墓志铭》："任公讳伋字师中，眉州眉山人。少学读书，通其大义，不治章句，性任侠喜事。"熙宁某年其察访使荐伋知泸州。元丰二年纳溪砦夷人闹事，伋驰至境上晓以祸福，相与投兵请降。转运使诬奏伋，"朝廷疑之，乃先免，而下章于他部各穷竟，所考未具而公既没矣"。

〔三〕"没身不说归故里"二句：苏辙《黄州师中庵记》："始为新息令，知其民之爱之，买田而居。新息之人亦曰：'此吾故君也。'相与事之不替。……今师中生而家于新息，没而齐安（即黄州）之人为亭与庵以待之，使死而有知，师中其将往来于新息、齐安之间乎？"

寒食二首（选一）〔一〕
苏 辙

寄住汝南怀岭南，五年一醉久犹酣〔二〕。
身逃争地差云静〔三〕，名落尘寰终自惭〔四〕。
耳畔飞蝇看尚在〔五〕，鼻中醇酢近能甘。
今朝寒食唯兹饮，买酒先防客欲谈。

（后集·卷三）

注

〔一〕崇宁二年（1103）迁居汝南时作。从这首诗不难看出徽宗朝对元祐党人迫害之严重以及苏辙晚年不愿再卷入是非之争的心情。

〔二〕五年：苏辙于绍圣四年（1097）贬雷州，元符元年（1098）迁循州，建中靖国元年（1101）还居颍昌，在岭南共五年。

〔三〕争地：指颍昌，亦兼指朝廷。

〔四〕名落尘寰：从青年时代起，苏辙即与苏轼齐名；元祐年间，苏辙官至副相，地位比苏轼还高；苏轼死后，"敌手一时无复在"（《读旧诗》），他更成了文坛泰斗。声名太高，目标太大，这就是他必须"身逃争地"的原因之一。

〔五〕耳畔飞蝇看尚在：谓政敌还未停止对他的迫害。不久，连苏辙提举太平宫的空衔亦罢免了，他在《罢提举太平宫，欲还居颍川》中写道："避世山林中，衣草食芋粟。奈何处朝市，日耗太仓积？中心久自笑，公议肯相释？终然幸宽政，尚许存寄秩。经年汝南居，久与茅茨隔。祠宫一扫空，避就两皆失。"所谓"飞蝇看尚在"，即"公议肯相释"。

喜 雨〔一〕

苏 辙

夺官分所甘，年来禄又绝〔二〕。

天公尚怜人，岁赍禾与麦。

经冬雪屡下，根须连地脉。

庖厨望饼饵，瓮盎思曲蘖。

一春百日旱，田作龟板拆。

老农泪欲堕，无麦真无食。

朱明候才兆〔三〕，风雷起通夕。

田中有人至，膏润已逾尺。

继来不违愿，饱食真可必。

民生亦何幸，天意每相恤。

我幸又已多，锄来坐不执。

同尔乐丰穰，异尔苦税役。

时闻吏号呼，手把县符赤。

岁赋行自办，横敛何时毕〔四〕！

（后集·卷四）

注

〔一〕崇宁四年（1105）颍昌作，题下自注："三月二十三日。"此诗前四句从自己的夺官绝禄写到天公怜人，已暗点喜雨；中间十六句写出了冬雪、春旱、喜雨的全过程；后八句把自己同农民相比，揭露了徽宗朝的横征暴敛，对农民寄予了深切同情。苏辙晚年离开官场，居住乡间，对农村生活更加了解，对农民疾苦更加关心，写下了不少反映现实的诗篇，这是其中的一首。

〔二〕"夺官分所甘"二句：苏辙《颍滨遗老传》："居（颍昌）二年，朝廷易相，复降授朝请大夫，罢祠宫。"参见苏辙《寒食》注〔五〕。

〔三〕朱明：《尔雅·释天》："夏为朱明。"时已春末，故云"朱明候才兆"。

〔四〕"时闻吏号呼"四句：柳宗元《捕蛇者说》："吾斯役之不幸，未若复吾赋不幸之甚也。……悍吏之来吾乡，叫嚣乎东西，隳突乎南北，哗然而骇者，虽鸡狗不得宁焉。"县符，催缴租税的符敕。岁赋，每年固定的租赋。横敛，临时的苛捐杂税。

九日独酌三首（选一）〔一〕

苏　辙

府县嫌吾旧党人〔二〕，乡邻畏我昔黄门〔三〕。

终年闭户已三岁〔四〕，九日无人共一樽。

白酒近令沽野店，黄花旋遣折篱根。

老妻也说无生活〔五〕，独酌油然对子孙〔六〕。

（后集·卷四）

注

〔一〕崇宁五年（1106）颍昌作。《宋史·苏辙传》："筑室于许，号颍滨遗老，自作传万余言，不复与人相见。终日默坐，如是者几十年。"这首诗就反映了苏辙晚年杜门闲居的孤寂生活及其原因。

〔二〕旧党：时称变法派为新党，称反变法派为旧党，又叫元祐党人。

〔三〕黄门：晋以后建门下省，唐开元中曾改为黄门省。苏辙于元祐间曾任门下侍郎，故人称苏黄门。

〔四〕三岁：指崇宁三年（1104）苏辙自汝南还居颍昌至作此诗时。建中靖国元年（1101）苏辙自岭南初归颍昌的一二年间并未杜门不出，《赠史文史奉议》（"君时共还往"）、《次前韵示杨明》（"欲邀东阁叟，烦子作效迎"）、《唐修撰义问挽词》（"酒盏开常数"）等诗皆可为证。

〔五〕说：通"悦"。无生活：指无事干。

〔六〕油然：自然而然的样子。

丙戌十月二十三日大雪〔一〕

苏　辙

秋成粟满仓，冬藏雪盈尺。

天意愍无辜，岁事了不逆〔二〕。

谁言丰年中，遭此大泉厄〔三〕！

肉好虽甚精，十百非其实。

田家有余粮，靳靳未肯出。

间阎但坐视，愍愍不得食〔四〕。

朝饥愿充肠，三五本自足。

饱食就茗饮，竟亦安用十〔五〕？

奸豪得巧便，轻重窃相易。

邻邦谷如土，胡越两不及〔六〕。

闲民本无赖，翩然去井邑。

土著坐受穷〔七〕，忍饥待捐瘠。

彼哉陶钧手〔八〕，用此狂且愎〔九〕。

天且无奈何，我亦长太息。

（《栾城三集》卷一）

280

注 ——

〔一〕崇宁五年（1106）颍昌作，丙戌即崇宁五年。《宋史·食货志下二·钱币》："蔡京当政，将以利惑人主，托假绍述，肆为纷更。有许天启者，京之党也，时为陕西转运副使，迎合京意，请铸当十钱。"结果造成"钱币苦重，条序不一，私铸日甚"，"市易濡滞"，"百物争价"，"公私为害"。苏辙这首诗即揭露了蔡京铸当十钱的严重危害。

〔二〕"秋成粟满仓"四句：写大丰收以反衬下面所述皆为人祸。秋成，谷物经秋而有成，杜牧《八月十二日得替后移居云溪馆》："万家相庆喜秋成。"冬藏，冬天储藏粮食以备来年之需，《礼记·乐记》："春作夏长，仁也；秋敛冬藏，义也。"愍，怜悯。岁事，一年中应办的事，《礼记·王制》："成岁事，制国用。"岁事了不逆，谓一年中应办的事都很顺心，一点不违人意。

〔三〕大泉：即大钱。《国语·周语下》："景王二十一年将铸大钱。"韦昭注："钱者，金币之名，所以贸买物、通财用者也。古曰泉，后转曰钱。"此指蔡京当政时所铸当十钱。

〔四〕"田家有余粮"四句：谓田家有粮卖不出去，里巷市民却买不到粮。靳靳，吝惜不与貌。愍愍，忧病貌。

〔五〕"朝饥愿充肠"四句：谓朝餐、茗饮，三五文钱即足，不需当十大钱。

〔六〕胡越：胡在北，越在南，喻相距遥远。《史记·鲁仲连邹阳列传》："意合则胡越为兄弟。"

〔七〕土著：世居某地之人。韩愈《论变盐法事宜状》："浮寄奸滑者转富，土著守业者日贫。"

〔八〕陶钧：陶为陶冶，钧为制作陶器的范模。陶钧手指当权者蔡京等人。

〔九〕狂且愎：狂妄执拗之人，指"请为当十钱"的许天启等人。

梦中反古《菖蒲》 并引〔一〕
苏 辙

古诗云："石上生菖蒲，一寸十二节。仙人劝我食，令我好颜色。"十一月八日四鼓，梦中反之作四韵。见一愚公在侧借观〔二〕，示之。赧然有愧恨之色〔三〕。

石上生菖蒲，一寸十二节。

仙人劝我食，再三不忍折。

一人得饱满，余人皆不悦。

已矣勿复言，人人好颜色。

（三集·卷一）

〔一〕崇宁五年（1106）颍昌作。菖蒲：草名，根可入药。古《菖蒲》诗指张籍《寄菖蒲》，其中第四句为"令我头青面如雪"，其他三句与诗序所引相同。徽宗朝打着崇尚熙宁变法的幌子，大力搜刮民脂民膏，因此这首诗讽刺王安石变法是为了统治者"饱满"而不顾人民的死活。

〔二〕愚公：苏辙这里未点名，其孙苏籀《栾城遗言》说："崇宁丙戌十一月八日四鼓《梦中反古〈菖蒲〉》诗云：'一人得饱满，余人皆不悦'，之句，王介甫（安石）在侧借观，示之，赧然有愧恨之色。"可见是指王安石。

〔三〕赧然：因羞愧而脸红。赧然有愧恨之色，说明"一人得饱满"并不是王安石变法的本意，只是造成了这样的恶果而已。

初成遗老斋、待月轩、藏书室三首〔一〕

苏　辙

遗老斋

老人身世两相遗，绿竹青松自蔽亏。

已喜形骸今我有〔二〕，枉将名字与人知。

往还但许邻家父，问讯才通说法师〔三〕。

燕坐萧然便终日〔四〕，客来不识我为谁。

待月轩〔五〕

轩前无物但长空，孤月忽来东海东。

圆满定从何处得？清明许与众人同。

怜渠生死未能免，顾我盈亏略已通〔六〕。

夜久客寒要一饮，油然细酌意无穷〔七〕。

藏书室〔八〕

读书旧破一年功，老病茫然万卷空。

插架都将付诸子〔九〕，闭关犹得养衰翁〔一〇〕。

案头萤火从干死〔一一〕，窗里飞蝇久未通〔一二〕。

自见老卢真面目〔一三〕，平生事业有无中。

（三集·卷一）

注 ——————————————————————————

〔一〕 大观元年（1107）颍昌作。苏辙《遗老斋记》："庚辰（1100）之冬，予蒙恩归自南荒，客于颍川，思归而不能。诸子忧之曰：'父母老矣，而居室未完，吾侪之责也。'则相与卜筑，五年而有成。其南修竹古柏，萧然如野人之家。乃辟其四楹，加明窗曲槛，为燕居之斋。斋成，求所以名之，予曰：'予颍滨遗老也，盍以遗老名之？'"这首诗写出了他身世两遗，不再与官府交往，只与邻居、僧人交往的闲适生活。

〔二〕 形骸今我有：《庄子·知北游》："舜问乎丞曰：'道可得而有乎？'曰：'汝身非汝有也，汝何得有乎道？'"苏轼《临江仙·夜归临皋》："长恨此身非我有，何时忘却营营？"苏辙反用此典。

〔三〕 说法：佛家以讲道为说法，《维摩经·方便品》："维摩诘因以身疾，广为说法。"说法师即指僧人。

〔四〕 燕坐：佛语，即坐禅。《中阿含经》："入室燕坐。"

〔五〕 待月轩：参所选苏辙《待月轩纪》。

〔六〕 "怜渠生死未能免"二句：苏辙《待月轩记》：庐山隐者对苏辙讲"性犹日也，身犹月也"说"人始有性而已，性之所寓为身；天始有日而已，日之所寓为月。……日则未

283

始变也，惟其所寓则有盈阙，一盈一阙者月也。惟性亦然，出生入死，出而生者未尝增也，入而死者未尝耗也，性一而已。惟其所寓则有死生，一生一死者身也"。可知"怜渠"之"渠"代指身，通盈亏即通月之一盈一阙之理。

〔七〕"夜久客寒要一饮"二句：苏辙《待月轩记》："一夕举酒延客，道隐者之语。客漫不喻曰：'吾尝治术矣，初不闻是说也。'予为之反复其理，客徐悟曰：'唯唯。'"要，邀，细酌，既指酌酒，又指细酌"性犹日"，"身犹月"，日、性不变，月、身才有盈阙、生死之理。

〔八〕藏书室：参所选苏辙《藏书室记》。

〔九〕插架：指插架之书。

〔一〇〕闭关：犹闭户。江淹《恨赋》："闭关却扫，塞门不仕。"

〔一一〕萤火：指萤火虫。从：任。

〔一二〕窗里飞蝇久未通：即飞蝇久未通窗里。飞蝇暗指攻击他的官场中人，用法与"耳畔飞蝇看尚在"（《寒食》）同。

〔一三〕老卢：未详其人，而苏辙晚年屡用之。《早昨》："老卢下种法，从古无此妙。"《十月二十九日雪》："珍重老卢留种子，养生不得问王江。"王江为苏辙任陈州教授时所认识的"善养生"者（见《龙川略志》卷二），疑老卢也是类似的人。

秋　稼〔一〕

苏　辙

雨晴秋稼如云屯，豆没鸡兔禾没人。
老农欢笑语行路，十年俭薄无今晨〔二〕。
无风无雨更一月，藜羹黍饭供四邻。
天公似许百姓足，人事未可一二论。
穷边逃卒到处满，烧场入室才逡巡〔三〕。
县符星火杂鞭箠，解衣乞与犹怒真。
我愿人心似天意，爱惜老弱怜孤贫。
古来尧舜知有否？诗书到此皆空文。

（三集·卷三）

284

注

〔一〕政和元年（1111）颖昌作。此诗前六句写丰收；中六句写人事，写逃卒和官府给人民带来的灾难，末四句是作者的愿望以及作者因现实的黑暗对古代是否存在尧舜之治所产生的怀疑。

〔二〕十年俭薄无今晨：谓十年来过着俭薄的生活，从没有像今天这样富裕。

〔三〕"穷边逃卒到处满"二句：时童贯为熙河兰湟秦凤路经略安抚制置使，连年对西羌用兵。苏辙《蚕麦》诗亦云："经过话关陕，贫病不堪闻。"

乐天集戏作五绝〔一〕

苏 辙

乐天梦得老相从〔二〕，洛下诗流得二雄〔三〕。
自笑索居朋友绝，偶然得句与谁同？

乐天得法老凝师〔四〕，后院犹存杨柳枝〔五〕。
春尽絮飞余一念，我今无累日无思。

乐天投老刺杭苏，溪石胎禽载舳舻〔六〕。
我昔不为二千石〔七〕，四方异物固应无。

乐天引洛注池塘，画舫飞桥映绿杨〔八〕。
溟水隔城来不得〔九〕，不辞策杖看湖光。

乐天种竹自成园，我亦墙阴数百竿。
不共伊家斗多少，也能不畏雪霜寒。

（后集·卷三）

注 ——————————————————————

〔一〕政和元年（1111）颍昌作。参所选苏辙《书白乐天集后》。苏辙晚年闲居颍昌，与白居易晚年居洛很相似，但处境比白居易差得多，这组五绝着重写其区别：白居易与刘梦得诗酒相从，自己却索居无友；白居易晚年还为歌儿舞伎操心，自己却无忧无累；白居易罢杭州、苏州任，得天竺、太湖石、华亭鹤而归，充实其园亭；而自己所建园宅仅够百口居住；白居易能引洛水入园池，供自己游赏，自己却只能策杖游颍昌西湖。苏辙觉得唯一可与白居易相比的是，园中之竹的数量或不如白，但其傲寒之姿完全可与之媲美，语意双关，富有韵味。

〔二〕梦得：《旧唐书·刘禹锡传》："刘禹锡字梦得，彭城人。……晚年与少傅白居易友善，诗笔文章，时无在其右者，常与禹锡唱和往来。"

〔三〕洛下诗流：白居易在洛阳，与胡杲、吉皎、刘真、郑据、卢真、张浑、李元爽、僧如满结成九老会，各赋诗纪事，见白居易《九老图诗序》。二雄：指白居易和刘禹锡。

〔四〕老凝师：白居易《白渐偈并序》："唐贞元十九年秋八月，有大师曰凝公迁化于东都圣寿寺塔院。……初居易常求心要于师，师赐我八言焉，曰观，曰觉，曰定，曰慧，曰明，曰通，曰济，曰舍。由是入于耳，贯于心，达于性，于兹三四年矣。"

〔五〕杨柳枝：指白居易家伎樊素，善唱《杨柳枝词》。苏轼《朝云诗》："不似杨枝别乐天。"杨枝，指樊素。

〔六〕"乐天投老刺杭苏"二句：白居易《池上篇》："乐天罢杭州刺史，得天竺石一、华亭鹤二以归。始作西平桥，开环池路。罢苏州刺史时，得太湖石五、白莲、折腰菱、青板舫以归，又作中高桥，通三岛径。"

〔七〕二千石：汉代内自九卿郎将，外至郡守尉的俸禄等级，后因称郎将、郡守、知府为二千石。苏辙一生仅绍元年（1094）四月贬知汝州，六月再贬袁州，未到任贬居筠州，即除做过两个月的知州外，一生未做过州府一级的地方长官。

〔八〕"乐天引洛注池塘"二句：《旧唐书·白居易传》："居易罢杭州，归洛阳，于履道里得故散骑常侍杨凭宅，竹木池馆，有林泉之致。"白居易《池上篇》："十亩之宅，五亩之园，有水一池，有竹千竿。勿谓土狭，勿谓地偏，足以容膝，足以息肩。有堂有亭，有桥有船，有书有酒，有歌有弦。"

〔九〕溟水：《水经注》卷二十二："溟水出河南密县大騩山。"经长葛、颍昌，入蔡河。

游西湖〔一〕

苏 辙

闲门不出十年久〔二〕，湖上重游一梦回。

行过间阎争问讯〔三〕，忽逢鱼鸟亦惊猜。

可怜举目非吾党，谁与开樽共一杯！

归去无言掩屏卧，古人时向梦中来〔四〕。

（三集·卷三）

注

〔一〕政和二年（1112）颍昌作。叶梦得《石林诗话》卷上："许昌西湖与子城密相附，缘城而下，可策杖往来，不涉城市。云是曲环作镇时，取土筑城，因以其地道溉水潴之。略广百余亩，中为横堤。"这首诗写出了颍川父老对他重游西湖的反应和他自己重游西湖的观感。

〔二〕十年：自崇宁三年（1104）从汝南还居颍昌至作此诗时为十年。

〔三〕间阎：本指里巷，此指里巷平民。《汉书·诸侯五表》："适（谪）戍强于五伯，间阎逼于戎狄。"

〔四〕"归去无言掩屏卧"二句：谓他现在的同调只有书中古人，故只好默默无言，回去掩屏读书。

泛溉水〔一〕

苏 辙

早岁南迁恨舳舻，归来平地忆江湖。

半篙春水花千片，八尺轻船酒一壶。

徐转城阴平野阔^{〔二〕}，稍通竹径小亭孤。

前朝宰相终难得，父老咨嗟今亦无^{〔三〕}。

（三集·卷三）

注

〔一〕政和二年（1112）颍昌作。瀍水：见前《读乐天集戏作五绝》注〔九〕。这年是苏辙去世之年，他一反"不踏门前路"的决定，不但游了西湖，而且泛舟瀍水。首联以"南迁恨舳舻"反衬十年来的"忆江湖"，这一"忆"字充分说明他的"闭门不出"完全是为形势所迫；中间两联写泛舟瀍水的快乐，尾联是对时局的感慨。

〔二〕城阴：即城北。

〔三〕"前朝宰相终难得"二句：苏辙自注："自瀍沟泛舟至曲水园，本文潞公旧物，潞公以遗贾魏公，今为贾氏园矣。"文潞公，即文彦博（1006—1097），字宽夫，汾州介休（今属山西）人，累官同中书门下平章事，封潞国公。贾魏公，即贾昌朝（998—1065）字子明，获鹿（今属河北）人。仁宗时拜同中书门下平章事，英宗时封魏国公。无论苏辙写这首诗时，还是苏辙杜门颍昌的十年中，担任宰相的主要是蔡京，这无异于直斥蔡京非贤相。

词选

南歌子（海上乘槎侣）

八月十八日观潮〔一〕

苏 轼

海上乘槎侣〔二〕，仙人萼绿华〔三〕。飞升元不用丹砂〔四〕，住在潮头来处渺天涯。　雷辊夫差国〔五〕，云翻海若家〔六〕。坐中安得弄琴牙〔七〕，写取余声归向《水仙》夸？

（《东坡乐府笺》卷一。以下只注卷次）

注

〔一〕熙宁五年（1072）通判杭州时作。可以系年的东坡词始于通判杭州时，这是其中最早的一首（还有一首《浪淘沙》，龙榆生《东坡乐府笺》系于这年正月）。但正如王文诰《苏诗总案》卷七所说："此倅杭作而年无所考。"已显露出豪放词的特征，想象丰富，气势磅礴，且喜用典。上阕因观潮而想象仙人正乘潮来去，下阕因潮声如雷而希望有琴师来谱写潮声。

〔二〕乘槎：《博物志》卷三载，天河与海通，有居海上者每年八月见海槎上来，不违时。遂备粮乘之至天河。李商隐《海客》有"海客乘槎上紫氛"句。

〔三〕萼绿华：陶弘景《真诰·运象》："萼绿华者，女仙也。年可二十许，上下青衣，颜色绝整。以晋穆帝升平三年己未十一月十日夜降于羊权家，自云是南山人。不知何仙也。自此一月辄六过其家。"

〔四〕飞升：《黄帝内景经》："飞升十天。"《南史·陶弘景传》："弘景既得神符秘诀，以为神丹可成而苦无药物。帝给黄金、朱砂、曾青、雄黄等。后合飞丹，色如霜雪，服之体轻。"

〔五〕雷辊夫差国：傅幹《注坡词》："今余杭，乃吴王夫差之故国。雷辊，言其潮声如雷。"辊，滚动。

〔六〕云翻：傅幹《注坡词》："言其潮势如云。"海若：北海若。《庄子·秋水》："北海
若曰：'井蛙不可以语于海者，拘于虚也。'"郭庆藩《庄子集释》卷六下："若，海神也。"

〔七〕弄琴牙：傅幹《注坡词》："弄琴牙，伯牙也，而善抚琴。古者抚琴亦谓之
弄。"《乐府解题》："伯牙学琴于成连，三年不成。成连云：'吾师方子春今在东海中，能移人
情。'乃与伯牙俱往。至蓬莱山，留伯牙曰：'子居习之，吾将迎子。'刺船而去，旬日不
返。伯牙延望无人，但闻海涛汹涌，山林窅冥。怆然叹曰：'先生移我情矣！'乃援琴而歌，
作《水仙操》。曲终，成连回，刺船迎之而还。"下句《水仙》即指《水仙操》。

江城子（凤凰山下雨初晴）

湖上与张先同赋，时闻弹筝〔一〕

苏 轼

凤凰山下雨初晴〔二〕，水风清，晚霞明，一朵芙蕖〔三〕，开过尚盈盈〔四〕。何
处飞来双白鹭，如有意，慕娉婷〔五〕。　　忽闻江上弄哀筝，苦含情，遣谁听？
烟敛云收，依约是湘灵〔六〕。欲待曲终寻问取，人不见，数峰青〔七〕。

（卷一）

注 _____

〔一〕熙宁中通判杭州时作。熙宁五年（1072）苏轼有《和致仕张郎中春昼》诗，此词
当作于其前后不久。张先（990—1078），字子野，乌程（今浙江吴兴）人，天圣八年进士，
官至都官郎中。诗格清丽，尤工于词。苏轼通判杭州时，张先已八十余，但视听精强，与
苏轼颇多唱和。关于此词背景有两说，一为袁文《瓮牖闲评》："坡倅杭日，与刘贡父兄弟
游西湖。忽有一女子驾小舟而来，自叙景慕公名，无由得见，今已嫁为民妻。闻公游湖，
不惮呈身以遂景慕之忱，愿献一曲。公乃为赋《江城子》。"一为张邦基《墨庄漫录》卷一：
"东坡在杭州，一日游西湖，坐孤山竹阁前临湖亭上。时二客皆有服预焉。久之，湖心有一
彩舟渐近亭前，靓妆数人。中有一人尤丽，方鼓筝，年且三十余，风韵娴雅，绰有态度。

二客竟目送之。曲未终，翩然而逝。公戏作长短句。"此词上阕写景，下阕记事，根据词的内容，似以后说为是。

〔二〕凤凰山：在杭州南。田汝成《西湖游览志》卷七《南山胜迹》："凤凰山，两翅轩翥，左薄（近）湖畔，右掠江滨，形若飞凤，一郡王气，皆借此山。"

〔三〕芙蕖：即荷花。《诗·郑风·山有扶苏》："隰有荷华。"郑玄笺："未开曰菡萏，已发曰芙蕖。"

〔四〕盈盈：仪态美好貌。

〔五〕"何处飞来双白鹭"三句：双白鹭，指"有服"（穿有居丧孝服）的二客。娉婷，仪态娴雅的美女，此指"方鼓筝"的女子。杜牧《晚晴赋》："白鹭潜来兮，邀风标之公子；窥此美人兮，如慕悦其容媚。"此化用其意。

〔六〕湘灵：舜帝二妃娥皇、女英，从舜南征不返，道死沅湘之间，后世谓之湘灵。此亦借指弹筝者。

〔七〕"欲待曲终寻问取"三句：钱起《湘灵鼓瑟》："曲终人不见，江上数峰青。"此指弹筝者"曲未终，翩然而逝"。

瑞鹧鸪（城头月落尚啼乌）

寒食未明至湖上，太守未来，两县令先在〔一〕

苏 轼

城头月落尚啼乌，朱舰红船早满湖〔二〕。鼓吹未容迎五马〔三〕，水云先已漾双凫〔四〕。　　映山黄帽蝘头舫〔五〕，夹岸青烟鹊尾炉〔六〕。老病逢春只思睡，独求僧榻寄须臾〔七〕。

（卷一）

注 ———

〔一〕熙宁六年（1073）通判杭州时作。太守指杭州知州陈襄，两县令指钱塘令周邠，仁和令徐畴，苏轼有《立秋日祷雨，宿灵隐寺，同周、徐二令》诗。此词上阕写天未明至湖上，下阕写游湖及倦意。东坡倅杭日，府僚常于西湖聚会，此词颇能反映当时盛况。此词又收入诗集，但正如王文诰所说："此二句（指开头两句）定是词体，必非诗体。宋人有谓公词似诗者，当由此词牵误。"（《苏诗编注集成》卷九）

〔二〕"城头月落尚啼乌"二句：写天未明至湖上。张继《枫桥夜泊》："月落乌啼霜满天。"

〔三〕鼓吹未容迎五马：指"太守未来"。鼓吹，鼓吹乐，一种合奏器乐。五马，《汉官仪》："四马载车，此常礼也。惟太守出则增一马，故曰五马。"

〔四〕水云先已漾双凫：写"两县令先在"。王十朋《苏诗集注》引厚曰："双凫，谓二县令也。"《后汉书·方术传》："王乔者，河东人也，显宗世为叶令。乔有神术，每月朔望，常自县诣台朝。帝怪其来数而不见车骑，密令太史伺望之。言其临至，辄有双凫从东南飞来。"

〔五〕黄帽：指船夫。《汉书·邓通传》："邓通，蜀郡安南人也，以濯船为黄头郎。文帝尝梦欲上去，不能，有一黄头郎推上天，顾见其衣尻带后穿。觉而之渐台，以梦中阴目求推者郎，见邓通，其衣后穿，梦中所见也。"颜师古注："刺船之郎皆着黄帽，因号曰黄头郎。"螭：《说文·虫部》："螭，若龙而黄。"螭头舫：饰以螭头的船。

〔六〕鹊尾炉：长柄香炉。《冥祥记》："费崇先少信佛法，常以鹊尾炉置漆前。"此句谓夹岸寺庙香烟袅袅，故下接僧榻。

〔七〕"老病逢春只思睡"二句：老病，时苏轼仅三十八岁。王文诰《苏诗编注集成》卷九："一结平淡，公往往不脱此意，故能晚年肆力于陶。"

南乡子（回首乱山横）

送述古〔一〕

苏 轼

回首乱山横，不见居人只见城〔二〕。谁似临平山上塔，亭亭，迎客西来送客行〔三〕。　　归路晚风清，一枕初寒梦不成。今夜残灯斜照处，荧荧，秋雨晴时泪不晴〔四〕。

（卷一）

注

〔一〕王文诰《苏诗总案》卷十二：熙宁七年（1074）七月，"追送陈襄移守南都，别于临平，舟中作《南乡子》。"陈襄字述古，福建侯官人。进士及第，先后任浦城主簿，知河阳县，知常州等职。神宗立，同修起居注，知谏院，改侍御史知杂事。他反对王安石变法，指责青苗法是"称贷以为利"，要求"贬斥王安石、吕惠卿以谢天下"。神宗曾向陈襄访问可用之人，襄举司马光、苏轼以对。这引起王安石的不满，被命出知陈州，熙宁五年（1072）改知杭州。时苏轼任杭州通判，二人多所唱和。熙宁七年七月改官南都，苏轼作了六首词送陈襄，此为其中最后一首。此词上阕写别后于归舟中回望告别之地临平，下阕写归舟中因思念友人而夜不能寐，泪满衣襟，全词抒发了他对陈襄深厚真挚的感情。

〔二〕"回首乱山横"二句：山即第三句所说的临平山，城指临平镇，"回首""不见"的主语是作者自己。有人说"城指杭州"，那么"回首"者就不是苏轼而是陈襄了；临平在杭州东北百余里处，若是陈襄回首杭州，不但"不见居人"，恐怕连"只见城"也不可能。苏轼《辛丑十一月十九日既与子由别于郑州西门之外，马上赋诗一篇寄之》有"登高回首坡垅隔，但见乌帽出复没"语，也是作者回望对方，词的写法与诗的相同，都是抒发"行人已远而故人不复可见"的"惜别之意"（陈岩肖《庚溪诗话》卷下）。

〔三〕"谁似临平山上塔"三句：临平山，《元丰九域志》卷五：杭州"仁和，九乡，临平、范浦、江涨桥、汤村四镇，一盐场。有临平山、浙江"。可知临平镇和临平山在杭州仁和县，下临运河，为舟行北上必经之地。亭亭，高耸貌。正因一二句是作者回望临平而"故人不复可见"，故这三句才羡慕"临平山上塔"高高耸立，居高眺远，既可"迎客西来"，又可"送客"东行北上。

〔四〕"今夜残灯斜照处"三句：与柳永《雨霖铃》"今宵酒醒何处，杨柳岸，晓风残月"的写法相似，皆设想之词。荧荧，灯光昏暗貌。

阮郎归（一年三度过苏台）

苏 轼

一年三过苏，最后赴密州时，有问"这回来不来"，其色凄然。太守王规父嘉之，令作此词〔一〕。

　　一年三度过苏台〔二〕，清樽长是开。佳人相问苦相猜：这回来不来？情未尽，老先催，人生真可咍〔三〕！他年桃李阿谁栽？刘郎双鬓衰〔四〕！

（卷一）

　　〔一〕熙宁七年（1074）罢杭州任，赴密州（治所在今山东诸城）任，途经苏州时作。王海字规父，真定（今河北正定）人，参知政事王举正之子，熙宁中知苏州，与苏轼往来密切。熙宁六年十一月苏轼赴常、润赈饥，过苏州，王海出示仁宗赐其父之飞白，苏轼为作《仁宗皇帝飞白记》；熙宁七年五月苏轼再过苏州，王海移厨宴轼于虎邱，自以斋素未至；十月苏轼赴密州，三过苏州，王海宴请轼，令歌者向轼乞词，苏轼为作此词。上阕写歌伎依依惜别之情，问语虽质朴，感情却很真挚；下阕是苏轼的答词，他感叹人生短促，似乎答非所问，但后会难期之感已溢于言外。苏轼的艳情词多含强烈的身世之感，这首和下首都是如此。

　　〔二〕苏台：姑苏台，在苏州。《史记·吴世家》："吴王夫差破越，越进西施请退军，吴王许之。既得西施，甚宠之，为筑姑苏台，高三百丈，游宴其上。"

　　〔三〕咍（hāi）：嗤笑。

　　〔四〕"他年桃李阿谁栽"二句：刘郎指刘禹锡。贞元十一年刘自屯田员外郎贬郎州司马，居十年，诏至京师，作《赠看花诸君子》诗："紫陌红尘拂面来，无人不道看花回。玄都观里桃千树，尽是刘郎去后栽。"

醉落魄（苍颜华发）

苏州阊门留别〔一〕

苏　轼

　　苍颜华发，故山归计何时决！旧交新贵音书绝〔二〕，惟有佳人，犹作殷勤别〔三〕。　　离亭欲去歌声咽，萧萧细雨凉吹颊。泪珠不用罗巾浥〔四〕，弹在罗衫，图得见时说。

（卷一）

注 ————————————————————————————————

〔一〕熙宁七年（1074）罢杭州任，赴密州任，途经苏州时作。阊门：苏州西门。此词上阕一二句写他厌倦官场，盼归故山；后三句把"旧交新贵"的薄情同"佳人"的"殷勤"作对比；下阕一二句进一步补写"佳人""殷勤"的形象；最后三句是作者对"佳人"的安慰之词，留下泪痕以便将来重话旧情，寄予对方以还有重见的希望。

〔二〕旧交新贵音书绝：《史记·汲郑列传》："一死一生，乃知交情；一贫一富，乃知交态；一贵一贱，交情乃见。"皆言世态炎凉，人情冷暖。杜甫《狂夫》："厚禄故人书断绝。"

〔三〕殷勤：情意肯切。

〔四〕浥：沾湿，不用罗巾浥，即不用擦泪以免沾湿罗布。

沁园春（孤馆灯青）

赴密州早行，马上寄子由〔一〕

苏 轼

孤馆灯青，野店鸡号〔二〕，旅枕梦残。渐月华收练〔三〕，晨霜耿耿〔四〕，云山摛锦〔五〕，朝露团团〔六〕。世路无穷，劳生有限〔七〕，似此区区长鲜欢〔八〕。微吟罢，凭征鞍无语，往事千端。　　当时共客长安，似二陆初来俱少年〔九〕。有笔头千字，胸中万卷，致君尧舜，此事何难〔一〇〕！用舍由时，行藏在我〔一一〕，袖手何妨闲处看！身长健，但优游卒岁，且斗樽前〔一二〕。

（卷一）

注 ————————————————————————————————

〔一〕熙宁七年（1074）赴密州任途中作。上阕写他秋晨离开旅舍，踏上征途的凄凉寂寞心情，下阕抒发产生这种凄冷心情的原因，这就是壮志不酬。元好问以为"'野店鸡号'一篇极害义理，不知谁所作，世人误为东坡"。认为下阕"鄙俚浅近，叫呼炫鬻，殆市驵之雄，醉饱而后发之，虽鲁直（黄庭坚）家婢仆且羞道，而谓东坡作者，误矣"（《东坡乐府笺》卷一引）。此词是较直露，但这正是苏轼诗词的共同特点，不能因此而否定其为东坡所作。

〔二〕野店鸡号：温庭筠《商山早行》："鸡声茅店月，人迹板桥霜。"此化用其意。

〔三〕月华：月光。练：洁白的熟绢，喻月光。收练谓随着天明，月光逐渐暗淡。

〔四〕耿耿：微明貌。

〔五〕摛（chī）锦：铺锦，形容朝阳照耀云雾缭绕的山峦，五彩缤纷。

〔六〕团团：同溥溥，露多貌，《诗·郑风·野有蔓草》："零露溥兮。"

〔七〕"世路无穷"二句：谓人世的路途是无穷无尽的，而辛劳的人生是短促的。杜甫《绝句漫兴》："莫思身外无穷事，且尽生前有限杯。"

〔八〕区区：渺小，指有限的人生。鲜：少。

〔九〕"当时共客长安"二句：长安，今陕西西安，借指宋都汴京。二陆，晋陆机、陆云。吴灭，二陆入洛，陆机年二十，陆云年十六。此借二陆喻苏轼兄弟于嘉祐元年入京应试事，时苏轼二十二岁，苏辙十八岁。

〔一〇〕"有笔头千字"四句：杜甫《奉赠韦左丞丈二十二韵》："读书破万卷，下笔如有神。……自谓颇挺出，立登要路津。致君尧舜上，再使风欲淳。"

〔一一〕"用舍由时"二句：《论语·述而》："用之则行，舍之则藏。"

〔一二〕"身长健"三句：《孔子家语》："优哉游哉，聊以卒岁。"朱僧孺《席上赠刘梦得》："休论世上升沉事，且斗樽前见在身。"此合用其意。

蝶恋花（灯火钱塘三五夜）

密州上元〔一〕

苏 轼

灯火钱塘三五夜〔二〕，明月如霜，照见人如画。帐底吹笙香吐麝〔三〕，更无一点尘随马〔四〕。　　寂莫山城人老也，击鼓吹箫，却入农桑社〔五〕。火冷灯稀霜露下，昏昏雪意云垂野。

（卷一）

298

注 ────────────────────────────────────

〔一〕熙宁八年（1075）知密州时作。上元即元宵节，时间在正月十五日。此词用对比手法，以杭州上元的繁华反衬密州上元的清寂，反映了由杭至密，生活环境发生的巨大变化。

〔二〕三五夜：即正月十五日夜。

〔三〕帐底：帐中。香吐麝：《说文》：“麝如小麋，脐有香，一名射父。”汉刘遵《繁华应令诗》：“腕动飘香麝。”

〔四〕尘随马：苏味道《正月十五夜》：“暗尘随马去，明月逐人来。”

〔五〕“击鼓吹箫”二句：写社祭。《周礼·地官司徒·鼓人》：“以灵鼓鼓社祭。”

江城子（十年生死两茫茫）

乙卯正月二十日记梦〔一〕

苏 轼

十年生死两茫茫〔二〕，不思量，自难忘。千里孤坟〔三〕，无处话凄凉。纵使相逢应不识，尘满面，鬓如霜。　　夜来幽梦忽还乡，小轩窗，正梳妆。相顾无言，惟有泪千行。料得年年肠断处，明月夜，短松冈〔四〕。

（卷一）

注 ────────────────────────────────────

〔一〕熙宁八年（1075）知密州时作。乙卯即熙宁八年。这是一首怀念亡妻之作。苏轼前妻王弗，眉州青神（今属四川）人，年十六适苏轼，生子苏迈，二十七岁卒于京师。此词上阕直抒对亡妻的怀念和自己仕途失意之情；下阕前五句是记梦，重现了当年久别重逢的情景，后三句通过设想亡妻的孤苦进一步抒发对亡妻的怀念。

〔二〕十年：苏轼《亡妻王氏墓志铭》：“治平二年（1065）五月丁亥，赵郡苏轼之妻王氏卒于京师。"治平二年至熙宁八年写此词时恰为十年。

〔三〕千里孤坟：《亡妻王氏墓志铭》："六月甲午殡于京城之西，其明年六月壬午葬于眉之东北彭山县安镇乡可龙里先君先夫人墓之西北八步。"

〔四〕"料得年年肠断处"三句：孟棨《本事诗·征异》引张某妻孔氏诗："欲知肠断处，明月照孤坟。"仲长统《昌言》："古之葬，松柏梧桐以识其坟。"

江城子（老夫聊发少年狂）

密州出猎〔一〕

苏　轼

老夫聊发少年狂，左牵黄，右擎苍〔二〕。锦帽貂裘〔三〕，千骑卷平冈。为报倾城随太守〔四〕，亲射虎，看孙郎〔五〕。　　酒酣胸胆尚开张，鬓微霜，又何妨！持节云中，何日遣冯唐〔六〕？会挽雕弓如满月，西北望，射天狼〔七〕。

（卷一）

注 ————————————————————————————

〔一〕熙宁八年（1075）知密州时作。这年十月苏轼祭常山回，归途中与梅户曹会猎于铁沟，作此词。苏轼《祭常山回小猎》诗云："青盖前头点皂旗，黄茅冈下出长围。弄风骄马跑空立，趁兔苍鹰掠地飞。回望白云生翠巘，归来红叶满征衣。圣明若用西凉簿，白羽犹能效一挥。"诗、词所写为同一件事，主旨亦相同，可并读。词的上阕描写了威武雄壮、风驰电掣般的出猎盛况，下阕抒发了希望立功边疆的豪情。苏轼《与鲜于子骏书》说："近却颇作小词，虽无柳七郎（永）风味，亦自是一家。呵呵！数日前猎于郊外，所获颇多。作得一阕，令东州壮士抵掌顿足而歌之，吹笛击鼓以为节，颇壮观也。"如前所述，苏轼在杭州所作词如《南歌子·观潮》，已与词的传统写法颇不相同，而以此词为代表的密州词，"无柳七郎风味""自是一家""颇壮观"，标志着苏轼豪放词的形成。

〔二〕"左牵黄"二句：黄指黄犬，苍指苍鹰。《梁书·张充传》："充出猎，左手臂鹰，右手牵狗。"

300

〔三〕锦帽貂裘：锦蒙帽，貂鼠裘。

〔四〕报：答谢。倾城：全城的人。

〔五〕"亲射虎"二句：孙郎，指三国时吴主孙权。《三国志·吴书·吴主传》载，建安二十三年十月，权将入吴，亲乘马射虎于废亭（今江苏丹阳东）此以孙权自喻。

〔六〕"持节云中"二句：节，符节。云中，古郡名，治所在今内蒙古托克托东北。《汉书·冯唐传》载，魏尚为云中太守，因多报了六个杀敌人数，被下吏削爵。冯唐劝谏汉文帝，文帝悦，是日令冯唐持节赦魏尚，复以为云中守。此以魏尚自喻，望朝廷起用自己，立功边郡。

〔七〕天狼：《楚辞·九歌·东君》："举长矢兮射天狼。"王逸注："天狼，星名，以喻贪残。"此以天狼星喻辽和西夏。

望江南（春未老）

超然台作〔一〕

苏 轼

春未老，风细柳斜斜，试上超然台上看，半壕春水一城花〔二〕，烟雨暗千家。　寒食后〔三〕，酒醒都咨嗟。休对故人思故国〔四〕，且将新火试新茶〔五〕，诗酒趁年华。

（卷一）

注

〔一〕熙宁九年（1076）知密州时作。超然台：见苏轼《再过超然台赠太守霍翔》注〔一〕。此词上阕写景，写出了烟雨茫茫中的密州春景；下阕抒慨，抒发了思归不得，只好以品茶、吟诗、饮酒自娱的心情。

〔二〕壕：护城河。

〔三〕寒食：宗懔《荆楚岁时记》："去冬节一百五日，即有疾风甚雨，谓之寒食，禁火三日。"

〔四〕故国：此指故乡。杜甫《上白帝城》："取醉他乡客，相逢故国人。"

〔五〕新火：寒食后新举之火，古代清明日赐百官新火。韩翃《寒食》："春城无处不飞花，寒食东风御柳斜。日暮汉宫传蜡烛，轻烟散入五侯家。"苏轼《徐使君分新火》："三见清明改新火。"

水调歌头（明月几时有）

苏　轼

丙辰中秋欢饮达旦，大醉，作此篇，兼怀子由〔一〕。

明月几时有！把酒问青天〔二〕。不知天上宫阙，今夕是何年〔三〕。我欲乘风归去，又恐琼楼玉宇，高处不胜寒〔四〕。起舞弄清影，何似在人间〔五〕！　　转朱阁，低绮户，照无眠〔六〕。不应有恨，何事长向别时圆〔七〕！人有悲欢离合，月有阴晴圆缺，此事古难全〔八〕。但愿人长久，千里共婵娟〔九〕。

（卷一）

注 ———————————————————————————————

〔一〕熙宁九年（1076）知密州时作。丙辰即熙宁九年。上阕写把酒问月，幻想乘风进入月宫而又怕月宫寒寂，表现了他盼望回朝而又怕朝廷难处的心情。下阕写倚枕望月，抒发兄弟离合之情。全词清旷超逸，飘飘欲仙，充满哲理，寄慨遥深，表现理想同现实的矛盾，反映了作者长期郁结的有志难酬的苦闷。

〔二〕"明月几时有"二句：李白《把酒问月》："青天有月来几时，我今停杯一问之。"苏轼用其词面，意思不尽相同。从全词看，当晚月光皎洁，故不是疑问语气，而是赞美语气，意谓像今晚这样的明月何时有过！

〔三〕"不知天上宫阙"二句：牛僧孺《周秦行记》："香风引到大罗天，月地云阶拜洞仙。共道人间惆怅事，不知今夕是何年。"此化用其意。

〔四〕"我欲乘风归去"三句：乘风，语出《列子·黄帝》："列子师老商氏，友伯高子，进二子之道，乘风而归。"琼楼玉宇，指月宫。段成式《酉阳杂俎》前集卷二载：翟天师与弟子玩月，弟子问："此中竟何有？"翟笑曰："可随吾指观。"弟子"见月规半天，琼楼金阙满焉"。不胜寒，经受不住月宫的寒冷。《明皇杂录》："八月十五日夜，叶静能邀上游月宫。将行，请上衣裘而往。及至月宫，寒凛特异，上不能禁。"《坡仙集外记》："神宗读至'琼楼玉宇'二句，乃叹曰：'苏轼终是爱君。'即（自黄州）量移汝州。"李治《敬斋古今注》卷八："东坡《水调歌头》（下引'我欲乘风归去'五句，此略），一时词手多用此格。如（黄）鲁直云：'我欲穿花寻路，直至白云深处，浩气展虹霓。只恐花深里，红露湿人衣。'盖效坡语也。近世闲闲老人（赵葁文）亦云：'我欲骑鲸归去，只恐神仙官府，嫌我醉时真。'"刘熙载《艺概·词曲概》："词以不犯本位为高，东坡《满庭芳》'老去君恩未报，空回首，弹铗悲歌'，语诚慷慨。然不若《水调歌头》'我欲乘风归去，又恐琼楼玉宇，高处不胜寒'，尤觉空灵蕴藉。"

〔五〕"起舞弄清影"二句：是同上三句比较，谓月宫高寒，不如人间月下起舞，清影随人更美妙。李白《月下独酌》："我歌月徘徊，我舞影零乱。""起舞弄清影"句本此。

〔六〕"转朱阁"三句：写夜已深，月渐西沉而作者仍不能入睡。低绮户，即指西沉的月光照进了雕花的门窗。

〔七〕"不应有恨"二句：谓月与人没有仇怨，为什么总在人们离别的时候成为满月呢？

〔八〕"人有悲欢离合"三句：王闿运《湘绮楼词选》："'人有'三句，大开大阖之笔，他人所不能。"

〔九〕千里共婵娟：谢庄《月赋》："隔千里兮共明月。"

附录

胡仔：中秋词，自东坡《水调歌头》一出，余词尽废。（《苕溪渔隐丛话》后集卷三十九）

张炎：清空中有意趣，无笔力者未易到。（《词源》卷下）

卓人月：画家大斧皴，书家擘窠体也。（《古今词统》卷十二）

先著：凡兴象高即不为字面碍。此词前半自是天仙化人之笔，惟后半"悲欢离合""阴晴圆缺"等字，苟求者未免指此为累。然再三读去，抟挖运动，何损其佳？（《词洁》卷三）

郑文焯：发端从太白仙心说化，顿成奇逸之笔。（龙榆生《东坡乐府笺》卷一引）

水调歌头（安石在东海）

苏 轼

　　余去岁在东武，作《水调歌头》以寄子由。今年子由相从彭门百余日，过中秋而去，作此曲以别。余以其语过悲，乃为和之，其意以不早退为戒，以退而相从之乐为慰云[一]。

　　安石在东海，从事鬓惊秋[二]。中年亲友难别，丝竹缓离愁[三]。一旦功成名遂，准拟东还海道，扶病入西州。雅志困轩冕，遗恨寄沧州[四]。　　岁云暮，须早计，要褐裘[五]。故乡归去千里，佳处辄迟留[六]。我醉歌时君和，醉倒须君扶我，惟酒可忘忧。一任刘玄德，相对卧高楼[七]。

（卷一）

注

〔一〕熙宁十年（1077）知徐州时作。头年冬，苏辙罢齐州掌书记，苏轼罢知密州，同居京郊范镇东园。十年春，苏辙被命为南京签判，苏轼被命知徐州。四月苏辙送兄赴徐州，中秋后才赴南京签判任。头年苏轼曾作《水调歌头》（"明月几时有"）抒发兄弟离别之情，苏辙离徐州前遂作《水调歌头》（"离别一何久"）以别，苏轼复作此词。上阕即以谢安"不早退为戒"，下阕"以退而相从之乐为慰"。

〔二〕"安石在东海"二句：谓谢安隐居东土，外出做官时发已花白。《晋书·谢安传》载，谢安字安石，少有重名，栖迟东土，放情丘壑，屡征不起。其弟谢万为西中郎将，总藩任之重，安名犹在万上。"及万黜废，安始有仕进志，时年已四十余矣。"

〔三〕"中年亲友难别"二句：《晋书·王羲之传》："谢安尝谓羲之曰：'中年以来伤于哀乐，与亲友别，辄作数日恶。'羲之曰：'年在桑榆，自然至此。顷正赖丝竹陶写，恒恐儿辈觉，损其欢乐之趣。'"

〔四〕"一旦功成名遂"至"遗恨寄沧洲"：《晋书·谢安传》："安虽受朝寄，然东山之志始末不渝，每形于颜色。及镇新城，尽室而行，造泛海之装，欲须经略粗定，自江道还东。雅志未就，遂遇疾笃。上疏诸量宜旋旆。……诏遣侍中慰劳，遂还都。闻当舆入西州门，自以本志不遂，深自慨失。”"一旦功成名遂"即指"经略初定"，"准拟东还海道"即指"自江道还东"，"扶病入西州"即指"疾笃"，"舆入西州门"。"雅志"指"东山之志"，"困轩冕"指因做官而未能实现（官员车舆叫轩冕），沧洲即滨水之地，指隐居地。

〔五〕"岁云暮"三句：《诗·豳风·七月》："无衣无褐，何以卒岁？"此引申其意，谓年岁已晚，须早点准备辞官，换上粗布衣服。

〔六〕迟留：逗留，《后汉书·李南传》："问其迟留之状。"

〔七〕"一任刘玄德"二句：《三国志·魏书·陈登传》载：许汜曰："陈元龙（即陈登）湖海之士，豪气不除。"刘备问汜曰："君言豪，宁有事耶？"汜曰："遭乱过下邳，见元龙。元龙无客主之意，久不相与语，自上大床卧，使客卧下床。"备曰："君有国士之名，今天下大乱，帝主失所，望君忧国忘家，有救世之意，而君求田问舍，言无可采，是元龙所讳也，何缘当与君语？如小人，欲卧百尺楼上，卧君于地，何但上下床之间耶！"此以许汜自喻，谓自己的归隐思想将被有志之士看不起，也只好听之任之了。任，听任，不管。刘玄德，即刘备。

浣溪沙（徐门石潭谢雨道上作五首）
苏 轼

徐门石潭谢雨道上作五首。潭在城东二十里，常与泗水增减，清浊相应〔一〕。

照日深红暖见鱼，连村绿暗晚藏乌。黄童白叟聚睢盱〔二〕。　　麋鹿逢人虽未惯，猿猱闻鼓不须呼。归来说与采桑姑〔三〕。

旋抹红妆看使君，三三五五棘篱门。相排踏破蒨罗裙〔四〕。　　老幼扶携收麦社，乌鸢翔舞赛神村，道逢醉叟卧黄昏〔五〕。

麻叶层层苘叶光〔六〕，谁家煮茧一村香？隔篱娇语络丝娘〔七〕。　　垂白杖藜抬醉眼，捋青捣麨软饥肠。问言豆叶几时黄〔八〕？

籁籁衣巾落枣花〔九〕，村南村北响缫车。牛依古柳卖黄瓜〔一〇〕。　　酒困路长惟欲睡，日高人渴漫思茶。敲门试问野人家。

软草平莎过雨新〔一一〕，轻沙走马路无尘。何时收拾耦耕身〔一二〕？　　日暖桑麻光似泼〔一三〕，风来蒿艾气如薰。使君元是此中人〔一四〕。

（卷一）

注

〔一〕元丰元年（1078）知徐州时作。徐门指徐州。石潭：苏轼《起伏龙行》诗前小序云：“徐州城东二十里有石潭，父老云：与泗水通，增损清浊，相应不差，时有河鱼出焉。”是年春旱，苏轼曾祷雨石潭；既应，又赴石潭谢雨，作此词。这是一组风俗画，生动描绘了春末夏初的徐州农村风光和淳朴的农村生活。以诗歌形式描写农村生活已屡见不鲜，而以词形式描绘农村生活，这以前还是少见的。这组词开拓了词的领域。

〔二〕黄童白叟聚睢盱：韩愈《元和圣德诗》：“黄童白叟，踊跃欢呀。”聚睢盱，欢悦地聚在一起。《易·豫》孔颖达疏：“睢盱者，喜悦之貌。”

〔三〕“麋鹿逢人虽未惯”三句：这是通过麋鹿、猿猱对苏轼一行的反应来烘托黄童白叟的反应，即“虽未惯”，听到鼓声仍围拢来看热闹（“不须呼”），故才有下句“归来说与采桑姑”，即告知未见到苏轼一行的采桑妇女。

〔四〕“旋抹红妆看使君”三句：写家中妇女立即打扮争相出门看苏轼，以至于把罗裙都挤破了。旋，临时赶急。使君，对州郡长官的尊称。蒨，茜草。《尔雅·释草》“茹藘”郭璞注：“今之蒨也，可以染绛。”引申为绛色。

〔五〕“老幼扶携收麦社”三句：写春社盛况。为了庆祝麦子丰收，大家扶老携幼来参加社日活动，乌鸦翔舞于低空（寻食供品），老头醉卧于道旁。

〔六〕苘：苘麻，麻的一种。《尔雅·翼》：“苘高四五尺，或六七尺，叶似苧而薄，实如大麻子，今人绩为布。”

〔七〕络丝娘：昆虫名。《尔雅·翼》：“莎鸡以六月振羽作声，连夜札札不止，其声如纺丝之声，故一名梭鸡，一名络纬，今俗人谓之络丝娘。”此指缫丝的农妇。

〔八〕“垂白杖藜抬醉眼”三句：谓垂着白发，拄着藜杖的老人吃饱新收的麦子，又关心豆子的收成。捋青，捋下麦子。捣麨，炒熟后捣成干粮。傅幹《注坡词》："麨，干粮也，以麦为之，野人所食。"软，饱。苏轼《发广州》："三杯软饱后，一枕黑甜余。"

〔九〕簌簌：象声词，段成式《酉阳杂俎·支诺皋上》："闻垣土动簌簌。"

〔一〇〕牛依：一作半衣，曾季狸《艇斋诗话》："今印本作'牛衣古柳卖黄瓜'，非是，予尝见东坡墨迹作'半依'，乃知'牛'字误也。"

〔一一〕莎：莎草，其根即香附子，可入药。

〔一二〕耦耕：两人挈耜而耕。《论语·微子》："长沮、桀溺耦而耕。"

〔一三〕光似泼：谓犹如泼过水一般闪闪发光。

〔一四〕使君元是此中人：谓自己出身农家，亦有志于归耕。苏轼《题渊明诗》："陶靖节云：'平畴交远风，良苗亦怀新。'非古人耦耕植杖者不能道此语，非余之世农亦不能识此语之妙也。"

永遇乐（明月如霜）

苏 轼

彭城夜宿燕子楼，梦盼盼，因作此词〔一〕。

明月如霜，好风如水，清景无限〔二〕。曲港跳鱼，圆荷泻露，寂寞无人见〔三〕。紞如三鼓，铿然一叶，黯黯梦云惊断〔四〕。夜茫茫，重寻无处，觉来小园行遍〔五〕。　　天涯倦客，山中归路，望断故园心眼〔六〕。燕子楼空，佳人何在，空锁楼中燕。古今如梦，何曾梦觉，但有旧欢新怨〔七〕。异时对、黄楼夜景，为余浩叹〔八〕。

（卷一）

注 ────────────────────────────

〔一〕彭城：今江苏徐州。燕子楼：蔡絛《西清诗话》卷中："徐州燕子楼直郡舍后，乃唐节度使张建封为侍儿盼盼者建，白乐天赠诗，自誓而死者也。陈彦升尝留诗，辞致清绝：'仆射荒阡狐兔游，侍儿犹住水西楼。风清玉簟慵欹枕，月好珠帘懒上钩。寒梦觉来沧海阔，新愁吟罢紫兰秋。乐天才似春深雨，断送残花一夕休。'后东坡守徐，移书彦升曰：'《彭城八咏》如《燕子楼》篇，直使鲍、谢敛手，温、李变色也。'"盼盼：白居易《燕子楼序》："徐州故尚书有爱妓曰盼盼，善歌舞，雅多风态。予为校书郎时，游徐泗间，张尚书宴予，酒酣，出盼盼以佐欢。欢甚，予因赠诗云：'醉娇胜不得，风嫋牡丹花。'尽欢而去。……尚书既没，归葬东洛，而彭城有张氏旧第，第中有小楼名燕子，盼盼念旧爱而不嫁，居是楼十余年。"白居易所谓"张尚书"，蔡絛、晁无咎等皆谓指张建封，但白居易于贞元二十年始授校书郎，而张建封死于贞元十六年，当然不可能宴校书郎白居易，并"出盼盼以佐欢"。故"张尚书"当为张建封之子张愔，建封死后，愔袭其职，据王文诰《苏诗总案》卷十七载，这首词作于元丰元年（1078）十月，时苏轼任徐州知州。这是一首怀古词，但没有花多少笔墨来写古，而是偏重于写景抒慨，但却充满了怀古伤今之情。

〔二〕"明月如霜"三句：写秋天月夜的明朗清凉。前二句为形象的具体描写，后一句为含蕴丰富的概括，这就为读者留下了充分的想象余地。

〔三〕"曲港跳鱼"三句：写月夜的寂静。"跳鱼""泻露"，其声甚微，这是以有声反衬无声。"寂寞无人见"反衬出"有人见"，这就是作者被"跳鱼""泻露"之声所惊醒。

〔四〕"紞如三鼓"三句：紞，击鼓声；如，助词。语出《晋书·邓牧传》"紞如打五鼓"，此状"曲港跳鱼"之声。铿然，金石声，此状"圆荷泻露"之声。黯黯，黯然心伤貌。梦云，借宋玉《高唐赋》言楚王梦巫山神女自称"旦为朝云，暮为行雨"事，喻自己"梦盼盼"事。妙在根本未写梦的内容，而以"惊断"二字一笔带过，让读者去想象。

〔五〕"夜茫茫"三句："夜茫茫"照应"清景无艰"，但前者清朗，后者暗淡，充满感伤色彩，并预示了"重寻无处"。"觉来小园行遍"，"行遍"二字说明他渴望寻到梦中的盼盼，但却"重寻无处"，补足了黯然心伤的原因。

〔六〕"天涯倦客"三句：谓对宦游生活深感厌倦，很想归隐，但故乡渺渺，枉自望眼欲穿。这里显然包含了对时局的不满。苏轼《送安惇秀才失解西归》："羁来东游慕人爵，弃去旧学从儿嬉。狂谋谬算百不遂，惟有霜鬓来如期。故山松柏皆手种，行且拱矣归何时？"在王安石变法期间，苏轼诗文充满了这类思想。

〔七〕"燕子楼空"至"但有旧欢新怨"：这是由触景（燕子楼）而引起的伤情，怀古而引起的伤今，谓燕子楼空空如也，当年的美人盼盼再也不见踪影，真是物是人非。古往今来有如梦幻一般，总是梦不醒，只是留下一些旧欢新怨的遗迹罢了。

〔八〕"异时对、黄楼夜景"二句：这是由"燕子楼空"联想到他在徐州所建的黄楼

308

（参苏轼《九日黄楼作》），将来也有同样的命运。就在苏轼写这首词前一个月的重阳节，有三十多位名士聚宴黄楼，庆其落成，堪称一时盛事。但万物有盛必有衰，现在自己为"燕子楼空"而兴叹，将来谁又对着黄楼为我长叹呢？苏轼《送郑户曹》诗与词意正同："荡荡清河壖，黄楼我所开。……他年君倦游，白首赋归来。登楼一长啸，使君（自指）安在哉！"

附录

蔡絛：东坡又问（秦观）别作何词，少游举"小楼连苑横空，下窥绣毂雕鞍骤"。东坡曰："十三个字，只说得一个人骑马楼前过。"少游问公近作，乃举"燕子楼空，佳人何在？空锁楼中燕"。晁无咎曰："只三句，便说尽张建封事。"（《高斋诗话》）

曾敏行：东坡守徐州，作《燕子楼》乐章，方具稿，人未知之，一日忽哄传于城中。东坡讶焉，诘其所从来，乃谓发端于逻卒。东坡召而问之，对曰："某稍知音律，尝夜宿张建封庙，闻有歌声，细听乃此词也。记而传之，初不知何谓。"东坡笑而遣之。（《独醒杂志》卷三）

张炎：词，用事最难，要体认着题，融化不涩。如东坡《永遇乐》云："燕子楼空，佳人何在？空锁楼中燕"，用张建封事。……此皆用事不为事所使。（《词源》卷下）

沈天羽：园（指"觉来小园行遍"）、楼（指"燕子楼空"）、梦（指"梦云惊断""古今如梦"）、觉（指"觉来""何曾梦觉"），犯重。"燕子"三句，见称晁无咎，可不睹全篇。（佚名者批：只此数句，便可千古，睹其全篇，未免不逮）（《草堂诗余别集》卷四）

刘体仁：词是古诗同妙者。……如"燕子楼空，佳人何在，空锁楼中燕"，即平生少年之篇也。（《七颂堂词绎》）

先著："野云孤飞，去来无迹"，石帚之词也。此词亦当不愧此品目，仅叹赏"燕子楼空"十三字者，犹属附会浅夫。（《词洁》卷五）

沈祥龙：词当意余于辞，不可辞余于意。东坡谓少游"连苑横空，下窥绣毂雕鞍骤"二句，只说得车马楼下过耳，以其辞余于意也。若意余于辞，如东坡"燕子楼空，佳人何在？空锁楼中燕"，用张建封事；白石"犹记深宫旧事，那人正睡里，飞近蛾绿"，用寿阳事，皆为玉田所称，盖词简而余意悠然不尽也。（《论

词随笔》)

郑文焯：公以"燕子楼空"三句语秦淮海，殆以示咏古之超宕，贵神情不贵迹象也。余尝深味是言，若发奥悟。(《手批东坡乐府》)

西江月（三过平山堂下）

平山堂[一]

苏 轼

三过平山堂下[二]，半生弹指声中[三]。十年不见老仙翁，壁上龙蛇飞动[四]。欲吊文章太守，仍歌杨柳春风[五]。休言"万事转头空"，未转头时是梦[六]。

(卷一)

注

〔一〕元丰二年（1079）扬州作。这年三月苏轼由知徐州改知湖州，先往南都看望苏辙，再赴湖州任，途经扬州，与张嘉父同游平山堂，作此词。平山堂在扬州大明寺侧，欧阳修守扬州时建。负堂而望，江南诸山，拱列檐下，颇得观览之胜。释德洪《石门题跋》卷二《跋东坡平山堂词》："东坡登平山堂，怀醉翁，作此词。张嘉父谓余曰：'时红装成轮，名士堵立，看其落笔置笔，目送万里，殆欲仙去耳。'余衰退，得观此于祐上座处，便觉烟雨孤鸿在目中矣。"

〔二〕三过平山堂下：熙宁四年通判杭州，熙宁七年自杭移知密州及这次赴湖州任皆经过扬州平山堂。

〔三〕弹指：转瞬之间，《翻译名义集·时分》："二十瞬为一弹指。"

〔四〕"十年不见老仙翁"二句：傅幹《注坡词》："老仙翁谓文忠公（欧阳修）也。文忠公墨妙多著于平山堂。龙蛇飞动，言其笔势之腾扬如此。"苏轼熙宁四年赴杭州通判任，拜谒欧阳修于颍州，第二年欧阳修即病逝了。从熙宁四年至元丰二年为九年，此言十年乃举成数。

〔五〕"欲吊文章太守"二句：欧阳修《朝中措·送刘仲原甫出守维扬》："平山阑槛倚晴空，山色有无中。手种堂前垂柳，别来几度春风。文章太守，挥毫万字，一饮千钟。行乐直须年少，尊前看取衰翁。"可知"文章太守"指欧阳修，"杨柳春风"亦本欧词中语。

〔六〕"休言'万事转头空'"二句：傅幹《注坡词》："白居易诗：百年随手过，万事转头空。"苏词比白诗更进一层，谓云转头时已空，如幻如梦。

南歌子（山雨萧萧过）

送行甫赴作姚〔一〕

苏 轼

山雨萧萧过，溪风浏浏清〔二〕。小园幽榭枕蘋汀〔三〕，门外月华如水采舟横。　　茗岸霜花尽〔四〕，江湖雪陈平。两山遥指海门青〔五〕，回首水云何处觅孤城〔六〕？

（卷一）

注

〔一〕元丰二年（1079）知湖州时作。刘攽，字行甫，湖州人。余姚：县名，今属浙江。此词原题为"湖州作"，《施注苏诗》以为有误："公守湖州，行甫自长兴道郡城，赴余姚。公既赋此诗（《送刘寺丞赴会姚》），又即席作《南歌子》词为饯，首句云'山雨萧萧过'者是也。后题元丰二年五月一三日吴兴钱氏园作。今集中乃指他词（指《南歌子·日出西山雨》）为送行甫，而此词但云'湖州作'，误也。"从全词内容看，当以施注为是。上阕写钱氏园为刘攽饯行，下阕是怎想刘攽途中情景。

〔二〕浏浏：水流清澈貌。

〔三〕小园幽榭：指吴兴钱氏园。蘋汀：长有蘋草的沙州。

〔四〕茗：茗溪，湖州有东西二茗溪汇合流入太湖，以两岸多芦苇得名。

〔五〕海门：指钱塘江海门。刘攽由湖州赴余姚将经过杭州，故有此语。

〔六〕孤城：指湖州，这是设想刘攽经过杭州时会想起故人而回望湖州。苏轼通判杭州时，刘攽及其弟刘谊亦在杭，从轼游。

卜算子（缺月挂疏桐）

黄州定惠院寓居作〔一〕

苏 轼

缺月挂疏桐，漏断人初静〔二〕。谁见幽人独往来，缥缈孤鸿影〔三〕。　　惊起却回头，有恨无人省〔四〕。拣尽寒枝不肯栖，寂寞沙洲冷〔五〕。

（卷二）

注 ────────────────────────────────

〔一〕王文诰《苏诗总案》元丰五年（1082）十二月条："作《卜算子》词。"下引此词。按：此词既为"定惠院寓居作"，而据《苏诗总案》卷二十载，苏轼于元丰三年（1080）二月一日到黄州，寓居定惠院，五月二十九日迁居临皋亭，可见此词当作于元丰三年春。关于此词主旨有所谓言情说和考槃说（见附录），实际是苏轼以物拟人，借孤鸿自况，抒发了他贬官黄州，无人理解自己的苦闷的心情，表现了他孤高自赏，坚持不与世俗同流的精神。

〔二〕"缺月挂疏桐"二句：写月夜寂静。通过缺月、疏桐、漏断、人静，烘托出朦胧、清寂、凄冷的气氛，为写孤鸿作好铺垫。漏，滴水计时之器。漏断，水已滴尽，表示夜深。

〔三〕"谁见幽人独往来"二句：自设问答，写孤鸿见幽人。幽人，幽居之人。孔稚珪《北山移文》："或叹幽人长往，或怨王孙不游。"缥缈，若隐若现的样子。白居易《长恨歌》："忽闻海上有仙山，山在虚无缥缈间。"

〔四〕"惊起却回头"二句：下阕写幽人所见的孤鸿，这两句是说孤鸿因受惊而起飞，却不断回头频顾，恋恋不舍，充满幽恨而无人理解。省，了解。

〔五〕"拣尽寒枝不肯栖"二句：写孤鸿择地而居，在寒枝上飞来飞去，不肯栖宿，最后栖宿在寂寞凄冷的沙洲上的芦苇丛中。胡仔说："拣尽寒枝不肯栖'之句，或云鸿雁未尝栖宿树枝，唯在田野苇丛间，此亦语病也。"（《苕溪渔隐丛话前集》卷三十九）王楙反驳说："仆谓人读书不多，不可妄议前辈诗句。观隋李元操《鸣雁行》曰：'夕宿寒枝上，朝飞空井旁'，坡语岂无自邪？"（《野客丛书》卷二十四）其实苏轼正是写鸿不肯栖树枝，胡仔既错解词意，王楙亦作无谓反驳。正如王若虚所说："东坡雁词云：'拣尽寒枝不肯栖'，以其不栖木，故云尔。盖激诡之致，词人正贵其如此。而或者以为语病，是尚可与言哉！"（《滹南诗话》卷二）

附录

吴曾：东坡先生谪居黄州，作《卜算子》云……其属意盖为王氏女子也，读者不能解。张右史文潜继贬黄州，访潘邠老，尝得其详，题诗以志之："空江月明鱼龙眠，月中孤鸿影翩翩。有人清吟立江边，葛巾藜杖眼窥天。夜冷月坠幽虫泣，鸿影翘沙衣露湿。仙人采寺作步虚，玉皇饮之碧琳腴。"（《能改斋漫录》卷十六）

袁文：苏东坡谪黄州，邻家一女子甚贤，每夕只在窗下听东坡读书。后其家欲议亲，女子云："须得读书如东坡者乃可。"竟无所谐而死，故东坡作《卜算子》以记之。（《瓮牖闲评》卷五）

《古今词话·词话》卷上引《梅墩词话》："惠州温氏女超超，年及笄，不肯字人，东坡至，喜曰：'吾婿也。'日徘徊窗外，听公吟咏，觉则亟去。东坡曰：'吾呼王郎与子为婿。'未几，坡公渡海归，超超已卒，葬于沙际。因作《卜算子》。"

鮦阳居士：缺月，刺明微也。漏断，暗时也。幽人，不得志也。独往来，无助也。惊鸿，贤人不安也。回头，爱君不忘也。无人省，君不察也。拣尽寒枝不肯栖，不偷安于高位也。寂寞沙洲冷，非所安也。此词与《考槃》（《诗·卫风》篇名，旧说为刺卫庄公之作）诗极相似。（《唐宋诸贤绝妙词选》卷二引）

黄蓼园：此词乃东坡自写在黄州之寂寞耳。初从人说起，言如孤鸿之冷落；第二阕专就鸿说，语语双关，格奇而语隽，斯为超诣神品。（《蓼园词选》）

黄庭坚：语意高妙，似非吃烟火食人语，非胸中有数万卷书，笔下无一点尘俗气，孰能至此。（《苕溪渔隐丛话前集》卷三十九引）

胡仔：此词本咏夜景，至换头但只说鸿，正如《贺新郎》词"乳燕飞华屋"，本咏夏景，至换头但只说榴花。盖其文章之妙，语意到处即为之，不可限以绳墨也。（《苕溪渔隐丛话前集》卷三十九）

水龙吟（似花还似非花）

次韵章质夫杨花词〔一〕

苏 轼

　　似花还似非花，也无人惜丛教坠〔二〕。抛家傍路，思量却是，无情有思〔三〕。萦损柔肠，困酣娇眼，欲开还闭。梦随风万里，寻郎去处，又还被，莺呼起〔四〕。　　不恨此花飞尽，恨西园、落红难缀〔五〕。晓来雨过，遗踪何在，一池萍碎〔六〕。春色三分，二分尘土，一分流水〔七〕。细看来不是杨花，点点是离人泪〔八〕。

（卷二）

注

　　〔一〕元丰四年（1081）作。章质夫（1027—1105），名楶，建州浦城（今属福建）人。试礼部第一，官至同知枢密院事，谥"庄简"，《宋史》卷三百二十八十有传。章质夫杨花词见附录。朱彊村《东坡乐府》卷二："是词和章楶作，仍依王（文诰）说，编丁卯。"丁卯即元祐二年（1087），其后各选家均依朱说。按：王文诰《苏诗总案》元祐二年四月条并未为此词系年，仅说苏轼《水调歌头》（"昵昵儿女语"）"无年月可考，据《续资治通鉴长编》，元祐二年正月章楶为吏部郎中，四月出知越州，时楶正在京也，因附载于此"。朱彊村仅依王文诰认为"无年月可考"而"附载于此"的《水调歌头》，又把《水龙吟》"编丁卯"，是根据不足的。苏轼《与章质夫书》曾言及此词唱和经过和写作意图："某启：承喻慎静以处忧患，非心爱我之深，何以及此！谨置之座右也。柳花词绝妙，使来者何以措辞！本不敢继作，又思公杨花飞时出巡按，坐想四子闭门愁断，故写其意，次韵一首寄去，亦告不以示人也。"从"处忧患"，"不以示人"及信末提及黄州守徐君猷，均证明此信此词作于苏轼贬官黄州时。"公正柳花时出巡按"，而据《续资治通鉴长编》卷三百一十二载，章楶为荆湖北路提点刑狱在元丰四年（1081）四月，可见此词当作于这年的夏初。"坐想四子闭门愁断，故写其意"，说明此词是借杨花的"萦损柔肠"写章质夫家的离别之意；"亦告不以示人"，说明苏轼亦借杨花的"也无人惜从教坠"，抒发自己贬谪黄州的漂泊之感，否则就无须特别嘱咐了。

〔二〕"似花还似非花"二句：杨花雌雄异株，片边常有剪碎状裂片，无花被，有怀状花盘。古人有承认杨花为花的，如庾信《春赋》："二月杨花满路飞。"也有不承认杨花为花的，如梁元帝《咏阳云楼檐柳》："杨花非花树。"从，任凭。杜甫《屏迹》："失学从儿懒，长贫任妇愁。"起句突兀，活画出了漫天杨花纷纷飘坠，无人怜惜的凄苦景象。

〔三〕"抛家傍路"三句：进一步写杨花的"也无人惜从教坠"。韩愈《晚春》："杨花榆荚无情思，惟解漫天作雪飞。"这里反用其意，意思是说杨花脱离树枝，流落路旁，仔细想来，即使杨花是无情的草木，但如杜甫所谓"落絮游丝亦有情"（《白丝行》），也是有情思的呵！

〔四〕"萦损柔肠"至"莺呼起"：进一步申说"无情有思"。为什么说杨花有情思呢？——那柔软的杨枝正像被愁思萦绕坏了的柔肠（魏文帝《柳赋》"柔条阿娜而拖绅"）；那嫩绿的柳叶正像美人困极时欲开还闭的娇眼（唐太宗《春池柳》："半翠几眉开"）；随风飘荡的杨花，正像那梦中万里寻夫的思妇（金昌绪《春怨》："打起黄莺儿，莫教枝上啼。啼时惊妾梦，不得到辽西。"）。这六句既是在描写杨花，又是在写章质夫家人"闭门愁断"。

〔五〕"不恨此花飞尽"三句：承上启下，首句结上阕的无人惜杨花，次二句领起下阕作者的惜杨花。重点在"恨"字，"不恨"是反衬"恨"的。"不恨"也是"恨"，因为杨花飞尽意味着百花凋残。"西园"语出曹植《公燕诗》"清夜游西园，飞盖相追随"，那是写友朋欢聚的盛况；苏轼反用其意，抒发"流水落花春去也"的伤春之情。落红即落花。难缀，难以收拾。

〔六〕"晓来雨过"三句：承"此花飞尽"，写零落的杨花变成破碎的浮萍。苏轼自注："杨花落水为浮萍，验之信然。"

〔七〕"春色三分"三句：承"落红难缀"，"春色"即"落红"。陆龟蒙《惜花》："人寿期满百，花开惟一春。其间风雨至，旦夕旋为尘。"李煜《浪淘沙令》："流水落花春去也。"此化用其意，言落花多数委弃尘土，小部分随水漂流。

〔八〕"细看来不是杨花"二句：遥接起句"似花还似非花"，意谓杨花确实不是花，而是离人之泪。以"不是"衬"是"，大大加强了抒情气氛。曾季狸《艇斋诗话》认为这两句即从唐人诗"君看陌上梅花红，尽是离人眼中血"化也，是"夺胎换骨"之笔。

附录

章楶《水龙吟》：燕忙莺懒花残，正堤上，柳花飘坠。轻飞点画青林，谁道全无才思。闲趁游丝，静临深院，日长门闭。傍珠帘散漫，垂垂欲下，依前被，风扶起。　　兰帐玉人睡觉，怪春衣、雪霑琼缀。绣床渐满，香毬无数，才圆却碎。时见蜂儿，仰粘轻粉，鱼吞池水。望章台路杳，金鞍游荡，有盈盈泪。（《唐宋诸贤绝妙词选》卷五）

张炎：东坡次章质夫杨花《水龙吟》韵，机锋相摩，起句便合让东坡出一头地，后片愈出愈奇，真是压倒今古。（《词源·杂论》）

朱弁：章楶质夫作《水龙吟·咏杨花》，其命意用事，清丽可喜。东坡和之，若豪放不入律吕。徐而视之，声韵谐婉，便觉质夫词有织绣工夫。（《曲洧旧闻》卷五）

魏庆之：章质夫咏杨花词，东坡和之。晁叔用以为"东坡如毛嫱、西施，净洗却面，与天下上妇人斗好，质夫岂可比！"是则然矣。余以为章质夫词中所谓"傍珠帘散漫，垂垂欲下，依前被，风扶起"，亦可谓曲尽杨花妙处。东坡所和虽高，恐未能及，诗人议论不公如此耳。（《诗人玉屑》卷二十一）

沈谦：东坡"似花还似非花"一篇，幽怨缠绵，直是言情，非复赋物。（《填词杂说》）

沈际飞：随风万里寻郎，悉杨花神魂。　　读他文字，精灵尚在文字里面。坡老只见精灵，不见文字。（《草堂诗余正集》）

许昂霄：与原作均是绝唱，不容妄为轩轾。（《词综偶评》）

沈雄：东坡杨花词于"细看来不是杨花"为句，"点点是离人泪"为句，颇觉其顺。从阅诸作如章质夫、陆放翁等词，应作三句，乃知"细看来不是"为句，"杨花点点"为句，"是离人泪"为句。（《古今词话·词辨》卷下）

先著：《水龙吟》末后十三字，多作五、四、四，此作七、六，有何不可？近见论谱者于"细看来不是"及"杨花点点"下分句，以就五、四、四之印板死格，遂令坡公绝妙好词，不成文理。（《词洁》卷五）

刘熙载：东坡《水龙吟》起云："似花还似非花"，此句可作全词评语，盖不离不即也。（《艺概》卷四《词曲概》）

郑文焯：煞拍画龙点睛，此亦词中一格。（手批《东坡乐府》）

王国维：东坡《水龙吟》咏杨花，和韵而似原唱；章质夫词，原唱而似和韵，才之不可强也如是。（《人间词话》卷上）

念奴娇（大江东去）

赤壁怀古〔一〕

苏 轼

　　大江东去，浪淘尽，千古风流人物〔二〕。故垒西边，人道是，三国周郎赤壁〔三〕。乱石崩云，惊涛裂岸，卷起千堆雪〔四〕。江山如画，一时多少豪杰〔五〕。

　　遥想公瑾当年，小乔初嫁了，雄姿英发〔六〕。羽扇纶巾〔七〕，谈笑间、樯橹灰飞烟灭〔八〕。故国神游，多情应知笑我，早生华发〔九〕。人生如梦，一尊还酹江月〔一〇〕。

（卷二）

注

　　〔一〕元丰四年（1081）十月贬官黄州时作（此从王文诰说）。三国赤壁之战的赤壁，历来众说纷纭，但绝非黄冈城西北的赤壁矶。苏轼《赤壁洞穴》："黄州守居之数百步为赤壁，或言即周瑜破曹公处，不知果是否？"（《东坡志林》卷四）胡仔《苕溪渔隐丛话》卷二十八引东坡语："黄州西山麓，斗入江中，石色如丹。传云曹公败处，所谓赤壁者，或曰非也。……今赤壁少西，对岸即华容镇，庶几是也。然岳州复有华容县，竟不知孰是？"可见苏轼并未肯定黄州赤壁矶为三国赤壁之战的赤壁，词中"人道是"三字亦含此意，他不过借此抒怀而已，正如清人朱日濬《赤壁怀古》所说："过壁何须问出处，东坡本是借山川。"词的上阕主要写赤壁，引出怀古；下阕主要是怀古，归结到伤今。全词歌颂祖国山河，仰慕古代英雄，抒发自己理想同现实的矛盾，慷慨激昂，苍凉悲壮，气势磅礴，一泻千里，最足以代表词的豪放风格。

　　〔二〕"大江东去"三句：总领全词，江山如画，英雄可慕，而"淘尽"二字已暗含自己功业无成的感慨。大江，长江。淘，淘汰，冲掉。白居易《浪淘沙词》："白浪茫茫与海连，平沙浩浩四无边。暮去朝来淘不住，遂令东海变桑田。"风流人物，杰出的英雄人物。

〔三〕"故垒西边"三句：点赤壁。故垒，旧时营垒。苏轼《东坡八首》："废垒无人顾，颓颜满蓬蒿。"或即指此。周郎，即周瑜（175—210），字公瑾，庐江舒（今安徽舒县）人，长壮有姿貌。少与孙策为友，后归策，授建威中郎将，时年二十四，吴中皆呼为周郎。策死，辅孙权，建安十三年（208），亲率吴军大破曹操于赤壁，赤壁因以闻名，故称周郎赤壁。事见《三国志·吴志·周瑜传》。

〔四〕"乱石崩云"三句：写赤壁景色。陡峭零乱的岩石直插云霄，惊险的浪涛冲裂了江岸，并卷起如山的雪浪。诸葛亮《黄陵庙记》："趋蜀道，履黄中，因睹江山之胜：乱石排空，惊涛拍岸，敛巨石于江中。"张德瀛："苏文忠《赤壁怀古》词'乱石排空，惊涛拍岸'，盖用诸葛武侯《黄陵庙记》说。"（《词徵》卷五）

〔五〕"江山如画"二句：前句结上，后句启下，转入怀古。

〔六〕"遥想公瑾当年"三句：以"遥想"二字领起，集中抒发对周瑜少年得志的仰慕。小乔，一作小桥。《三国志·吴志·周瑜传》："（孙）策欲取荆州，以瑜为中护军，领江夏太守，从攻皖，拔之。时得桥公两女，皆国色也。策自纳大桥，瑜纳小桥。"裴松之注引《江表传》："策从容戏瑜曰：'桥公二女虽流离（光彩焕发的样子），得吾二人作婿，亦足为欢。'"雄姿英发，姿态威武，才气横溢。《三国志·吴志·吕蒙传》载孙权评论周瑜、吕蒙等人说："公瑾雄烈，胆略兼人"；吕蒙"筹略奇至，可以次于公瑾，但言议英发，不及之耳"。

〔七〕羽扇纶（guān）巾：羽毛扇和系青丝带的头巾，本为诸葛亮的装束，同上书《蜀书·诸葛亮传》："武侯乘素车，葛巾毛扇，指麾三军。"后多用来形容儒将装束，此亦形容周瑜的儒将风度。有人以为"羽扇纶巾"写诸葛亮，似未必如此。"遥想公瑾当年"六句，以"遥想"二字领起，皆抒发对周瑜少年得志的仰慕。"小乔初嫁"言其婚姻如意，"雄姿英发"写其英俊，"羽扇纶巾"写其潇洒，"谈笑间"言其临战从容，"强虏灰飞烟灭"言其战功卓著。这是一个完整的形象，不像分写两人。

〔八〕"强虏灰飞烟灭"：强虏，指曹军。《三国志·吴志·周瑜传》："瑜部将黄盖……乃取蒙冲斗舰数十艘，实以薪草，膏油灌其中，裹以帷幕，上建牙旗。先书报曹公，欺以欲降。又预备走舸，各系大船后，因引次俱前。曹公军吏士皆延颈观望，指言盖降。盖放诸船，同时发火。时风盛猛，悉延烧岸上营落。顷之，烟火张天，人马烧溺，死者甚众，军遂败退。"邵博《邵氏闻见后录》卷十："东坡赤壁词'灰飞烟灭'之句，《圆觉经》中佛语也。"

〔九〕"故国神游"三句："故国神游"是"神游故国"的倒文，"多情应笑我"是"应笑我多情"的倒文，"华发"即花发，头发花白。大意是说，神游故国（三国）战场，应笑自己对周瑜充满仰慕之情；而自己头发都花白了，却一事无成。

〔一〇〕"人间如梦"二句：人世间有如梦幻一般，还是举杯浇愁，并邀明月共酌吧。

这是苏轼因壮志不酬而发出的沉重哀叹。酹（lèi），洒酒祭奠。

附录

洪迈：向巨源云："元不伐家有鲁直所书东坡《念奴娇》，与今人歌不同者数处。如'浪淘尽'为'浪声沉'，'周郎赤壁'为'孙吴赤壁'，'乱穿穿空'为'崩云'，'惊涛拍岸'为'掠岸'，'多情应笑我，早生华发'为'多情应是，笑我生华发'，'人生如梦'为'如寄'。"不知此本今何在也？（《容斋续笔》卷八）

胡仔：东坡"大江东去"赤壁词，语意高妙，真古今绝唱。（《苕溪渔隐丛话》前集卷五十九）

俞文豹：东坡在玉堂日，有幕士善歌，因问："我词何如耆卿（柳永）？"对曰："郎中（柳永）词，只好十七八女子执红牙板，歌'杨柳岸，晓风残月'；学士词，须关西大汉，唱'大江东去'"，"大江东去"词，三"江"、三"人"、二"国"、二"生"、二"故"、二"如"、二"千"字，以东坡则可，他人固不可。然语意到处，他字不可代，虽重无害也。今人看人文字，未论其大体何，先且指点重字。（《吹剑录》）

元好问：夏口之战，古今喜称道之。东坡赤壁词，殆戏以周郎自况也。词才百许字，而江山人物，无复余蕴，宜其为乐府绝唱。（《遗山先生文集》卷四十《题闲闲老人书〈赤壁赋〉后》）

王世贞：学士此词，亦自雄壮，感慨千古。果令铜将军于大江奏之，必能使江波鼎沸。（《弇州山人词评》）

沈谦：词不在大小深浅，贵于移情。"晓风残月"，"大江东去"，体制虽殊，读之皆若身历其境，惝恍迷离，不能自主，文之至也。（填词杂说》）

陈翼：歌赤壁之词，使人抵掌激昂，而有学楫中流之心。（张德瀛《词徵》卷五引）

满江红（江汉西来）

寄鄂州朱使君寿昌〔一〕

苏 轼

江汉西来〔二〕，高楼下〔三〕，蒲萄深碧〔四〕。犹自带岷峨雪浪，锦江青色。君是南山遗爱守〔五〕，我为剑外思归客〔六〕。对此间风物岂无情，殷勤说。
《江表传》〔七〕，君休读。狂处士〔八〕，真堪惜。空洲对鹦鹉〔九〕，苇花萧瑟。独笑书生争底事〔一〇〕，曹公黄祖俱飘忽〔一一〕。愿使君还赋谪仙诗，追黄鹤〔一二〕。

(卷一)

注

〔一〕元丰中贬官黄州时作，具体写于何年未详。朱寿昌：字康叔，扬州天长（在今安徽东北部、高邮湖西岸）人。因寻母，以孝闻于时，苏轼曾作《朱寿昌郎中少不知母所在，刺血写经，求之五十年，去岁得之蜀中，以诗贺之》。时知鄂州（今湖北武汉），故称朱鄂州。上阕因鄂州位于长江、汉水交汇处，而长江上游即西蜀，故生发出思乡之情；下阕因鄂州的名胜古迹生发出对被害文士的同情和对迫害文士者的愤慨，实际是借他人酒杯抒发自己因言得罪的块垒。

〔二〕江：长江。汉：汉水。二江于武汉汇合。

〔三〕高楼：指黄鹤楼，在武汉蛇山黄鹤矶上。

〔四〕蒲萄深碧：苏轼《南乡子》亦云："认得岷峨春雪浪，初来，万顷蒲萄涨绿醅。"傅幹注："李太白：遥看汉水鸭头绿，恰似葡萄初酦醅。"

〔五〕南山：终南山。遗爱：《左传·昭公二十年》："及子产卒，孔子闻之，出涕曰：'古之遗爱也'。"杜预注："子产见爱，有古人之遗风。"朱寿昌曾知阆州，故称之为南山遗爱守。

〔六〕剑外：唐人称剑阁以南的蜀中为剑外，杜甫《闻官军收河南河北》："剑外忽传收蓟北。"剑外思归客即思归蜀中客。

〔七〕《江表传》：载江左吴国事，多见汉末群雄争逐概况，《三国志》注常引以为证，已佚。

〔八〕狂处士：指祢衡，字正平，有才辩，矫时傲物。因大骂曹操，操送衡与刘表；表亦忌其侮慢，复送与黄祖，为祖所杀。事见《后汉书·祢衡传》。

〔九〕空洲对鹦鹉：祢衡死后埋在汉阳沙洲上，因其生前写有著名的《鹦鹉赋》，遂称其洲为鹦鹉洲。

〔一〇〕争底事：为何事而争。

〔一一〕俱飘忽：谓杀害文士的人也很快都消逝了。

〔一二〕"愿使君还赋谪仙诗"二句：使君，指朱寿昌。谪仙诗，指李白诗。《旧唐书·李白传》："贺知章见白，赏之曰：此天上谪仙人也。"追黄鹤，指赶上崔颢的《黄鹤楼》诗（"昔人已乘黄鹤去"）。李白登黄鹤楼，读崔颢诗，既感叹不可及，又作了《登金陵凤凰台》《鹦鹉洲》等模仿之作。

水龙吟（小舟横截春江）
苏 轼

闾丘大夫孝终公显，尝守黄州，作栖霞楼，为郡中绝胜。元丰五年余谪居黄。正月十七日梦扁舟渡江，中流回望，楼中歌乐杂作。舟中人言，公显方会客也。觉而异之，乃作此曲，盖越调鼓笛慢。公显时已致仕，在苏州〔一〕。

小舟横截春江，卧看翠壁红楼起〔二〕。云间笑语，使君高会，佳人半醉〔三〕。危柱哀弦，艳歌余响，绕云萦水〔四〕。念故人老大〔五〕，风流未减，空回首，烟波里。　　推枕惘然不见〔六〕，但空江月明千里〔七〕。五湖闻道，扁舟归去，仍携西子〔八〕。云梦南州，武昌东岸，昔游应记〔九〕。料多情梦里，端来见我，也参差是〔一〇〕。

（卷二）

注

〔一〕元丰五年（1082）贬官黄州时作。闾丘孝终字公显，湖州人，尝知黄州，作栖霞楼。罢官后，家居，与诸名人著艾为九老会。东坡经过湖州，必访之，饮酒赋诗为乐。此词上阕为记梦，写闾丘孝终当年知黄州歌乐杂作的盛况；下阕为醒后语，想象归隐湖州的孝终也许正在思念黄州，思念自己。郑文焯《手批东坡乐府》："上阕全写梦境，空灵中杂以凄丽；过片始言情，有沧波浩渺之致，真高格也。"越调鼓笛慢为水龙吟词牌的异名，《康熙钦定词谱》卷三十："水龙吟，姜夔词注无射商，俗名越调……吕渭老词名鼓笛慢。"

〔二〕"小舟横截春江"二句：郑文焯《手批东坡乐府》："突兀而起，仙乎仙乎！'翠壁'句，奇崭不露雕琢痕。"翠壁，指黄冈赤壁。红楼，指栖霞楼。

〔三〕"云间笑语"三句：写"公显方会客"，使君指闾丘公显。

〔四〕"危柱哀弦"三句：写"楼中歌乐杂作"。危柱，拧得很紧的弦柱。

〔五〕故人老大：《齐东野语》卷二十《耆英诸会》："吴中则元丰有十老之集……闾丘孝终，朝议大夫，七十三。"

〔六〕推枕惘然不见：谓醒后不见梦中之景，心中若有所失。

〔七〕但：只有。

〔八〕"五湖闻道"三句：此以范蠡喻闾丘孝终。范蠡相越，平吴之后，遂携西施乘扁舟泛五湖而去。据《吴中纪闻》卷三载，西子指闾丘孝终后懿卿。

〔九〕"云梦南州"三句：谓闾丘孝终应记得当年游黄州的情况。云梦，云梦泽，黄州在云梦泽之南。武昌，今湖北鄂城，黄冈在鄂城之东，隔江相望。郑文焯《手批东坡乐府》："'云梦'二句，妙能写闲中情景。"

〔一〇〕"料多情梦里"三句：郑文焯《手批东坡乐府》："煞拍不说梦，偏说梦来见我，正词笔高浑，不犹人处。"料，料想。端来，一定来。参差，差不多，近似。谓闾丘孝终梦见自己与自己梦见他近似。

江城子（梦中了了醉中醒）
苏 轼

陶渊明以正月五日游斜川，临流班坐，顾瞻南阜，爱曾城之独秀，乃作斜川诗。至今使人想见其处。元丰壬戌之春，余躬耕于东坡，筑雪堂居之。南挹四望亭之后丘，西控北山之微泉。慨然而叹，此亦斜川之游也。乃作长短句，以江城子歌之〔一〕。

梦中了了醉中醒，只渊明，是前生，走遍人间依旧却躬耕〔二〕。昨夜东坡春雨足，乌鹊喜，报新晴〔三〕。　　雪堂西畔暗泉鸣，北山倾，小溪横。南望亭丘，孤秀耸曾城。都是斜川当日境，吾老矣，寄余龄。

（卷二）

注 ————————————————————————————

〔一〕元丰五年（1082）贬官黄州时作。陶潜《游斜川》序："辛丑正月五日，天气澄和，风物闲美，与二三临曲，同游斜川。临长流，望曾城，鲂鲤跃鳞于将夕，水鸥乘和以飞翻。彼南阜者，名实旧矣，不复来为嗟叹。若夫曾城，傍无依据，独秀中皋，遥望灵山，有爱嘉名，欣对不足，率尔赋诗。"苏轼词叙前数句即本此。班坐：依次而作。南阜：南山，指庐山。曾城：即层域，昆仑山的最高一级，此指庐山北、彭蠡泽西的鄣山。晋庐山道人《游石门序》："石门在精舍南十余里，一名鄣山，基连大岭，体绝众阜，此虽庐山之一隅，实斯地之奇观。"元丰壬戌即元丰五年。东坡见《东坡八首》注〔一〕。雪堂在东坡，因是大雪中所建，四壁皆绘雪，故名雪堂。四望亭在雪堂南。此词上阕前写自己的思想和经历都与陶潜相似；上阕后半与下阕前半写东坡、雪堂景色；煞拍三句点明东坡之境即斜川之景，准备在此度过余年，轻松、跳荡的词句掩盖着的是贬官黄州的抑郁之情。

〔二〕"梦中了了醉中醒"三句：傅幹《注坡词》："世人于梦中颠倒，醉中昏迷，而能在梦而了，在醉而醒者，非公与渊明之徒，其谁能哉！"了了，清清楚楚。

〔三〕"乌鹊喜"二句：傅幹《注坡词》："乌鹊，阳乌，先事而动，先物而应。汉武帝时，天新雨止，闻鹊声，帝以问东方朔。方朔曰：'必在殿后柏木枯枝上，东向而鸣也。'验之，果然。"

定风波（莫听穿林打叶声）
苏 轼

三月七日沙湖道中遇雨，雨具先去，同行皆狼狈，余独不觉。已而遂晴，故作此〔一〕。

莫听穿林打叶声，何妨吟啸且徐行。竹杖芒鞵轻胜马，谁怕？一蓑烟雨任平生〔二〕。　　料峭春风吹酒醒〔三〕，微冷，山头斜照却相迎。回首向来萧瑟处〔四〕，归去，也无风雨也无晴。

（卷二）

〔一〕元丰五年（1082）贬官黄州时作。苏轼《游沙湖》："黄州东南三十里为沙湖，亦曰螺师店，予买田其间，因往相田。"词即作于此时。上阕写他面对"穿林打叶"的风雨，从容不迫，无所畏惧；下阕写不畏风雨的原因，"飘风不终朝，骤雨不终日"，很快风雨消失，斜照相迎，表现了他对逆境的乐观态度。郑文焯《手批东坡乐府》："此足征是翁坦荡之怀，任天而动，琢句亦瘦逸，能道眼前景。以曲笔直写胸臆，倚声能事尽之矣。"

〔二〕"谁怕"二句：谓一生任凭风吹雨打，披着蓑衣行走，一点不怕。

〔三〕料峭：寒风刺肌战慄貌。《五灯会元·法泰禅师》："春风料峭，冻杀年少。"

〔四〕萧瑟：风雨声。萧瑟处：指遇雨之地。

浣溪沙（山下兰芽短浸溪）

苏 轼

游蕲水清泉寺，寺临兰溪，溪水西流〔一〕。

山下兰芽短浸溪，松间沙路净无泥〔二〕。萧萧暮雨子规啼〔三〕。　　谁道人生无再少，门前流水尚能西。休将白发唱黄鸡〔四〕。

（卷二）

〔一〕元丰五年（1082）三月苏轼贬官黄州期间游清泉寺作。蕲水：今湖北浠水，在黄冈东。清泉寺在蕲水郭门外二里许。兰溪：出箬竹山，其侧多兰，故名。苏轼《游沙湖》："黄州东南三十里为沙湖，亦曰螺师店，予将买田其间，因往相田，得疾。闻麻桥人庞安时善医而聋，遂往求疗。安时虽聋而颖悟绝人，以指画字，书不数字，辄深了人意。余戏之曰：'余以手为口，君以眼为耳，皆一时异人也。'疾愈，与之同游清泉寺，作歌……是日剧饮而归。"此词上阕写暮春三月兰溪雨后景色,雅淡凄婉,景色如画;下阕即景抒慨,富有哲理,身受挫折而对前途仍充满信心。

〔二〕沙路净无泥:脱胎于白居易《三月三日被禊洛滨》:"沙路润无泥。"曾敏行《独醒杂志》卷二:"'润''净'两字,当有能辨之者。"白诗用"润"字是为与上句"柳桥晴有絮"相对。苏词易"润"为"净",是为突出雨后兰溪的洁净,一尘不起。

〔三〕萧萧:雨声。李商隐《明日》:"池阔雨萧萧。"子规:杜鹃鸟,又名杜宇,传为古代蜀帝杜宇所化。

〔四〕白发唱黄鸡:白居易《醉歌》:"谁道使君不解歌,听唱黄鸡与白日。黄鸡催晓丑时鸣,白日催年酉前没。腰间红绶系未稳,镜里朱颜看已失。"苏轼反其意而用之,谓不应像白居易那样哀叹黄鸡催晓,年华易逝。

附录

先著:坡公韵高,故浅浅语亦觉不凡。(《词洁》卷一)

西江月(照野弥弥浅浪)
苏 轼

顷在黄州,春夜行蕲水中,过酒家,饮酒醉。乘月至一溪桥上,解鞍,曲肱醉卧少休。及觉已晓,乱山攒拥,流水锵然,疑非尘世也。书此语桥柱上〔一〕。

照野弥弥浅浪〔二〕,横空隐隐层霄〔三〕。障泥未解玉骢骄〔四〕,我欲醉眠芳草。 可惜一溪风月〔五〕,莫教踏碎琼瑶〔六〕。解鞍倚枕绿杨桥〔七〕,杜宇一声春晓〔八〕。

(卷二)

注

〔一〕元丰五年(1085)贬官黄州时作。肱(gōng):手臂从肘到腕部分。《论语·述而》："曲肱而枕之。"攒拥：聚集围裹在一起。此词背景与前两首同，从夜行蕲水，醉卧溪桥写到清晨醒来，词中之景确实"疑非尘世"之景，词中之人更不像尘世之人。苏辙说，苏轼"逍遥泉石之上，撷林卉，拾涧实，酌水而饮之，见者以为仙也"（《武昌九曲亭记》）。读此词确实有此同感。

〔二〕弥弥：水流貌。《诗·邶风·新台》："新台有泚，河水弥弥。"

〔三〕层霄：即重霄，指高空，谓白云隐隐约约横于空中。

〔四〕障泥：垫在马鞍下，垂于马腹两旁，用以遮尘土的马荐。《晋书·王济传》："（济）善解马性，尝乘一马，着连干障泥，前有水，终不肯渡。济曰：'此必是惜障泥。'使人解去，便渡。"玉骢：指马。

〔五〕可惜：可爱。

〔六〕琼瑶：即指"一溪风月"。

〔七〕绿杨桥：王文诰《苏诗总案》卷二十一："《舆地记》云：'绿杨桥在蕲水。'是此桥竟以公词得名矣。"

〔八〕杜宇：即杜鹃。

附录

杨慎：苏公词"照野弥弥浅浪，横空暖暖微霄"，乃用陶渊明"山涤余霭，宇暖微霄"之语也。填词虽于文为末，而非自选诗、乐府来，亦不能入妙。（《词品》卷一）

卓人月：山谷词"走马章台，踏碎满街月"，公偏不忍踏碎，都妙。（《古今词统》卷六）

洞仙歌（冰肌玉骨）
苏 轼

余七岁时见眉山老尼，姓朱，忘其名，年九十余。自言尝随其师入蜀主孟昶宫中。一日大热，蜀主与花蕊夫人纳凉摩诃池上，作一词，朱具能记之。今四十年，朱已死久矣，人无知此词者，但记其首两句。暇日寻味，岂《洞仙歌令》乎？乃为足之云〔一〕。

　　冰肌玉骨〔二〕，自清凉无汗。水殿风来暗香满，绣帘开，一点明月窥人，人未寝，敧枕钗横鬓乱〔三〕。　　起来携素手，庭户无声，时见疏星流河汉。试问夜如何？夜已三更，金波淡，玉绳低转〔四〕。但屈指西风几时来，又不道流年，暗中偷换。

（卷二）

注 ——

　　〔一〕元丰五年（1082）贬官黄州时作。孟昶（919—965）：初名仁贵，字保元，五代时后蜀主。宋兵攻入成都，降，封秦国公。花蕊夫人：一说姓费，陈师道《后山诗话》："费氏，蜀之青城人，以才色入蜀宫，后主嬖之，号花蕊夫人，效王建作《宫词》百首。"一说姓徐，吴曾《能改斋漫录》卷十六《花蕊夫人词》："伪蜀主孟昶，徐匡璋纳女于昶，拜贵妃，别号花蕊夫人。……陈无己以夫人姓费，误也。"摩诃池：《蜀中名胜记》卷四《成都府四》："《方舆胜览》云：隋蜀王秀取土筑广子城，因为池。有胡僧见之曰：'摩诃宫毗罗。'盖梵语呼摩诃为大宫，毗罗为龙。谓此池广大有龙尔。"关于苏词和孟昶词的关系，历来众说纷纭。朱彝尊《词综》卷二谓系苏轼隐括孟昶《玉楼春·夜起避暑摩诃池上作》（"冰肌玉骨清无汗，水殿风来暗香援。帘开明月独窥人，敧枕钗横云鬓乱。起来琼户启无声，时见疏星渡河汉。屈者西风几时来，只恐流年暗中唤。"）浦江清《花蕊夫人宫词考证》："摩诃池词出苏轼之《洞仙歌序》。惟轼明言除首二句外，皆彼所自作，好事者隐括东坡词以为《玉楼春》一调。以归之于孟昶，其事妄也。倘东坡知此《玉楼春》全词，何必更作《洞仙歌》？倘不知之，何能暗合古词如此乎？"所言极是。所为孟昶《玉楼春》词乃好事者此"隐括东坡词……以归之于孟昶"。此词上阕写花蕊夫人，寥寥数语就刻画出一幅贵妇人形象；下阕写她同孟昶"纳凉摩诃池上"，抒发出一种流光易逝的淡淡哀愁。此词历来为词评家所激赏，张炎《词源》（卷下）认为它"清空中有意趣"，《草堂诗余正集》（卷三）谓："清越之音，解烦涤苛"；郑文焯《手批东坡乐府》谓"诚觉气象万千，其声亦如空山鸣泉，琴筑竞奏"。

　　〔二〕冰肌玉骨：《庄子·逍遥游》："藐姑射之山，有神人居焉，肌肤若冰雪，绰约若处子。"宋玉《神女赋》：'温乎如莹。"沈祥龙《论词随笔》："词韶丽处不在涂脂抹粉也。诵东坡'冰肌玉骨，自清凉无汗，水殿风来暗香满'句，自觉口吻俱香。"

　　〔三〕敧枕钗横鬓乱：欧阳修《临江仙》："水晶双枕，傍有堕钗横。"敧枕，斜靠着枕头。

〔四〕"金波淡"二句：金波，月光。玉绳，星名，即北斗七星中的天乙、太乙两小星，代指北斗。《春秋元命苞》："玉衡北两星为玉绳。"谢朓《赠西府同僚》诗："金波丽鳷鹊，玉绳低建章。"玉绳低转，谓夜已深。

临江仙（夜饮东坡醒复醉）

夜归临皋〔一〕

苏　轼

　　夜饮东坡醒复醉，归来仿佛三更。家童鼻息已雷鸣〔二〕，敲门都不应，倚杖听江声。　　长恨此身非我有，何时忘却营营〔三〕。夜阑风静縠纹平〔四〕，小舟从此逝，江海寄余生。

（卷二）

注 ————————————————————————————

　　〔一〕元丰五年（1082）贬官黄州时作。临皋：在黄冈城南，濒临长江。苏轼于元丰三年五月自定惠院迁居于此。元丰五年春东坡雪堂建成，苏轼仍居临皋，雪堂只是宴客之所。此词上阕即写他自雪堂宴饮归来的醉态，下阕抒慨，渴望摆脱忙忙碌碌的生活，能于"江海寄余生"。叶梦得《避暑录话》（卷上）："（苏轼）与数客饮江上，夜归，江面际天，风露浩然，有当其意，乃作歌辞……与客大歌数过而散。翌日喧传子瞻夜作此辞，挂冠服江边，拏舟长啸去矣。郡守徐君猷闻之，惊且惧，以为州失罪人，急命驾往谒，则子瞻鼻鼾如雷，犹未兴也。"

　　〔二〕鼻息已雷鸣：写打鼾声，谓已熟睡。韩愈《石鼎联句序》："即倚墙睡，鼻息如雷鸣。"

　　〔三〕此身非我有：谓不能自己主宰自己的命运。《庄子·知北游》："汝身非汝有也，汝何得有乎道！"

　　〔四〕营营：忙忙碌碌的样子。《诗·小雅·青蝇》："营营青蝇。"毛传："营营，往来貌。"

　　〔五〕縠：绉纱一类丝织品。縠纹：形容水波波纹。刘禹锡《竹枝词》："瀼西春水縠纹生。"

满庭芳（三十三年）

苏 轼

　　有王长官者弃官黄州，三十三年，黄人谓之王先生。因送陈慥来过余，因为赋此〔一〕。

　　三十三年，今谁存者，算只君与长江。凛然苍桧，霜干苦难双〔二〕。闻道司州古县，云溪上，竹坞松窗〔三〕。江南岸，不因送子〔四〕，宁肯过吾邦！拟拟，疏雨过，风林舞破，烟盖云幢〔五〕。愿持此邀君，一饮空缸。居士先生老矣〔六〕。真梦里相对残釭〔七〕。歌声断，行人未起，船鼓已逢逢〔八〕。

（卷二）

注

　　〔一〕元丰六年（1083）贬官黄州时作。王长官：不详。陈慥：见《陈季常所蓄朱陈村嫁娶图》注〔一〕。此词上阕写王、陈来访，盛赞王长官长期弃官隐居的孤高品格；下阕写王来去匆匆，伤相聚太短，表现了对这位新识之人的深厚情谊。郑文焯《手批东坡乐府》："健句入词，更奇峰特出，比境非稼轩所能梦到。不事雕凿，字字苍寒，如空岩霜干，天风吹堕颇黎地上。铿然作碎玉声。"

　　〔二〕"凛然苍桧"二句：以苍桧霜干赞王长官的孤高傲寒品格，谓世上找不到第二人。

　　〔三〕"闻道司州古县"三句：写王的居所。司州古县，指黄陂（今属湖北）。傅幹《注坡词》："按《唐书·地理志》：武德三年，以黄陂县置南司州。七年州废。"

　　〔四〕"江南岸"三句："江南岸，不因送子"为"不因送子江南岸"之倒文，"子"指陈慥，时王长官从黄陂送陈慥去江南，经黄冈访苏轼。

　　〔五〕"拟拟"四句：写王、陈冒着风雨来访。拟拟，撞击声，此形容雨点声。盖，车盖。幢，车帘。

　　〔六〕居士先生：作者自指。

〔七〕残釭：残灯。

〔八〕逢逢（péng）：鼓声，开船信号。《诗·大雅·灵台》："鼍鼓逢逢。"

水调歌头（落日绣帘卷）

黄州快哉亭赠张偓佺〔一〕

苏 轼

落日绣帘卷，亭下水连空〔二〕。知君为我新作，窗户湿青红〔三〕。长记平山堂上，欹枕江南烟雨，渺渺没孤鸿。认得醉翁语，山色有无中〔四〕。　　一千顷，都镜净，倒碧峰〔五〕。忽然浪起，掀舞一叶白头翁〔六〕。堪笑兰台公子，未解庄生天籁，刚道有雌雄〔七〕。一点浩然气，千里快哉风〔八〕。

（卷二）

注

〔一〕元丰六年（1083）贬官黄州时作。苏辙《黄州快哉亭记》："清河张君梦得，谪居齐安，即其庐之西南为亭，以览观江流之胜，而余兄子瞻名之曰快哉。"可见张偓佺又字梦得。苏轼《记承天寺夜游》有"至承天寺寻张怀民"语，疑亦为同一人。此词上阕谓快哉亭所见之景有如欧阳修的平山堂，下阕前半继续写景，写江面由平静而至浪起的不同景色。后半出之以议论，说明以快哉名亭的原因。黄蓼园《蓼园词选》："前阕从'快'字之意入，次阕起三语承上阕写景，'忽然'二句一跌，以顿出末二句来，结处一振'快'字之意方足。"郑文焯《手批东坡乐府》："此等句法，使作者稍稍矜才使气，便流入粗豪一派。妙能写景中人，用生出无限情思。"

〔二〕"落日绣帘卷"二句：此写亭上所见。苏辙《黄州快哉亭记》："亭之所见南北百里，东西一舍，涛澜汹涌，风云开阖，昼则舟楫出没于其前，夜则鱼龙悲啸于其下。"

〔三〕"知君为我新作"二句：点快哉亭，"湿"承新作，青红指油漆颜色。

〔四〕"长记平山堂上"至"山色有无中"：平山堂在江苏扬州，欧阳修所建，其《朝中措》云："平山栏槛倚晴空，山色有无中。"末句即用欧词成句。醉翁，即欧阳修。

〔五〕"一千顷"三句：写长江江面风平浪静时的景色。徐铉《徐孺子亭记》："平湖千亩，凝碧乎其下；西山万叠，倒影乎其中。"

〔六〕"忽然浪起"二句：写风浪起时的江面景色。白头翁，郑谷《淮上渔者》："白头波上白头翁，家逐船移浦浦风。"苏词亦指"渔者"，前者"一叶"（指船，扁舟一叶）可证。

〔七〕"堪笑兰台公子"三句：兰台公子，指兰台令宋玉。庄生，指庄子。天籁，发于自然的声音，即风声，语见《庄子·齐物论》。刚道，硬说。宋玉《风赋》把风分为"大王之雄风"和"庶人之雌风"，故谓其"刚道有雌雄"。

〔八〕"一点浩然气"二句：《孟子·公孙丑》："我知言，我善养吾浩然之气。""其为气也，至大至刚，以直养而无害，则塞于天地之间。"苏辙《黄州快哉亭记》："夫风无雌雄之异，而人有遇不遇之变。楚王之所以为乐与庶人之所以为忧，此则人之变也，而风何与焉！士生于世，使其中不自得，将何往而非病！使其中坦然，不以物伤性，将何适而非快！"

满庭芳（归去来兮）
苏 轼

元丰七年四月一日，余将去黄移汝，留别雪堂邻里二三君子。会李仲览自江东来别，遂书以遗之〔一〕。

归去来兮，吾归何处？万里家在岷峨〔二〕。百年强半，来日苦无多〔三〕，坐见黄州再闰。儿童尽、楚语吴歌〔四〕。山中友，鸡豚社酒，相劝老东坡〔五〕。

云何？当此去〔六〕，人生底事，来往如梭〔七〕；待闲看秋风，洛水清波〔八〕。好在堂前细柳，应念我、莫剪柔柯。仍传语、江南父老，时与晒渔蓑〔九〕。

（卷二）

注

〔一〕元丰七年：1084 年。黄：黄州，今湖北黄冈。汝：汝州，今河南临汝。雪堂：苏轼《雪堂问潘邠老》："苏子得废圃于东坡之胁，筑而垣之，作堂焉，号其正曰雪堂。堂以大雪中为。因绘雪于四壁之间，无容隙也。起居偃仰，环顾睥睨，无非雪者。苏子居之，真得其所居者也。"李仲览：即李翔，王质《东坡先生祠堂记》："杨元素起为富川，闻先生自黄移汝，欲顺大江，逆西江，适筠见子由，令富川弟子员李翔要先生道富川。《满庭芳序》所谓'会李仲览自江南来'者是。"遗（wèi）：赠。这是一首告别黄州父老的词，表现了他同黄州人民的深厚情谊，抒发临别依依不舍之情。

〔二〕"归去来兮"三句：叹有家难归。陶渊明有《归去来兮辞》，写辞官归隐。苏轼也盼归隐，故以此四字开头。岷峨，岷江、峨眉。苏轼故乡眉山在岷江之滨，离峨眉山很近。

〔三〕"百年强半"二句：叹老。强半，过半。韩愈《除官赴阙至江州寄鄂岳李大夫》："年皆过半百，来日苦无多。"时韩愈年五十三，故云"过半百"；苏轼离黄时，年四十九，此云"百年强半"，乃约数。

〔四〕"坐见黄州再闰"二句：叹贬官黄州的时间太长，孩子们的口音都改变了。苏轼于元丰三年（1080）二月到达黄州贬所，七年四月离黄，其间元丰三年闰九月，元丰六年（1083）闰六月，故云"再闰"。以上皆"将去"抒慨。

〔五〕"山中友"三句：写黄州父老以酒肉为他饯行，并劝他不要离开黄州，终老于东坡。社酒，社日之酒。韩愈《南溪始泛》："愿为同社人，鸡豚燕春秋。"

〔六〕"云何？当此去"："当此去云何"的倒装句，意思是，在此离别之际，（我们之间）说了些什么？

〔七〕"人生底事"二句：是"山中友"的问话，也是苏轼借"山中友"之口而自抒感慨。底事，何事，为什么。自"山中友"至此，写黄州父老挽留苏轼，以下为苏轼的答词。

〔八〕待闲看秋风，洛水清波：这是回答为什么要"来往如梭"，他要去欣赏汝州附近洛水的秋风、清波。回答得很轻松，言外之意是由贬官黄州改贬汝州，他是不得不去的。苏轼《与王文甫书》："前蒙恩量移汝州，比欲乞依旧黄州住，细思罪大责轻，君恩至厚，不可不奔赴。……本意终老江湖，与公扁舟往来，而事与心违，何胜慨叹！计公闻之亦凄然也。"可见"去黄移汝"完全是被迫。在苏轼心目中，汝州也决非那样美好，汝人多长瘿（颈部囊状瘤子），"阔领先裁盖瘿衣"（《别黄州》），这才是他对汝州的真实看法。

〔九〕"好在堂前细柳"至"时与晒渔蓑"：这是对黄州父老的嘱托，要他们照管好他的"堂前细柳"，莫让人伤了它柔软的枝条；并转告江南父老，时时为他晒晒打鱼的蓑衣。也就是说他一定要回雪堂居住，到江边打鱼。柯，树枝。仍，还，并。传语，传话，转告。江南，指长江南岸的武昌（今湖北鄂城）西山、寒溪等地，这是苏轼贬官黄州时的常游之地，"相过殆百数"（《赠别王文甫》）。

八声甘州（有情风万里卷潮来）

寄参寥子〔一〕

苏 轼

有情风万里卷潮来，无情送潮归〔二〕。问钱塘江上，西兴浦口，几度斜晖〔三〕。不用思量今古，俯仰昔人非〔四〕。谁似东坡老，白首忘机〔五〕。　　记取西湖西畔，正春山好处，空翠烟霏〔六〕。算诗人相得，如我与君稀〔七〕。约他年东还海道，愿谢公雅志莫相违〔八〕。西州路，不应回首，为我沾衣〔九〕。

（卷二）

注

〔一〕参寥子：姓何，初名昙潜，后更名道潜，於潜（今浙江临安）人，生于庆历二年（1042）（见苏过《送参寥南归叙》），卒于崇宁年间。北宋诗僧，与苏轼交谊甚深，著有《参寥子集》。南宋傅幹《注坡词》，题下有"时有巽亭"四字。《咸淳临安志》："南园巽亭，在凤凰山旧府治内，以在郡城东南，故名。"元祐四年（1089）苏轼知杭州，有《次韵詹迁宣德小饮巽亭》诗，此词当作于同时。时参寥住西湖孤山，与巽亭有一段距离，故云"寄"。《苕溪渔隐丛话后集》卷三十九："其词石刻后，东坡自题云：元祐六年三月六日。余以《东坡先生年谱》考之，元祐四年知杭州，六年召为翰林学士承旨，则长短句盖此时作也。"其实，"元祐六年三月六日"只是此词刻石时间。这首词，上阕写在巽亭观钱塘江潮，感叹神宗去世后的大好形势为旧党所断送；下阕寄西湖孤山的参寥子，表示自己决不违背早退之约。从词的内容看，当作于自京城初到杭州时，而于离杭时刻石留念。

〔二〕"有情风万里卷潮来"二句：写巽亭观钱塘江来潮和退潮。苏舜钦《杭州巽亭》有"凉翻帘幌潮声过"句，苏轼《次韵詹适宣德小饮巽亭》有"涛雷殷白昼"句，可见巽亭能观潮，与词的起句合。此以"有情"和"无情"，来潮和退潮作对比，寄予了无限感慨。神宗去世，本为纠正新法的某些弊端提供了机会。但司马光不分青红皂白地"尽废新法"，不仅给新党以口实，而且在旧党内部引起激烈争吵，苏轼在新旧两党的夹击中被迫离开朝廷。开头二句以江潮为比兴，实际描绘了元祐初年的整个政治形势。

〔三〕"问钱塘江上"三句：钱塘江，旧称浙江，源于浙、皖、赣边境的莲花尖，在杭州闸口以下入杭州湾。西兴浦口，即西兴渡，在杭州对岸萧山县西十二里。三句谓在钱塘江上，西兴渡口，不知见过多少落日景象，实际抒发了"夕阳无限好，只是近黄昏"（李商隐《登乐游园》）的深沉感慨。

〔四〕"不用思量今古"二句：化用王羲之《兰亭集序》意："俯仰之间，已为陈迹。"两句紧承"几度斜晖"，表明他不只是咏落日，也是在感叹人事。

〔五〕"谁似东坡老"二句：忘机，消除机心，不以为怀。这是苏轼表明对潮来潮去，日起日落以及宦海浮沉的态度。

〔六〕"记取西湖西畔"三句：回忆熙宁年间苏轼任杭州通判时与参寥同游西湖的情况。惠洪《冷斋夜话》卷六："东吴僧道潜有标致，尝自姑熟归湖上，经临平，作诗云：'风蒲猎猎弄轻柔，欲立蜻蜓不自由。五月临平山下路，藕花无数满汀洲。'坡一见如旧。"接着有"及坡移守东徐"语，可知"一见如旧"在苏轼任杭州通判时。周紫芝《竹坡诗话》："东坡倅钱塘时，聪（闻复）方为行童试经。坡谓坐客言：'此子虽少，善作诗。近参寥子作昏字韵诗，可令和之。'"这也证明苏轼、参寥间的交游始于"东坡倅钱塘"时。有人谓参寥"在徐州同苏轼相识"，误。

〔七〕"算诗人相得"二句：苏轼与参寥友谊甚深。苏轼知徐州，参寥往访，轼有《次韵僧潜见赠》《次韵潜师放鱼》《送参寥师》等诗；苏轼自徐州改知湖，过高邮，秦观、参寥同行，有《游惠山》《与秦太虚、参寥会于淞江》《次韵答参寥》等诗；苏轼贬官黄州，"参寥子不远数千里从予于东坡，留期年，尝与同游武昌西山。……其后七年，予出守钱塘，参寥子在焉，明年卜智果精舍居之"（苏轼《参寥泉铭》）。以后苏轼贬官海南，参寥欲渡海相访，苏轼以书力戒，参寥亦以诗得罪，才未果行；苏轼卒，葬郏城（今河南郏县），参寥亦往吊。此虽后事，但亦证明其"相得"之深。

〔八〕"约他年东还海道"二句：谢公指谢安，《晋书·谢安传》："安虽受朝寄，然东山之志，始末不渝，每形于颜色。及镇新城，尽室而行，造泛海之装，欲须经略初定，自江道还东。雅志未就，遂遇疾笃。上疏请量宜旋旆，诏遣侍中慰劳。遂还都。舆入西州门，自以本志不遂，深自慨失。"此以谢安自况，谓谢安以不遂东山之志而死，希望自己不要违背归隐之志。

〔九〕"西州路"三句：《晋书·谢安传》："羊昙者，泰山人，知名士也。为（谢）安所爱重。安薨后，辍乐弥年，行不由西州路。尝因石头大醉，扶路唱乐，不觉至州门。左右白曰：'此西州门。'昙悲感不已，以马策扣扉，诵曹子建诗曰：'生存华屋处，零落归山丘。'恸哭而去。"此以羊昙喻参寥，谓我一定会遂东山之志，不会让你像羊昙为谢安不遂志而恸哭那样为我沾衣。

附录

蝶恋花（花褪残红青杏小）〔一〕
苏　轼

　　花褪残红青杏小〔二〕，燕子飞时，绿水人家绕〔三〕。枝上柳绵吹又少，天涯何处无芳草〔四〕。　　墙里秋千墙外道，墙外行人，墙里佳人笑。笑渐不闻声渐悄，多情却被无情恼〔五〕。

（卷三）

注

　　〔一〕此词作年不可考，只知苏轼贬官惠州（今广东惠阳）曾命侍妾朝云唱此词："子瞻在惠州，与朝云闲坐。时青女（霜神）初至，落木萧萧，凄然有悲秋之意。命朝云把大白，唱'花褪残红'。朝云歌喉将转，泪满衣襟。子瞻诘其故，答曰：'奴所不能歌，是枝上柳绵吹又少，天涯何处无芳草也。'子瞻翻然大笑曰：'是吾政（正）悲秋，而汝又伤春矣。'遂罢。朝云不久抱疾而亡，子瞻终身不复听此词。"（《词林纪事》卷五引《林下词谈》）《冷斋夜话》亦云："东坡渡每（当为渡岭之误），惟朝云王氏随行。日诵'枝上柳绵'二句，为之流泪，病极，犹不释口。"此词上阕伤春，有"流水落花春去也"之感；下阕写"墙外行人"的单相思，为"佳人难再得"而烦恼。初读，上下阕似不甚协调，故先著《词洁》卷二有"后半手滑"，有"笔走不守之憾"。其实上阕叹春光易逝正是为写下阕佳人难再见，上阕的"人家"已为下阕写"墙里佳人"做好了铺垫。可见作者是经过精心构思和布置的，不存在手滑笔走的问题。

〔二〕花褪残红青杏小：此以写景点时令，红花凋谢，青杏初结，正是春末夏初景色。

〔三〕"燕子飞时"二句：此以写景交代地点。"绕"一作"晓"。《诗人玉屑》卷二十一引《词话》云："予得真本于友人处，'绿水人家绕'作'绿水人家晓'。……而'绕'与'晓'自天壤也。"《词语》作者显然以为"晓"优于"绕"。但也有人认为"绕"优于"晓"："有'燕子'句，合用'绕'字。若'晓'字，少着落"（《草堂诗余》正集卷二）；"'绕'字虽平，然是实境。'晓'字无皈着，试通吟全章便见"（俞彦《爱园词话》）。通吟全章似应以"绕"为字胜，燕子绕舍而飞，绿水绕舍而流，行人绕墙而走，而通篇无"晓"景，确实"合用'绕'字"。即使《词活》作者所见为东坡手迹，又焉知"绕"字非苏轼后来所改定呢？

〔四〕"枝上柳绵吹又少"二句：柳絮将尽，芳草无际，进一步感叹"春去也"。王士禛《花草蒙拾》："'枝上柳绵'，恐屯田（柳永）缘情绮靡，未必能过。孰谓坡但解作'大江东去'耶！髯直是轶伦绝群。"

〔五〕"墙里秋千墙外道"至"多情却被无情恼"：黄蓼园《词选》："'柳绵'自是佳句，而次阕尤为奇情四溢也。"《诗人玉屑》卷二十一引《诗话》："盖行人多情，佳人无情耳，此二字（指有、无二字）极有理趣。"男女场中一方多情，恋恋不舍，一方却毫无所察，本是常事，不足为奇。奇就奇在作者把这种司空见惯的事作了高度的集中，得出了"多情却被无情恼"的结论。小词最忌词语重复，这里"墙里""墙外"的往复循环却妙趣横生。

水调歌头（离别一何久）

徐州中秋^{〔一〕}

苏 辙

离别一何久，七度过中秋^{〔二〕}！去年东武今夕，明月不胜愁^{〔三〕}。岂意彭城山下，同泛清河古汴，船上载《凉州》。鼓吹助清赏，鸿雁起汀洲^{〔四〕}。

坐中客，翠羽帔，紫绮裘^{〔五〕}。素娥无赖西去^{〔六〕}，曾不为人留！今夜清樽对客，明夜孤帆水驿^{〔七〕}，依旧照离忧。但恐同王粲，相对永登楼^{〔八〕}！

（《全宋词》第一册，三五五页）

注

〔一〕熙宁十年（1077）徐州作。此词背景，见苏轼和词注〔一〕。苏轼和词序称苏辙此词"其语过悲"，《中秋月寄子由》亦云："歌君别时曲，满座为凄咽。……欲和去年曲，复恐心断绝。"此词上阕从长年离别写到今朝欢聚，下阕由今朝欢聚想到明朝离别，发出一片悲凉之音。难怪当时"满座为凄咽"，就是今天读到它，也有催人泪下之感。苏辙一生作词甚少，据《全宋词》，苏轼存词三百五十余首，苏辙仅存词四首。从此词可知，苏辙并非不能作词，只是不喜作词而已。

〔二〕"离别一何久"二句：从熙宁四年苏辙兄弟颍州之别到熙宁十年已有七年未在一起欢度中秋。

〔三〕"去年东武今夕"二句：指熙宁九年苏轼所作的《水调歌头·丙辰中秋欢饮达旦，大醉，作此词，兼怀子由》。东武，即密州。

〔四〕"岂意彭城山下"至"鸿雁起汀洲"：写徐州欢度中秋。彭城，即徐州。古汴，古汴渠，自开封流经徐州转入泗水。《凉州》，指《凉州词》，乐府近代曲名，此代指唱曲的歌伎。他们一面泛舟，一面欣赏歌伎唱曲，惊起群群汀洲鸿雁。

〔五〕"翠羽帔"二句：写坐中客的装束。帔，披肩。

〔六〕素娥无赖西去：谓月已西沉。素娥，月中嫦娥的别称。谢庄《月赋》："集素娥于后庭。"李周翰注："常娥窃药奔月，因以为名。月色白，故云素娥。"

〔七〕"今夜清樽对客"二句：柳永《雨霖铃》："今宵酒醒何处？杨柳岸，晓风残月。"此化用其意。

〔八〕"但恐同王粲"二句：王粲，字仲宣，山阳人。汉献帝西迁，粲从至长安。以西京扰乱，往荆州依刘表，不为表所重视，偶登当阳城楼，作《登楼赋》，感叹荆州"虽信美而非吾土兮，曾何足以少留"；有家难归："悲旧乡之壅隔兮，涕横坠而弗禁。"苏辙用此典，亦有归乡不得之意，故苏轼和词以"故乡归去千里，佳处辄迟留"相慰。